Christian Jacq

Né à Paris en 1947, Christian Jacq découvre l'Égypte à treize ans, à travers ses lectures, et se rend pour la première fois au pays des pharaons quatre ans plus tard. L'Égypte et l'écriture prennent désormais toute leur place dans sa vie. Après des études de philosophie et de lettres classiques, il s'oriente vers l'archéologie et l'égyptologie, et obtient un doctorat d'études égyptologiques en Sorbonne avec pour sujet de thèse : « Le voyage dans l'autre monde selon l'Égypte ancienne. » Christian Jacq publie alors une vingtaine d'essais, dont *L'Égypte des grands pharaons* chez Perrin en 1981, couronné par l'Académie française. Il est aussi producteur délégué à France-Culture, et travaille notamment pour « Les Chemins de la connaissance ».
En 1987 le succès arrive, avec *Champollion l'Égyptien*. Désormais, ses romans suscitent la passion des lecteurs en France et à l'étranger : *Le Juge d'Égypte*, *Ramsès*, *La Pierre de lumière*, *Le Procès de la momie*, *Imhotep, l'inventeur de l'éternité*.
Sa dernière trilogie, *Et l'Égypte s'éveilla*, a paru chez XO Éditions.
Christian Jacq est aujourd'hui traduit dans plus de trente langues.

IMHOTEP, L'INVENTEUR DE L'ÉTERNITÉ

DU MÊME AUTEUR
CHEZ POCKET

LA REINE SOLEIL
L'AFFAIRE TOUTANKHAMON
LE MOINE ET LE VÉNÉRABLE
LE PHARAON NOIR
QUE LA VIE EST DOUCE
À L'OMBRE DES PALMES
TOUTÂNKHAMON
LE PROCÈS DE LA MOMIE
IMHOTEP, L'INVENTEUR
DE L'ÉTERNITÉ

LE JUGE d'ÉGYPTE

LA PYRAMIDE ASSASSINÉE
LA LOI DU DÉSERT
LA JUSTICE DU VIZIR

RAMSÈS

LE FILS DE LA LUMIÈRE
LE TEMPLE DES MILLIONS
D'ANNÉES
LA BATAILLE DE KADESH
LA DAME D'ABOU SIMBEL
SOUS L'ACACIA D'OCCIDENT

LA PIERRE DE LUMIÈRE

NÉFER LE SILENCIEUX
LA FEMME SAGE
PANEB L'ARDENT
LA PLACE DE VÉRITÉ

LA REINE LIBERTÉ

L'EMPIRE DES TÉNÈBRES
LA GUERRE DES COURONNES
L'ÉPÉE FLAMBOYANTE

LES MYSTÈRES D'OSIRIS

L'ARBRE DE VIE
LA CONSPIRATION DU MAL
LE CHEMIN DE FEU
LE GRAND SECRET

MOZART

LE GRAND MAGICIEN
LE FILS DE LA LUMIÈRE
LE FRÈRE DU FEU
L'AIMÉ D'ISIS

LA VENGEANCE DES DIEUX

CHASSE À L'HOMME
LA DIVINE ADORATRICE

CHRISTIAN JACQ

IMHOTEP, L'INVENTEUR DE L'ÉTERNITÉ

LE SECRET DE LA PYRAMIDE

XO ÉDITIONS

Le papier de cet ouvrage est composé de fibres naturelles, renouvelables, recyclables et fabriquées à partir de bois provenant de forêts plantées et cultivées durablement pour la fabrication du papier.

ISBN : 978-2-266-21084-3

« L'Égypte des temps anciens, contrairement à ce qu'affirmait Hérodote, le “père de l'histoire”, est bien moins un don du Nil qu'une miraculeuse création du divin. Si, plus de trois millénaires durant, il y eut une terre des pharaons, c'est que, bon gré mal gré, les êtres humains qui peuplèrent le long cordon d'oasis jalonné par le fleuve se soumirent à une règle universelle et inéluctable : celle de Maât. »

J.-C. Goyon, *Science et Vie* n° 197, 1996, p. 1.

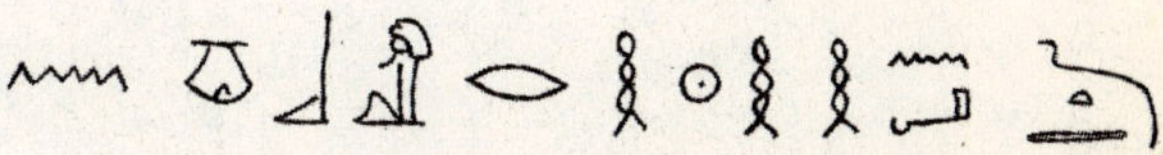

1.

Imhotep contempla le désert, le domaine interdit peuplé de bêtes féroces et de spectres agressifs. À la nuit tombante, le jeune homme de vingt ans aurait dû quitter ce territoire dangereux et rentrer chez lui. Mais, au lendemain de la mort de son père, il éprouvait le besoin d'être seul, loin d'un monde dont l'injustice lui pesait trop.

Jusqu'à cette tragédie, l'existence lui avait paru presque facile. Simples paysans, ses parents s'étaient juré d'offrir à leur fils unique une vie meilleure. Lorsque Imhotep, cinq ans auparavant, avait été accepté comme apprenti chez les foreurs de vases de l'atelier royal de Memphis, leur rêve s'était réalisé.

Un père n'avait pas le droit de mourir.

Pourquoi les dieux se montraient-ils si cruels, pourquoi frappaient-ils une famille si unie ? Mille pensées se bousculaient dans la tête d'Imhotep, révolté contre ce destin inique.

Le sable crissait sous ses sandales, il avançait droit devant lui, à travers la nuit. Ignorant la fatigue, il comptait sur ses jambes inépuisables pour aller jusqu'au cœur de l'immensité avec l'espoir d'éteindre son insupportable souffrance.

Soudain, il s'arrêta.

On le suivait.

Sans arme, comment affronter un fauve en chasse ?

L'instinct de survie fut le plus fort, le jeune homme courut. Son souffle ne l'avait jamais trahi, et ses camarades de jeu ou de travail enviaient sa résistance. Perdu au sein d'un univers hostile, Imhotep escalada les buttes, dévala des pentes caillouteuses, frôla des buissons d'épineux. La lueur de la pleine lune lui permit d'éviter maints obstacles, dont un cobra en maraude, et il s'immobilisa de nouveau.

On le suivait toujours, mais il ne s'agissait pas d'un fauve.

Au loin, une ombre rouge ensanglantait le désert. Une ombre rouge de grande taille qui progressait de manière inexorable, gardant le même rythme, en direction de sa proie. Ainsi, les anciens ne mentaient pas ! Ces solitudes étaient bien hantées par des démons se nourrissant de l'âme des humains, et personne ne pouvait leur échapper.

Imhotep songea à sa mère, rongée d'inquiétude. Venant de perdre son mari, elle ne voyait pas rentrer son fils. En n'écoutant que sa propre douleur, il lui infligeait une véritable torture. Et s'il disparaissait, la malheureuse se laisserait mourir.

Pestant contre son imprudence, Imhotep recommença à courir. Les cris horribles d'une bande de hyènes ne l'effrayèrent pas, et il se persuada qu'il parviendrait à distancer l'Ombre rouge.

Peine perdue.

Elle ne cédait pas un pouce de terrain.

Imhotep ne savait plus depuis combien d'heures il était devenu le gibier de cette force maléfique, mais il résista à la tentation de s'allonger sur le sable et de s'avouer vaincu. Commençant à ressentir les premiers signes d'épuisement, il trouva de nouvelles ressources en implorant le dieu Ptah, protecteur des artisans, de ne pas l'abandonner.

Au-dessus de lui, un bruissement d'ailes. Un grand ibis blanc venait de le frôler. Baigné de la lumière lunaire, l'oiseau de Thot, le maître de la science sacrée et le patron des scribes, volait vers une zone aride et accidentée où le jeune homme serait obligé de ralentir l'allure et risquerait, à tout moment, de se fouler une cheville, voire de se briser les os.

Néanmoins, Imhotep suivit l'ibis. À intervalles réguliers, l'oiseau décrivit de grands cercles de manière à ne pas semer son protégé.

À la faveur d'une colline escarpée, l'Ombre rouge gagna du terrain. Les poumons en feu, l'artisan maintint une faible avance.

D'un puissant élan, l'ibis gagna le haut du ciel. Le spectacle que découvrit Imhotep, du sommet de la colline, le stupéfia.

Le désert avait disparu, cédant la place à un paysage paradisiaque, formé d'étangs, de canaux, de vastes étendues de roseaux et de champs de blé atteignant des hauteurs prodigieuses. Là régnaient, selon l'enseignement des sages, la paix et l'abondance éternelles. Là vivaient les âmes des bienheureux, les « justes de voix » reconnus tels par le tribunal d'Osiris. Ils moissonnaient en robe blanche de fête sous un doux soleil, et leurs divers travaux s'effectuaient sans la moindre peine.

Mais les sages ne disaient-ils pas aussi qu'aucun humain ne pouvait voir ces merveilles de son vivant ?

Imhotep poussa un cri de douleur. L'Ombre rouge venait de toucher le talon de son pied gauche. Encore un instant, et elle grimperait le long de ses jambes.

D'un bond, le jeune homme s'élança vers le pays des justes. L'Ombre rouge ne le suivit pas, comme si une frontière invisible lui interdisait d'avancer. En se relevant, Imhotep la vit s'éloigner.

À l'instant où, assoiffé, il but l'eau pure d'un canal, les premiers rayons du soleil naquirent à l'orient. Le canal, les étangs, les roseaux et les champs de blé disparurent. Très vite, l'aube imposa sa loi, et les créatures du désert rentrèrent dans leur tanière. Autour de l'artisan, du sable et des roches.

Levant les yeux, il aperçut le grand ibis blanc qui, après avoir tracé un nouveau cercle, s'éloigna d'un vol majestueux. Malgré la fatigue, Imhotep réussit à le suivre. Et quand apparut la première palmeraie, il sut qu'il avait échappé à l'Ombre rouge.

2.

Comment cette proie si facile avait-elle pu lui échapper ? s'interrogea l'Ombre rouge en regagnant le corps de l'être qu'elle habitait. D'ordinaire, elle approchait de sa victime sans se faire repérer, l'enveloppait d'une brûlure mortelle et avalait son âme, désormais incapable de renaître. Marquée au sceau de la mort, l'Ombre rouge se nourrissait du Mal, des ténèbres, de la violence et de la destruction. Son unique but était de lutter en permanence contre l'établissement de Maât, la règle d'harmonie de l'univers.

Rôdant cette nuit-là dans le désert proche de la ville de Memphis, elle avait repéré cet imprudent qui osait explorer un domaine interdit. Une occasion inespérée, une chasse trop aisée ! Et pourtant, l'Ombre rouge revenait bredouille.

De quelle force disposait ce garçon pour avoir réussi à lui échapper ? Incapable de franchir l'enceinte invisible protégeant la campagne des bienheureux, l'Ombre rouge supposait que le fuyard s'était désagrégé au contact de l'au-delà puisque aucun humain, de son vivant, ne pouvait voir les canaux et les champs du paradis des justes.

Un doute subsistait. Ce jeune homme, un magicien expérimenté, équipé de formules de connaissance et capable de percer les murailles de l'invisible ? Impossible ! Néanmoins, il eût été préférable de l'identifier et de l'éliminer. Au cas où l'imprudent croiserait de nouveau la route de la prédatrice, elle ne lui accorderait pas la moindre chance de survie.

L'heure venait de regagner la cour, en proie à une vive agitation. Grâce à l'action occulte de l'Ombre rouge, le royaume d'Égypte ne tarderait pas à éclater en mille morceaux. L'anarchie se répandrait, le palais serait pillé et les demeures d'éternité dévastées. Le souffle du malheur emporterait tout sur son passage, et l'élan des premiers pharaons se briserait à jamais.

*
* *

À l'entrée du village, personne. D'ordinaire, des enfants jouaient et le vieux gardien du four à pain sommeillait en buvant de la bière. Intrigué, Imhotep s'aperçut que les portes et les fenêtres des modestes maisons en briques, peintes en blanc, étaient closes. En ce début de matinée, les maîtresses de maison auraient dû balayer devant chez elles en papotant. Inquiet, le jeune artisan courut jusqu'à chez lui, à l'extrémité nord de la bourgade, proche de la capitale des Deux Terres, Memphis.

Il poussa la porte et découvrit sa mère accroupie, en sanglots.

— Me voici ! déclara Imhotep de sa voix puissante et impérieuse qui continuait à impressionner ses collègues de l'atelier des foreurs de vases.

Khérédou[1] ouvrit les yeux.

— Toi, mon fils... C'est bien toi ?

Il l'aida à se relever et ils s'embrassèrent tendrement.

— Je craignais de t'avoir perdu. Sans ton père, sans toi... je serais morte de chagrin. Où te trouvais-tu ?

— J'ai marché au hasard, la nuit durant.

— Tu aurais pu être victime des démons !

— L'âme de mon père m'a protégé.

— Ton pied gauche saigne !

— Rien de grave, une simple blessure au talon. J'ai dû heurter une pierre coupante.

Khérédou alla chercher de l'eau et nettoya la plaie. Comme elle admirait cet homme de vingt ans qui faisait beaucoup plus vieux que son âge ! Grand, musclé, le front large, les mains fermes mais fines, il possédait un regard d'une vivacité inhabituelle. En lui brûlait un feu dont l'intensité gênait parfois ses interlocuteurs. Solitaire, peu bavard, travailleur infatigable, disposant d'une surprenante capacité de concentration, Imhotep s'était distingué très tôt des autres enfants. Ses parents avaient vite compris qu'il ne resterait pas paysan et qu'il fallait lui permettre de fréquenter une école. Engagé chez un potier à qui il donnait pleine satisfaction, Imhotep avait été remarqué par un contremaître des ateliers royaux de Memphis, à la recherche d'un foreur de vases en pierre dure. Un long apprentissage, des conditions de travail exigeantes, un milieu rude. Évitant de se plaindre, l'adolescent se concentrait sur son travail et ne songeait qu'à progresser en assimilant les techniques enseignées. De l'avis général,

1. D'après la tradition, la mère d'Imhotep se nommait Khérédou-ânkh, « Enfance vivante ».

il était devenu le meilleur spécialiste de sa corporation et aurait mérité depuis longtemps une promotion. Son caractère farouche et son refus de flatter ses supérieurs expliquaient cette stagnation. Imhotep ne s'en souciait guère, préférant approfondir ses connaissances auprès de vieux professionnels détenant des secrets de métier qu'ils ne confiaient pas volontiers.

Son salaire avait amélioré l'ordinaire de la famille qui ne manquait de rien et se régalait des légumes provenant du potager qu'entretenait à merveille Khérédou. Hier, le père fournissait les céréales, le lait, la bière et les fruits ; le fils apportait souvent de la viande, du poisson et du vin. Et la mère tissait de confortables vêtements en utilisant du lin de bonne qualité.

— Tu parais transformé, observa Khérédou. Que t'est-il arrivé cette nuit ?

Imhotep hésita à répondre. Raconter sa dangereuse aventure et son incroyable vision risquait d'ajouter au trouble de la veuve.

— J'ai commis l'imprudence d'affronter le désert et j'ai failli m'y perdre. Pardonne-moi de t'avoir inquiétée.

— Tu es revenu, c'est l'essentiel !

— Je dois partir travailler, mère.

— N'as-tu pas remarqué l'état du village ? Une terrible catastrophe nous accable, mon fils ! Toutes les activités sont interrompues, la peur hante les cœurs, chaque regard est rempli d'angoisse. Peut-être le soleil ne se lèvera-t-il plus, peut-être l'air de la vie viendra-t-il à manquer.

— Pour quelle raison ?

— Le pharaon est mort. Et nul ne sait s'il aura un successeur.

3.

La cité sainte d'Abydos[1] abritait les sépultures des premiers pharaons d'Égypte. Ils gisaient dans des tombeaux en briques, plus ou moins vastes, en forme de banquette. Aussi la cour s'était-elle déplacée afin de célébrer les funérailles du roi Khâ-sekhemouy[2], décédé au terme d'un règne de dix-neuf années.

Les hauts fonctionnaires de l'État faisaient grise mine, à commencer par le jovial Ânkhy[3], prêtre du dieu faucon Horus et chef des ritualistes. Bon vivant, fin connaisseur des textes sacrés, organisateur des cérémonies, ce quadragénaire épanoui était vêtu d'une robe imitant une peau de panthère. Face à la stèle, il lisait les formules de glorification de l'âme du défunt que le tribunal de l'au-delà reconnaîtrait « juste de voix ».

---

1. À 485 km au sud de Memphis (Le Caire).

2. « Les deux Puissantes (les couronnes) sont apparues en gloire. »

3. Une extraordinaire statue d'Ânkhy se trouve au musée de Leyde (Pays-Bas).

Mais à qui le chef des ritualistes remettrait-il le bâton de commandement[1], signifiant ainsi la légitimité à gouverner ? Certes, l'imposant Djéser, le fils du défunt, apparaissait comme un successeur probable. Néanmoins, le grand conseil ne s'était pas encore exprimé, et des bruits contradictoires circulaient. En Égypte, il ne suffisait pas d'être fils de pharaon pour le devenir à son tour. De mauvaises langues reprochaient à Djéser son autoritarisme et redoutaient sa sévérité. Quantité de passe-droits et de privilèges risquaient de disparaître, et nombre de dignitaires craignaient de perdre leur poste.

Ânkhy sentait précisément peser sur lui le regard du prétendant au trône, un colosse de trente-cinq ans[2] aux yeux petits et acérés. Pommettes saillantes, lèvres charnues, menton affirmé rendaient son visage impérieux, et nul ne pouvait douter de sa volonté inflexible. Impossible de lui manquer de respect ou de lui désobéir. Et personne ne se vantait d'avoir obtenu ses confidences et de connaître ses intentions.

Le chef des ritualistes prit soin de lire lentement et d'une voix ferme les paroles divines permettant l'ouverture des yeux, de la bouche et des oreilles de la momie. Elles transformaient un cadavre en corps osirien, support de résurrection. Au terme de soixante-dix jours d'embaumement et de rites funéraires, le roi reposait enfin au sein de sa demeure d'éternité, à l'abri

---

1. Le bâton *âmès*.

2. La momie de Djéser n'a pas été retrouvée. Le squelette de Sanakht, autre roi de la IIIe dynastie, mesurait 1,86 m. Djéser est décrit d'après sa statue de *ka* découverte dans le serdab de Saqqara.

des forces de destruction. Ses membres et ses os réunis et au complet, il disposait d'un nouveau cœur de pierre, inaltérable.

Sa veuve, Nimaât[1], se montrait d'une dignité remarquable. À l'approche de la soixantaine, sa prestance demeurait intacte. Profondément éprouvée par la mort de son mari, elle avait conscience de ses devoirs et du rôle qu'elle remplissait au service de son pays. Aussi longtemps que le grand conseil n'aurait pas salué l'avènement d'un pharaon en l'acclamant, Nimaât exercerait le pouvoir suprême et préserverait l'unité des Deux Terres. Une unité fragile, un équilibre précieux et vital. Plusieurs chefs de province n'hésiteraient pas à fomenter des troubles afin d'acquérir davantage d'autonomie et d'échapper au contrôle de l'administration centrale. L'élection d'un monarque faible ou hésitant favoriserait leurs desseins, et tous redoutaient la venue au pouvoir de Djéser dont la force de caractère n'était plus à démontrer.

Nimaât ne mésestimait pas le danger. De son point de vue, Djéser possédait les qualités nécessaires pour lier le Nord et le Sud, affronter l'hostilité et servir les dieux en maintenant la cohérence de son peuple. Peu importaient ses sentiments de mère, seule comptait sa lucidité de femme d'État.

— Désirez-vous un peu d'eau, Majesté ? lui demanda sa principale collaboratrice, la jolie princesse Redjit, chargée de diriger la Maison de la Reine qui comprenait écoles d'écriture, de musique et de danse, ateliers et terrains agricoles.

1. Son nom complet, Ni-Maât-Hap, signifie « La rectitude appartient à Apis », taureau sacré incarnant la royauté.

Les cheveux d'un noir de jais, les yeux brillants de la même couleur, élégante et fine, la jeune femme de vingt-cinq ans n'était pas issue d'une famille aisée. Elle ne devait ce poste envié qu'à ses seules qualités, et quiconque la considérait comme une séductrice écervelée se trompait lourdement. Déterminée, ambitieuse et travailleuse, Redjit se contentait d'amants de passage et se consacrait à sa lourde tâche.

Attentive aux phases ultimes de la cérémonie, Nimaât dédaigna l'offre. Bientôt, la porte de la tombe se refermerait et le sarcophage disparaîtrait dans les profondeurs du caveau, seule partie du monument recouverte de dalles de calcaire. Conformément à la tradition, le reste de la demeure d'éternité du roi défunt se composait de briques crues disposées avec soin, d'après les ordres du maître bâtisseur Hézyrê, un homme âgé, maigre et sévère, patron des scribes et médecins du palais. Mieux valait ne pas le mécontenter, et nul n'avait jamais vu la moindre émotion s'inscrire sur son visage creusé et ridé. Grand des Dix, autrement dit patron des hauts magistrats, cet homme revêche à l'intelligence aiguë portait volontiers un long manteau descendant jusqu'aux chevilles et une perruque bouclée lui couvrant les oreilles. Tenant un bâton de commandement, il se séparait rarement d'un matériel de scribe.

Depuis son arrivée à Abydos, Hézyrê n'avait pas prononcé un seul mot, et chacun se demandait s'il soutiendrait Djéser ou un autre prétendant. Son avis pèserait lourd, le grand conseil ne passerait pas outre.

Nimaât s'approcha du sarcophage et embrassa le visage rayonnant du roi défunt ressuscité en Osiris. Puis Ânkhy ordonna aux ritualistes de le porter au caveau. Lorsqu'ils furent remontés, il revint à Djéser de présenter à son père, pour la première fois, une offrande de vin, de bière, d'eau, de pain, de viandes, de légumes et de parfums. L'essence subtile des nourritures vivifierait l'âme royale et chaque matin, désormais, un serviteur du *ka,* puissance créatrice immortelle, accomplirait le rite.

Ânkhy scella l'accès à la sépulture.

Le trône de Pharaon était vide, le chaos menaçait l'Égypte.

Un garde murmura quelques mots à l'oreille de la princesse Redjit, qui alerta aussitôt la reine.

— Majesté, un incident grave vient de se produire. Une tombe royale a été dégradée.

Accompagnée de Djéser et d'Ânkhy, Nimaât suivit le garde jusqu'au domaine funéraire de Den, pharaon de la première dynastie. Au fond de deux petites fosses, des fragments de statuettes brisées.

— On a profané ce lieu sacré et troublé le repos de nos ancêtres, constata Ânkhy.

Le chef des ritualistes examina les débris.

— Ils portent des mots de haine et de destruction, suivis d'une déclaration : « C'est moi qui vous maudis. » Et ce « moi » est au féminin ! Un crime signé : il s'agit d'une voleuse d'âmes.

— Qu'avons-nous à redouter ? demanda la reine.

— Cet esprit mauvais tente de souiller la nécropole et d'empêcher le couronnement d'un nouveau roi.

— Brûlons ces horreurs, recommanda la princesse Redjit. En les anéantissant, nous les empêcherons de nuire.

Ânkhy approuva d'un signe de tête. Il appela deux ritualistes et leur ordonna de déposer les fragments de statuettes dans deux coupelles en pierre. Il y mit le feu, et l'intensité des crépitements, semblables à des cris de douleur, impressionna l'assistance.

— Sommes-nous délivrés du maléfice ? s'inquiéta la reine.

— Je ne peux pas vous l'assurer, Majesté, répondit Ânkhy, car j'ignore à quel moment cet acte abominable a été commis. Une longue imprégnation aurait des effets désastreux.

Le verdict du chef des ritualistes assombrit encore ces moments douloureux.

— Le grand conseil nous attend, dit la reine Nimaât à son fils Djéser.

4.

À l'atelier royal de Memphis, les discussions s'enflammaient. Quel serait le nouveau pharaon, poursuivrait-il la même politique que son prédécesseur, s'intéresserait-il au sort des artisans, choisirait-il une autre capitale ? En ce cas, quantité de serviteurs de l'État devraient déménager, et les ateliers n'échapperaient pas à la règle.

— De toute manière, estima Nez-cassé, un technicien expérimenté, on est condamnés. Forer des vases en pierre dure exige trop de labeur et de précision. Bientôt, l'administration nous obligera à changer de métier.

— Je n'en suis pas certain, objecta Imhotep. La cour et les prêtres apprécient bols, coupes, assiettes et vases aux dimensions et aux formes variées. Ils servent à la fois aux vivants et aux bienheureux. Notre savoir-faire me paraît irremplaçable !

— La jeunesse se nourrit d'illusions ! s'exclama Teigneux. Puisque tu te crois si fort, termine donc ce vase en diorite. Le chef d'atelier en personne y renonce.

— Attendons le couronnement de Pharaon, recommanda Futé, à peine plus âgé qu'Imhotep.

— La période de deuil est terminée, rappela Teigneux. Nous pouvons nous remettre au travail. Montre-nous ta science, fils de paysan !

Teigneux détestait la terre entière, et le jeune Imhotep en particulier. Il lui confia le dernier foret livré à l'atelier, un outil lourd et difficile à manier. Une mèche métallique avait été insérée dans un tube en calcaire, et l'ensemble lesté par deux gros silex taillés en forme de croissant. Il fallait imprimer un mouvement rotatif, sans excès de rapidité, et ressentir de l'intérieur le lent percement de la pierre afin de ne pas la blesser.

Imhotep apprivoisa cet outil tellement essentiel qu'il servait à écrire le mot « artisan[1] » et mit longtemps avant de trouver le mouvement et le rythme justes.

Réunis autour de lui, ses collègues ne virent pas entrer le chef d'atelier, un sexagénaire au visage rugueux et aux bras épais. Le bonhomme ne plaisantait pas avec la discipline et châtiait les paresseux à coups de bâton.

Nez-cassé demeurait dubitatif. Futé était inquiet, Teigneux jubilait. À l'évidence, Imhotep échouait. Emprunté, hésitant, il abandonnerait ou briserait le vase. La punition serait à la hauteur de sa vanité : exclusion temporaire, voire définitive !

Pas une goutte de sueur ne perlait au front de l'artisan, concentré sur sa tâche au point d'annuler le monde extérieur. Seule comptait la pierre dure, prête à céder. La moindre hâte le conduirait au désastre.

---

1. *Hemou*, cette racine impliquant aussi la notion de « serviteur ». Le premier de tous les serviteurs était d'ailleurs Pharaon lui-même, serviteur de Dieu, des dieux et de son peuple.

Le mouvement rotatif s'interrompit, Imhotep ôta le foret dont la mèche était usée.

Les regards convergèrent vers le col du vase, taillé et ouvert à la perfection. Aucune ébréchure.

— Tu es un sorcier ! accusa Teigneux, dont les épais sourcils se soulevèrent.

Imhotep le regarda droit dans les yeux.

— Et toi, un saboteur.

— Comment oses-tu… ?

— Tu as changé les silex servant à lester le foret. D'un poids très différent, ils compromettaient la rotation, et j'aurais dû briser ce vase de grand prix. Le chef d'atelier m'aurait renvoyé.

— Exact, confirma ce dernier en s'emparant de l'objet qu'il examina longuement.

Les artisans s'écartèrent, attendant le jugement de leur supérieur.

— Excellent travail, Imhotep. Je n'ai plus rien à t'apprendre. Quant à toi, Teigneux, tu ne toucheras pas aux outils pendant des mois, tu nettoieras l'atelier et serviras à manger aux artisans dignes de ce nom. À la moindre désobéissance, tu seras chassé d'ici.

— J'ai toujours exécuté vos ordres, chef !

Le sexagénaire sourit.

— Continue à te montrer aussi respectueux envers mon successeur. Moi, je suis autorisé à me retirer dans ma propriété où j'éduquerai mes petits-enfants.

— Votre successeur… On le connaît ?

— Il vient de te démontrer sa maîtrise du métier.

Teigneux jeta un regard suspicieux en direction d'Imhotep.

— Ce n'est quand même pas lui ?

— Ne reconnais-tu pas sa valeur ?

L'ensemble des artisans de l'atelier approuva d'un signe de tête. Teigneux parut déstabilisé.

— J'ai davantage d'ancienneté !

— Elle n'est pas preuve de compétence. Tu te contentes de ton acquis, Imhotep ne cesse de progresser. Ses qualités sont celles d'un chef.

— Moi, lui obéir ?…

— Choisis, Teigneux. Ou bien tu t'inclines, ou bien tu cherches un autre travail.

Les bras croisés, Imhotep demeurait impassible et n'affichait ni arrogance ni satisfaction. Au contraire, il se demandait déjà s'il aurait les épaules assez solides pour se montrer à la hauteur de la fonction qu'on lui confiait.

Marmonnant des reproches incompréhensibles, Teigneux rejoignit ses camarades.

— Tu connais un certain nombre de hiéroglyphes, dit le chef d'atelier à son successeur, mais tu devras apprendre à lire et à écrire la totalité des signes. L'école des scribes du palais t'est désormais ouverte. Inscris toi-même les marques de la royauté sur l'étiquette accrochée à ce vase, le premier terminé sous ton autorité.

Utilisant un pinceau et de l'encre noire, Imhotep dessina une abeille, architecte et créatrice de l'or végétal, symbole du roi de Basse-Égypte ; puis il traça un roseau, la matière première la plus courante servant à fabriquer de nombreux objets et symbole du roi de Haute-Égypte. « Celui de l'abeille et du jonc » était Pharaon, l'être utile et rayonnant par excellence.

— Main très sûre, jugea le chef d'atelier. Livre ce vase au temple du dieu Ptah dès aujourd'hui. Maintenant, à toi de diriger ce groupe d'artisans et d'organiser le travail au mieux. Sois à la fois sévère et juste.

Imhotep aurait apprécié d'autres conseils, mais son ex-supérieur n'aimait pas bavarder et préféra quitter les lieux.

Les yeux remplis de haine, Teigneux s'était emparé d'un maillet en bois et attendait cet instant pour se ruer vers Imhotep et le frapper dans le dos. Grièvement blessé, il ne pourrait pas remplir ses nouvelles fonctions.

Alors que l'agresseur s'élançait, Futé tendit la jambe. Teigneux la heurta et, déséquilibré, effectua un magnifique plongeon. Son front heurta violemment le sol, et il se luxa l'épaule.

— Je souffre, geignit-il en se relevant avec peine.

— Les dieux punissent la lâcheté, observa Futé, rieur, approuvé par ses camarades.

Imhotep s'approcha et posa la main sur l'épaule meurtrie. Aussitôt, une douce chaleur endormit la douleur.

Teigneux ouvrit des yeux étonnés.

— Moi, dit le nouveau chef d'atelier, je ne te veux aucun mal. On m'a confié une mission, et je l'accomplirai. La réussite de notre labeur commun sera mon objectif permanent. Quels que soient nos qualités et nos défauts, nous devons tous nous soumettre à cette exigence. Le comprends-tu ?

— Oui, oui ! approuva Teigneux qu'apaisait la main d'Imhotep.

— Oublions les erreurs passées et les mauvais comportements, ne songeons qu'à élever cet atelier vers la perfection. Si tu refuses d'obéir et si tes agissements troublent l'esprit de notre équipe, je saurai me montrer impitoyable. M'as-tu bien entendu ?

— Je ne suis pas sourd !

Se sentant d'aplomb, Teigneux s'écarta. Il tâta son épaule, à peine endolorie.

— Que m'as-tu fait ?

Imhotep parut surpris.

— Je t'ai simplement témoigné mon respect et ma fermeté.

— Je suis guéri, je ne souffre plus !

— Tu es un solide gaillard et ta chute n'était pas grave. J'accorde un jour de congé afin de fêter ma nomination. Demain, nous reprendrons le travail.

Teigneux n'en pensait pas moins. Cet Imhotep possédait les pouvoirs d'un sorcier.

Un sorcier dangereux qu'il fallait empêcher de nuire en le dénonçant aux autorités. En Égypte, la magie noire était un crime durement réprimé.

5.

Lorsque Djéser pénétra dans la salle du temple d'Abydos où se tenait le grand conseil présidé par la reine Nimaât, chacun éprouva un sentiment identique : il *était* le pharaon, le seul capable d'assumer la charge d'une fonction dépassant les limites ordinaires de l'humain.

Le colosse s'inclina respectueusement devant les sages responsables de l'élection du futur maître des Deux Terres. L'absence d'un monarque les mettait en péril, les Égyptiens redoutaient le chaos. Privé d'un chef authentique, le peuple courait à l'anarchie et au malheur.

La reine Nimaât n'adressa pas le moindre regard complice à son fils. Au contraire, elle se montra d'une froideur presque accusatrice. En cet instant, l'affectif n'avait pas sa place. Elle et les dignitaires devaient jauger les capacités d'un futur chef d'État.

Hézyrê apparaissait encore plus revêche. Nul ne connaissait son avis.

Le jovial Ânkhy, ritualiste en chef, ne cachait pas ses préférences pour Djéser et n'imaginait pas qu'un autre prétendant fût capable d'occuper le trône des vivants.

Restaient les deux principaux conseillers du monarque défunt, qui avaient occupé divers postes ministériels et connaissaient à merveille l'administration et les rouages du pouvoir. Le premier, Baten, était un travailleur acharné, soucieux de la bonne marche de l'État au point d'en perdre parfois le sommeil. Père de deux enfants, ce quadragénaire à la forte corpulence et au solide appétit réduisait sa vie familiale au minimum, tant les affaires publiques l'occupaient. De taille moyenne, le visage rond, la parole rapide et l'allure décidée, Baten connaissait les fragilités du pays. Un mauvais pharaon compromettrait l'unité du Nord et du Sud et conduirait rapidement l'Égypte à la ruine.

Le second conseiller, Akhétâ, issu d'un modeste village du Delta, continuait d'arpenter les provinces et de surveiller la bonne exécution des directives émanant de la capitale. À cinquante-deux ans, veuf, il faisait preuve d'une rigueur et d'une perspicacité redoutées de l'ensemble de ses subordonnés. On lui reprochait son manque de diplomatie et ses manières souvent abruptes, mais Akhétâ se moquait des critiques et ne se souciait que des résultats. Bien charpenté, le visage anguleux, les yeux noirs et sévères, le nez droit, il paraissait toujours distant.

— Prends place, Djéser, ordonna la reine.

Le colosse s'assit sur un siège à dossier droit en sycomore, dépourvu d'ornement, face aux membres du grand conseil.

— Conseiller Baten, exigea la souveraine, rends-nous compte de la situation réelle du pays.

— Majesté, l'institution du Trésor dispose de richesses appréciables et de réserves alimentaires suffisantes en cas de mauvaise crue. Néanmoins, des réformes seraient nécessaires, et certains privilèges me semblent exorbitants. Imprévoyance et laxisme auraient des conséquences désastreuses.

— Ton avis, conseiller Akhétâ ?

— Plusieurs chefs de province ne s'intéressent qu'à leurs intérêts propres. Le décès du roi leur procure l'occasion de s'affranchir du pouvoir central. Et je ne parle pas des hauts fonctionnaires décidés à s'enrichir en oubliant leurs devoirs. Quant à l'ennemi libyen, son calme apparent m'inquiète. Peut-être une offensive se prépare-t-elle, et nous manquons d'informations.

Le ritualiste en chef Ânkhy demanda la parole.

— Les interventions des conseillers confortent mon opinion, Majesté. Le prince Djéser doit devenir pharaon. Lui seul possède les qualités indispensables.

Baten acquiesça d'un signe de tête.

— Je n'en suis pas persuadé, objecta Akhétâ. En raison de la complexité de la situation actuelle, le manque d'expérience et de souplesse risque d'être fatal.

La reine demeura imperturbable.

— Ton jugement, chancelier Hézyrê ?

L'austère personnage resserra les pans de son manteau.

— Je partage les hésitations d'Akhétâ, mais je crois que le prince Djéser ne saurait être définitivement écarté. Et je ne vois aucun autre prétendant digne de ce nom.

— N'oublions pas la règle de l'unanimité, rappela Akhétâ. La violer entraînerait la disparition du grand conseil et la naissance d'un pouvoir arbitraire.

— Je ne comprends pas vos réticences, intervint Ânkhy. La réalité ne vous saute-t-elle pas aux yeux ? C'est un roi qui se trouve devant nous, pas un simple dignitaire !

— Djéser, interrogea la reine Nimaât, quelles seraient tes décisions si tu étais appelé à la fonction suprême ?

Les regards pesèrent sur le fils du monarque défunt. Des paroles qu'il prononcerait dépendait l'avenir de l'Égypte.

— J'estime juste et nécessaire la création d'une nouvelle dynastie. Mon père a clos une époque ; il m'appartient, avec l'aide des dieux et des dignitaires capables de tenter l'aventure, d'ouvrir une porte dans l'invisible.

Le grand conseil fut stupéfait. La reine elle-même ne s'attendait pas à de telles déclarations.

— Envisagez-vous un profond remaniement de l'administration ? s'inquiéta le conseiller Akhétâ.

— La fondation de la troisième dynastie implique des mutations, répondit Djéser. Soit le pays s'endort d'un sommeil mortel, soit il sort grandi de cette épreuve et cherche à se bâtir de manière plus solide.

— Louable ambition, jugea le chancelier Hézyrê, mais projet dangereux ! Préserver la stabilité actuelle ne serait-il pas préférable ?

— Elle ne me suffit pas et nous condamne à la décrépitude. Quand le fondateur de notre civilisation, Ménès, unit pour la première fois les Deux Terres et dressa le mur blanc de Memphis, il réussit l'impossible. Aujourd'hui, la désagrégation nous menace. Aussi convient-il de réunir ce qui est épars, de lutter contre les intérêts personnels et d'entrevoir une nouvelle architecture de l'État.

— Nous aimerions davantage de précisions, souhaita le conseiller Baten.

— Impossible, affirma Djéser. Seul le regard que m'offrira le couronnement me permettra de concrétiser cette vision et d'entreprendre ma tâche.

Le trouble du grand conseil provoqua l'intervention de la reine.

— Proposez-vous un autre postulant à la fonction royale ?

Un long silence s'installa.

— Personne ne possède les qualités du prince Djéser, trancha le chancelier Hézyrê, personne ne détient une puissance comparable. Néanmoins, l'ampleur de ses projets ne nous séduit guère. À l'instar du conseiller Akhétâ, je ne saurais donner mon approbation.

— Je réitère la mienne, confirma Baten. Notre rôle ne consiste-t-il pas à savoir discerner la nature royale et à lui accorder notre confiance ?

— N'oublions pas l'avaleuse d'âmes ! recommanda Ânkhy. Nos rituels peuvent la contenir, mais sa magie noire ne franchira-t-elle pas nos barrières ? En l'absence d'un pharaon, nous sommes affaiblis, et les maléfices nous frapperont de plein fouet.

— Ce danger ne doit pas nous contraindre à trahir notre cœur, estima Akhétâ. En dépit des arguments avancés, je demeure réticent.

Comme Hézyrê approuva la prudence du conseiller, la reine était loin d'obtenir l'unanimité. Ne restait qu'une solution.

— Nous retournons à Memphis, décida Nimaât. Le grand conseil y reprendra ses délibérations, et nous ferons savoir à la cour et au peuple qu'un pharaon régnera bientôt sur l'Égypte. Pendant la période de discussions, j'assumerai la régence. Si la position de Djéser se conforme à la loi de Maât, l'invisible nous offrira un signe et dissipera les doutes.

6.

À la fin de chaque journée de travail et durant ses périodes de repos, Imhotep se rendait à l'école des scribes. Les oreilles[1] grandes ouvertes, il découvrait les signes et les textes qui avaient été utiles aux ancêtres. Sa main se façonnait si vite et si bien qu'il ne commettait presque aucune faute. Habitués aux négligences des élèves, parfois semblables à des chapelles privées de dieux, ses professeurs s'étonnaient des dons de ce jeune maître d'atelier. La perfection de ses dessins et son sens inné des hiéroglyphes le désignaient comme un futur scribe d'élite.

Aussi ne tarda-t-il pas à recevoir un matériel de professionnel, composé d'une palette rectangulaire en sycomore, d'un étui à calames, fins pinceaux de roseau, d'un godet à eau, de bâtonnets en grès servant à gratter et à effacer, et de petits pains de couleur permettant d'obtenir du noir et du rouge. S'y ajouta un lot de papyrus, dont un rouleau de première qualité, don du maître d'école à son meilleur disciple.

1. En hiéroglyphes, le mot « oreilles » est *ânkhouy*, « les vivantes ».

Les foreurs de vases de l'atelier royal de Memphis surent très vite que leur chef venait d'être distingué, et même Teigneux le considéra d'un autre œil. Futé, lui, n'hésita pas à solliciter son patron afin d'apprendre à lire et à écrire. D'une intelligence déliée, l'artisan progressait à son rythme.

La réorganisation du travail envisagée par Imhotep et discutée avec ses collègues avant sa mise en pratique était un franc succès. Sans efforts supplémentaires et grâce à une meilleure répartition des tâches, la production des vases et de la vaisselle de pierre dure s'améliora. Écoutant doléances et souhaits, Imhotep se montrait intransigeant sur la discipline et la qualité.

Lorsqu'il présenta son matériel de scribe à sa mère, elle faillit s'évanouir. Affaiblie, ne se remettant pas de la mort de son mari, Khérédou étreignit son fils.

— Ton père aurait été tellement fier de toi ! Tout petit déjà, tu étais différent de tes camarades de jeu. Toi, tu ne songeais qu'à t'isoler et à apprendre. Nous désirions t'ouvrir le chemin vers une existence à la hauteur de tes dons, et tu y parviens à force de courage ! Cette palette, ce poste de chef d'atelier… Tu ne pouvais m'offrir de plus grandes joies.

— J'ai un autre cadeau.

Khérédou fronça les sourcils.

— Tu n'as pas commis de dépenses inconsidérées, j'espère ?

— L'augmentation de mon salaire me permet d'améliorer ton quotidien. Aller au marché, porter des poids, t'acquitter de la corvée d'eau… Tu as besoin d'aide.

— Nous n'avons pas les moyens de payer un domestique !

— J'en ai trouvé un qui nous rendra de nombreux services en échange d'une modeste rétribution.

Imhotep ouvrit la porte de la petite demeure. Khérédou découvrit un âne aux yeux marron, pétillants d'intelligence, et à la robe gris clair.

— Il n'est âgé que de un an, précisa Imhotep, et s'appelle Vent du Nord. D'après l'éleveur, robustesse exceptionnelle ! Et il possède un sens de l'orientation infaillible.

Khérédou parut contrariée.

— Regarde ses flancs, il est trop maigre ! Il faut nourrir immédiatement cette pauvre bête.

La maîtresse de maison courut jusqu'à sa cuisine.

Imhotep caressa le front de Vent du Nord.

— À mon avis, tu ne devrais pas être mécontent de l'ordinaire de la maisonnée.

*

* *

Dès son retour à Memphis, Hézyrê avait réuni les principaux scribes placés sous ses ordres et distribué ses consignes de manière à maintenir l'activité des services de l'État. Les conseillers Akhétâ et Baten agissaient de même dans leurs domaines respectifs, tandis qu'Ânkhy veillait à la célébration des rites quotidiens. Tous rendraient compte à la reine mère, chargée de gouverner les Deux Terres et de réunir à nouveau le grand conseil au terme d'un mois de réflexion.

Mille rumeurs circulaient. Pourquoi le prince Djéser n'avait-il pas été élevé à la dignité suprême ? Quels conflits agitaient le sommet de la hiérarchie ? Combien de prétendants tenteraient d'obtenir l'approbation du grand conseil ? Affaibli, le pays ne volerait-il pas en éclats et les chefs de province ne proclameraient-ils pas leur autonomie ?

Refusant de répondre aux questions de ses subordonnés, le chancelier Hézyrê se contentait de rappeler la prééminence de la loi de Maât et promettait un châtiment exemplaire aux fauteurs de troubles.

Le navire de l'État semblait solide, mais ne résisterait pas longtemps à la tempête. Certes, la reine Nimaât ne manquait ni de courage ni de compétence, et saurait contenir les ambitions des uns et des autres, malgré la maladie qui la rongeait. Hélas ! ses forces déclinaient, et la science de Hézyrê ne suffirait pas à la guérir. Avant sa disparition, il faudrait couronner un pharaon. Sinon, les ténèbres recouvriraient les Deux Terres et le chaos triompherait, ruinant l'œuvre des deux premières dynasties.

Djéser serait-il le sauveur ?

Hézyrê examina le dernier vase en diorite provenant de l'atelier royal de Memphis que dirigeait à présent Imhotep, avec une efficacité remarquable. Le chancelier avait approuvé sa nomination, sous réserve du maintien de la qualité. Et il n'était pas déçu en contemplant la dernière œuvre du chef d'atelier en personne. Perfection de la forme, aucun défaut, sûreté de la main. Les hiéroglyphes tracés sur l'étiquette témoignaient d'un sens du tracé hors du commun.

L'un des secrétaires de Hézyrê pénétra dans son vaste bureau, proche du palais, et s'inclina.

— Chancelier, un artisan souhaiterait vous voir. Confidentiel et important, selon lui.

— Son nom ?

— Teigneux, foreur de vases de pierre dure.

— Fais-le entrer.

Rasé de près, portant un pagne neuf, chaussé de sandales en papyrus, Teigneux découvrit un endroit austère. Chaises en sycomore à dossier droit, tables basses couvertes de papyrus, coffres de rangement, murs nus, pas la moindre peinture.

Le regard glacial de Hézyrê l'empêcha d'avancer.

L'artisan s'agenouilla.

— Seigneur, je…

— Relève-toi et parle sans crainte.

Les jambes de Teigneux flageolaient.

— C'est difficile à dire, seigneur, je ne trouve pas les mots ! Une telle horreur, ici, à Memphis… Je n'en dors plus !

— Tu me parais pourtant en bonne santé.

— Justement, seigneur, c'est à cause de cette horreur qui m'a frappé au sein même de mon atelier ! Les témoins n'osent pas parler. Moi, j'ai ce courage, et je demande protection et justice.

De ses doigts nerveux, Teigneux tordit un pan de son pagne.

— Si ta requête est fondée, elles te seront accordées. J'attends encore la relation de faits précis.

— Voilà, seigneur, voilà ! Forer des vases de pierre dure exige expérience, force et précision. Les accidents du travail et les blessures ne sont pas rares. À la longue, le corps souffre. Mon point faible, c'est l'épaule droite. Je venais de me la luxer quand… quelqu'un a posé sa main sur l'endroit douloureux et m'a guéri ! Aussitôt, seigneur, j'ai compris : de la magie noire ! Mes collègues ferment les yeux, pas moi. Il s'agit d'un crime, le coupable doit être arrêté et puni.

— Quel est le nom de ce mage noir ?

Teigneux hésita.

— Les artisans se taisent, car ce monstre est notre nouveau chef d'atelier, Imhotep ! Ses pouvoirs maléfiques me terrorisent.

— Tu n'as pas à t'en plaindre, me semble-t-il, puisqu'il t'a guéri.

— Demain, seigneur, il me brûlera peut-être de l'intérieur ! Traînez-le devant un tribunal, emprisonnez-le et nommez à sa place un artisan honnête et sérieux.

— Toi, par exemple ?

Teigneux baissa la tête.

— Je suis à votre disposition, seigneur.

Hézyrê prit un long temps de réflexion.

— Tu as eu raison de venir me voir, et je juge ton témoignage important.

Teigneux sourit. Il se débarrassait d'Imhotep et accédait enfin au poste tant convoité !

— Voici mes décisions, annonça le chancelier. Afin de te mettre à l'abri, tu seras transféré dans un atelier de province, loin de Memphis, mais tu garderas le même salaire et le même rang. Je m'occuperai personnellement d'Imhotep.

— Seigneur, je…

— Ne me remercie pas et profite de ta sécurité retrouvée.

7.

— On attaque, mon prince ? demanda Baveux, l'œil gourmand.

— On attaque.

— Je me garde les filles ?

— Accordé, concéda le Libyen Tanou, chef d'une bande de pillards qui écumait le désert à l'est de Memphis, la Balance-des-Deux-Terres, capitale d'une Égypte qu'il ne désespérait pas de conquérir après avoir renversé le pharaon et massacré ses fidèles.

La tâche ne s'annonçait pas facile. Tanou devait d'abord fédérer des tribus et s'imposer comme un meneur incontestable. Âgé de trente ans, la tête carrée, le buste couvert de cicatrices héritées de ses victoires lors de duels à mort, le nez pointu, les bras et les jambes d'une épaisseur inhabituelle, le Libyen était né la haine au cœur envers cette Égypte hostile à son peuple. La détruire devenait son obsession. Peu importait le nombre de cadavres, à condition qu'il ne restât rien de la citadelle aux murs blancs et des villes remplies de richesses.

Tanou regarda Baveux et sa meute agresser la caravane imprudente. Fallait-il être stupide pour s'aventurer dans ces solitudes sans une escorte armée ! Ces braves marchands s'imaginaient que la chance leur souriait.

Ils se trompaient.

Quiconque pénétrait sur le territoire de Tanou lui appartenait corps et biens. Baveux exécutait les bouches inutiles, violait les femmes et torturait les récalcitrants. Il prenait plaisir à infliger les pires souffrances, en attendant d'empaler les hauts dignitaires de la cour de Pharaon et de trancher les seins de leurs épouses. Dénué de sens moral, Baveux jouissait de sa propre violence et de la douleur d'autrui. Excellent second, guerrier habile et féroce, il suivait aveuglément Tanou, prince des tueurs.

Cette caravane-là ressemblait à une amusette. Une dizaine de mâles vite terrassés, des femmes vieillissantes et piailleuses, une seule jeunette, des ânes fatigués et des marchandises de second ordre.

Tanou s'approcha de l'homme de tête, agenouillé, le visage en sang.

— Es-tu le chef du convoi ?

— Je guide ces gens jusqu'à la mine de turquoises. Nous apportons des vêtements aux ouvriers.

— D'où viens-tu ?

— De Memphis.

Tanou cracha au visage du supplicié.

— Cité maudite ! Puisse-t-elle bientôt disparaître. Écoute, ordure d'Égyptien, je t'accorde la vie sauve, à une condition : raconte-moi ce qui se passe là-bas.

En proie à des rumeurs contradictoires, Tanou voulait en avoir le cœur net.

— Le pharaon est mort, il a été inhumé en Abydos.

— Le nom de son successeur ?

— Le grand conseil ne l'a pas encore désigné. La reine Nimaât exerce la régence.

— Des factions s'opposeraient-elles ?

— Je n'en sais pas davantage.

— Alors, tu ne me sers plus à rien !

Utilisant un long poignard en silex, le Libyen trancha la gorge de l'Égyptien. Les rires gras de ses hommes saluèrent l'exploit.

— Mon prince, intervint Baveux, j'en ai terminé avec la gamine et je l'abandonne à nos vaillants soldats. On ne récupérera qu'une dizaine d'ânes et des vêtements ordinaires.

Tanou essuya son poignard.

Pas de nouveau pharaon, la confusion au sommet de l'État, une vieille femme incapable de juguler les ambitions des dignitaires… Si le Libyen parvenait à trouver des appuis à la cour et à fomenter un complot, le trône des Deux Terres ne vacillerait-il pas ?

— Nous installons la tribu en lieu sûr, annonça-t-il à Baveux. Toi et moi, nous partons pour Memphis.

*
* *

— Tu parais bouleversé, mon fils ! s'inquiéta Khédou. Des ennuis au travail ?

— Seulement les soucis habituels, répondit Imhotep, embarrassé.

— Dis-moi la vérité.

— J'ai reçu une invitation et je n'ai pas l'intention de l'honorer.

— Explique-toi, je t'en prie !

— Le chancelier Hézyrê me convie à un banquet.

— Hézyrê, l'un des hauts dignitaires de la cour ?

— Lui-même.

— C'est un immense honneur, mon fils ! Impossible de refuser. Imagines-tu la fierté de ton père ?

— Je ne suis qu'un artisan et je déteste les mondanités. Comment me vêtir, me parfumer, me… ?

Khérédou caressa la joue de son fils.

— Ne te préoccupe pas, je saurai. Le chancelier reconnaît tes qualités, ta carrière dépend de ses décisions. Peut-être t'adressera-t-il la parole !

— Mes fonctions actuelles me suffisent, mère.

— N'as-tu pas toujours envie d'apprendre ?

— Ma place n'est pas parmi les nobles, je…

— Il ne t'appartient pas de juger, Imhotep. Laisse agir le destin, et comporte-toi en conséquence.

Le jeune homme nourrit Vent du Nord, ravi d'aider Khérédou et de jouir de longues siestes, puis il marcha au hasard. Comme la campagne était belle ! Le vert des cultures marquait le triomphe du travail des paysans sur l'aridité, d'innombrables rigoles d'irrigation donnaient la vie, les arbres fruitiers et les palmiers procuraient de l'ombre. Grâce à l'entretien rigoureux des canaux, le Nil exerçait ses bienfaits, et le bétail pouvait se désaltérer. Les champs de blé, d'orge, d'épeautre et de lin se montraient généreux, le dur labeur des agriculteurs s'accomplissait sous la protection des dieux, que Pharaon devait honorer afin de maintenir leur présence.

Imhotep se remémorait son étrange vision, ce paradis au cœur du désert. Il n'avait pas rêvé et, pourtant, ce paysage se situait au-delà du monde des humains. Oserait-il explorer à nouveau l'inconnu et tenter de retrouver le chemin menant à ce champ des roseaux de lumière ?

Soudain, il l'aperçut.

Elle se baignait dans un petit canal à l'eau très pure. Sa chevelure noire brillant au soleil, elle nageait avec souplesse.

Fasciné, l'artisan ne parvint pas à détacher son regard de cette jeune femme qui était l'incarnation de la beauté et de l'harmonie. Il aurait aimé la dessiner, la sculpter et contempler ses statues préservant ce moment de grâce.

Ne s'agissait-il pas d'un autre mirage, d'une simple illusion destinée à disparaître ?

Lorsque la nageuse, nue, regagna la berge, le jeune homme recula. Elle s'étendit sur un drap de lin, ferma les yeux et se laissa sécher. Les formes de son corps mordoré atteignaient la perfection, son visage exprimait une lumière tellement intense qu'Imhotep en fut bouleversé. Il n'avait pas le droit de l'observer ainsi et de troubler sa solitude, il aurait dû s'approcher, lui parler, se répandre en excuses, évoquer le hasard.

Vu son élégance naturelle, ses cheveux soignés, la finesse de ses mains et de ses pieds, la belle nageuse appartenait forcément à une famille riche et noble. Imhotep continua à reculer et finit par s'éloigner, après un ultime regard.

Jamais il ne l'oublierait, jamais il ne la reverrait.

8.

Le portier de la vaste villa du chancelier Hézyrê n'avait pas l'air commode. Il toisa le jeune homme, jugeant de la qualité de sa tunique de lin, de sa coupe de cheveux et du prix de ses sandales de cuir.

— Votre nom et votre fonction ?

— Imhotep, chef de l'atelier royal des foreurs de vases.

Le portier consulta la liste des invités au banquet.

— Le chambellan vous conduira à votre place.

Quand Imhotep franchit le seuil d'un des plus beaux domaines de Memphis, le portier demeura songeur. Ce gaillard-là avait l'allure d'un seigneur, bien qu'il fût dépourvu de morgue. Il se dégageait de sa personne une impression de puissance tranquille, comme si nul événement ne pouvait le troubler. Puisqu'il se présentait seul, il n'était pas marié. Quelle femme, parmi les nombreuses coquettes à la recherche d'un époux, saurait capter son attention ?

Imhotep découvrit un grand jardin planté de palmiers, de sycomores et de grenadiers. Le long du bassin, des bleuets et des iris. L'allée sablée conduisait à un porche où l'on offrait aux invités une coupe de vin blanc frais.

On papotait, on échangeait des confidences, on essayait de séduire, on s'amusait aux dernières plaisanteries des beaux parleurs. Gêné, Imhotep se mit à l'écart en espérant ne pas être remarqué.

Peine perdue, car la jolie princesse Redjit, qui ne manquait pas une seule réception importante, repéra vite cet hôte inconnu et séduisant. Peu de dignitaires possédaient cette autorité naturelle, mariage réussi de la force physique et d'une acuité intellectuelle presque palpable. Et la timidité apparente du jeune homme ne faisait qu'ajouter à son charme.

En Égypte, la femme épousait l'homme de son choix. Encore célibataire, l'élégante Redjit, parée d'un collier de cornaline et de bracelets dorés, multipliait les aventures et se lassait vite.

— Je m'appelle Redjit, déclara-t-elle d'une voix suave, et je dirige la Maison de la Reine. Puis-je connaître votre nom ?

— Imhotep.

— Le chef d'atelier ?

— En effet, mais…

Elle sourit, enjôleuse.

— Ne soyez pas étonné. Votre flatteuse réputation a atteint la cour, et c'est la raison pour laquelle le chancelier Hézyrê vous a invité. Un honneur remarqué, soyez-en certain !

— Je me contente de remplir ma tâche au mieux et ne mérite guère de…

— Allons, Imhotep, ne vous mésestimez pas ! Nos dirigeants attachent le plus haut prix à l'excellence des ateliers royaux et ne confient pas leur direction à des incapables. Je comptais d'ailleurs vous passer commande de plusieurs vases en pierre dure destinés à la cuisine de Sa Majesté, et j'ose espérer que vous me donnerez satisfaction dans les meilleurs délais.

— Certes, princesse, à condition d'avoir les impératifs techniques : matériau, forme, dimensions.

— Mon secrétaire vous les fournira dès demain.

L'apparition du chambellan éteignit les discussions. Survenait le moment tant attendu : l'accès à la salle du banquet et la désignation de la place de chaque invité, selon la hiérarchie imposée par le chancelier. Certains seraient déçus, d'autres comblés. En ces temps troublés, le moindre détail pouvait être lourd de conséquences. En marquant ses préférences, Hézyrê n'annonçait-il pas le futur gouvernement ? Si le grand conseil ne parvenait pas à élire un pharaon, la régente régnerait longtemps et associerait ses proches, notamment Hézyrê, au pouvoir suprême. Plaire au chancelier devenait donc un impératif.

Le ballet commença. Les hôtes occupaient des sièges bas en sycomore, équipés de coussins, face à de petites tables ornées de fleurs et garnies de mets. Au menu, purée de fèves aux fines herbes, côtes de bœuf, perche du Nil sur lit de poireaux, gâteaux au miel. Fruité et puissant, le vin rouge du Delta ravirait les gourmets.

La répartition des convives correspondit aux attentes, jusqu'au moment où le chambellan appela Imhotep et l'installa à la droite du maître de maison.

La stupéfaction fut totale. Beaucoup ne connaissaient pas ce jeune homme à la dignité impressionnante dont la princesse Redjit fit circuler le nom. Pourquoi bénéficiait-il d'un tel privilège ?

Composé d'une flûtiste, d'une harpiste et d'une hautboïste, l'orchestre calma les esprits et permit aux convives d'exprimer à voix basse leurs hypothèses.

Imhotep aurait préféré se trouver loin de l'austère Hézyrê qui mangeait du bout des lèvres et ne lui adressait pas la parole.

Osant lever les yeux, le jeune homme découvrit l'assistance.

Et il vit la nageuse, vêtue d'une longue robe de lin, assise entre deux dignitaires âgés et dotés d'un solide appétit. Sa beauté éclipsait celle des autres femmes, la princesse Redjit comprise. Sereine, elle semblait écouter le bavardage des courtisans. Et si l'un d'eux était son mari ?

— J'ai étudié ton dossier, mon garçon, révéla Hézyrê. Brillants états de service et beau début de carrière. Tu sais à la fois travailler et diriger, un cas de figure plutôt rare. À cela s'ajoutent tes dons pour l'écriture et la lecture. Devenir scribe d'élite t'intéresserait-il ?

— Je ne souhaite abandonner ni le travail des mains ni mon atelier.

Hézyrê masqua sa satisfaction. Imhotep, lui, se sentait à la dérive. D'un côté, son regard restait fixé sur la nageuse aux gestes raffinés ; de l'autre, il devait répondre à un personnage redoutable, capable de le briser en une seconde.

— Tu découvres le luxe et les mondanités. Ne t'en émerveille pas et ne cesse pas de rechercher la réalité sous l'apparence. Robes, pagnes et tuniques sont en lin de première qualité parce qu'il provient de la sueur de

Râ, le dieu de la Lumière. L'union des deux principales étoffes[1] symbolise celle de Râ et d'Osiris, du céleste et du souterrain, du visible et du mystère. Récolter le lin au bon moment est un rite, le tisser de manière lâche ou serrée rend les vêtements frais en été et chauds en hiver. Quant aux magnifiques bijoux que portent mes invitées, ils ne se réduisent pas à de simples ornements. L'or est chair de Râ, ses os sont en argent, ses yeux en lapis-lazuli, ses cheveux en turquoise. Métaux et minéraux proviennent du rayonnement traversant l'univers, travailler ces matériaux revient à nous le faire percevoir. N'oublie pas les parfums, marques de la présence divine[2], qui doivent imprégner le temple, le palais, la salle du banquet et les maisons. Tant que notre monde sentira bon, il aura une chance de survivre.

Imhotep baissa les yeux.

— Seule votre table bénéficie d'un décor composé de deux symboles : le nœud magique d'Isis et le pilier « stabilité » d'Osiris. Leur alternance implique-t-elle l'alliance indispensable entre la déesse et le dieu, le mouvement de la pensée et sa fixation dans la matière ?

— Qui t'a enseigné ces notions ? demanda Hézyrê, intrigué.

— Personne. J'ai réfléchi à partir des hiéroglyphes.

Le chancelier dégusta lentement un morceau de pain chaud et but une gorgée de vin rouge.

— La fabrication et le forage des vases de pierre dure n'ayant plus de secrets pour toi, il te faut passer à une nouvelle étape. J'ai besoin d'un administrateur à

1. *Idemi* et *ines*.
2. *Sentjer*, « l'encens », littéralement « ce qui rend divin ».

Nékhen[1], en Haute-Égypte. Avant d'y partir, tu deviendras maître charpentier. Le chantier naval de Memphis t'apprendra à connaître le bois.

Le chancelier se leva, signifiant la fin du banquet. Sans saluer quiconque, il regagna ses appartements. Les invités, eux, échangèrent leurs impressions en dégustant pâtisseries et grands crus autour de la pièce d'eau.

Qualifiée d'avaleuse d'âmes par le ritualiste en chef Ânkhy, l'Ombre rouge s'amusait à voir ces nobles interpréter les intentions du chancelier Hézyrê. Ils voulaient croire à la stabilité du royaume et refusaient d'envisager le pire. La présence d'un jeune artisan à la droite du maître de maison ? Une simple provocation, typique du chancelier, attaché au bon fonctionnement des ateliers royaux et désireux d'affirmer leur importance aux yeux des courtisans.

Vêtue d'une robe fourreau moulante que deux bretelles maintenaient sous les seins, la belle nageuse se retira. Imhotep aurait aimé la suivre, mais quantité de curieux l'entourèrent et l'assaillirent de questions. Chacun voulait rencontrer le héros de la soirée. Enfin, la meute se dissipa.

— Félicitations, dit la princesse Redjit, mutine. Vous voilà devenu un personnage important.

— Ne vous moquez pas de moi.

— Le chancelier Hézyrê n'accorde pas sa confiance à la légère.

— Je tenterai de m'en montrer digne.

1. Hiérakonpolis.

— J'organise des banquets, moi aussi, et j'espère que vous honorerez mon invitation.

— Les mondanités ne sont pas mon fort, princesse, et le chancelier m'impose une épreuve qui me supprimera tout loisir. Pourriez-vous… pourriez-vous m'aider ?

— De quelle manière ?

— J'aimerais connaître le nom d'une invitée.

L'artisan décrivit la sublime nageuse. La princesse parut contrariée.

— On l'appelle Néféret, elle est archiviste à la Maison de Vie. Une personne sans importance, croyez-moi. À bientôt, Imhotep.

9.

L'épouse de Djéser, Paisible[1], était aimée et respectée. Ne haussant jamais le ton, elle régnait avec fermeté et douceur sur une maisonnée nombreuse et gérait un vaste domaine agricole employant une centaine de paysans ne jurant que par elle. Paisible récompensait les travailleurs et châtiait les paresseux. Nul n'osait lui mentir, et ses serviteurs se félicitaient d'appartenir à une grande famille où personne ne redoutait la maladie et la vieillesse. Les employés de Djéser et de son épouse bénéficiaient de soins gratuits, une demeure confortable accueillait les vieillards solitaires.

Âgée de trente-cinq ans comme son mari, Paisible lui avait donné deux filles. Les adolescentes de dix-sept et seize ans se montraient studieuses et vives d'esprit. La jeune femme continuait à admirer son mari, un homme hors du commun dont la puissance effrayait nombre de courtisans. Dès leur première ren-

1. Son nom égyptien était Hotep-her-Nebty. Il figure sur une stèle-frontière de l'immense complexe architectural de Saqqara et sur le fragment d'un naos provenant d'Héliopolis.

contre, elle avait senti en lui le chef d'État, capable de mettre son existence au service d'un pays et d'un peuple. Le feu qui l'animait ne détruisait pas, mais nourrissait une vision nécessaire à l'harmonie de cette jeune civilisation. Privée de pharaon, elle s'effondrerait vite et laisserait la place au désordre et à l'injustice.

Paisible vérifia elle-même la tunique d'apparat que Djéser porterait en se présentant devant le grand conseil. Pourquoi doutait-il de ses aptitudes à gouverner ? Certes, désigner un pharaon était une responsabilité redoutable, et Paisible ne condamnait pas la prudence des conseillers. Cette fois, néanmoins, ils devraient prendre une position définitive.

Le soleil se levait. Le barbier rasa le prince Djéser et le parfuma, puis son valet de chambre l'habilla. En guise de parure, le colosse se contenta de deux bracelets aux poignets et tint à saluer son épouse avant de gagner le palais.

— Des bruits ont-ils filtré ? lui demanda-t-elle.

— Pas le moindre.

— Ta mère te soutient-elle encore ?

— Contre vents et tempêtes de sable ! Non parce que je suis son fils, mais parce qu'elle m'estime digne de porter la plus lourde charge.

— Sa santé ?

— Elle décline à vue d'œil. Les remèdes de Hézyrê ne parviennent qu'à calmer la souffrance.

— Chercherait-on à te nuire ?

— En douterais-tu ? Les serpents de la nuit ont commencé leur chasse et ne se dévoileront qu'en cas de victoire assurée.

— Écrase-leur la tête !

— Je dois d'abord les identifier, et la tâche ne s'annonce pas facile. On parle d'une avaleuse d'âmes, coupable d'avoir profané la nécropole d'Abydos. À supposer qu'elle soit revenue des ténèbres, elle ne s'arrêtera pas en si mauvais chemin.

Paisible vacilla.

— Un tel danger… Ne conviendrait-il pas de renoncer ?

Djéser sourit.

— Serait-ce le conseil de mon épouse ?

Elle soutint son regard.

— Non, bien sûr que non !

— Alors, espérons en la sagesse du grand conseil.

Une langue très douce lécha le prince.

— Geb ! Qui t'a permis d'entrer ici ?

Les grands yeux marron du chiot se firent implorants.

Noir, haut sur pattes, le museau allongé, il possédait le don d'attendrir son monde. Djéser le prit dans ses bras et lui caressa la tête.

— Toi, tu seras mon confident. Ton âme est fidélité, elle ignore la trahison.

*

* *

Les visages des membres du conseil étaient fermés. Même le jovial Ânkhy, le chef des ritualistes, semblait hostile. Il tenait ferme le grand bâton de commandement destiné au futur pharaon.

— Prince Djéser, interrogea la reine Nimaât, maintiens-tu ton projet ?

— Je le maintiens.

— Fonder une dynastie entraînera des bouleversements, observa le chancelier Hézyrê, rébarbatif.

— Possible.

— Seriez-vous à ce point mécontent des dignitaires en place ? demanda le conseiller Akhétâ, cassant.

— La carrière des uns et des autres ne me préoccupe pas, trancha Djéser. L'Égypte a besoin d'un nouvel élan et d'un nouveau souffle, et je prendrai les mesures nécessaires.

— Ces mesures nous inquiètent, révéla Hézyrê. Préserver l'ordre établi ne devrait-il pas être votre premier devoir ?

— Si cet ordre est celui de Maât, justesse de l'univers et rectitude royale, j'en serai le garant. S'il se réduit à la routine administrative et au comportement indigne de quelques privilégiés, je le modifierai.

— Le prince Djéser possède l'énergie pour entreprendre d'indispensables réformes, jugea le conseiller Baten. Pourquoi différer son intronisation ?

— Parce que nous attendons un signe, rappela le chancelier Hézyrê.

— Le voici peut-être, annonça la reine. Un rapport de la police du désert m'apprend qu'une caravane à destination de notre principale mine de turquoises a été sauvagement attaquée. Pas de survivants.

— Encore les Libyens ! s'exclama le conseiller Baten.

— Sans nul doute, reconnut son collègue Akhétâ. Bientôt, ils s'attaqueront à des cibles plus importantes, voire à la mine elle-même. Seule une intervention militaire leur brisera les reins.

— Je m'y engage, promit Djéser.

Akhétâ parut convaincu, se ralliant à Baten et Ânkhy. Restait le chancelier.

— Cette mauvaise nouvelle n'est pas un signe des dieux, estima-t-il. Cependant, elle nous contraint à montrer la fermeté du régime et la continuité du pouvoir pharaonique. Sa Majesté la reine n'étant pas apte à commander l'armée, je propose que le prince effectue la course rituelle autour du mur blanc de Memphis. Il prouvera ainsi ses capacités de futur monarque et affirmera l'unité primordiale des Deux Terres, la Haute et la Basse-Égypte. Le peuple sera rassuré et l'ennemi prévenu de notre détermination. Néanmoins, cette épreuve, à supposer qu'elle soit réussie, ne sera pas immédiatement suivie du couronnement. Nous devons obtenir le signe indubitable qui nous permettra de reconnaître Djéser comme pharaon.

Les conseillers approuvèrent.

— Notre décision est donc prise, déclara la reine. La course rituelle aura lieu à la nouvelle lune. S'il parvient au terme de ce premier voyage, nous nommerons Djéser à la tête d'un corps expéditionnaire chargé de repousser la menace libyenne et d'assurer la sécurité des caravanes.

Le prince Djéser s'inclina.

10.

Après avoir réglé quantité de problèmes mineurs à l'atelier des foreurs de vases et confié la surveillance du travail à Futé, Imhotep se dirigea vers le chantier naval de Memphis. Toute la capitale ne parlait que de l'épreuve imposée au prince Djéser, et les paris allaient bon train. S'il triomphait, la route du pouvoir suprême lui serait ouverte ; s'il échouait, d'autres candidats au trône se manifesteraient, au risque de voir l'État sombrer. Par bonheur, la reine Nimaât tenait le gouvernail d'une main ferme.

Comment ne pas rêver de Néféret, la belle archiviste de la Maison de Vie ? Un lieu inaccessible, réservé au pharaon et aux ritualistes chargés de célébrer les mystères et de préparer les cérémonies. La revoir, la contempler de loin… Un mirage qui se transformait en supplice. Néféret resterait à jamais hors d'atteinte, sublime vision d'une femme idéale versée dans la connaissance des textes sacrés. Son chemin et celui d'Imhotep n'avaient aucune chance de se croiser. Pourtant, le jeune homme ne se résignait pas à l'oublier. Au contraire, il préservait son souvenir au plus profond de son cœur.

Le chantier naval était entouré d'acacias fournissant la matière première aux charpentiers. Là se construisaient tous les types de bateaux, depuis la lourde barge de transport jusqu'aux embarcations rapides qu'utilisait la messagerie. Des bûcherons abattaient un vieil arbre, des chèvres grignotaient les feuilles et des apprentis équarrissaient les troncs.

— Où vas-tu, mon gars ? demanda un surveillant.

— Je m'appelle Imhotep, chef de l'atelier des foreurs de vases, et je désire voir le patron du chantier.

— Ah ! c'est toi, Imhotep... Suis-moi.

Des artisans expérimentés débitaient, à la scie, le bois en planches de diverses longueurs. Leurs collègues les travaillaient ensuite à l'herminette dont la lame plate, adaptée perpendiculairement à l'axe d'un manche en bois, faisait merveille.

Imhotep franchit le seuil d'un atelier couvert, réservé aux techniciens capables d'utiliser le foret à pointe de métal pour percer, au sein des planches lisses, les trous destinés à recevoir les chevilles. Les manieurs de maillet achevaient l'emboîtage des tenons dans les mortaises.

Le contremaître surveillait la finition d'une coque composée de planchettes formant une sorte de mosaïque. L'ajustement du bastingage paraissait satisfaisant, un scribe suivait l'exécution du plan.

Imhotep se rua sur l'un des ouvriers, l'agrippa par l'épaule et le tira en arrière. Un instant plus tard, il aurait eu les mains écrasées à cause d'une mauvaise manœuvre.

Tremblant, le rescapé les regarda longuement.

Le chef d'atelier, un grand gaillard moustachu, congratula le sauveteur.

— Tu nous as épargné une catastrophe ! Comment te remercier ?

— En évitant l'erreur de calcul qui entraînera d'autres accidents.

Le scribe sursauta.

— Oserais-tu m'accuser ?

— Me permets-tu de vérifier ?

— À quel titre ?

— Chef de l'atelier royal des foreurs de vases en pierre dure.

— Ah ! Imhotep ! Ici, tu n'as aucun droit.

— Laisse-le quand même vérifier, exigea le patron des charpentiers, sous le regard d'un vieil artisan assis au fond du local et occupé à joindre des pièces de bois avec des liens en cuir.

De rage, le scribe jeta au loin son écritoire et quitta les lieux. Calmement, Imhotep ramassa le matériel et consulta le papyrus couvert de calculs. Il ne mit pas longtemps à repérer la bévue.

— Le bastingage aurait été trop court, et la « muraille » de planches déséquilibrée.

— Nous aurions rectifié en cours de route, assura le patron. Mais dis donc, toi… connaîtrais-tu le travail du bois ?

— Le chancelier Hézyrê m'a ordonné de devenir maître charpentier. Je suis venu recueillir votre science.

Le patron regarda Imhotep d'un drôle d'œil.

— Joins-toi à mes gars et montre-nous de quoi tu es capable.

Le jeune artisan participa à la construction d'une superbe barque rapide. Précis et rythmés, ses gestes prouvaient une bonne pratique du métier. Usant d'une pierre lisse, il se révéla un parfait polisseur et se réjouit lors de la pose de la cabine.

Le patron se gratta la tête.

— Je n'ai pas grand-chose à t'apprendre, avoua-t-il, et je vais te confier au Vieux. En cas de difficultés, il trouve les solutions.

Imhotep s'assit à côté du Vieux.

— Regarde ce bateau, mon gars. Que lui manque-t-il ?

— Un solide assemblage et une vraie étanchéité.

— J'utilise le cuir, le lin et la colle. Tu m'aideras à reconstituer ainsi les parties du corps d'Osiris démembré en raison de la cupidité et de la violence. Quand cette embarcation voguera, l'empire du Mal reculera d'un quart de pouce.

De la coupe du bois à la fabrication d'un enduit protecteur, Imhotep apprit mille et un secrets de métier. Pénétrant dans l'intimité du matériau, vivant de son cœur, il acquit une nouvelle main.

— La technique ne suffit pas, révéla le Vieux. Le bois et la pierre sont des expressions de la parole divine, des incarnations de sa magie. Mes collègues et moi sommes de simples exécutants, soucieux de la perfection du métier. Toi, tu devras aller plus loin, beaucoup plus loin. En sortant de cet atelier, tu porteras le titre de maître charpentier, mais il te faudra le rendre réel en franchissant le seuil de l'atelier secret.

— Où se trouve-t-il ?

— Nul ne saurait forcer sa porte. On est appelé, et l'on entend ou non l'appel. Entendre ne suffit pas, il convient de suivre le chemin, d'être vigilant et persévérant, de consacrer en conscience sa vie au service de l'œuvre. Bien peu en sont capables ! Qu'importe, pourvu que l'œuvre s'accomplisse.

L'œil du Vieux se durcit.

— Cette cicatrice au talon…

— Une pierre du désert.

— Méfie-toi, Imhotep. Trop de dons provoquent la jalousie et la haine. Les émissaires du Mal finiront par te repérer et tu auras à mener de rudes combats. Surtout, ne mésestime pas l'adversaire. Lui ne renoncera jamais. À toi de rester en rectitude, quelles que soient les circonstances.

— Cet atelier secret…

— Trêve de bavardages, retournons au travail.

*

* *

Réduisant les moments de repos au minimum, Imhotep partageait son temps entre l'atelier des foreurs de vases, où Futé le secondait de manière efficace, et le chantier naval. Devenu muet, le Vieux lui enseignait l'art de ne pas blesser le bois et de tirer le meilleur parti de chaque planche, de chaque cheville, de chaque tenon, de chaque mortaise.

Inquiète pour sa santé, la mère du jeune artisan le priait en vain de réduire le rythme de ses activités. Mais ne fallait-il pas donner rapidement satisfaction au chancelier Hézyrê ? Lui déplaire entraînerait une disgrâce définitive.

Au sortir de son atelier, la princesse Redjit, accompagnée d'un porte-parasol.

— On vous dit surmené, Imhotep.

Le jeune homme s'inclina.

— De lourdes tâches m'ont été confiées, et je tente de m'en montrer digne.

— J'ai choisi moi-même la forme et la taille des vases destinés à la cuisine de la reine. À vous d'adopter le type de pierre convenable.

— Mon équipe observera scrupuleusement vos directives.

— Pas votre équipe, vous, et personne d'autre ! Il s'agit de la Maison de la Reine, dois-je vous le rappeler ?

Imhotep s'inclina.

— Il sera fait selon vos désirs, princesse.

Redjit eut un sourire satisfait.

— Hâtez-vous et fournissez-moi des objets remarquables. Je les examinerai attentivement, sans aucune indulgence.

— Je n'en espérais pas moins.

Jouant la vexée, Redjit se retira. Le porte-parasol éprouva de la peine à la suivre.

Imhotep était son prisonnier. Contraint de lui obéir et de se soumettre, le jeune homme se débattrait en vain. Tôt ou tard, il l'aimerait et deviendrait son jouet. Quant à ses propres sentiments, la princesse en doutait encore.

Amoureuse… Pourquoi pas ?

11.

La nuit tombait, l'Ombre rouge n'alluma pas de lampe. Avide de ténèbres, elle espérait que l'obscurité s'étendrait sur l'Égypte entière, empêchant le soleil de renaître.

L'épreuve imposée au prince Djéser n'était pas une formalité, car la chaleur la rendait redoutable. Malgré sa robuste constitution, le prétendant au trône risquait de s'effondrer avant d'atteindre le terme du long parcours. Avec lui disparaîtrait le rêve pharaonique, cette Quête incessante de Maât, l'harmonie de l'univers reflétée dans l'architecture de l'État et l'union des Deux Terres. Née des larmes du Dieu, l'espèce humaine ne s'améliorait pas et demeurait la pire des prédatrices, mais devait se conformer à une règle de vie excluant la loi du plus fort, le désordre et la corruption, véritables voluptés aux yeux de l'Ombre rouge.

Pourquoi avait-elle choisi le côté maléfique de la puissance ? Une existence aisée, un poste important, l'estime générale, un avenir riant… Elle aurait dû jouir de ses privilèges et profiter de l'existence jusqu'au jour de la grande traversée.

Triste et méprisable perspective ! Le premier mensonge, la première manipulation, le premier vol et le premier meurtre lui avaient procuré tant de plaisir que l'Ombre rouge était devenue la suivante d'*isefet*, force neutre visant à tout détruire et à tout pourrir. Elle conférait à ses fidèles une confiance inépuisable en leurs pouvoirs de nuisance et leur démontrait chaque jour son efficacité.

Voler des âmes, déclencher la magie meurtrière, ouvrir grandes les portes de l'antre du Mal, voir les humains l'adorer : superbes desseins, incomparable ivresse ! L'Ombre rouge ne regrettait rien. En voulant instaurer le règne de Maât sur terre, la monarchie pharaonique représentait un insupportable danger.

Abattre Pharaon devenait la priorité.

*
* *

La capitale des Deux Terres, Memphis, éblouit le criminel libyen Tanou. On vantait la splendeur de la ville fondée par le premier pharaon, Ménès, pour sceller l'union du Nord et du Sud, mais le coureur des sables ne s'attendait pas à un tel choc ! La citadelle aux murs blancs dominait le Nil, un large canal accessible aux bateaux de charge aboutissait au port de Bon-voyage où des dockers chargeaient et déchargeaient des marchandises. Tanou nota la présence d'une caserne accueillant les troupes d'élite et de silos contenant des réserves de céréales.

Au midi, le quartier des artisans, rassemblant les potiers, les menuisiers, les fabricants de vêtements et les divers ateliers royaux ; au cœur de la cité, les temples de Ptah le créateur et de Hathor, souveraine des étoiles. Les villas des nobles, entourées de jardins luxuriants, se mêlaient à de petites maisons blanches agglomérées en villages.

À la vue de ce monde animé et joyeux, un sentiment emplit de colère le Libyen : la jalousie. Ces Égyptiens possédaient d'innombrables richesses, et sa tribu devait se contenter de tentes et de nourritures grossières !

Piller les caravanes ne suffisait pas. Il fallait s'emparer de Memphis, massacrer ses habitants et imposer la suprématie libyenne en chassant les anciens dieux, incapables de résister aux flèches et aux poignards. Tanou ne croyait qu'à la violence, source de tous les triomphes.

La capitale de l'Égypte, une trop grosse proie hors de sa portée ? Sûrement pas ! Utilisant la ruse et les coups bas, le Libyen avait déjà abattu des colosses. En dépit de la présence de l'armée et de la police, Memphis souffrait d'un défaut exploitable : elle ne se méfiait pas assez des mauvais vents du désert et se croyait à l'abri du malheur.

Au port, Tanou dénicha une taverne peuplée de petites gens, de voyageurs et de commerçants. Il échangea une pièce de lin dérobée au chef de la dernière caravane exterminée contre un solide repas composé de poisson bouilli, de pois chiches, d'aubergines, d'oignons doux et d'une bière forte.

— Tu déjeunes seul, l'ami ? l'interpella un rondouillard aux joues rouges.

— Assieds-toi.

— Moi, je suis livreur de légumes, et je fournis parfois la Maison de la Reine. Et toi ?

— Caravanier.

— Un métier dangereux !

— Tu peux le dire, approuva Tanou. On n'est jamais à l'abri d'un raid de ces maudits Libyens.

— Il y a encore des collègues qui viennent de disparaître corps et biens. Les marchands sont furieux.

— Le pharaon n'intervient pas ?

D'un air désabusé, le livreur leva la main et la laissa retomber.

— Depuis la mort de son mari, la reine Nimaât exerce la régence et cherche en vain un nouveau roi. On parle du prince Djéser, mais il devra effectuer la grande course autour du mur blanc et, franchement, ce n'est pas gagné ! Et puis, selon la rumeur, le prince ne manque pas d'ennemis acharnés. Si tu veux mon avis, Memphis vit ses derniers bons moments.

— Craindrais-tu… une guerre civile ?

— Pas impossible. Sans un pharaon à poigne, on court au désastre. Chacun ne songera qu'à son profit, les voleurs reprendront le dessus, les provinces proclameront leur autonomie, et ce sera l'anarchie. Même des bandes de Libyens seraient capables d'envahir la citadelle !

— N'es-tu pas pessimiste ?

— La majorité des gens pense comme moi.

— En cas de succès de Djéser, la tranquillité reviendra.

— Pas forcément ! Seul le couronnement d'un pharaon, en présence de tous les dieux, maintiendrait l'ordre et la paix. Nous en sommes loin, l'ami, très loin ! Aujourd'hui, nous dégustons cet excellent repas en bavardant, les badauds se promènent, les bateaux parcourent le Nil, les élégantes rêvent de nouvelles parures, les familles se réjouissent de mettre au monde des enfants. Demain…

— L'armée saura défendre le pays, avança Tanou.

— Ça m'étonnerait ! À part le corps d'élite, elle n'est composée que de jeunes recrues inexpérimentées. Les milices provinciales dépendent de leurs chefs locaux, soucieux de leur propre sécurité.

— Djéser ne possède-t-il pas la poigne nécessaire pour mater une révolte ?

— Beaucoup en doutent, le grand conseil ne lui accorde pas sa confiance. À mon avis, la catastrophe est inéluctable. La reine maintiendra l'apparence du pouvoir pendant une brève période, les factions apparaîtront, le pays éclatera.

La bière avait un goût délicieux. Le Libyen n'espérait pas de si bonnes nouvelles.

— Ne nous coupons pas l'appétit, recommanda le livreur, et profitons de cette belle journée ! Es-tu marié ?

— Célibataire endurci.

— Ce soir, j'organise une petite fête avec des collègues. Il y aura des filles peu farouches… Veux-tu te joindre à nous ?

— Volontiers.

— Rendez-vous ici, au coucher du soleil. Je te montrerai mon entrepôt, puis nous nous amuserons. À tout à l'heure.

Tanou savourait son plaisir. La situation était bien meilleure qu'il ne l'avait supposé, et son évolution jouait en sa faveur. Il lui suffirait de secouer un vieil arbre et de regarder tomber les fruits pourris.

Dans un premier temps, il devait découvrir Memphis et connaître le moindre recoin de cette capitale orgueilleuse, proche de l'abîme. Ensuite, il concevrait un assaut venant à la fois de l'intérieur et de l'extérieur.

Cuvant sa bière et s'imaginant déjà à la tête d'une horde dévastatrice, le Libyen ne prêta pas attention au tenancier qui n'avait cessé de l'observer et d'écouter ses questions.

12.

Tanou repoussa la fille endormie, se leva avec peine au terme d'une nuit de jouissance et s'habilla à la hâte. Son ami livreur de légumes ne lui avait pas menti en lui promettant une folle nuit au cours de laquelle le Libyen s'était comporté comme un prédateur particulièrement brutal. Indifférent aux protestations des femelles, Tanou n'avait pas omis de questionner ses compagnons de débauche, persuadés que l'Égypte vivait ses derniers jours de bonheur. Personne ne croyait au succès du prince Djéser, et l'on attendait le retour des factieux, capables de ruiner en quelques semaines l'œuvre des deux premières dynasties.

Ultimes remparts : le temple de Ptah, maître des artisans, et sa protection magique. Aussi Tanou désirait-il apprécier l'ampleur de l'obstacle.

La tête embrumée, il sortit de la maison du livreur et se dirigea vers le centre de la capitale. Dédaignant la présence des dieux, il ne redoutait pas Ptah mais tenait à savoir si la population lui accordait un quelconque crédit.

Le soleil était à peine levé, et la chaleur de ce début d'été devenait insupportable. Marchant à pas lents, pourtant habitué à la rudesse du désert, le Libyen peinait à reprendre son souffle.

Au sortir d'une ruelle ombragée, quatre gaillards se ruèrent sur lui. Tanou réussit à en frapper un au ventre, se dégagea un instant, sentit ses jambes se dérober et s'effondra.

*

* *

— La canicule ronge les âmes et les corps, constata la reine Nimaât. Et s'y ajoute le pire des vents du désert ! Le sable pénètre partout et gêne la respiration. Cette journée s'annonce maléfique, mon fils, et tu n'as aucune chance de réussir. Reportons l'épreuve.

— Je refuse, mère. Le pays m'accuserait de lâcheté, et je serais contraint de renoncer au trône.

— En cas d'échec, comment résister à l'assaut des ténèbres ?

— Aurions-nous perdu tout lien avec les dieux ? Vous le savez, l'ambition m'est étrangère. Seuls comptent, à mes yeux, le rayonnement des Deux Terres et le bonheur de leurs habitants. Une ère nouvelle doit s'ouvrir, quoi qu'il m'en coûte.

— Ta vie…

— Elle est au service de l'invisible. S'il m'estime en justesse, il me fournira la force nécessaire.

Nimaât renonça à dissuader son fils.

Les nuages de sable roux cachaient le soleil, les paysans restaient terrés chez eux. Quiconque s'aventurait à sortir risquait de sérieuses atteintes aux yeux et aux poumons.

Les membres du grand conseil s'inclinèrent devant la régente.

— Le ciel nous impose de différer l'épreuve, admit le chancelier Hézyrê.

— Hors de question, trancha Djéser.

— Prince, ce serait une folie ! protesta Ânkhy, le chef des ritualistes. Sauf votre respect, le plus robuste des athlètes échouerait.

— Je partage cet avis, insista le conseiller Baten.

Akhétâ approuva son collègue.

— Vous attendez un signe, rappela Djéser. Si je surmonte l'adversité, serez-vous satisfaits ?

Le chancelier opina du chef.

— Les conditions du défi sont injustes, estima Baten. Patientons jusqu'à la chute de ce vent maléfique.

— Je l'affronterai, confirma le prince. Quand le soleil exprimera la puissance de Râ et percera les nuages de sable, nous connaîtrons son jugement.

Djéser se retira afin de se préparer.

Ânkhy était au bord des larmes.

— Majesté, supplia-t-il, retenez votre fils !

La reine se tourna vers Hézyrê.

— Ton avis, chancelier ?

— La raison interdit cet impossible exploit, et nul n'oblige le prince à se fourvoyer ainsi.

— La cause est entendue, renchérit le conseiller Baten. Annonçons à la cour le report du rite.

— Mon fils demeure le seul maître de son destin, précisa la reine. Devenir pharaon implique de vaincre la peur et d'affronter l'adversité. Puissent les dieux ne pas l'abandonner.

*
* *

Chaussé de sandales de cuir, vêtu d'un pagne de lin, tête nue, Djéser s'élança au cœur de la tourmente. Au moins quatre heures de course à bon rythme seraient nécessaires pour faire le tour du mur blanc, symbole de l'unité du pays et de sa capacité à repousser les forces du Mal. S'il revenait sain et sauf à son point de départ, le prince ne serait plus le même homme.

L'air chaud brûlait les bronches, des volutes de sable effaçaient le chemin parsemé de creux et de roches affleurantes.

Djéser occulta le monde extérieur, ne songea ni à la réussite ni à l'échec et devint tout entier le mouvement de sa propre course. Esprit et corps réunis, il ne s'attacha qu'à la perfection du geste et à la régularité du rythme. D'immenses enjambées le rendirent aérien, il touchait à peine le sol, évitait ornières et obstacles.

À mi-parcours, une vipère à cornes guettait sa future proie. Contrairement à ses congénères, le monstre ne redoutait pas la lumière trouble de cette journée harassante, et les vibrations de la terre l'attiraient au lieu de l'effrayer.

Capable de bondir, elle mordrait l'imprudent au mollet. La puissance du poison ne lui laisserait aucune chance de survie. Envoûtée par l'Ombre rouge, la vipère à cornes disposait d'un instinct de mort décuplé.

Le prince approchait.

Le reptile frétilla, prêt à frapper.

Du haut du ciel, fendant un nuage de sable, le faucon du dieu Horus jaillit à la vitesse de l'éclair et ne rata pas sa cible, plantant ses serres dans le corps de la vipère qu'il emporta loin du chemin où Djéser passa quelques secondes plus tard, sans savoir qu'il venait d'échapper à un sort atroce.

Son souffle ne s'épuisait pas, la tempête de sable se calmait, la visibilité s'améliorait. Une aubaine pour l'archer au service de l'Ombre rouge, posté sur la muraille à trois kilomètres de la fin du trajet. Si le prince, bénéficiant d'une chance exceptionnelle, avait échappé au serpent, il serait abattu alors qu'il croyait atteindre son but.

L'archer aperçut Djéser et banda son arc. L'ample foulée du colosse ne faiblissait pas, son allure demeurait égale.

Une volute de sable roux entoura la tête du tueur à la manière d'une écharpe qui lui boucha les yeux et lui enserra le cou. Étranglé, il lâcha son arme, heurta un créneau, perdit l'équilibre et bascula dans le vide. Juste après le passage du prince, il s'écrasa sur une roche et se brisa la nuque.

Un grand soleil s'imposa enfin. Bientôt, le tour du mur blanc de Memphis serait accompli. À cette idée, l'ultime ennemi surgit, profitant de la baisse de vigilance du coureur : l'épuisement assaillit ses membres et rongea sa volonté. À l'impossible, nul n'était tenu. Mieux valait s'arrêter, ne pas faire éclater son cœur et accepter les limites de sa condition humaine.

À bout de forces, Djéser refusa de renoncer. Échouer ne serait-il pas pis que la mort ? Face à l'épreuve, un futur pharaon devait oublier ses faiblesses et implorer ses ancêtres de l'aider à poursuivre sa tâche.

Le souffle ne s'éteignit pas, les enjambées s'allongèrent encore, et le prince vit se rapprocher sa mère, la reine Nimaât, et les membres du grand conseil. Derrière eux, les courtisans et le peuple de Memphis.

Une paix profonde, presque irréelle, envahit Djéser. Lorsqu'il s'immobilisa, son visage était dépourvu d'arrogance. Comme si l'effort ne lui avait rien coûté, le prince s'inclina devant la régente du royaume.

Impressionné par la stature royale du vainqueur, le ritualiste en chef Ânkhy s'avança.

— Le rite de la course autour du mur blanc a été correctement accompli, déclara-t-il d'une voix tremblante d'émotion, et le prince Djéser s'est montré digne de l'épreuve.

Des acclamations saluèrent l'exploit.

Il ne restait plus qu'à annoncer la date du couronnement.

13.

Au chantier naval, comme partout ailleurs à Memphis, on ne parlait que de l'exploit de Djéser, forcément protégé par les dieux et donc promis à la fonction suprême pour assurer le bonheur du pays. Cependant, la date des fêtes du couronnement n'était pas encore annoncée, et la rumeur évoquait des troubles graves qu'auraient provoqués les tribus libyennes sanguinaires. D'aucuns les croyaient en mesure d'attaquer Memphis, peut-être trop confiante en ses capacités de défense.

À la tête d'une dizaine d'artisans, Imhotep achevait la construction d'un lourd bateau de transport. Après lui avoir posé quantité de pièges, les spécialistes reconnaissaient sa compétence et s'étonnaient même de sa capacité à trouver des solutions inédites facilitant le travail.

La nomination d'un nouveau scribe géomètre détendait l'atmosphère, et l'on se félicitait de l'attitude d'Imhotep qui avait osé mettre en lumière l'incompétence de son prédécesseur, un petit chef arrogant et paresseux.

La pose de la cabine fut un plein succès. Il ne restait qu'à calfater la coque d'un bâtiment capable de supporter d'énormes poids.

Le patron du chantier s'approcha d'Imhotep.

— Félicitations, collègue. J'ai rarement vu un si bel ouvrage.

— Le Vieux est absent depuis trois jours. Serait-il malade ?

— Le malheureux agonise, nous ne le reverrons pas.

— Son enseignement m'a été précieux.

— Toi seul as recueilli ses secrets de métier, et ta main les fera vivre. En t'accordant sa confiance, le Vieux ne se trompait pas.

— Auriez-vous entendu parler d'un atelier secret ?

Le patron gratta sa moustache.

— Une vieille légende ! Reviens à la réalité, Imhotep. Le chancelier Hézyrê désire te voir demain à l'aube.

*
* *

Les audiences du chancelier commençaient à la première heure du jour. Détestant les bavards et les geignards, il n'offrait qu'un temps réduit à ses interlocuteurs, priés de s'exprimer de manière précise et concise.

Imhotep laissa passer un scribe pénétré de son importance. Au sortir du bureau de Hézyrê, il avait perdu sa superbe.

— À toi, dit le secrétaire particulier du chancelier.

Éclairée par trois fenêtres situées au nord, la salle d'audience était d'une parfaite austérité. Assis sur une chaise à dossier droit dépourvue de décorations, le chancelier, coiffé d'une perruque courte et vêtu d'un long manteau, fixa Imhotep d'un œil sévère.

— L'ex-scribe géomètre du chantier naval s'est plaint de ta conduite, mon garçon. Tu t'es moqué de lui, tu l'as insulté et tu as brisé sa palette.

Imhotep soutint le regard de l'accusateur.

— Il l'a brisée lui-même en la jetant à terre avant de quitter le chantier, sous le coup d'une colère indigne de son rang. Je ne suis coupable ni de moquerie ni d'insultes, mais j'ai démontré que ses calculs étaient faux et menaçaient la sécurité des artisans. Ce géomètre mettait en péril le chantier.

Le silence du chancelier aurait affolé le plus déterminé, le contraignant à se récuser. Imhotep garda la tête haute, se préparant à un renvoi et à des sanctions. Son brillant début de carrière s'arrêtait là.

— Je te félicite d'avoir débarrassé le chantier naval de cet imbécile doublé d'un menteur. Ses rapports tronqués abusaient ses supérieurs, ses erreurs compromettaient la bonne marche des travaux et provoquaient de graves malfaçons. Identifier les fonctionnaires incompétents et les châtier durement m'apparaît comme un devoir sacré. S'ils prenaient le pouvoir, l'État serait condamné à la déchéance. Exercer une autorité implique responsabilité et rectitude sans failles. Souviens-t'en, maître charpentier Imhotep, à cette heure où je te nomme à la tête de la corporation de Nékhen. Je ne suis pas satisfait de son fonctionnement et j'estime ses livraisons insuffisantes. Repère les défauts et rétablis l'ordre. Tu disposes de deux jours pour préparer ton voyage et désigner ton successeur à la tête des foreurs de vases.

Inutile de protester, l'audience était terminée.

*
* *

Futé adorait les filles. Il ne se lassait pas de leur coquetterie, de leurs jeux subtils et du moment délicieux de la conquête, marqué de dérobades. Doté d'un joli minois, beau parleur, amant à la fois empressé et tendre, le jeune artisan n'envisageait pas le mariage une seule seconde. Il y avait tant de belles à séduire !

Faire de chaque jour une fête des sens, savourer l'éphémère plaisir qui renaîtrait dès le lendemain, caresser un corps amoureux… Futé n'aurait pu rêver meilleure existence ! Seul sujet sérieux : son travail. À l'atelier, pas de fantaisies, et un modèle à suivre : Imhotep.

Imhotep, si exigeant, si rigoureux ! Pourtant, son véritable ami. Quand il avait été nommé chef d'atelier, Futé s'était réjoui. Promotion méritée, respect immédiat des artisans malgré le jeune âge de leur nouveau patron. Avec lui, pas d'embrouilles, franchise, esprit d'équipe et justes rétributions.

Futé rangeait les outils lorsque Imhotep apparut, le visage grave.

— Des ennuis ?

— Je dois quitter Memphis. Le chancelier Hézyrê me nomme à Nékhen.

Futé eut un sifflement admiratif.

— Fabuleux ! Et tu ne sautes pas de joie ?

— Abandonner ma mère et cet atelier… Je songe à refuser ce poste.

— Ne commets pas cette folie, Imhotep ! Tu deviens un homme important, assume tes qualités. Nékhen ne sera qu'une étape ! Tu y rencontreras des artisans extraordinaires et, tel que je te connais, tu découvriras des secrets bien gardés.

Imhotep pensa au mystérieux atelier dont avait parlé le Vieux. Et s'il se trouvait à Nékhen ?

— Le chancelier m'a confié une autre mission, révéla-t-il : nommer mon successeur. Je t'en juge capable, mon ami.

Futé s'étrangla.

— Moi ? Je ne saurai pas, je…

— Assume tes qualités, recommanda Imhotep en souriant.

— Vengeance ignoble !

— Oh non ! confiance raisonnée ! Tu connais le métier et tu es aimé de tes collègues. Quoiqu'il te manque un peu d'autorité, ton intelligence te sortira des situations difficiles.

— Décision irrévocable ?

— Irrévocable.

Les deux amis se donnèrent l'accolade.

— Je t'écrirai régulièrement, promit Futé, et te tiendrai au courant de tout. N'hésite pas à me prodiguer tes conseils. Sans toi, je me sentirai perdu !

— En cas de nécessité, je reviendrai t'aider.

Futé parut rassuré.

— Nous avons terminé les vases destinés à la Maison de la Reine. Une servante de la princesse Redjit est encore venue ce matin pour se plaindre de notre lenteur. J'aime les femmes, mais celle-là… quelle pimbêche ! La princesse exige que tu livres les vases en personne, a-t-elle rappelé. Sinon, nous risquons des réprimandes.

— Rassure-toi, je m'acquitterai de cette tâche.

— Méfie-toi, Imhotep. Redjit occupe un poste important, son influence à la cour est considérable. Mieux vaut ne pas la contrarier, car elle ne ménage pas ses adversaires. Même de hauts personnages la redoutent. Ayant l'oreille de la reine, Redjit a déjà brisé ou favorisé des carrières. Elle est aussi une croqueuse d'hommes, et j'espère qu'elle n'a pas jeté son dévolu sur toi.

— Te voilà admirablement renseigné ! s'étonna Imhotep. Aurais-tu tes entrées à la Maison de la Reine ?

Futé reprit le rangement de ses outils.

— Je fréquente une jeune musicienne. Elle joue de la harpe lors des banquets et m'honore de son… amitié.

— Elle n'est pas jalouse, j'espère ?

— À moi de me montrer prudent et discret ! Nous nous connaissons depuis près d'un mois, et la longueur de cette liaison commence à m'inquiéter. Par bonheur, elle aime s'amuser et ne manque pas d'imagination. Selon ma harpiste, la princesse Redjit est dévorée d'ambition et n'hésitera pas à écraser quiconque se mettra en travers de son chemin. Ne tombe surtout pas dans ses filets !

— Merci de ta mise en garde, Futé.

14.

L'Ombre rouge était consternée.

Ni le soleil brûlant, ni le vent de sable, ni la vipère à cornes, ni l'archer n'avaient réussi à provoquer l'échec de Djéser. À la chance s'ajoutait la magie personnelle du prince, plus efficace que prévu. Bénéficiait-il de protections particulières qu'il faudrait détruire une à une ? En tout cas, il devenait un sérieux adversaire, quoique la date du couronnement ne fût pas encore fixée.

Djéser possédait la stature d'un pharaon et tenterait de mettre en œuvre ses projets afin de donner au royaume de Maât un socle inébranlable. Vision de cauchemar !

Briser cet élan s'imposait, sans éveiller les soupçons. Or le destin venait de favoriser les desseins de l'Ombre rouge en lui procurant un allié inattendu qu'il convenait de manipuler avec doigté.

L'enquête sur la mort de l'archer maladroit concluait à un accident. Outrepassant les ordres, le curieux avait désiré voir le passage du prince et s'était trop penché. Personne ne le regretterait, et l'on éviterait d'ébruiter l'incident. Impossible, bien entendu, de remonter jusqu'à l'Ombre rouge.

Elle devait, à présent, préparer un prochain tueur.

*
* *

En raison de la fatigue de la reine Nimaât, la princesse Redjit tint à coiffer elle-même la souveraine, et à choisir perruque et vêtements confortables. Nimaât appréciait les gestes doux de la princesse. Profitant de ces moments de détente, elle retrouvait un peu d'énergie avant de rencontrer ses conseillers et de gérer les affaires du royaume. Et Redjit ne manquait pas d'évoquer les rumeurs de la cour et les démarches des intrigants. Sa position et sa beauté en faisaient une confidente idéale.

— Pardonnez-moi ma lenteur, Majesté. Je me heurte à une mèche rebelle et je tiens à l'amadouer.

— Prends ton temps, Redjit. Je redoute les heures à venir et je goûte ta compagnie.

— Votre Majesté m'a tout donné, et je ne sais comment la remercier.

— En continuant à diriger ma Maison à la satisfaction générale et en te méfiant des flatteurs. Refuses-tu toujours de songer au mariage ?

— Je privilégie ma fonction et j'écarte les séducteurs.

— Tu n'as pas tort. Que murmure-t-on à propos du prince Djéser ?

— Son exploit a impressionné les sceptiques et désarmé les réticents. En vérité, nul ne met en doute ses capacités à régner, et l'on attend la date du couronnement en s'étonnant du silence du grand conseil.

— Je reçois aujourd'hui même le chancelier Hézyrê et j'espère sortir enfin de l'impasse.

— Les ennemis du prince Djéser demeurent nombreux, précisa Redjit, et l'incertitude les renforce. Ils craignent l'autorité de votre fils et préféreraient un monarque conciliant qui ne bouleverse pas les habitudes.

— Des opposants s'affirment-ils ?

— Ils n'osent pas sortir de l'ombre et misent sur votre vigilance et celle du grand conseil. Vos réticences à désigner le prince Djéser comme pharaon ne cachent-elles pas une décision difficile à prendre ?

— Toi, qu'en penses-tu ?

— Vous mettez à l'épreuve votre fils plus durement que n'importe quel autre prétendant au trône, car vous le préparez à un grand règne.

— Ne redoutes-tu pas l'intervention des forces des ténèbres ?

— Le prince ne les a-t-il pas repoussées en accomplissant la course rituelle autour du mur blanc de Memphis ? Les éléments contraires ne l'ont pas terrassé, il a montré un courage à toute épreuve. Sa popularité s'étend chaque jour, Majesté, et les intrigues mesquines ne l'entraveront pas. Voilà… votre coiffure me paraît superbe !

Dans un miroir, Nimaât contempla le visage d'une reine vieillie et malade. Redjit avait réussi un miracle en la rendant présentable.

— N'oubliez pas vos remèdes, Majesté.

Redjit donna à la souveraine une coupe en albâtre remplie de la potion prescrite par Hézyrê. Elle calmait la douleur, mais il fallait augmenter les doses, supporter les nausées et réduire les activités.

— Puis-je me retirer, Majesté ?

— Journée chargée en perspective ?

— Je ne suis pas certaine d'en venir à bout ! Problème d'approvisionnement, changement de cuisinier, protestations des jardiniers mécontents de leur rythme de travail, crise de confiance d'un orchestre de musiciennes… Pourtant, pas question d'abdiquer !

— Tu ne m'as jamais déçue, Redjit. Sois consciente que ton fardeau ne s'allégera pas, et montre-toi à la hauteur de ton ambition.

— Votre confiance, Majesté, est mon bien le plus précieux.

Une larme perla aux yeux de la jeune femme.

Elle s'inclina et quitta la chambre de la reine.

Restée seule, coiffée à la perfection, vêtue selon la dignité de son rang, Nimaât fut victime d'un malaise. La bouche amère à cause de la potion, elle ne parvint pas à chasser une abominable pensée.

Et si cette princesse qu'elle avait placée à la tête de sa Maison était la voleuse d'âmes ? Lors de la découverte des statuettes brisées, à Abydos, c'était Redjit qui avait exigé de brûler les objets consacrés de manière que l'on ne puisse comparer les inscriptions maléfiques à son écriture. Pourquoi, sinon parce qu'elle était l'auteur du crime ?

Mais seul le ritualiste en chef Ânkhy avait identifié une marque féminine ! Ne s'innocentait-il pas ainsi lui-même ? À moins qu'il ne fût complice, à moins qu'il n'existât un complot réunissant d'autres grands personnages…

Affligée d'une atroce migraine, Nimaât considéra avec dégoût la coupe d'albâtre contenant le reste de la potion. L'œuvre du chancelier et médecin Hézyrê, tellement hostile à Djéser ! Le thérapeute savait la reine incurable, précipitait sa déchéance, empêchait le couronnement de son fils et se préparait à prendre le pouvoir.

Non, elle perdait la raison ! La maladie obscurcissait son regard, au point de la persuader qu'elle était entourée d'êtres maléfiques, cherchant à détruire l'Égypte. Au contraire, Redjit et les membres du grand conseil la servaient de façon fervente et lui sacrifiaient leur existence. En s'approchant, la mort la torturait et la rendait soupçonneuse et délirante.

La reine se leva et se parfuma longuement.

Un seul but à atteindre : le couronnement de Djéser. Non le triomphe personnel de son fils, mais la naissance d'un pharaon chargé de mettre Maât à la place du désordre et de l'injustice. Fonder une dynastie ? Il en serait capable.

Restait à convaincre Hézyrê et à obtenir la décision du grand conseil, à l'unanimité.

15.

— Patientez ici, ordonna le scribe de l'antichambre à Imhotep, accompagné de deux robustes gaillards portant les vases de pierre dure destinés à la Maison de la Reine.

— La princesse Redjit attend cette livraison.

— La princesse, la princesse ! Je m'en occupe... Faut-il encore la retrouver !

Obligé de se déplacer, le scribe partit en maugréant à la recherche de Redjit. Depuis la nomination de la jeune femme à la tête d'une armée de fonctionnaires, d'artisans et de serviteurs, plus question de ronronner et de traîner les pieds. La Maison de la Reine ressemblait à une ruche où chacun devait accomplir sa tâche vite et bien.

Le scribe réapparut, essoufflé.

— Un garde vous conduit chez la princesse.

Imhotep et ses assistants empruntèrent un long couloir décoré de peintures représentant des bleuets et des narcisses. La finesse du trait et la vivacité des couleurs enchantaient le regard.

Les trois hommes aboutirent à une cour intérieure. Au centre, une pièce d'eau couverte de lotus. À l'ombre d'une colonnade, la princesse Redjit, vêtue d'une robe de lin moulante et coiffée d'une perruque courte, réprimandait un contrôleur des pains, la mine basse.

Le garde retint les livreurs.

La colère de la princesse n'était pas feinte, et le fautif passait un mauvais quart d'heure. Heureux d'être congédié, le contrôleur s'enfuit à grandes enjambées après avoir promis de réparer son erreur.

Redjit aperçut Imhotep.

— Vous voilà enfin ! M'apportez-vous les vases ?

— J'ai cet honneur, princesse.

— Montrez-les-moi.

Les deux porteurs sortirent des caisses les précieux objets. Redjit les examina un à un, passa le doigt sur les cols, les anses et les panses. À son attitude, impossible de savoir si elle était satisfaite.

— Je veux voir ces vases à la lumière.

Les livreurs obtempérèrent.

— Acceptable, jugea-t-elle. Votre production ne déshonorera pas la cuisine de Sa Majesté.

— Vous m'en voyez ravi, dit Imhotep, imperturbable.

Redjit considéra le jeune homme d'un œil mi-critique, mi-séducteur.

— Notre collaboration débute de façon satisfaisante. Je vais vous commander des pièces de vaisselle.

— L'atelier continuera à vous satisfaire, princesse.

— C'est votre main qui m'intéresse, Imhotep, pas celle de vos subordonnés !

— Désolé, je quitte la capitale.

Redjit parut étonnée.

— Auriez-vous été renvoyé ?

— Non, promu. Le chancelier Hézyrê m'a nommé à la tête de la corporation de Nékhen.

— Les fameux charpentiers ? Félicitations ! La province, malheureusement. Vous reviendrez à Memphis, j'en suis persuadée.

— Permettez-moi de prendre congé, princesse.

— À bientôt, Imhotep.

Le sourire de Redjit était envoûtant, mais une autre femme occupait les pensées de l'artisan. Une femme inaccessible.

*
* *

— Vous avez meilleur visage, Majesté, estima Hézyrê.

— Le talent de ma coiffeuse et les artifices du maquillage, chancelier. Les effets bénéfiques de tes potions durent moins longtemps.

— Aucun remède ne saurait vous guérir. Je doublerai les doses afin de vous aider à supporter votre lourde tâche.

— Ne touche-t-elle pas à sa fin ? Le succès du prince Djéser ne serait-il pas un signe suffisant ?

— À la réflexion, il ne me convainc pas. Le peuple et les membres du grand conseil apprécient l'exploit, mais l'avaleuse d'âmes continue à sévir.

La gorge de la reine se serra.

— De quelle manière ?

— J'ai examiné le cadavre de l'archer tombé du rempart. Ce n'était pas un accident. À la base du cou et au creux de la paume droite, une marque rouge, profondément gravée. Le malheureux a été envoûté et devait sans nul doute abattre votre fils. Par ailleurs, un rapport de la police du désert me signale une nouvelle attaque de caravane. Il est urgent d'organiser une expédition punitive que commandera le prince Djéser. La sécurité du royaume me paraît prioritaire.

Comme s'il souffrait du froid en cette période caniculaire, Hézyrê resserra les pans de son manteau.

Nimaât ne dissimula pas sa contrariété.

— Djéser courra un grand danger !

— Les pillards libyens sont de redoutables adversaires, reconnut le chancelier. C'est pourquoi l'Égypte doit manifester sa volonté de les mater. Soit le prince réussit, prouvant ainsi sa capacité à régner ; soit il échoue, et nous recherchons un autre pharaon. Nous n'avons pas le choix, Majesté, et les circonstances nous dictent notre conduite. L'heure n'est pas à l'organisation des fêtes du couronnement, mais à la défense du pays.

— Tu ne changeras pas d'avis, chancelier ?

— Ce serait trahir les Deux Terres, Majesté.

— Éprouves-tu de l'animosité envers mon fils ?

— Ma fonction m'impose de jauger les hommes selon leur capacité à remplir une mission, en négligeant mes sentiments et mes préférences.

— À ton avis, Djéser possède-t-il l'envergure d'un pharaon ?

— Nous le saurons s'il revient victorieux du désert. La terre rouge se montre impitoyable et révèle la vraie nature des êtres.

« La terre rouge »... Ces mots résonnèrent de manière étrange. Hézyrê était-il sincère ou bien manipulait-il une ombre sortie des ténèbres, une femme si proche de la reine qu'elle distillait la mort en toute impunité ?

Nimaât recommençait à divaguer.

— Monter cette expédition ne s'annonce pas facile, reprit le chancelier. Il faut lever une troupe nombreuse et aguerrie, encadrée par des habitués du désert. Le rôle des éclaireurs sera déterminant. De leurs informations dépendra la stratégie de votre fils. De plus, les soldats ne devront manquer de rien, ce qui implique de rassembler une centaine d'ânes vigoureux et de trouver un intendant capable de gérer les vivres en milieu hostile.

La nouvelle épreuve imposée à Djéser paraissait insurmontable.

16.

Le jardin du palais royal de Memphis offrait une ombre apaisante pendant les heures de forte chaleur. La reine Nimaât aimait s'y reposer, songeant à son époux défunt. Confortablement installée, elle buvait un peu de bière fraîche et rêvait d'une Égypte délivrée des forces du Mal.

— Vous souhaitiez me voir, mère ? demanda Djéser.

— Viens près de moi, mon fils. Ces lieux paisibles ont vu tes premiers pas et entendu tes premières paroles. L'amour de tes parents a nourri ton âme, et nous espérions que tu consacrerais ta vie à honorer les ancêtres, à prolonger l'œuvre divine et à servir les Deux Terres.

— Cet espoir serait-il déçu ?

— Un nouvel obstacle se dresse devant toi. Le grand conseil ne fixera la date du couronnement qu'après le succès de l'opération militaire menée contre les coureurs des sables.

Le prince demeura debout, face à la régente.

— Les exigences du chancelier Hézyrê ?

— Les conseillers ont approuvé sa proposition. Toi, mon fils, acceptes-tu cette décision ?

— Ai-je le choix ?

— Oui, tu l'as ! Cette expédition est dangereuse, tu manques d'expérience et tu y risqueras ta vie.

— S'agit-il d'un piège tendu par mes adversaires ?

— Je ne le crois pas, mon fils, mais la maladie altère mon jugement. Les Libyens sont nos ennemis héréditaires, ils n'aspirent qu'à s'emparer de nos richesses. Ton père envisageait une opération de maintien de l'ordre.

— Autrement dit, j'exécuterai ses dernières volontés.

— J'ai omis d'en parler au chancelier, confia la reine.

— Me donnez-vous l'ordre d'agir, Majesté ?

— Une mère n'envoie pas son fils à la mort.

Djéser prit tendrement les mains de Nimaât.

— La régente ne doit pas se soucier des sentiments d'une mère que son fils aime, admire et respecte. Le destin n'a pas fait de nous des êtres préoccupés de leur seule tranquillité. J'ai déjà risqué ma vie lors de la course autour du mur blanc, et le bonheur de l'Égypte passera toujours avant le mien. Je n'ai donc qu'une seule question à poser : la régente estime-t-elle notre pays en danger et nécessaire une expédition contre les Libyens ?

Nimaât hocha la tête affirmativement.

*

* *

Lui, le puissant chef de tribu Tanou, obéi au doigt et à l'œil, pourrir au fond d'un cachot ! Des heures interminables et un geôlier muet, refusant de répondre à ses questions… De quoi devenir enragé !

« Cachot » était un terme excessif. Une pièce aérée, une natte plutôt confortable et des repas copieux. Et pas le début d'une torture ! Qui l'avait enlevé et le gardait prisonnier ? Certainement pas la police ! Tournant en rond et se heurtant aux murs de sa cellule, Tanou désespérait de comprendre.

À la nuit tombée, la porte s'ouvrit.

Deux hommes armés précédèrent un étrange personnage vêtu d'une longue cape rouge sombre. Un masque de la même teinte dissimulait son visage. Seules deux fentes laissaient à peine apparaître ses yeux, et l'épaisseur du tissu transformait le timbre de sa voix. Impossible de savoir s'il s'agissait d'un homme ou d'une femme.

— Bonjour, ami. Mon hospitalité te satisfait-elle ? demanda l'Ombre rouge.

— Qui êtes-vous ?

— Ne pose pas de questions inutiles.

— Libérez-moi immédiatement !

— La liberté est un précieux trésor, elle se mérite. Ton sort dépend de ton attitude face à mes exigences.

— Vos exigences ? Je m'en moque !

— Grave erreur, ami. Si la police retrouve le cadavre d'un pillard libyen, elle s'en félicitera et ne recherchera pas un instant l'exécuteur des basses œuvres.

Tanou se calma. Son interlocuteur n'avait pas l'air de plaisanter, et la menace lui glaça le sang.

— Qu'attendez-vous de moi ?

D'un signe, l'Ombre rouge ordonna aux deux gardes armés de sortir de la pièce. La porte se referma.

Un contre un… L'occasion rêvée ! Tanou se précipita sur le personnage masqué, décidé à lui fracasser le crâne.

Son élan fut brutalement stoppé. Il souffrit d'une brûlure tellement violente au bas-ventre qu'il dut s'agenouiller.

Pourtant, l'adversaire n'avait pas bougé, se contentant de tendre la main.

Un démon… Un démon surgi des ténèbres !

— Cesse de t'agiter, ami, ordonna l'Ombre rouge. Ton nom ?

— Tanou.

— Chef de tribu ?

Le prisonnier hésita.

— J'ai fort peu de temps à t'accorder. Réponds-moi et, surtout, ne mens pas.

— Je commande une tribu, en effet.

— As-tu attaqué des caravanes et tué des Égyptiens ?

— Non, je…

— Dernier avertissement, l'ami.

— Eh bien, oui, j'en ai tué ! Moi, et tous les Libyens, nous haïssons l'Égypte et voulons la détruire !

— Excellent.

Tanou resta muet de stupéfaction. « Excellent »… Le démon se moquait-il de lui ?

— Mes indicateurs t'ont repéré, Libyen, et je recherchais un tueur de ton espèce, impitoyable et sanguinaire, résolu à détruire les Deux Terres. Si tu remplis les missions que je souhaite te confier, tu assouviras tes désirs et tu deviendras un homme riche.

— Vous… vous plaisantez ?

— J'exige une obéissance absolue.

Surmontant ses émotions, Tanou réfléchissait. En se débrouillant, il pouvait sortir de cette prison.

— Entendu, j'accepte de travailler pour vous. Alors, votre plan de combat ?

— Une seule tribu ne parviendra pas à terrasser l'Égypte. Aussi dois-tu fédérer l'ensemble des clans et prendre leur tête.

— Pas facile !

— Avec de l'or et d'autres richesses, tu réussiras.

— Et… c'est vous qui me les fournirez ?

— Ma générosité sera à la mesure des résultats.

Tanou s'imagina entraînant une meute hurlante à l'assaut de Memphis. Ce plan-là lui plaisait.

— Ça prendra du temps, précisa-t-il.

— Seule compte la victoire finale.

— Les Égyptiens ne savent pas se battre ! Memphis ne me résistera pas, je massacrerai tous ses habitants et…

La froideur du personnage masqué inquiéta le Libyen.

— Quel sort me réservez-vous, après le triomphe ?

— Je te nommerai chef de mon armée, tu habiteras une immense villa, des cohortes de serviteurs satisferont tes moindres désirs, les plus belles femmes se traîneront à tes pieds.

Quitter le désert et les tentes, jouir d'une kyrielle de plaisirs… Il existait de pires perspectives.

— Première mission, révéla l'Ombre rouge : éliminer notre principal ennemi, le prince Djéser, fils de la régente et promis au trône d'Égypte. Il partira bientôt à la tête d'une expédition militaire destinée à briser les reins des coureurs des sables.

— Une attaque en règle contre les Libyens ? Nous nous battrons !

— Justement pas. Vous fuirez et vous vous cacherez en évitant tout contact grâce aux renseignements que je te fournirai. Sur le chemin du retour, tu organiseras un guet-apens et tueras le prince.

Tanou esquissa un sourire.

— Je possède une certaine expérience… mais ce Djéser sera mon premier dignitaire !

— Sois prudent, le prince n'est pas une proie facile.

— Dans le désert, il n'a aucune chance.

L'Ombre rouge jeta un petit sac aux pieds de Tanou.

— Ouvre-le.

Le Libyen délia la cordelette et découvrit, les yeux exorbités, des paillettes d'or.

— Ton premier salaire. Une misère en comparaison de ta fortune future.

— Je… je suis libre ?

— Amuse-toi discrètement deux jours à Memphis et regagne ton domaine.

Hésitant, Tanou se dirigea vers la porte.

Soudain, la main brûlante de l'Ombre rouge lui agrippa le cou et le contraignit à s'agenouiller.

— N'espère pas m'échapper, ami. La marque de ta soumission orne à présent ta chair. Si tu désobéis, si tu tentes de me trahir, le feu des ténèbres te consumera et tu grilleras en hurlant de douleur.

17.

Imhotep étreignit longuement sa mère. L'un et l'autre laissèrent couler leurs larmes.

— Le chancelier Hézyrê ne me donne pas le choix, murmura le jeune homme. Lui désobéir entraînerait des représailles qui te mettraient en péril.

Khérédou s'écarta.

— Dis-moi la vérité, mon fils : désires-tu te rendre à Nékhen ?

Le jeune homme ne baissa pas les yeux.

— Je le désire, et j'espère découvrir là-bas l'atelier secret. Mais te quitter me déchire le cœur.

— Le rôle d'une mère ne consiste pas à étouffer son enfant. Je te l'ai déjà dit, ton père serait fier de toi. Aujourd'hui, comme moi, il te recommanderait de partir. À chacun de tes pas, l'amour de tes parents te soutiendra. Et je te dois la vérité : hier, un envoyé du chancelier Hézyrê m'a informée que deux servantes subviendraient en permanence à mes besoins. Je deviens une veuve choyée, Imhotep. Les soucis matériels s'effacent, je ne redoute ni la solitude, ni la faim, ni la maladie. En raison de ta renommée et de tes qualités, me voici élevée au rang d'une femme noble.

Le museau de Vent du Nord souleva le coude d'Imhotep.

— Il a décidé de t'accompagner, jugea Khérédou.

*

* *

L'âne ne quittait pas la proue du bateau à destination de Nékhen, la cité légendaire de Haute-Égypte où était née la volonté de réunir les Deux Terres. Vent du Nord appréciait ce long voyage agrémenté d'escales lui permettant de se dégourdir les pattes. Imhotep, lui, n'avait jamais bénéficié d'une telle période de repos. L'équipage traitait avec déférence l'envoyé du chancelier Hézyrê, espérant de la part du jeune artisan un rapport favorable.

La vision des berges du Nil, des petits villages aux maisons blanches et des îlots herbeux, villégiature de milliers d'oiseaux, n'apaisait pas les inquiétudes de l'exilé. Passer de la direction d'un atelier à celle d'une corporation entière impliquait des qualités d'administrateur qu'il ne possédait peut-être pas. D'après les confidences des marins, on confiait d'ordinaire ce poste à un haut fonctionnaire d'âge mûr, habitué aux fortes têtes et aux difficultés de tous ordres.

Le vent s'étant montré favorable et le Nil paisible, le bateau atteignit l'antique cité de Nékhen au terme d'une semaine d'agréable navigation.

Au bas de la passerelle, un sexagénaire aux joues creusées.

— Je suis votre prédécesseur, révéla-t-il à Imhotep. Ma santé m'oblige à démissionner. Vous êtes vraiment très jeune… Je vous souhaite bien du plaisir ! Venez découvrir votre logement, votre bureau et les dossiers en attente. Autant vous prévenir : les membres de la corporation sont plutôt frondeurs. Ils commenceront par vous rejeter. Imposez-vous rapidement ou partez.

Un bruissement d'ailes alerta Imhotep.

Un grand ibis blanc survola le débarcadère et prit la direction de la ville. L'oiseau du dieu Thot accueillait l'étranger et lui montrait le chemin, comme dans le désert proche de Memphis.

Datant de l'origine de la civilisation pharaonique, la corporation de Nékhen était directement liée au service du palais royal. De vastes entrepôts abritaient des produits alimentaires et artisanaux destinés à Memphis, de grands ateliers stockaient les diverses essences de bois qu'utilisaient les charpentiers.

— Ces derniers temps, confessa l'ex-directeur, je me suis heurté à un grave problème : des différences inexplicables entre les marchandises livrées et l'état des stocks. À vous de le résoudre.

— Envisageriez-vous… des vols ?

— Des vols, à Nékhen ? Impensable ! Recherchez plutôt des erreurs de scribes… si vous en êtes capable.

Imhotep disposait de trois pièces et d'une salle d'eau. À côté, une étable et un jardinet. Un mobilier de qualité, dont des chaises et un lit dus au talent des charpentiers. Le local avait été fumigé, pagnes et tuniques de lin déposés à l'intention du nouveau locataire.

— La cave contient des jarres de vin et de bière douce, ajouta l'ex-directeur. En cas de rixe, je ne vous conseille pas d'intervenir. Appelez le service d'ordre, composé de dix policiers placés sous votre autorité.

— De tels incidents sont-ils fréquents ?

— Depuis l'annonce de mon départ, ils se multiplient. Le personnel m'appréciait, et la venue d'un étranger, ignorant le fonctionnement de l'institution, lui déplaît. Certains entêtés vous mèneront la vie dure. Tâchez de ne pas répondre aux provocations.

Le bureau directorial se composait d'une salle d'audience équipée de sièges et d'annexes réservées aux archives. Rouleaux de papyrus et tablettes de bois étaient classés sur des étagères.

Quatre scribes saluèrent en maugréant leur nouveau patron.

— Ils ont leurs habitudes, confia l'ex-directeur à Imhotep, et ne supportent pas l'autoritarisme. Ne vous avisez pas de leur imposer des directives trop contraignantes, car ils saboteraient le travail et vous causeraient de pénibles ennuis.

— Et leurs éventuelles erreurs ?

— Arrangez la situation sans mettre en cause ces fonctionnaires d'élite. Ils le prendraient mal et vous forceraient à démissionner. Sollicitez leurs conseils et pliez-vous à leurs avis. Ainsi, vous aurez la paix.

— Le chancelier Hézyrê exige des réformes et…

— Le chancelier réside à Memphis, vous à Nékhen. Cette administration gouverne, elle connaît le terrain et déteste les perturbateurs. La capitale réprimande de temps à autre, on lui répond, et l'existence reprend son cours. Ne tentez pas de coup de force, vous seriez brisé.

Les deux hommes se rendirent ensuite aux entrepôts. Imhotep constata aussitôt des aberrations dans le rangement des produits stockés.

— Ne vous mêlez pas de ça, conseilla son guide. Les magasiniers suivent leurs propres règles et expulsent les gêneurs.

— Ces règles-là ne provoquent-elles pas des pertes de denrées, voire des vols ?

— La perfection n'est pas de ce monde, mon garçon. Acceptez-le et tout ira bien. Désirez-vous voir les ateliers ?

Imhotep acquiesça.

Attachés à leur labeur, les charpentiers ne levèrent pas le nez, ignorant la visite du nouveau directeur de la corporation de Nekhen.

Son prédécesseur lui présenta les contremaîtres, au visage fermé et hostile.

— Un déjeuner nous attend, annonça le sexagénaire. Vous y rencontrerez vos principaux collaborateurs.

Tous s'étaient fait excuser.

En dépit d'un soleil ardent, l'atmosphère semblait glaciale.

— Je lève ma coupe à votre succès, Imhotep !

— Pourquoi ne pas dire le fond de votre pensée ?

— Le souhaitez-vous ?

— Je préfère la vérité au mensonge.

— La fougue de la jeunesse… À votre guise ! Les artisans admirent et respectent leur supérieur, le chancelier Hézyrê. Mais, en ces temps troublés, en l'absence d'un pharaon, qui ne commettrait pas d'impair ? Votre place n'est pas ici, mon garçon. Je ne mets pas en doute vos compétences et le désir de remplir au mieux votre mission. Néanmoins, je vous crois incapable de maîtriser la situation.

— Vos conseils ?

— Ne quittez pas votre bureau et demandez à l'équipe des scribes de régler les affaires courantes. Écrivez une lettre circonstanciée au chancelier en le priant de vous rappeler à Memphis et de vous remettre à la tête de l'atelier des foreurs de vases. À l'impossible, nul n'est tenu. Hézyrê appréciera votre lucidité, et vous mènerez une existence tranquille au lieu de vous casser la tête contre des murs. Écoutez-moi, vous ne le regretterez pas.

Imhotep accompagna son prédécesseur à l'embarcadère. Doté d'une pension conforme à son grade, il coulerait une retraite heureuse dans sa maison de campagne, au nord de Nékhen, et choierait ses petits-enfants.

Le jeune artisan se retrouvait seul. Désespérément seul.

Une langue amicale lui lécha le mollet.

— Vent du Nord... Toi, tu ne m'abandonnes pas !

Les grands yeux marron réconfortèrent Imhotep.

— Une longue promenade au bord du fleuve s'impose. J'ai besoin de te parler.

18.

— Le chef des éclaireurs malade ? s'étonna Djéser.

— Alité depuis deux jours, confirma le secrétaire particulier du prince.

— Convoque son adjoint.

— Malade, lui aussi. Il ne peut plus marcher à cause d'une sciatique.

— Qui remplace ces deux-là ?

— Personne. Leurs subordonnés n'ont pas l'expérience nécessaire.

— Le commandant des patrouilles du désert nous guidera.

Le secrétaire particulier avala sa salive.

— Hier, il a été victime d'un malaise. Selon le médecin, plusieurs jours de repos s'imposent.

— Et je suppose que nous ne parvenons pas à rassembler les ânes nécessaires ?

— En effet, prince. Les bêtes proposées ne semblent pas assez robustes.

— Quant au corps expéditionnaire, il se compose de jeunes recrues inexpérimentées. Les meilleurs soldats sont souffrants ou indisponibles, je présume ?

— Malheureusement, oui.

— Ordonne aux gradés de la police du désert et de l'armée de se rassembler dans la salle d'audience du palais, et qu'on me conduise au domicile du chef des éclaireurs.

Le temps se gâtait, le haut fonctionnaire se hâta d'obéir.

*

*   *

— C'est ici, prince, indiqua le scribe.

Djéser franchit le seuil d'une jolie maison à deux étages dont la façade était ornée de roses trémières.

Deux jeunes femmes, une brune et une rousse, préparaient un repas copieux. L'irruption du colosse les affola.

— La chambre du chef des éclaireurs ?

— Notre... notre ami est fatigué, protesta la brune.

Au regard de Djéser, la rousse céda. De l'index, elle indiqua la pièce.

Le prince entra.

Allongé sur le ventre, un homme sommeillait.

— Lève-toi, exigea le prince.

Des grognements lui répondirent.

— Ferme-la et dégage. Je récupère.

Le colosse tira l'éclaireur par la tignasse, l'obligea à se tenir debout et le colla contre un mur.

— À l'aide ! hurla le réveillé, incapable de briser l'étau.

— De quoi souffres-tu, paresseux ?

— Ma tête... Je saigne !

— Tu connais le châtiment des déserteurs ?

— Vous... vous n'oseriez pas ?

— Habille-toi très vite et rends-toi immédiatement au palais. Au passage, emmène ton adjoint. En cas de retard, le bagne.

La tornade s'éloigna, mais le faux malade n'avait plus le moindre appétit, et ses deux compagnes d'une nuit abandonnèrent la cuisine.

*

* *

La présence d'archers d'élite, disposés aux angles de la salle d'audience du palais royal, ne détendait pas l'atmosphère. Il ne manquait pas un gradé, les maux variés et les causes d'indisponibilité ayant subitement disparu. Le récit de l'intervention du prince Djéser faisait déjà le tour de la ville.

Coiffée d'un diadème en or et vêtue d'une sobre robe de lin d'un blanc immaculé, la régente Nimaât prit place sur son trône. À sa droite, son fils.

— Votre comportement est méprisable, assena la souveraine d'une voix ferme. L'Égypte vous confie sa sécurité et vous fuyez vos responsabilités. Cette lâcheté mériterait des sanctions exemplaires, si nous n'étions pas à la veille d'une expédition décisive. En implorant ma mansuétude, le prince Djéser souhaite vous offrir la dernière chance de vous racheter. Obéissez-lui au doigt et à l'œil, et mettez-vous au travail. Cette fois, aucune faute ne sera tolérée.

Quantité de soupirs de soulagement furent à peine contenus. Djéser traversa la salle, et les gradés, en fonction de la hiérarchie, le suivirent. Puisqu'il devenait leur chef suprême avec l'appui inconditionnel de la régente, autant marcher droit.

*
* *

Comme les autres membres de la cour, l'Ombre rouge avait été avertie des préparatifs du raid destiné à rétablir l'ordre au sein du désert du Nord-Est, afin de protéger les mines de cuivre et de turquoises. La nomination de Djéser à la tête du corps expéditionnaire laissait sceptiques les officiers supérieurs. En dépit de son autorité et de sa détermination, il serait un piètre guerrier. Le manque d'expérience le condamnait à l'échec. Accepter cette mission revenait à se trancher soi-même la gorge. Le fils de la régente n'accéderait pas au trône, les ambitions des prétendants déçus renaissaient.

L'Ombre rouge savourait d'avance le moment délicieux où les rescapés déposeraient le cadavre du prince aux pieds de sa mère. Nimaât ne survivrait pas au désastre, le grand conseil se disloquerait, les militaires perdraient leur temps en palabres, les hordes libyennes déferleraient sur Memphis. Alors régnerait la loi du plus fort.

Gavé de femelles et de vin, Tanou venait de quitter la capitale. Pendant quelque temps, ce Libyen serait l'homme de la situation. Brutal et rusé, il avait les qualités nécessaires pour fédérer les forces du Mal et semer le chaos. Sa tâche terminée, l'Ombre rouge le réduirait en cendres.

*
* *

De retour de la caserne principale de Memphis, Djéser était satisfait. Ânes robustes, troupe correctement équipée, vivres en quantité, encadrement compétent. Une préparation de professionnels, sans récriminations.

Et ce fut le dernier dîner avant le départ, en tête à tête avec son épouse. Paisible ne dissimula pas son angoisse.

— Tu prends d'énormes risques, n'est-ce pas ?

— Je pars dans l'inconnu, à la rencontre d'un ennemi redoutable. D'après les experts, les Libyens ne semblent pas encore capables de nous détruire, mais je ne partage pas leur avis. Voilà longtemps que leurs tribus rêvent de nous attaquer.

— Ne se déchirent-elles pas à tout propos ?

— Imaginons l'émergence d'un fédérateur, agissant en sous-main. Si nous manquons d'informations, les conséquences seront catastrophiques. Tu ne manges rien, Paisible.

— J'ai peur. Peur de te perdre.

Djéser se leva, prit son épouse par la main et l'emmena à la vaste fenêtre ouverte sur Memphis, le Nil et les palmeraies.

— Regarde ce monde à l'image de ton nom, Paisible. Il est l'œuvre des pharaons des premières dynasties qui ont mené de rudes combats pour le bâtir. J'aime ma famille, mais ai-je le droit de renoncer à mes devoirs ? Suis-je autorisé à leur préférer le confort de ma propre existence ? L'œuvre des ancêtres nous guide et nous protège. Lui tourner le dos serait l'acte ignoble d'un lâche et tu ne cesserais, à juste titre, de me le reprocher.

— Ce sont les paroles d'un pharaon, Djéser.

— Je n'ai pas été couronné, et je mourrai peut-être avant d'accéder à la fonction suprême. Néanmoins, je dois me montrer digne du rite accompli autour du mur blanc. Cette épreuve m'a transformé.

— Elle t'a révélé à toi-même, rectifia Paisible. Nul ne se modifie, chacun demeure conforme à son être profond, qu'il soit créateur ou maléfique. Croire à l'amélioration des humains est la pire erreur d'un chef d'État. À lui d'orienter, de gouverner et de régir, non de larmoyer et de se répandre en apitoiements.

Djéser considéra son épouse avec étonnement.

— Tu me donnes une grande leçon.

— La clémence ne saurait se dissocier de la rigueur, estima Paisible. En devenant un chef de guerre, chargé de repousser loin de l'Égypte les forces du Mal, tu remplis l'un des devoirs du pharaon.

— Le grand conseil attend toujours un signe décisif, le chancelier Hézyrê reste inflexible. Cette expédition punitive ne serait-elle pas la meilleure occasion de m'éliminer ?

— Élimine-t-on un futur pharaon ?

Le bras puissant de Djéser enlaça Paisible.

Ensemble, ils goûtèrent la vision d'une capitale endormie et d'un ciel peuplé d'étoiles, la multitude d'âmes de la déesse Nout entourant à jamais celles des rois ressuscités.

19.

La corporation de Nékhen venait de recevoir des troncs d'acacia destinés à la fabrication de bateaux et de sarcophages, des planches de sycomore qui se transformeraient en coffres et en tables, une belle quantité de bois d'ébène que des spécialistes travailleraient en finesse pour obtenir des harpes et des boîtes de jeu utilisées par des dignitaires. Le responsable des stocks, un râblé au crâne dégarni, prélèverait son dû, avec l'accord du patron des menuisiers, également bien servi.

Ces faveurs faisaient partie des avantages acquis échappant au fisc et procurant un joli bénéfice au moment de la revente à des particuliers.

Alors qu'il entreposait un tronc et des planches dans son espace réservé, le râblé se sentit mal à l'aise.

On l'observait.

Un homme jeune au large front, solidement bâti, aux yeux marron et vifs, un peu trop inquisiteurs.

— Tu cherches du travail, mon garçon ?

— J'en ai trouvé.

— En ce cas, décampe !

— À quoi t'occupes-tu ?

L'œil du râblé rapetissa.

— Ça te regarde ?

— Je crois.

— Qui es-tu, mon gars ?

— Je m'appelle Imhotep.

— Imhotep… Jamais entendu ce nom-là.

— Je suis le nouveau supérieur de la corporation de Nékhen.

Le râblé se tapa sur les cuisses.

— Ah ! c'est toi le gamin arrivé de la capitale ! Retourne à ton bureau, lis tes papyrus et rédige de beaux rapports. Le reste, on s'en occupe.

— Cette nuit, révéla Imhotep, j'ai beaucoup lu. Les papyrus comptables, quoique mal tenus, sont révélateurs. Et mes conclusions m'ont conduit jusqu'ici. Es-tu le responsable des stocks de bois ?

— Ça te dérange ?

— Au contraire, puisque je tiens le coupable de vols inexpliqués.

Les naseaux du râblé se contractèrent.

— Ose répéter ça !

— J'attendais l'occasion de te prendre en flagrant délit. Cette importante livraison me permet de constater le volume des détournements de bois appartenant à l'État.

— J'exerce mon droit, un point c'est tout !

— Le règlement de l'institution ne le mentionne pas.

— On a l'habitude, moi et…

— Des complices ?

— Fiche le camp, gamin !

— Je suis obligé de procéder à ton arrestation et de te confier à la justice.

S'emparant d'une planche de sycomore, le râblé tenta d'assommer le gêneur. Manquant de vivacité, il ne frappa que le vide. Le poing d'Imhotep le toucha à la nuque. Vacillant, le râblé tomba à genoux.

— Seule solution pour éviter le pire, indiqua le nouveau supérieur : m'avouer toute la vérité, rembourser en heures de travail la valeur du bois volé et jurer de mettre fin à ce trafic. En ce cas, j'oublierai le passé et te nommerai à un poste subalterne. À la première incartade, la mémoire me reviendra. Ta décision ?

Le regard trouble, incapable de se relever, le râblé accepta les conditions d'Imhotep.

*

* *

Les quatre scribes saluèrent à peine leur patron. Le premier rédigeait son courrier, le deuxième écrivait une note administrative à la vitesse d'une limace, les deux autres papotaient.

Les bras croisés, Imhotep resta debout au milieu du bureau.

Enfin, la limace remarqua sa présence.

— Vous désirez quelque chose ?

— Votre attention.

Les deux bavards se turent et l'épistolier coinça son calame à l'oreille.

— J'ai deux nouvelles à vous communiquer, une bonne et une mauvaise.

— La bonne d'abord, exigea la limace, le regard ironique.

— Vous êtes en congé.

— Un cadeau d'arrivée ? s'étonna l'un des papoteurs.

— Et de départ, ajouta Imhotep, car voici la mauvaise nouvelle : votre congé est définitif et vous n'appartenez plus à cette institution. Ramassez vos affaires et quittez ce bureau.

Les quatre fonctionnaires se levèrent en même temps.

— Vous… vous n'avez pas le droit !

— J'en ai le devoir. Dès aujourd'hui, un rapport complet concernant votre comportement indigne sera adressé au chancelier Hézyrê. Vous êtes les principaux responsables du manque d'efficacité de la corporation, de sa production insuffisante et des retards de livraison. Les suites judiciaires ne dépendent pas de moi, mais j'espère qu'elles seront exemplaires.

— Vous ne pourrez pas vous passer de nous !

— Vu la minceur et la médiocrité de votre travail, je vous remplacerai aisément jusqu'à l'arrivée de vos successeurs.

Les scribes sortirent, la tête basse. Pour eux, le bon temps était terminé.

*

* *

Quand Imhotep pénétra dans l'atelier des charpentiers, ils déposèrent leurs outils. Haches, scies, herminettes, ciseaux à manche de bois et à lame de cuivre, poinçons, forets à arc creusant des trous destinés aux chevilles, galets enrobés de poudre abrasive, règles de bois graduées devinrent des objets inanimés.

Imhotep passa lentement devant chaque artisan, comme s'il ne ressentait pas le climat d'hostilité. Il examina un coffre, un lit et un sarcophage en voie d'achèvement, puis s'attarda sur une scie.

— J'aimerais voir le chef d'atelier, déclara-t-il d'une voix posée.

Un grand moustachu s'avança.

— Un problème ?

— Cette lame a chauffé, il faut la remplacer. Et le polisseur du sarcophage se moque du métier. Impossible d'envoyer à Memphis une telle horreur. Je reprendrai moi-même cette besogne. Quelle déception ! La réputation de cet atelier me paraît injustifiée.

Le moustachu rougit jusqu'aux oreilles.

— Vous… vous êtes charpentier ?

— Le Vieux du chantier naval de Memphis m'a enseigné son art. Et j'entends encore ses dernières paroles : « Le maître donne les instructions et guide la main des artisans. » Ici, on semble l'avoir oublié.

— Vous nous injuriez !

— Je vous mets face à la réalité. En ne vous fiant qu'à vos privilèges et à votre prétention, vous oubliez l'essentiel : l'amour de l'œuvre. Des débutants vous égaleraient. La corporation de Nékhen ? Un ramassis de vaniteux satisfaits de leur médiocrité. Vous avez eu raison d'abandonner vos outils, ils méritent de meilleurs artisans. Terminez à votre rythme les commandes de mobilier que je braderai dans les provinces environnantes sans mentionner leur origine. Le palais royal, lui, patientera. À moi d'expliquer l'absence d'équipes qualifiées.

— C'est faux ! protesta le chef d'atelier.

Imhotep souleva un coffre en sycomore.

— Êtes-vous fier de ce ratage ? Un apprenti consciencieux le jetterait aux ordures !

Un épais silence enveloppa l'atelier.

— Les artisans sont l'élite de l'Égypte, reprit Imhotep. Souiller la noblesse de la main revient à trahir l'esprit. Je vous accorde une dernière chance : débarrassez-vous de ces monstruosités, et prouvez-moi vos réelles capacités. En cas d'échec, je fermerai cet atelier et prônerai la disparition de cette institution.

20.

Les préparatifs du départ étaient achevés. Les ânes porteraient des paniers contenant aliments et vêtements, chaque soldat disposerait d'un sac à dos pour sa natte, son pagne de rechange et des remèdes tels que des collyres contre le dessèchement des yeux et des pommades repoussant les poux du désert et autres insectes. Djéser avait exigé des nattes de première qualité, afin d'offrir à ses soldats un agréable couchage au terme de longues heures de marche.

Quand le prince sortit du palais, les membres du corps expéditionnaire se sentirent rassurés. La prestance de leur chef, son autorité naturelle et son regard direct les conduiraient au succès. Les Libyens, qui ne brillaient pas par leur courage, n'oseraient pas entamer le combat, et tous les Égyptiens reviendraient vivants chez eux après leur démonstration de force.

La régente Nimaât orna le cou de son fils d'une amulette représentant l'œil de Râ. Animée magiquement, elle éclairerait le chemin et jetterait une flamme sur les ennemis visibles et invisibles.

« Précaution dérisoire », estima l'Ombre rouge, mêlée aux dignitaires. Le visage grave, ils se demandaient s'ils reverraient le prince Djéser. Beaucoup redoutaient un échec sanglant et priaient la régente de renforcer les fortifications de Memphis. Victorieuses, les hordes libyennes n'attaqueraient-elles pas la capitale des Deux-Terres ? Selon les officiers supérieurs, impossible. Les coureurs des sables se contentaient de piller les caravanes et ne quitteraient pas leur domaine.

Djéser refusa la chaise à porteurs et sortit de la cité à la tête de ses hommes. Inquiète, la population demeura silencieuse. L'Ombre rouge se garda de sourire.

*

* *

Brutalement, les cultures disparurent, et ce fut le désert. L'éclaireur en chef bénéficia pendant la première journée d'une belle piste, puis il fallut se fier à son instinct, car un vent de sable avait effacé l'itinéraire prévu. Une dizaine d'archers restaient en alerte, redoutant à la fois des fauves en maraude et un raid libyen.

Djéser voulait rétablir le contrôle de l'Égypte sur la zone s'étendant entre Memphis et le port[1] où s'embarquaient les artisans à destination des mines de turquoises et de cuivre du Sinaï. La zone sécurisée permettait aux caravanes, désormais accompagnées de militaires, de voyager en paix.

Enfin, la piste réapparut, et la troupe atteignit un petit fortin abandonné. La carte d'état-major ne le mentionnait pas !

---

1. Ayn Sokhna. Les bateaux traversaient le golfe de Suez.

Djéser ordonna de l'agrandir et y laissa une garnison. À l'avenir, la piste serait jalonnée de postes de garde, constamment réapprovisionnés.

Du haut d'un monticule, une panthère observait les intrus. Un archer banda son arc.

— Laisse-la vivre, décida Djéser. Elle nous protège.

Incarnation de la déesse Mafdet, la panthère ne prenait-elle pas soin de la Maison de Vie, réceptacle des rituels et des textes sacrés, en écartant les profanateurs ?

Les regards du prince et du fauve se croisèrent, les ânes s'immobilisèrent et les soldats se prosternèrent. Les témoins de ce moment privilégié comprirent que le prince n'était pas un simple notable mais qu'il se reliait à l'invisible et aux puissances de création.

La panthère poussa un cri étrange, ressemblant à un appel, se retourna et s'éloigna.

— Suivons-la ! Dix hommes avec moi.

La petite troupe escalada une colline pierreuse sous un soleil brûlant. À son sommet, Djéser repéra la messagère de l'invisible. Ne redoutant pas ses poursuivants, elle progressait sans hâte. Gravées dans le sable, des ondulations de serpents.

— À cette heure, précisa l'éclaireur en chef, ils dorment. Cependant, prince, je ne vous conseille pas d'aller plus loin. Ce territoire-là est rempli de pièges.

— La panthère nous attend.

— Votre sécurité…

— Continuons, et soyez prêts à vous battre.

L'éclaireur rêva un instant des palmeraies de Memphis, de ses jardins ombragés et d'une bière fraîche savourée à l'abri d'une pergola.

Djéser avançait, méprisant le danger.

La panthère gravit une nouvelle colline et disparut. Suivre le prince exigeait de rudes efforts, tant il pressait le pas. Dérangé, un scorpion noir détala.

Essoufflé, l'éclaireur en chef se porta à la hauteur de Djéser, fixant le lointain.

— Là-bas, regarde.

L'air brûlant brouillait la vue.

— Je vois... du sable !

— Regarde mieux.

L'éclaireur se frotta les paupières. Et il vit.

*
* *

Désobéissant aux ordres de Tanou, Pied-tordu n'avait pas tué tous les marchands de la dernière caravane attaquée, et il s'était gardé deux fillettes appétissantes. Il aurait dû également quitter son territoire de chasse et se réfugier dans une grotte, hors de portée de l'armée égyptienne.

Mais Pied-tordu ne craignait personne. Et il avait envie de violer ces gamines avant de leur trancher la gorge et d'anéantir la tribu de Tanou, ce prétentieux imbu de son illusoire supériorité.

Le Libyen dénuda ses proies et les jeta à terre. Une seule hésitation : par laquelle commencer ? Il n'eut pas le loisir de poursuivre sa réflexion, car la flèche de Djéser lui transperça la gorge. À un contre cinq, les Égyptiens profitèrent de l'effet de surprise. À l'efficacité des archers succéda une ruée meurtrière, nourrie de colère froide.

Pas de prisonniers, aucun blessé grave chez les Égyptiens, deux fillettes et des marchands libérés.

*

* *

À trois reprises, la panthère guida Djéser jusqu'au repaire des coureurs des sables. Les opérations punitives furent couronnées d'un égal succès, et la rumeur commença à circuler : Djéser rétablissait l'ordre sans faire de quartier. Les derniers Libyens réticents obéirent aux consignes de Tanou et se retirèrent loin de cette région devenue dangereuse.

Un vent violent se levait. Les Égyptiens se réfugièrent à l'abri du nouveau fortin bâti avec les pierres du désert.

— Prince, avança l'éclaireur en chef, notre mission me semble terminée. La panthère ne réapparaît plus, et la piste est tout à fait sûre. Le bruit de vos exploits aura atteint les oreilles des coureurs des sables qui s'écarteront désormais de cette contrée.

Djéser réfléchit. Inquiet, l'éclaireur imaginait déjà de longues explorations au cœur de solitudes brûlantes.

— Lorsque le vent tombera, nous rentrerons à Memphis.

La tempête ne dura que trois jours, et la troupe fut vite prête à partir. Quel magnifique bilan ! Les Libyens repoussés, la sécurité rétablie, la puissance de l'Égypte affirmée. Le prince Djéser avait montré une stature de chef de guerre, capable de protéger son pays. Face au succès de cette mission, le grand conseil ne pourrait pas différer le couronnement.

Les ânes, eux aussi, avaient hâte de retrouver un paysage moins rude et des écuries confortables. Dignes collaborateurs, ils seraient choyés. Pourtant, au début de la deuxième journée de marche, l'animal de tête ralentit brusquement l'allure à l'approche d'un passage étroit entre deux plateaux rocheux.

— Arrêtons-nous, préconisa l'éclaireur en chef. Ce n'est pas normal, je vais voir s'il souffre d'une blessure.

Djéser acquiesça. Au-dessus de la gorge tournoyait un faucon, incarnation du dieu Horus, protecteur de la royauté. Soudain, il fonça en piqué vers une proie invisible.

Un cri de douleur, d'une incroyable intensité, stupéfia les Égyptiens. Sortant de sa cachette, le visage en sang, un Libyen apparut au sommet d'un des deux plateaux et s'effondra en hurlant tandis que le faucon remontait haut dans le ciel.

— À l'attaque ! ordonna Tanou, contraint d'abandonner son plan initial.

Les archers eurent le temps d'abattre une vingtaine de coureurs des sables, mais le corps à corps était inévitable.

Se servant d'une lourde épée courte que lui seul pouvait manier, Djéser se maintint à la tête de ses hommes. Malgré leur infériorité numérique, ils se sentaient animés d'une inépuisable volonté de vaincre transmise par un tel chef.

La mêlée fut brève et violente. Très vite, les Libyens, décimés, comprirent qu'ils ne parviendraient pas à terrasser le colosse à l'épée flamboyante. Sa magie décuplait les forces de ses soldats et les transformait en lions.

Un premier coureur des sables s'enfuit, bientôt suivi de ses camarades.

— Ils nous tournent le dos comme des lâches ! s'exclama l'éclaireur.

Les archers ne ratèrent pas leurs cibles.

De la petite armée de Tanou, déjà loin du lieu du guet-apens manqué, il ne restait que de misérables lambeaux.

— Les dieux nous furent favorables, constata l'éclaireur. Ils ont animé votre bras, prince. Nous n'aurions pas dû échapper à ce piège. Avant chaque passage dangereux, j'irai examiner moi-même le terrain.

— Inutile, jugea Djéser. Désormais, le chemin est libre.

21.

La bagarre éclata devant l'entrée de la réserve où étaient entreposés les outils des charpentiers, soigneusement nettoyés à la fin de la journée de travail. Elle opposa un spécialiste de l'herminette à un virtuose de la hachette, accusé d'avoir volé son collègue. Le ton monta, deux clans se formèrent, des injures fusèrent et le premier coup de poing partit.

Affolé, un apprenti courut prévenir Imhotep. Le directeur de la corporation de Nékhen déjeunait à la lisière d'un champ voisin en compagnie des paysans placés sous son autorité. Ils appréciaient leur nouveau supérieur, attentif à leurs difficultés. Contrairement à son prédécesseur, Imhotep ne les prenait pas de haut et s'attachait à faciliter leur labeur.

— Vite, patron ! Les artisans se battent !

Imhotep abandonna sa purée de fèves et courut jusqu'au poste de police. Un planton observait le lointain, les autres sommeillaient.

— Suivez-moi.

— Que se passe-t-il ? demanda le planton, apathique.

— Une rixe.

— Ça, on ne s'en occupe pas ! Les artisans sont irascibles et dangereux.

— Réveille ton chef.

— Vous voulez me faire sanctionner ?

— Réveille-le !

L'opération exigea un certain temps. Le regard embrumé, le lieutenant de police reconnut Imhotep.

— Ah, c'est vous… Une urgence ?

— Nous devons interrompre un pugilat.

— Sauf votre respect, surtout pas ! Ces gaillards-là ont l'habitude de s'affronter, ils exercent leur propre loi.

— Refusez-vous d'intervenir ?

— Affirmatif. Et tenez-vous à l'écart.

D'un bon pas, Imhotep gagna le lieu de la bataille rangée. Deux hommes gisaient, le premier le bras fracturé, le second la jambe ; plaies et bosses fleurissaient parmi les combattants, dont certains devenaient hystériques.

— Ça suffit, tonna Imhotep, calmez-vous immédiatement !

Les bagarreurs se figèrent.

Le virtuose de la hachette, le front balafré et un œil au beurre noir, dévisagea l'intrus.

— De quoi te mêles-tu, bonhomme ?

— De faire régner l'ordre dans cette institution que je dirige.

— Ici, le directeur, c'est moi ! Je cogne qui je veux, quand je veux. Retourne à ton bureau et fiche-nous la paix.

— Deux semaines de mise à pied, décida Imhotep, suivies d'une année de probation. À la moindre violence, tu seras renvoyé.

L'artisan demeura interdit quelques instants. Puis il éclata de rire.

— Toi, me donner des ordres ? Je vais te casser la tête !

— N'avance pas, ordonna Imhotep qui tendit le bras, paume de la main droite ouverte vers le furibond.

La bouche écumante de rage, celui-ci tenta de progresser. Retenu sur place par une force mystérieuse, il piétinait. Peu à peu, il tomba en arrière, incapable de se tenir debout. Sa lourde chute déclencha l'hilarité générale.

— Imhotep t'a renversé sans te toucher ! hurla l'apprenti.

Les gémissements d'un blessé alertèrent le vainqueur.

— Je suis aveugle ! se plaignait-il.

D'instinct, Imhotep le magnétisa. Une douce chaleur calma l'inflammation, le brouillard se dispersa, les couleurs réapparurent.

— Je vois, je vois ! Tu m'as guéri !

Leur fièvre guerrière retombée, les artisans s'écartèrent. Ils ne considéraient plus leur supérieur de la même manière. On ne se dressait pas contre un magicien doté de tels pouvoirs.

Le virtuose de la hachette se releva lentement, ravi d'avoir encore des jambes. Ses dents claquaient.

— C'était votre dernière bagarre, annonça Imhotep. J'accepte de l'oublier et de ne punir personne. Désormais, en cas de conflit, vous vous adresserez au lieutenant de police.

— Vous plaisantez, patron ? s'indigna l'apprenti. C'est une figue pourrie !

— Considérez ce problème comme résolu et observez mes directives. Demain, je vous donnerai votre programme de fabrication. Ensemble, nous regagnerons l'estime du palais royal.

Imhotep retourna au poste de police. Le planton, lui aussi, s'était endormi. Un coup de pied dans les tibias le réveilla.

— Cette fois, ordonna Imhotep, vous me suivez tous.

— On va où ?

— Je vous offre un déjeuner.

Les policiers sortirent de leur torpeur. Ce nouveau patron savait s'adapter.

Imhotep pria ses amis paysans d'offrir aux fonctionnaires des galettes, de la purée de fèves et des dattes. Les hôtes s'empiffrèrent en plaisantant.

— Remettez-moi vos gourdins et vos poignards, exigea le directeur de la corporation de Nékhen.

— Pourquoi ? s'étonna le gradé.

— Parce que vous êtes révoqués. Les paysans prennent votre place, vous prenez la leur. Il est temps de vous remettre au travail. Ils vous surveilleront de près, et je vous recommande de ne pas chômer. Sinon, mon rapport vous enverra en prison.

*

* *

Des scribes efficaces et méticuleux, une administration rigoureuse, des stocks bien tenus, des charpentiers heureux de façonner des objets de qualité : Imhotep était fier de son personnel. Plus d'affrontements entre artisans, le respect de la hiérarchie, une saine émulation et la recherche de la perfection. La vieille institution retrouvait sa vigueur d'antan, et la récente livraison de mobilier à la cour royale de Memphis ne devrait pas mécontenter le chancelier Hézyrê.

Premier levé, dernier couché, Imhotep s'attachait au moindre détail, qu'il s'agisse de la propreté de l'aire destinée aux grains, de la quantité de pains produite quotidiennement, de la rotation des bateaux de charge ou de la fréquence des patrouilles de police. Il écoutait plaintes et critiques, ne laissait aucune affaire s'enliser et expliquait ses décisions. En gagnant la confiance de ses subordonnés, le jeune homme voyait son autorité indiscutée.

Seul échec : pas l'ombre d'un indice concernant l'atelier secret dont avait parlé le Vieux du chantier naval. S'était-il moqué de lui, perdait-il la raison ? Si cet atelier mystérieux existait, il ne se trouvait pas à Nékhen. En tout cas, les conseils de l'ancien demeuraient valables. Vigilance, persévérance, service de l'œuvre et rectitude restaient les guides d'Imhotep.

La nostalgie de Memphis l'empêchait souvent de dormir. Ni le charme de la région de Nékhen ni l'ampleur de sa tâche ne lui faisaient oublier sa ville natale, sa vision d'un paradis au cœur du désert et le visage de l'inaccessible Néféret. De quel texte chargé de magie s'occupait-elle ? S'était-elle mariée ? Questions stupides, puisqu'il ne la reverrait jamais. Son existence s'ancrait à Nékhen, il y passerait probablement le reste de ses jours.

Le paysan devenu lieutenant de police interrompit sa méditation.

— Puis-je te parler, Imhotep ?

— Je t'écoute.

— Sortons, veux-tu ?

Les deux hommes quittèrent le bureau directorial, encombré de papyrus. La journée était magnifique, la chaleur agréable.

— Tu sembles accablé, observa Imhotep. Un incident grave ?

— Il ne me concerne pas.

— Alors, qui ?

— C'est difficile à dire, si difficile… En me nommant à ce poste, tu as changé ma condition et je t'en remercie. Parmi mes attributions, il en est une que j'apprécie fort peu, aujourd'hui : la réception et le tri du courrier officiel.

— Une mauvaise nouvelle ?

— Très mauvaise.

— Des troubles à Memphis ?

— Non, cette nouvelle te concerne.

Imhotep s'immobilisa.

— Parle, je t'en prie !

Le lieutenant de police baissa les yeux.

— Ta mère est morte.

22.

La chaleur de l'été devenait écrasante. La nature, les animaux et les humains attendaient la venue de la crue. En l'absence d'un pharaon, quelle décision prendrait Hâpy, le dynamisme du flot ? Trop faible, l'inondation ne nourrirait pas le pays ; trop forte, elle le dévasterait. Certes, il existait des réserves de grains ; mais seraient-elles suffisantes, face à une catastrophe ?

La régente réunit d'urgence le grand conseil, arrachant ses membres à leurs tâches habituelles.

En voyant apparaître le ritualiste en chef Ânkhy, porteur du lourd bâton de commandement réservé au futur pharaon, l'un des gardes du palais eut des frissons. La fièvre le rongeait, ses jambes le soutenaient à peine.

Au moment où Ânkhy passait devant lui, le garde vacilla. D'un geste instinctif, afin d'éviter la chute, il se rattrapa au bâton sacré.

Des ondes brûlantes le repoussèrent, et le maladroit tomba en arrière, évanoui. Chacun savait qu'il ne fallait en aucun cas toucher à ce symbole de la royauté. Seul le ritualiste en chef, protégé par des formules magiques de la Maison de Vie, était autorisé à le manier pendant une brève période.

Hézyrê en personne examina le garde.

— La mort l'a frôlé. Nous le guérirons.

On transporta le malade à l'infirmerie du palais, les membres du grand conseil pénétrèrent dans la salle d'audience et saluèrent respectueusement la régente.

— J'ai reçu un rapport alarmant de la police du désert, déclara la reine Nimaât d'une voix inquiète. Le prince Djéser et le corps expéditionnaire auraient été victimes d'un guet-apens.

Comment la régente aurait-elle pu savoir que le document émanait, en réalité, de l'Ombre rouge ? En semant la panique au sommet de l'État, celle-ci préparait la chute de la capitale et la disparition définitive de l'institution pharaonique.

— Ce texte donne-t-il des détails ? interrogea le chancelier.

— Il parle d'une défaite cuisante et du triomphe des Libyens.

— Et si c'était un faux ? avança le conseiller Baten.

— Qui en serait l'auteur ? s'étonna son collègue Akhétâ.

— Un adversaire résolu du prince Djéser, désireux de s'emparer du trône !

— En ce cas, estima Hézyrê, il doit vite sortir de l'ombre et emporter notre adhésion. Une telle manœuvre me paraîtrait puérile.

— Autrement dit, déplora le ritualiste Ânkhy, assommé, nous ne reverrons plus le prince Djéser. Qu'allons-nous devenir ? L'Égypte survivra-t-elle ? Lui seul possédait l'envergure d'un pharaon !

— Ne perdons pas espoir, recommanda Baten, et préparons sans tarder la défense de Memphis.

— Les Libyens n'oseraient pas nous attaquer, objecta Akhétâ. L'armée est occupée à la consolidation des digues en vue de la crue, et cette tâche me semble prioritaire. La muraille blanche ne suffit-elle pas à nous protéger ? Nos archers d'élite briseront un éventuel assaut.

— Bel optimisme, grommela Baten.

— Donnons-nous un délai de réflexion, proposa le chancelier, et tentons d'obtenir une confirmation de cette terrible nouvelle.

La régente approuva Hézyrê.

Les traits tirés, elle n'aurait pas supporté de longs débats.

*
* *

Distillée par l'Ombre rouge, la rumeur parcourait la capitale : les Libyens avaient vaincu Djéser, mort au combat, et le pouvoir était désemparé. Bientôt, Memphis serait livrée à une horde sauvage, l'armée ne saurait lui résister. Certains songeaient à s'enfuir vers le sud, d'autres se rallieraient aux nouveaux maîtres du pays. Et la crue tardait, et la canicule épuisait les organismes.

À l'aube, le chiot Geb sortit du palais et, d'une allure décidée, traversa la cité en direction de la grande porte du mur blanc, sous le regard amusé des premiers passants. Doté d'un souffle et d'une résistance surprenants, il choisit le meilleur itinéraire.

Obstacle infranchissable, la grande porte elle-même qu'il gratta désespérément de sa petite patte.

Un gradé s'approcha.

— Tu t'es égaré, mon bonhomme !

Le collier de cuir rouge, gravé au nom du chiot, prouvait son appartenance à une famille noble. Lui restituer le fugueur procurerait sûrement une récompense.

— Une troupe en vue ! clama le guetteur, du haut des remparts.

— Amis ou ennemis ? demanda le gradé.

— Impossible à dire.

— Branle-bas de combat !

On alerta les archers d'élite qui se postèrent aux créneaux. L'infanterie au grand complet ne tarderait pas à se masser aux endroits stratégiques, et le commandant de la garnison se chargea de prévenir la régente.

Les Libyens n'avaient pas perdu de temps.

Geb, lui, échappa au gradé et se remit à gratter la porte. Des soldats couraient dans tous les sens, des ordres contradictoires fusaient. À l'évidence, Memphis n'était pas prête au combat.

— Ce ne sont pas des coureurs des sables ! s'exclama le guetteur. On dirait… Oui, c'est lui, c'est le prince Djéser !

Des acclamations saluèrent cette nouvelle, les militaires se congratulèrent, Geb jappa de joie.

Enfin, la grande porte s'ouvrit. Le chiot s'élança à la rencontre de son maître dont il avait pressenti le retour.

Djéser le cueillit au bond et accepta de se laisser lécher le visage.

— Toi, Geb, tu n'as jamais douté.

Le cœur battant, le chiot haletait. La tête sur l'épaule du prince, il retrouva son calme et vit sortir de la ville une foule nombreuse et rassurée.

Djéser était un héros et un vainqueur.

*

* *

Un puissant soleil illuminait la terrasse principale du palais de Memphis. À l'abri d'un kiosque en bois doré, la régente et les membres du grand conseil accueillaient le prince.

— Mission accomplie, déclara-t-il. La piste menant aux mines est sécurisée, et j'ai pris les dispositions nécessaires pour que cette situation soit durable. Hélas ! je déplore deux morts. Ils bénéficieront d'une sépulture et des rites appropriés, et leur famille héritera d'une pension. Les trois blessés graves ont survécu, nos médecins s'en occupent. Je propose d'attribuer une maison et un terrain agricole à chacun des braves qui m'ont permis d'échapper au guet-apens libyen. L'affaire semblait bien préparée, et je remercie les dieux d'avoir détourné le destin.

— Seule votre magie les a convaincus d'intervenir, estima le ritualiste en chef. Voilà le signe tant attendu !

Le chancelier Hézyrê demeura impassible.

— Prince, avez-vous identifié l'auteur de cette agression ?

— Malheureusement non. Mes hommes n'ont pas fait de prisonniers, et je ne leur ai pas donné l'ordre de poursuivre les fuyards, de peur d'un second traquenard. Soyez assuré qu'une enquête sera menée.

L'un des assistants d'Ânkhy osa interrompre l'entretien. Son visage exprimait une émotion intense.

La régente l'autorisa à s'exprimer.

— Majesté, un courrier en provenance des spécialistes du nilomètre d'Éléphantine[1] ! La crue vient de renaître. Selon leurs prévisions, elle sera abondante et favorable !

1. L'actuelle Assouan, jadis capitale du premier nome de Haute-Égypte, à la hauteur de la première cataracte.

— Encore un signe ! jugea le conseiller Baten. Le chancelier est-il satisfait ?

La princesse Redjit offrit une coupe d'eau fraîche à la régente. Malgré la douleur, Nimaât sourit. Le pharaon n'était-il pas responsable de la crue ? Hâpy saluait la naissance royale et la cautionnait. En dépit de ses réticences, Hézyrê devait s'incliner.

— Prince Djéser, vous avez surmonté de pénibles épreuves, rappela le chancelier. Elles vous ont forcément mûri. Avez-vous changé d'avis, renoncez-vous aux bouleversements annoncés et à la fondation d'une nouvelle dynastie ?

— Non, chancelier. Ces épreuves ont renforcé ma détermination.

— En ce cas, je continue à m'opposer à votre couronnement.

Jaillissant du soleil à son zénith, un faucon d'une taille inhabituelle descendit en piqué jusqu'à la terrasse du palais royal. Déployant ses ailes immenses, il traça un large cercle au-dessus de Djéser et se posa sur les épaules du prince. Ses serres ne déchirèrent pas la chair de son protégé, il enveloppa la nuque du colosse et lui transmit sa pensée, issue du cœur de l'univers.

Horus désignait son incarnation terrestre.

Le chancelier Hézyrê se prosterna.

— Voilà le véritable signe ! Majesté, puisse votre règne être heureux et prospère. Je suis votre serviteur et vous jure fidélité.

23.

L'inondation avait atteint la ville de Nékhen. Pendant plusieurs jours, le Nil ne serait pas navigable et l'on ne pourrait boire son eau. Ces inconvénients n'atténuaient pas la joie de la population, car la crue s'annonçait excellente. Venue du ciel, jaillie de la caverne sacrée d'Éléphantine, l'eau fécondatrice déposerait sur les terres un limon si fertile que les paysans obtiendraient plusieurs récoltes de céréales au cours de l'année.

L'événement plaidait en faveur de la naissance d'un nouveau pharaon, et le nom de Djéser s'imposait. Le bon génie du Nil, Hâpy, ne saluait-il pas son avènement ? Cette fois, le grand conseil ne disposerait plus d'aucun argument pour tergiverser.

Afin de saluer la venue de l'inondation, Imhotep avait accordé trois jours de repos à l'ensemble du personnel. Des fêtes s'organisaient, et la bière coulait à flots. On ne se plaignait pas de la chaleur, et l'ardeur des danseuses et de leurs soupirants semblait inépuisable.

Le directeur de la corporation de Nékhen, lui, demeurait enfermé dans son bureau. Incapable de participer aux réjouissances, il tentait de s'étourdir grâce au travail. Mais le visage de sa mère ne cessait de l'obséder, et il déplorait d'être cloué en cette province lointaine. Il aurait dû la secourir, l'assister, lui donner sa force. Et il n'avait même pas célébré le rite des funérailles.

Désormais seul au monde, il se consacrerait à sa tâche en oubliant l'idée du bonheur, ce bonheur simple que les dieux lui refusaient.

Au couchant, le jeune homme éprouva le besoin de se dégourdir les jambes. À la porte de son bureau, Vent du Nord l'attendait. Les grands yeux marron de l'âne exprimaient tristesse et solidarité.

— Toi, tu partages vraiment mon deuil.

Les deux amis empruntèrent un sentier dominant les eaux. Le Nil s'étalait, remplissant des bassins de retenue dont le contenu, au cours des mois prochains, servirait à l'irrigation. Des barques commençaient à circuler, de bons nageurs profitaient d'un grand lac aux tourbillons parfois dangereux. Aussi s'équipaient-ils de flotteurs en roseaux. Entre mâles décidés à éblouir des groupes de filles admiratives, la compétition battait son plein. Le plus rapide ne recueillerait-il pas les faveurs d'une belle ?

Les dernières lueurs du jour créèrent une fresque d'une beauté éblouissante. Peu à peu, les dizaines de nuances d'argent, d'orange et d'or cédèrent l'espace au bleu profond, annonciateur du mariage de la nuit et du ciel. En naquirent des milliers d'étoiles, et cette vision procura à Imhotep une paix inespérée.

En apparence, le soleil mourait et nul ne savait s'il renaîtrait. Pourtant, l'espérance animait le cœur et l'on affirmait que les rites célébrés dans le secret des temples, accessibles à un petit nombre d'initiés, contribuaient à la victoire de la lumière. Surpasser la mort, était-ce vraiment possible ? En travaillant la matière, l'artisan lui donnait bien une autre forme d'existence. La pierre et le bois pouvaient devenir statues des dieux et des rois, chargées de magie. Les sages de la Maison de Vie ne pratiquaient-ils pas ces mystères, n'en possédaient-ils pas les clés ? Imhotep éprouva l'intense désir de s'engager dans ce chemin-là et de ne pas demeurer un simple technicien. Mais comment en trouver l'accès ?

Un petit garçon s'approcha.

— C'est toi, le magicien ?

Imhotep sourit.

— Pourquoi cette supposition ?

— Tu as guéri un aveugle.

— Les dieux ont été favorables.

— Ma sœur est très malade, je t'emmène à la maison.

— Il vaudrait mieux consulter un médecin.

— Il ne sait pas la soigner. Tu viens ?

Vent du Nord s'était relevé. Le gamin le caressa, et le trio prit la direction d'un village voisin.

Âgée d'une dizaine d'années, une fillette souffrait d'une forte fièvre et respirait mal. Désespérés, les parents accueillirent Imhotep comme un sauveur.

— Aidez-la, je vous en supplie ! implora la mère.

Le jeune homme imposa longuement les mains. Le front de la fillette devint moins brûlant, elle sourit. L'énergie circulant à nouveau, elle se redressa. Sa mère la couvrit de baisers.

Le père se prosterna devant le magicien.

— Vous avez sauvé ma fille !

— Je vous envoie le médecin de la confrérie de Nékhen. Il prescrira les remèdes nécessaires et vous n'aurez pas à le payer.

*
* *

Le travail avait repris. Voulant oublier la guérison miraculeuse de la fillette dont les parents ne cessaient de vanter ses mérites, Imhotep s'attachait à régler les mille et un problèmes de l'institution. À présent, les responsables se montraient à la hauteur de leurs tâches, et la troisième livraison de meubles précieux était prête à partir pour la capitale.

Le lieutenant de police lui apporta deux lettres en provenance de Memphis, la première signée de Futé, la seconde portant le sceau du chancelier Hézyrê. Imhotep donna la priorité à l'amitié.

Le nouveau patron de l'atelier des foreurs de vases ne se plaignait pas de son sort, au contraire. Les commandes affluaient, et les artisans acceptaient sa manière de diriger, inspirée de son prédécesseur. Futé ménageait les anciens et veillait au respect mutuel. Son ami lui manquait beaucoup, et il avait besoin de conseils. Suivait une liste de questions.

À plusieurs reprises, signalait Futé, la princesse Redjit avait visité l'atelier sous divers prétextes. Elle ne manquait pas de demander des nouvelles d'Imhotep en souhaitant son retour. D'une humeur inégale, elle exigeait des objets difficiles à fabriquer et des délais impérieux. Malgré ses efforts, Futé ne parvenait pas à l'amadouer. À cause des caprices de la belle, des heures supplémentaires !

« Nékhen a aussi du bon », pensa le directeur de la confrérie.

Il décacheta le pli de la chancellerie, imaginant son contenu. Les services de Hézyrê réclamaient un bilan détaillé de son activité, émettaient plaintes et reproches, et réclamaient davantage d'efficacité. Vu les résultats, Imhotep saurait défendre son personnel contre des fonctionnaires tatillons de l'administration centrale, ignorants de la réalité du terrain.

Stupéfait, il lut et relut la missive afin de se persuader qu'il ne se trompait pas.

D'abord, fait exceptionnel, elle était de la main du chancelier.

Ensuite, le texte fort court, assorti de brèves formules de politesse, lui intimait un ordre inattendu : Imhotep devait rentrer immédiatement à Memphis.

24.

Pas un courtisan ne manquait, la salle d'audience de la reine Nimaât ressemblait à une ruche bourdonnante. Quand apparut le chancelier Hézyrê, le visage creusé et la démarche lente, les pessimistes s'attendirent à une déclaration qui remettrait en cause l'information majeure de ces jours derniers : le prochain couronnement du prince Djéser.

Enveloppé d'un long manteau, le vieux scribe ne répondit à aucune question et prit place au premier rang où figuraient la princesse Redjit, admirablement maquillée, le conseiller Baten au visage rond, son collègue Akhétâ, amaigri, et le ritualiste en chef Ânkhy, tenant le bâton de commandement.

Une rumeur circulait : Djéser serait nommé général en chef et renoncerait au pouvoir suprême. La régente continuerait à diriger l'Égypte, le grand conseil choisirait en son sein le nouveau pharaon. En ce cas, n'assisterait-on pas à une féroce lutte de clans ?

Enfin, la reine Nimaât s'assit sur le trône des vivants. Sa dignité impressionna l'assistance. Et la fermeté de sa voix en surprit plus d'un.

— Le prince Djéser a rempli la mission que nous lui avions confiée, déclara-t-elle. Grâce à la vigueur de son bras, la route des mines est libérée, les caravanes voyageront en sécurité. Après avoir accompli le rite de la course du mur blanc, il s'est comporté en guerrier lucide et courageux, capable de repousser les forces des ténèbres. Plusieurs signes l'ont désigné, et le dernier fut éclatant : le faucon d'Horus a reconnu son incarnation terrestre.

De nombreux dignitaires observèrent Hézyrê. Le chancelier approuva d'un signe de tête.

— À l'unanimité, poursuivit la régente, le grand conseil propose d'élever Djéser à la fonction suprême dont dépendent la prospérité de l'Égypte et le bonheur de son peuple. Garante de la règle de Maât, je confirme cette élection. Prince, l'acceptes-tu ?

On s'écarta, laissant une allée au colosse. Son port de tête et son allure royale ne donnaient-ils pas la réponse ?

Djéser s'inclina et regarda la régente.

Un long silence s'installa et l'on commença à douter. La reine elle-même perçut l'hésitation de son fils face aux devoirs écrasants de l'institution pharaonique. Balayant espoirs, ambitions et rêves, fussent-ils légitimes, la réalité s'imposait.

Au moment de franchir le pas, le postulant reculerait-il ?

— Ta réponse, prince.

— Comme mes prédécesseurs, je m'engage à offrir ma vie à la fonction que vous me confiez.

— Reçois de la régente la reconnaissance de l'Égypte.

La reine et le futur pharaon s'embrassèrent.

*

* *

Le corpulent conseiller Baten offrit aux principaux dignitaires un somptueux banquet au cours duquel les invités n'abordèrent qu'un seul sujet : les préparatifs du couronnement de Djéser. Présent et silencieux, le chancelier Hézyrê grignota et se contenta d'une seule coupe de vin. N'essuyait-il pas une cuisante défaite ? Sans nul doute, il serait révoqué et remplacé. Le distant et travailleur Akhétâ connaîtrait-il un meilleur sort ? Son collègue Baten aurait-il l'oreille du nouveau pharaon ? Seul le ritualiste en chef Ânkhy, partisan inconditionnel de Djéser, paraissait intouchable.

D'après des officiels bien informés, le monarque préparait de profonds changements. Lors de sa première prestation de serment, il avait impressionné les plus blasés, habitués aux intrigues de la cour. Personne ne pouvait se vanter d'être l'ami et le confident de Djéser, personne ne connaissait ses véritables intentions.

L'élégance de la princesse Redjit attirait les regards, et son dernier amant en date déplorait d'avoir été congédié la veille. L'efficace et redoutée directrice de la Maison de la Reine garderait-elle son poste, très convoité, après le retrait de la régente Nimaât ? La nouvelle Grande Épouse royale nommerait l'une de ses proches, et l'on s'interrogeait déjà sur le rôle exact de l'indéchiffrable Paisible, indifférente aux mondanités.

Ce banquet ne marquait-il pas la fin d'une époque ? Demain, quantité de dignitaires à la carrière toute tracée seraient contraints de quitter le palais royal. Leur déception les entraînerait-elle à parsemer d'embûches le chemin du pharaon responsable de leur déchéance ? Si Djéser se montrait trop impatient et provoquait des bouleversements intolérables, survivrait-il à ses erreurs ?

Le chancelier Hézyrê fut le premier à se retirer. Il n'avait pas prononcé un seul mot.

*

* *

La rencontre eut lieu dans une ferme isolée, au nord de Memphis. Nerveux, le Libyen Tanou avait suivi les directives, confiant sa sécurité aux hommes de l'Ombre rouge. La langue coupée, les deux brutes armées de poignards ne risquaient pas de lui faire des révélations.

À la suite de son fiasco, Tanou devait-il se terrer ou rendre des comptes ? Une longue réflexion l'avait conduit à la seconde solution. L'Ombre rouge ne disposait-elle pas de pouvoirs qui lui permettraient de retrouver le Libyen et de le supplicier ? Prenant au sérieux ses menaces, il préférait s'expliquer et tenter d'obtenir l'indulgence de cette redoutable créature.

Les brutes poussèrent Tanou à l'intérieur de la ferme.

Une pièce obscure et poussiéreuse, sentant le purin. D'instinct, le Libyen chercha un objet pouvant servir d'arme. Il ramassa une bêche… brûlante !

— Je suis ici, ami.

Tétanisé, Tanou lâcha l'outil et se retourna.

Cape rouge sombre, masque rouge au tissu épais déformant la voix… Le monstre contemplait son esclave.

Tanou s'agenouilla.

— J'ai échoué, seigneur, mais j'ai des excuses !

— Lesquelles ?

Bredouillant, le Libyen tenta de trier ses arguments.

— D'abord, de l'indiscipline et de la désobéissance chez les miens ; ensuite, l'intervention d'une panthère devenue le guide de Djéser, jusqu'au repaire de tribus imprudentes ; enfin, l'attaque d'un faucon qui a ruiné mes plans !

— Un faucon, dis-tu ?

— Il faut me croire, seigneur ! Le guet-apens était admirablement préparé, Djéser et ses éclaireurs ne se doutaient de rien. Et puis ce maudit oiseau a jailli du haut du ciel à la vitesse de l'éclair ! Sa proie fut l'un de mes guerriers. La tête en sang, fou de douleur, il a quitté sa cachette, et les Égyptiens l'ont repéré. L'effet de surprise anéanti, la bataille s'est déclenchée.

— N'étiez-vous pas supérieurs en nombre ?

Tanou baissa les yeux.

— À lui seul, ce colosse de Djéser valait cent hommes ! Et ses archers d'élite ne manquaient par leurs cibles. En terrain découvert, nous n'avions aucune chance.

— Toi, tu t'es enfui.

— Retraite stratégique, seigneur ! Je savais que les Égyptiens abattraient les vaincus. Pourquoi mourir bêtement ? Ce Djéser n'est pas un homme ordinaire, il se nourrit d'une force surnaturelle !

— Croirais-tu aux dieux, Tanou ?

— Cette panthère, ce faucon, cette puissance invraisemblable… Le prince manie la magie !

— Bientôt, ce prince deviendra pharaon. Et sa magie sera décuplée.

— Djéser, pharaon… Autrement dit, ma mission est terminée ?

— Détrompe-toi, Tanou.

Les poils du Libyen se hérissèrent.

— Affronter un pharaon ? Hors de question !

— Aurais-tu acquis le pouvoir de décider ?

— Seigneur, j'ai vu Djéser manier une épée flamboyante ! Il en transperce tous ses adversaires.

— Me juges-tu incapable de le terrasser ?

— Non, oh non ! Moi, en revanche…

— Oublies-tu la fortune promise ?

Le Libyen entrevit une immense villa, une armée de serviteurs, des filles superbes prêtes à satisfaire ses désirs… Encore fallait-il être vivant !

— Ne te perds pas en réflexions oiseuses, recommanda l'Ombre rouge. En entrant à mon service, tu as accepté de m'obéir aveuglément et tu t'en féliciteras. Djéser devient un ennemi de taille, j'en conviens. Cependant, il est inconscient des périls qui le guettent et nous agirons de manière à ronger son être. Tu attaqueras de l'extérieur, moi de l'intérieur.

— Les tribus libyennes sont divisées et…

— Tu les rassembleras.

— Impossible, seigneur !

L'Ombre rouge ouvrit un sac. La lueur de petits lingots d'or illumina la pénombre.

— Tes semblables refuseront-ils un chef si généreux ? Achète-les à bon prix, un à un, et conserve ton bénéfice. Je veux une seule horde libyenne, correctement entraînée et décidée à s'emparer de Memphis. Telle est ta mission, et je ne me répéterai pas.

L'Ombre rouge jeta le sac aux pieds de Tanou. Le pilleur de caravanes n'avait jamais vu pareille fortune. Cet employeur-là, homme ou femme, était forcément un haut dignitaire de la cour d'Égypte.

25.

Un grand ibis blanc survola le bateau, proche de Memphis. Sa présence rassura Imhotep, inquiet à l'idée de subir un flot de reproches de la part du chancelier Hézyrê. Point par point, il défendrait son travail et ses résultats. Il n'existait pas pire malheur que l'injustice et, même face à un personnage de cette envergure, le jeune homme n'accepterait pas d'accusations infondées.

Ravi du voyage, Vent du Nord sortit de sa torpeur. Imhotep l'équipa de grands sacs contenant son matériel de scribe et ses effets personnels. L'âne fut le premier à descendre la passerelle et il interrogea son maître du regard.

— Nous allons au bureau du chancelier Hézyrê.

D'un bon pas, Vent du Nord choisit le meilleur itinéraire. En revoyant la capitale, Imhotep songea à l'inaccessible Néféret qu'absorbaient ses recherches au cœur de la Maison de Vie. Peut-être apprendrait-elle sa destitution, mais quelle importance à ses yeux ?

De nombreux scribes travaillaient dans les services de la chancellerie. Aucun ne prêta attention à l'arrivant qui s'adressa à un planton et lui montra la convocation de Hézyrê.

L'attente fut longue.

Au milieu de la matinée, un secrétaire vint chercher Imhotep pour le conduire auprès du chancelier, toujours vêtu d'un long manteau. Debout, il examinait une carte de l'Égypte.

— Bon voyage, supérieur de la corporation de Nékhen ?

— Excellent, chancelier.

— La troisième livraison de meubles précieux est arrivée. L'intendant du palais l'a examinée de près.

— J'en prends l'entière responsabilité. Les artisans ont œuvré selon mes directives, et j'ai jugé le résultat digne d'être présenté aux destinataires.

De ses yeux inquisiteurs, Hézyrê fixa le jeune homme prêt à subir un violent assaut.

— Remarquable résultat, en effet, décréta le chancelier. Cette institution agonisait et, en fort peu de temps, tu lui as redonné force et vigueur. Hiérarchie rétablie, atelier redevenu efficace, échos unanimes en ta faveur… Je ne m'attendais pas à un tel succès. Toutes mes félicitations.

Imhotep n'en croyait pas ses oreilles.

— Aux difficultés quotidiennes s'est ajoutée une terrible épreuve, poursuivit le chancelier. Malgré la disparition de ta mère, loin de toi, tu n'as pas relâché tes efforts et tu t'es évertué à remplir ta fonction. Comportement remarquable, à la hauteur d'un serviteur de l'État. En ton absence, j'ai nommé un ritualiste qui s'est chargé des funérailles. Désormais, tes parents reposent dans un caveau surmonté d'une chapelle où tu pourras leur faire offrande.

L'ampleur de ce privilège, accordé à un petit nombre d'êtres, stupéfia le jeune homme.

— Comment… comment vous remercier ?

— La situation évolue, révéla Hézyrê. De retour d'une expédition victorieuse contre les coureurs des sables, le prince Djéser sera bientôt couronné maître des Deux Terres. Le faucon du dieu Horus l'a désigné, le grand conseil s'est incliné. De profonds changements seront imprimés au gouvernement, et nul ne connaît les projets du futur pharaon. Cependant, je me dois de lui laisser des corps de fonctionnaires en bon état, et la réforme de la corporation de Nékhen prend valeur d'exemple. Aussi t'ai-je rappelé à Memphis afin que tu appliques tes méthodes à l'ensemble des services administratifs du royaume. Te voici nommé Surveillant du pays entier et de ce qu'apportent le ciel, la terre et le Nil. Je mets à ta disposition une centaine de scribes et des bateaux rapides qui achemineront tes courriers officiels aux responsables éloignés.

— Chancelier, je…

— Gigantesque labeur, je sais. Je connais les hommes, Imhotep, et tu as fait tes preuves. Tes possibilités dépassent la normale et tu mérites d'affronter les pires obstacles. En cas d'échec, tu seras le seul responsable. Acceptes-tu cette mission ?

Évitant de réfléchir, l'artisan se fia à son instinct.

— Je l'accepte.

— Regarde cette carte détaillée. Ton succès de Nékhen, il faut l'étendre aux institutions chargées de produire des biens et d'assurer ainsi le bonheur quotidien de la population. J'ai indiqué leur emplacement, et tu prendras contact avec chaque directeur après avoir examiné un dossier concernant la manière dont il remplit ses obligations. Le nouveau pharaon doit disposer d'un maximum de richesses et d'une Égypte prospère afin de mener à terme ses réformes.

— Vous… vous y êtes donc favorable ?

— Dès qu'il sera couronné, Djéser ne sera plus un homme semblable aux autres. Dépositaire du testament des dieux, garant de la règle de Maât, il maintiendra l'harmonie entre l'univers des puissances créatrices et notre petit monde qu'agitent les passions, la médiocrité, l'ambition et le désir de détruire. À nous, les serviteurs du roi, d'alléger son fardeau en facilitant ses tâches matérielles.

Le chancelier remit à Imhotep une belle quantité de papyrus comportant les renseignements nécessaires à l'accomplissement de ses nouvelles fonctions.

— Sois rigoureux, recommanda Hézyrê, et ne perds pas un instant. Tu t'attireras de solides inimitiés, et l'on te reprochera ton intransigeance. N'écoute ni les flatteurs ni les râleurs, et améliore la situation actuelle.

— Pourrai-je vous demander conseil ?

— À Nékhen, tu étais seul. Demain, je serai congédié et j'ignore si le roi prolongera ta mission. Hâte-toi d'agir et ne compte que sur tes propres moyens.

La jeunesse d'Imhotep venait de disparaître. Comme il était paisible, le temps de l'atelier des foreurs de vases ! Son supérieur décidait et rectifiait, l'artisan se contentait d'exécuter. À présent, on exigeait de lui une tâche outrepassant ses capacités, et il n'osait pas refuser, mû par une force étrange.

— Des rumeurs m'intriguent, reprit le chancelier. As-tu guéri un aveugle et une fillette en proie à une forte fièvre ?

— « Guérir » est un terme excessif. L'homme souffrait d'une inflammation passagère et la petite était mal soignée.

— As-tu soulagé ces deux malades ?

— C'est possible, admit Imhotep.

— Quelle méthode utilises-tu ?

— Je l'ignore, chancelier. Je pose ma main sur la partie du corps douloureuse et j'ai l'impression de sentir une énergie circuler de nouveau.

— Cette magie-là est un don des dieux. À toi de la rendre consciente et de l'utiliser à bon escient.

— Je ne suis pas médecin et…

— Ne limite pas ton horizon, Imhotep. Travailler au palais t'ouvrira de nombreuses portes. Combats vanité et fausse modestie, vis les métamorphoses qui te mèneront à ton être vrai, au-delà des vicissitudes de l'existence. Je veux vérifier tes aptitudes de guérisseur et savoir s'il convient de les développer. Suis-moi.

*

* *

La Maison de la Reine comprenait les appartements privés de Nimaât, une boulangerie, une brasserie, une étable, une école de musique, de danse et de peinture, un atelier de tissage et ses services administratifs.

Le chancelier Hézyrê conduisit Imhotep jusqu'à la vaste pièce où la reine se reposait, face à une pièce d'eau entourée de parterres de fleurs.

— Majesté, je vous présente le nouveau Surveillant du pays entier. Ce jeune homme a fait merveille à Nékhen, et je suis certain qu'il servira bien le royaume. Imhotep semble aussi disposer d'un don de guérisseur. Accepteriez-vous son aide ?

Nimaât dévisagea longuement son hôte.

— Pourquoi pas ? Approche, Imhotep.

Impressionné, il franchit avec lenteur la distance le séparant de la souveraine.

— Je ne possède pas de compétences médicales, avoua-t-il, et je crains de vous décevoir.

— Comment procèdes-tu ?

— J'utilise la chaleur de ma main.

— Aujourd'hui, je souffre de la nuque. La douleur est presque insupportable.

— Majesté, me permettez-vous… ?

— Je t'en prie.

Ému, redoutant d'être inefficace, Imhotep magnétisa la reine.

Le visage crispé de Nimaât se détendit.

— Quelle douce chaleur, murmura-t-elle. Le mal se dissipe, j'ai envie de dormir.

Le froid venant, Imhotep ôta sa main.

— Nous verrons si l'effet est durable, avança Hézyrê. Et si vous le désirez, Majesté, Imhotep reviendra.

— Qu'il soit remercié pour m'avoir ainsi soulagée. Veille à ce qu'il ne manque de rien, Hézyrê.

Les deux hommes s'inclinèrent et se retirèrent.

Alors qu'ils franchissaient le seuil des appartements privés de la reine, une voix féminine les interpella.

— Mes salutations, chancelier. Mais… c'est vous, Imhotep ?

La ravissante princesse Redjit écarquilla les yeux.

— Seriez-vous de retour à Memphis ?

— L'artisan et scribe Imhotep a été nommé Surveillant du pays entier, révéla Hézyrê. Un énorme travail l'attend.

Redjit sourit.

— Belle promotion… Nous aurons certainement l'occasion de nous revoir.

26.

Une petite pièce rectangulaire accessible aux vivants, une stèle mettant en communication le visible et l'invisible, de brèves inscriptions mentionnant le nom de ses parents… La demeure d'éternité, bâtie dans le désert à côté d'autres chapelles, apaisa la douleur d'Imhotep.

Il accomplit les rites en offrant un pain qui ne moisirait pas, une bière qui ne surirait pas et des fleurs qui ne se faneraient pas. Son père et sa mère goûteraient le *ka* des nourritures, leur aspect subtil échappant à la dégradation et à la mort. En ce lieu, l'âme des disparus, devenus ancêtres, vivait en paix. À l'appel de leur fils, ils manifestaient leur présence.

Désormais, chaque jour, un serviteur du *ka* rémunéré par Imhotep viendrait célébrer ces « justes de voix » et leur fournir les aliments nécessaires à leur survie au ciel et sur terre.

Pourquoi les êtres chers vous quittaient-ils, pourquoi fallait-il subir de telles épreuves ? Au moins, Imhotep était sûr que ses parents l'entendaient et le voyaient. Sa résistance à l'adversité, sa volonté inflexible, son désir de rester droit, il les leur devait. Malgré sa solitude apparente, il percevait l'aide de l'au-delà.

*
* *

— C'est ici, dit le scribe de la chancellerie, et voici votre clé.

Imhotep admira sa maison de fonction sans oser en franchir le seuil. Située au cœur de la capitale, à proximité des temples et du palais royal, la bâtisse blanche à un étage était surmontée d'une terrasse où il faisait bon dormir pendant la saison chaude.

La clé à la main, le jeune homme attendait la dissipation du rêve.

— Vous n'entrez pas ? demanda le scribe, intrigué.

— Si, si…

— Vos deux domestiques arriveront ce soir. L'un s'occupera de la cuisine, l'autre du ménage. Je vous laisse.

Du museau, Vent du Nord poussa son maître.

Imhotep débloqua le verrou et ouvrit la lourde porte de bois. À pas lents, l'exploration débuta. Au rez-de-chaussée, un vestibule, une salle d'hôte, une pièce de rangement, une cuisine, un escalier donnant accès à une cave ; à l'étage, deux chambres, une salle d'eau et un bureau. Une volée de marches permettait d'atteindre la terrasse, équipée de nattes et d'un parasol. Solide mobilier, lits confortables, coffres en bois, vases, bols, coupes… Rien ne manquait. Se montrer digne de ce privilège ne serait pas facile.

— Belle réussite et jolie demeure, dit une voix amusée.

Imhotep se retourna.

— Futé ! Comment as-tu appris mon retour ?

L'artisan prit un air compassé.

— J'ai mes réseaux.

Les deux amis se donnèrent l'accolade.

— Ta nomination ne passe pas inaperçue, révéla Futé. Et ma maîtresse, la harpiste de la Maison de la Reine, est une excellente informatrice. Dis donc, on ne se moque pas de toi ! Ainsi, tu deviens vraiment un personnage important. Oserai-je encore t'adresser la parole ?

Imhotep sourit.

— L'atelier des foreurs de vases te donne-t-il satisfaction ?

— Il y a quantité de détails à régler, certains collègues tentent de tirer au flanc, des tordus ont le mensonge facile, mais je me débrouille. Puisque te voilà à Memphis, la princesse Redjit cessera de nous harceler ! Elle en pince pour toi, chanceux. Une si jolie femme… Et ton nouveau titre ajoute à ton charme naturel !

— Vu la tâche que m'a confiée le chancelier Hézyrê, je n'aurai pas un instant de loisir, et ma carrière de Surveillant du pays entier s'annonce très brève. Après son couronnement, le pharaon Djéser révoquera le chancelier et nommera ses proches aux postes clés.

— Alors, conseilla Futé, profite de la situation ! Ce soir, ma harpiste me présente ses amies et je t'invite à un dîner… intime.

— Désolé, ami, je dois rédiger des courriers à l'intention des directeurs des diverses institutions du royaume.

— Au fond, tu vas t'éreinter en faveur d'un souverain déterminé à te licencier !

— Seule compte la bonne marche du royaume. Du plus puissant au plus faible, chaque Égyptien en bénéficiera.

Futé parut accablé.

— À ce dîner, je serai le seul mâle.

— J'ai confiance en tes dons, assura Imhotep. Montre-toi courageux.

— Vivement ce couronnement ! Nous jouirons d'un long congé, et tu réapprendras à te distraire. Méfie-toi quand même de Redjit. Elle est obstinée et cruelle.

— Rassure-toi, elle trouvera de meilleures proies.

*
* *

L'homme de ménage et le cuisinier étaient de remarquables professionnels. Déjeunant et dînant seul, Imhotep apprécia le confort d'un intérieur parfaitement tenu. Vent du Nord se montra satisfait de l'écurie voisine et de la qualité des repas. À l'aube, il accompagnait son maître à son bureau, proche de la chancellerie.

Désormais à la tête d'une centaine de scribes aguerris et conscients de leur importance, le jeune homme s'était gardé de leur adresser un discours pontifiant. Tous observaient cet étranger à leur caste et se demandaient pourquoi il méritait la protection du puissant Hézyrê, promis à une déchéance prochaine.

Imhotep ne joua qu'un seul jeu, celui de la rigueur et de la qualité du travail. Constatant ses aptitudes de scribe et de dirigeant, les critiques se turent. Ne prenant personne de haut, le Surveillant du pays entier s'attira la sympathie de ses collaborateurs et obtint les résultats escomptés. Les dossiers nécessaires lui furent rapidement transmis, assortis d'informations confidentielles, et les spécialistes rédigèrent des lettres officielles en termes choisis à l'intention des directeurs des institutions chargées de la production de biens matériels. Le service postal s'acquitta au mieux de sa tâche, Imhotep ne tarda pas à recevoir réponses et explications qu'il vérifia point par point. À l'évidence, plusieurs notables en prenaient à leur aise et négligeaient leurs devoirs. L'expérience acquise à Nékhen lui permit de déceler insuffisances et omissions.

Le ton des courriers changea, leurs destinataires modifièrent leur attitude, et la quantité de produits destinés à la capitale augmenta de manière spectaculaire. Ne subsistèrent que deux réfractaires, empêtrés dans leurs mensonges et persuadés de leur impunité. La menace d'une intervention judiciaire les ramena à la raison. Il reviendrait aux futures autorités de procéder à leur remplacement.

À la fin de chaque matinée, Imhotep se rendait à la Maison de la Reine et magnétisait la régente Nimaât dont l'état de santé s'améliorait. Les douleurs s'atténuaient, le poids de la fatigue s'allégeait, les remèdes prescrits par Hézyrê devenaient plus efficaces. La souveraine espérait assister au couronnement de son fils, et cette perspective lui redonnait le goût de vivre.

La princesse Redjit se faisait un plaisir d'accueillir le guérisseur et de le raccompagner. Elle babillait, il se taisait.

Au sortir d'une séance de soins, Redjit changea de ton.

— Continueras-tu longtemps à te moquer de moi ?

— Vous vous méprenez, princesse. Et je ne crois pas vous avoir manqué de respect.

— Tu te trompes, Imhotep !

— En ce cas, veuillez me pardonner et indiquez-moi comment rectifier mon attitude.

La jolie brune poussa un soupir d'exaspération.

— Ne me prends pas pour une idiote ! Tu ne m'écoutes pas, tu ne me regardes pas, tu me méprises !

— Détrompez-vous, princesse. J'éprouve envers vous un grand respect.

— Du respect ! Penses-tu que j'espère de toi ce seul sentiment ?

— J'en suis persuadé.

— Tu persistes à me bafouer ! Une attitude dangereuse…

— Lorsqu'on tente de remplir sa fonction de toute son âme, les menaces deviennent inopérantes. Le chancelier Hézyrê m'a confié une mission et je m'y consacre.

— Hézyrê est condamné, ne le comprends-tu pas ?

— Peu m'importe, puisqu'il agit dans l'intérêt du pays.

— Djéser révoquera le chancelier et ses principaux collaborateurs, précisa la princesse. Toi aussi, tu es condamné. Tu perdras ton poste et ta belle maison.

— Je retournerai forer des vases.

— Tu manques d'ambition, Imhotep !

— Serait-ce un défaut ?

— L'existence est un combat, les faibles sont piétinés. Si tu ne prépares pas l'avenir, le malheur t'accablera.

— Mon avenir immédiat consiste à parfaire le travail commencé.

— Tu devrais m'écouter !

— Désolé, princesse, mon temps est compté et mes collaborateurs m'attendent. Puisse cette journée vous être favorable.

27.

Le chancelier Hézyrê réunit son dernier conseil avant le couronnement de Djéser, qui serait célébré à Héliopolis[1], la cité de la lumière divine où s'étaient forgés l'institution pharaonique et l'ensemble des rituels unissant le ciel des divinités à la terre des hommes. Le Grand Voyant, supérieur des prêtres de la ville sainte, venait d'annoncer la fin des préparatifs de la cérémonie qui orienterait la destinée de l'Égypte.

Les eaux se retiraient après avoir déposé sur les sols une grande quantité de limon fertilisateur. Au temps des semailles correspondrait la naissance d'un nouveau pharaon dont la puissance inquiétait les classes dirigeantes. Impossible de connaître à l'avance les décisions de Djéser et les noms de ses ministres. Nulle information ne filtrait, et l'on se perdait en spéculations.

Hézyrê affichait son calme habituel. Étaient présents les conseillers Akhétâ et Baten, le ritualiste en chef

1. Terme grec signifiant « la cité du soleil » (Râ). L'appellation égyptienne était *Iounou,* « la cité du pilier ».

Ânkhy, la princesse Redjit, directrice de la Maison de la Reine, et Imhotep, Surveillant du pays entier.

— Nous avons fidèlement servi le roi défunt et la régente, déclara le chancelier. Aujourd'hui, notre mission se termine. Ânkhy, as-tu exécuté les ordres du grand prêtre d'Héliopolis ?

— À la lettre. Il ne reste que d'infimes détails à régler.

— Le rituel est une science exacte, rappela Hézyrê. La moindre erreur pourrait compromettre le règne de Djéser. Sois d'une extrême vigilance.

— Je m'y engage.

Hézyrê s'adressa au conseiller Baten.

— Les documents administratifs sont-ils à jour ?

— Les scribes ont travaillé jour et nuit, Djéser trouvera des services en ordre de marche. Je n'ai pas cherché à dissimuler les manques et les imperfections. Selon moi, certaines réformes seraient nécessaires. Au pharaon de trancher.

— Je partage l'opinion de mon collègue, intervint le conseiller Akhétâ. Nous n'avons certes pas atteint la perfection, et je déplore l'attitude de plusieurs gouverneurs de province, coupables de préférer leur intérêt personnel à celui des Deux Terres. Peut-être réagiront-ils de manière négative au couronnement de Djéser et s'opposeront-ils de façon insidieuse à ses directives. La capitale ne se montre-t-elle pas aveugle et sourde ?

— Ne cache rien de tes inquiétudes, recommanda Hézyrê. Nous sommes responsables de nos actes et accepterons le jugement de Pharaon. Princesse Redjit, la Maison de la Reine fonctionne-t-elle de façon correcte ?

— Je ne suis pas entièrement satisfaite, chancelier, et je consignerai par écrit les améliorations qui me paraissent indispensables.

— Le niveau d'études a-t-il progressé ?

— J'ai exigé davantage de sévérité de la part des enseignants, et j'espère d'excellents résultats. Les femmes scribes se montrent à la hauteur de leurs homologues masculins, l'atelier des tisserandes fournit aux temples de superbes étoffes rituelles, les musiciennes et les danseuses forment de remarquables ensembles. Malheureusement, la Maison de la Reine a parfois manqué de matières premières.

Le regard acéré du chancelier visa Imhotep.

— Surveillant du pays entier, comment se déroule ta mission ?

Un instant, le jeune homme se demanda si cette question le concernait. Lui au sein de cette assemblée chargée de gérer le pays, lui côtoyant de hauts dignitaires... N'était-ce pas un rêve ?

L'hésitation d'Imhotep inquiéta les participants à la réunion. Hézyrê n'avait-il pas commis une erreur en nommant cet artisan à un poste trop exigeant ?

— Les premiers résultats sont encourageants, déclara-t-il avec le calme d'un vieux scribe. Grâce à un personnel efficace et rapide auquel revient tout le mérite du succès, les institutions de Haute et de Basse-Égypte ont été contactées. Leurs directeurs reconnaissent leurs errements et sont décidés à se corriger. Les récentes livraisons de blé, de briques et de papyrus prouvent leur sincérité. Il reste cependant des lacunes, et le plus difficile consistera à maintenir un haut niveau de qualité.

— Étonnant, estima le sévère conseiller Akhétâ. Quelles méthodes as-tu employées ?

— Un langage direct, assorti des formules de politesse habituelles, et la promesse d'une intervention non moins directe en cas de réticences injustifiées. Le travail de la matière m'a appris qu'il fallait poindre[1] le mal et non l'encenser.

— En d'autres circonstances, intervint le conseiller Baten, tu aurais mérité de poursuivre cette tâche ! En quelques semaines, de pareils résultats... Tes prédécesseurs se sont cassé les dents, et ton équipe de scribes n'a pas la réputation d'être accueillante !

— Imhotep ne serait-il pas un magicien ? susurra la princesse Redjit.

— À partir de ce jour, déclara le chancelier, vous vous contenterez de régler les affaires courantes et ne prendrez pas d'initiatives. Je vous remercie de votre collaboration et je souhaite que les nouveaux dirigeants reconnaissent vos mérites.

Même le rugueux conseiller Akhétâ maîtrisa mal son émotion. Le jovial ritualiste Ânkhy écrasa une larme, le corpulent Baten se racla la gorge et la princesse Redjit s'inclina longuement avant de se retirer.

— Toi, Imhotep, ordonna le chancelier, reste. Nous avons une dernière affaire à traiter.

Le jeune homme comprenait la déception des dignitaires qui avaient eu la chance de travailler sous les ordres de Hézyrê, un homme inflexible mais juste, attaché à la grandeur de l'État. Imhotep, lui, ne regrettait pas le bouleversement prévisible, tant le bois et la pierre lui manquaient. Sa brillante carrière administrative ne l'enivrait pas, et il retournerait volontiers à l'atelier des foreurs de vases.

1. Nous utilisons ce terme ancien attesté dans le proverbe « Oignez vilain, il vous poindra ; poignez vilain, il vous oindra ».

Le chancelier offrit à son subordonné une coupe de vin blanc du Delta et s'assit sur une chaise rustique.

— La santé de la reine Nimaât s'améliore, ton magnétisme fait circuler l'énergie. Un tel don ne doit pas être gaspillé, Imhotep. Voici donc ta future profession : médecin.

— Je… je n'ai pas les connaissances requises !

— Tu apprends vite, très vite, et je vais t'ouvrir les portes du lieu où tu recevras l'enseignement indispensable, comme je l'ai reçu moi-même : la Maison de Vie de Memphis.

Imhotep demeura interdit.

La Maison de Vie… cette mystérieuse institution détentrice des connaissances sacrées, cet idéal aussi inaccessible que la belle Néféret ?

— Cette proposition te convient-elle ? s'inquiéta Hézyrê.

Imhotep ne s'entendit pas répondre « oui » et remercier le chancelier en bredouillant. Allait-il vraiment revoir Néféret ?

*

* *

Depuis dix jours, le prince Djéser effectuait une retraite au temple de Ptah. Observant un strict silence, il assistait aux rites accomplis par un petit nombre de vieux sages qui habitaient de modestes demeures à l'intérieur de l'enceinte et ne regagnaient plus l'extérieur.

Demain, Djéser et sa famille partiraient pour Héliopolis afin d'y vivre les fêtes du couronnement. À l'approche de l'événement, le colosse sentait le poids de la fonction augmenter à une rapidité inquiétante.

Reculer était impossible.

En le choisissant, le faucon d'Horus le condamnait à une forme d'existence à mi-chemin entre le divin et l'humain, l'invisible et le visible. Ambition et pouvoir s'effondreraient au pied du trône des vivants, pierre fondamentale et matrice de la puissance royale. Délivré de tout désir, imprégné de la paix du temple, Djéser remettait en cause sa capacité à régner. Les illusions dissipées, la réalité lui sautait au visage.

Pharaon… L'être si vaste qu'il pouvait accueillir la totalité des dieux et le peuple d'Égypte, lier la terre au ciel et se porter garant de Maât, la règle de vie de l'univers. Quel insensé aurait la prétention de remplir ces conditions ?

— Le rite du couronnement ne t'est pas destiné, mon fils. Il s'adresse au pharaon, vainqueur de la mort, dont tu seras l'incarnation passagère.

— Mère ! vous lisez dans mes pensées.

Coiffée d'un diadème en or, vêtue d'une longue robe rouge à bretelles, parée d'un large collier et de bracelets, Nimaât présenta à Djéser le sceptre servant à consacrer les offrandes.

— Je suis venue te remettre ce symbole et signifier ainsi la fin de ma régence. Je quitte la Maison de la Reine où me remplacera Paisible, la nouvelle Grande Épouse royale.

En acceptant le sceptre, Djéser effaçait son passé et devenait le premier serviteur[1] de l'Égypte.

1. L'une des appellations les plus courantes du pharaon, *hem*, traduite de manière erronée par « Majesté », signifie en fait « Serviteur ».

— Vous résiderez au palais, mère, et je solliciterai souvent vos conseils.

Nimaât sourit.

— Mon amour te guidera, mais il t'appartiendra de gouverner le navire de l'État.

— Vous paraissez reposée, en bien meilleure santé !

— C'est l'œuvre d'un brillant guérisseur, naguère foreur de vases, devenu directeur de la corporation de Nékhen et Surveillant du pays entier.

— Son nom ?

— Imhotep. Il me magnétise chaque jour et me redonne une énergie que je croyais à jamais perdue.

— Un carriériste ?

— Au contraire ! La fin de son ascension ne le préoccupe pas, et il se réjouit de retourner dans son atelier. Le chancelier Hézyrê a tenu son ultime conseil et m'a remis quantité de documents à ton intention, sans dissimuler les insuffisances de sa gestion. Mais l'heure est au recueillement, avant l'ultime épreuve. Te sens-tu prêt à mourir et à revivre ?

— Aux dieux de décider. En ce temple, le temps s'est arrêté et j'ai pris conscience de l'immensité de la fonction royale. Jamais un homme ne sera à sa mesure. Aussi dois-je accepter d'être envahi par l'invisible et de lui servir de support.

— Tu affronteras le grand sommeil, mon fils, et je redoute l'intervention de l'avaleuse d'âmes. Depuis son apparition, en Abydos, elle continue de rôder. Je te protégerai, les formules magiques sorties de ma bouche lui barreront le chemin. Et les ritualistes d'Héliopolis sauront la tenir à l'écart.

28.

Tout à la joie de retrouver son maître au sortir de sa longue retraite, le chien Geb perçut la tension de la famille royale et cessa de folâtrer. Confié à l'une des filles de Djéser, il fit partie du cortège à destination d'Héliopolis, la cité sacrée proche de la capitale[1].

Très âgé, vêtu d'une longue robe imitant une peau de panthère constellée d'étoiles, le Grand Voyant accueillit le prince au seuil de l'immense temple de Râ, la lumière divine. Il le guida jusqu'à l'obélisque unique, rayon solaire pétrifié, apte à dissiper les ondes nocives, et le pria de s'imprégner de la puissance de la pierre. Puis il le conduisit au château du phénix.

— Ici, votre passé humain sera anéanti, annonça le Grand Voyant, et vous affronterez le grand sommeil. Il n'est plus temps de vous retirer. Pendant votre voyage au cœur de la nuit, nous tenterons d'exercer notre protection. Que les dieux vous soient favorables en vous permettant de mourir à vous-même et de renaître à la fonction royale.

1. Une vingtaine de kilomètres au nord de Memphis.

Djéser pénétra à l'intérieur du sanctuaire. Portant le masque d'Anubis, le chacal connaissant le secret des routes de l'autre monde, un ritualiste lui ordonna de s'allonger sur un lit de pierre. Sous la tête du prince, plusieurs sceaux gravés au nom des divinités.

La porte de la chapelle se referma, les ténèbres l'envahirent. L'âme du futur pharaon voyagerait dans des contrées inaccessibles aux mortels, mais en reviendrait-elle ?

*

* *

La nuit durant, la reine Nimaât lut à haute voix les formules de l'heureux voyage à travers les heures que parcourait la barque solaire, et l'épouse de Djéser, Paisible, répéta les paroles de passage. Ainsi les deux femmes jouaient-elles le rôle d'Isis et Nephtys préparant la résurrection d'Osiris.

Djéser se réveillerait-il ? Si la force maléfique de l'avaleuse d'âmes traversait les murs du temple, elle priverait le prince de l'air lumineux indispensable à sa survie. Au petit matin, épuisée, Nimaât interrompit les psalmodies. Pâle, angoissée, Paisible alla quérir un ritualiste qui leur servit du lait frais et un pain chaud.

Les premiers rayons du soleil illuminèrent le sommet de l'obélisque unique, le Grand Voyant ouvrit la porte de la chapelle.

— Rassemble-toi et relève-toi, exigea-t-il en fixant le colosse.

Lentement, Djéser se redressa.

Portant les masques du faucon d'Horus et de l'ibis de Thot, deux ritualistes l'aidèrent à descendre du lit et à prendre place sur une pierre cubique.

— Tu es délivré du sommeil de la mort, annonça le Grand Voyant. La protection des deux Sœurs a éloigné le Mal. Reçois à présent l'énergie de la purification.

Thot et Horus conduisirent Djéser à la chapelle voisine où il demeura debout, les bras le long du corps. Se tenant de part et d'autre de l'être vainqueur des ténèbres, les dieux élevèrent deux vases au-dessus de sa tête. En jaillit un flux de lumière prenant la forme de clés de vie.

Apparurent la reine mère et l'épouse de Djéser.

— Ouvre la main, exigea le Grand Voyant.

Nimaât y grava le hiéroglyphe signifiant « fonction[1] », et Paisible offrit un pain ayant la forme de ce signe.

— En absorbant cette nourriture, précisa le Grand Voyant, tu te nourris de la fonction royale, hors de la portée des humains. Elle devient ta chair, ton sang, ta seule raison de vivre.

Djéser mangea le pain.

— Ta capacité de gouverner naît et s'affermit. Sache que la royauté est l'institution fondamentale qui donne la vie, un soleil dispensateur de lumière. Ciel et Terre se placent sous son autorité, le cosmos lui obéit.

Nimaât et Paisible revêtirent Djéser d'une robe de lin émettant une telle clarté qu'elle illumina la chapelle

1. *Iaout*. Le hiéroglyphe se compose d'une colonnette supportant deux cornes de bovidé. Autour de l'une d'elles s'enroule une spirale. Verticalité, stabilité, puissance, évolution harmonieuse caractérisent une fonction vitale.

entière. Uni à Râ, grâce à l'œuvre mystérieuse des tisserandes de la Maison de Vie, le roi commençait à rayonner.

Les ritualistes le chaussèrent de sandales blanches, ornèrent son cou du collier large symbolisant les neuf puissances créatrices et lui confièrent le bâton de commandement, réceptacle de la parole divine en ce monde et en l'autre.

Le Grand Voyant présenta au roi la couronne blanche de Haute-Égypte et la rouge de Basse-Égypte.

— Voici tes yeux, remplis de magie. Ces couronnes te font naître et te permettront d'exercer la fonction du créateur, Atoum, Celui qui est et Celui qui n'est pas.

En présence des déesses protectrices, le vautour du Sud et le cobra du Nord, Horus et Seth, emboîtèrent les couronnes et posèrent l'ensemble ainsi formé sur la tête de Djéser.

— Les Deux Puissantes apparaissent, Pharaon devient leur maître. De sa personne jaillit l'énergie de la vie.

Des couronnes réunies surgit un rayon de lumière.

— Tes yeux sont les yeux des dieux, affirma le Grand Voyant, tu éclaires le pays entier et dissipes l'obscurité. Tu mets la règle de Maât à la place du désordre et de l'injustice, tu crées les rites et présentes les offrandes aux divinités.

La pose de la barbe postiche rétablit le règne d'Atoum et l'âge d'or. Maître des Deux Terres, le pharaon devait assurer leur prospérité et les faire reverdir plus qu'une grande inondation. Lui fut remise l'étoffe nommée « connaissance intuitive », et l'on se dirigea vers la cour du temple où se dressait un persea.

— Que soit inscrit ton nom de règne sur les feuilles de l'arbre, décréta le Grand Voyant.

Remplissant la fonction d'Atoum, il accomplit l'acte rituel qui plaçait l'être du pharaon dans la communauté des dieux[1].

Une procession s'organisa. L'ouvreur des chemins, au masque de chacal, précéda le couple royal. Seule la reine pouvait voir Horus et Seth réunis au cœur du souverain. Son regard apaisait les deux dieux et conciliait l'inconciliable.

Djéser s'immobilisa devant deux stèles dressées en présence de l'Ennéade, la communauté des neuf principes créateurs façonnant la vie à chaque instant.

La prestance du nouveau pharaon impressionna l'ensemble des ritualistes. Horus ne s'était pas trompé en le désignant, et ses premières paroles, issues du rituel de résurrection formulé à Héliopolis, emplirent le temple entier.

— Je suis Horus qui, de ses mains, a reconstitué son œil et réuni ce qui était séparé. Le premier instant renaît, je reconstruis ce qui était ruiné. Vous ne vous soumettrez ni au Nord, ni au Sud, ni à l'Occident, ni à l'Orient, mais vous obéirez au principe royal chargé de vous construire et de conforter la rectitude.

Le Grand Voyant esquissa un sourire. Atteindre le grand âge lui avait permis de contempler la naissance d'un pharaon digne des ancêtres.

Ciel et Terre étaient en joie, et les fêtes saluant le couronnement s'annonçaient exceptionnelles.

---

1. Le nom d'Horus de Djéser, *Neter-ir-khet*, est difficile à interpréter : « Dieu plus que la corporation (des dieux) », « Divin de corps » ? La présence du terme *neter* indique la volonté du pharaon de tout ritualiser et d'imprégner de l'énergie du rite le corps formé des dieux, du pays et des hommes.

29.

Le roi de Haute et de Basse-Égypte, doté de millions d'années, inondait le pays de fêtes. La vérité triomphait du mensonge, la justice de l'iniquité, le mal tombait sur le nez. Les avides étaient muselés, les dieux satisfaits. Le soleil faisait croître de superbes récoltes, la lune venait à son heure. Partout, on banquetait en célébrant le nouveau pharaon.

Détestant cette liesse populaire, l'Ombre rouge attendait les premières décisions de Djéser. En dépit de sa position privilégiée, impossible d'obtenir des indications sérieuses. Ce monarque avait le goût du secret et ne se confiait à personne. Le combattre ne serait pas une partie de plaisir, et sa défaite exigerait beaucoup de patience et d'habileté. Grisé par le pouvoir, il commettrait fatalement des erreurs et ne parviendrait pas à tout contrôler. L'Ombre rouge profiterait de la moindre brèche.

Les nouvelles en provenance de Libye n'étaient pas mauvaises. Deux tribus se plaçaient sous l'autorité de Tanou dont la réputation de chef de guerre disposant d'un véritable trésor ne cesserait de croître. En cas de dérapage, l'Ombre rouge saurait rappeler à l'ordre ce tueur vaniteux.

Elle goûtait la vision du désert de Memphis, le territoire des bêtes sauvages et des spectres carnassiers. En y puisant sa force, la voleuse d'âmes entrevoyait la destruction du royaume de Maât que remplaceraient la violence et la haine.

*

* *

En quittant ses fonctions, le chancelier Hézyrê se préparait au passage de la mort et, surtout, à la construction de sa demeure d'éternité. Servant de chapelle de culte, le long couloir de trente-six mètres s'ornerait de panneaux de bois représentant le défunt équipé du matériel de scribe et tenant la canne de commandement. Ses titres étaient précisés, et les sculpteurs avaient restitué sans détours la sévérité et l'austérité du grand dignitaire.

À présent, Hézyrê avait le temps de surveiller de près les travaux. Exclu du gouvernement de l'Égypte, il acceptait son sort, refusant amertume, regrets et nostalgie.

Dans la tombe, les porteurs d'offrandes déposèrent des lits, des chaises, des coffres de rangement, de la vaisselle, des boîtes contenant des jeux de société, des vases et une série d'outils rappelant son attachement à l'artisanat. Le propriétaire des lieux disposait éternellement de haches, de maillets, de ciseaux, de polissoirs et de règles graduées.

Une niche accueillit le premier panneau, élevé au rang de stèle, lieu de contact entre l'au-delà et l'ici-bas[1]. Inquiet, le sculpteur redoutait le jugement du destinataire qui examina chaque détail, attentif au contour et à la précision des hiéroglyphes.

— Parfait, estima Hézyrê.

*
* *

Au terme de son dixième banquet, le jovial Ânkhy se sentit affligé d'une légère migraine et décida de boire un peu d'eau. Depuis l'annonce du couronnement de Djéser, les dignitaires organisaient des fêtes auxquelles il ne pouvait se soustraire. Les cuisiniers des nobles rivalisaient de talent, et l'on sortait des caves les meilleurs crus. Ânkhy avait touché l'extase en découvrant un rouge corsé du Delta au bouquet incomparable. Le règne du nouveau pharaon commençait bien, même s'il obligeait l'ex-ritualiste en chef à se reconvertir. Les belles cérémonies lui manqueraient, et il n'oublierait jamais les rituels d'État qu'animaient des textes admirables, nourris de la parole des dieux.

Ânkhy gérerait une exploitation agricole proche de la capitale et s'occuperait en personne de la vigne. La naissance d'un vin de première qualité requérait des soins particuliers, et il se sentait prêt à affronter cette tâche.

À l'ombre de son parasol, le ritualiste se souvint des rares moments où il avait été autorisé à tenir le bâton

1. Plusieurs stèles de bois de la tombe de Hézyrê, véritables chefs-d'œuvre, ont été préservées. Voir Porter-Moss, *Topographical Bibliography*, III, 2, pp. 437-439.

de puissance, aujourd'hui manié par le seul Djéser. Il osait à peine le toucher, prenant soin de prononcer la formule de respect qui le protégeait de la foudre. Tant de mystères demeuraient impénétrables ! Au pharaon d'en assumer la présence et de s'en inspirer en gouvernant les Deux Terres.

*
* *

Le regard du conseiller Akhétâ s'était encore assombri, et ses domestiques craignaient de l'importuner et de déclencher sa colère. Ignorant les réjouissances, le veuf continuait à étudier ses dossiers, comme s'il demeurait en fonction.

En réalité, les prises de position des gouverneurs de province le préoccupaient. Pendant la régence, ils avaient accru leurs pouvoirs et leur fortune, et certains ne semblaient guère favorables à Djéser. Akhétâ rassemblait indices et témoignages afin d'étayer ses présomptions et de mettre en garde le souverain. Les fêtards, eux, n'imaginaient pas qu'une crise grave se préparait.

— Votre dîner est servi, annonça le majordome.

— Je n'ai pas faim. Apporte-moi une galette d'épeautre et de la bière douce.

L'ordre fut promptement exécuté, Akhétâ ne leva pas la tête de son travail. Puisque son renvoi ne lui avait pas été officiellement signifié, son activité demeurait légale. Il remettrait au roi ses conclusions, et Djéser agirait à sa guise. Au moins, le conseiller aurait la conscience tranquille.

*
* *

Le visage rond de Baten s'épanouit en découvrant les mets du repas de famille organisé à la gloire du pharaon : perche du Nil, ragoût de mouton, gratin d'aubergines et plusieurs sortes de gâteaux ! En temps normal, le conseiller aurait dû refréner son appétit et surveiller sa ligne ; mais on fêtait le couronnement, et les restrictions n'étaient pas de mise. Les deux enfants avaient le droit de se gaver de sucreries, et l'on ne compterait pas le nombre de jarres vides.

Seule l'épouse du conseiller faisait grise mine.

— Qu'est-ce qui te tracasse ? lui demanda son mari.

— Tu vas perdre ton poste, nous quitterons cette villa et l'existence deviendra difficile.

— Détrompe-toi, ma chérie !

L'inquiète fronça les sourcils.

— Resteras-tu au gouvernement ?

— Aucune chance ! Djéser choisira des hommes de confiance. Avoir servi le chancelier Hézyrê est une faute impardonnable.

— Alors, pourquoi te réjouis-tu ?

— Mes compétences et l'expérience acquise me permettront de trouver un emploi de scribe comptable, mieux rémunéré. Tu choisiras notre prochaine maison, vaste et confortable, et nous donnerons à notre progéniture une excellente éducation.

L'épouse de l'ex-conseiller se détendit.

— J'avais tellement peur de tout perdre !

— Rassure-toi, je ne baisserai pas les bras, et mon énergie demeure intacte. Maintenant, amuse-toi et savoure ces nourritures exquises. Demain, nous commencerons un régime.

Les membres de la famille appréciaient les largesses de Baten, et nul ne doutait de ses futurs succès. Lui profiterait de ses insomnies pour mettre la dernière main à son ultime rapport concernant la gestion des finances publiques. Certains départements de la Double Maison de l'Or et de l'Argent en prenaient à leur aise, et le conseiller aurait volontiers mené une enquête approfondie. Il se contenterait d'indiquer les pistes à suivre, et le roi trancherait.

*
* *

La princesse Redjit surveillait le transport des biens de Nimaât de la Maison de la Reine à l'aile du palais royal où résiderait désormais la souveraine. Voulant oublier l'avenir, la jeune femme houspillait les porteurs et les menaçait des pires châtiments en cas de maladresse.

Elle n'avait pas encore rencontré la Grande Épouse royale, une femme austère et discrète dont l'unique confident semblait être le pharaon. Pas de petite cour autour de Paisible, pas de cercle d'intimes, pas de privilégiés obtenant les faveurs de la nouvelle reine d'Égypte.

Solliciter une audience ? Maladresse inexcusable ! La princesse terminait sa mission et se retirerait avec la satisfaction du devoir accompli. Peut-être lui confierait-on la direction d'un domaine provincial appartenant à la couronne ou celle d'une des écoles du palais. Déjà, on se bousculait afin de revendiquer le poste de Redjit, les grandes dames s'imaginant, à tort, jouir d'une sinécure.

Face aux innombrables problèmes quotidiens, elles déchanteraient vite !

La princesse emballa elle-même les produits de beauté de la reine mère que le guérisseur Imhotep continuait à magnétiser. Étant donné les circonstances, la jolie brune ne tentait plus d'aborder l'ex-Surveillant du pays entier. Carrière brillante, mais brève. Au jeune homme de savoir monnayer ses talents, loin des hautes sphères administratives.

Redjit déplorait de multiples imperfections, dues à son manque de vigilance. Au début de son mandat, elle avait cru bon d'écouter des fonctionnaires rassis, affolés à l'idée du moindre changement. Lutter contre la force d'inertie exigeait beaucoup de vigueur ! La princesse ne s'avouait jamais vaincue et savait jouer de son charme, arme efficace pour terrasser des mâles trop sûrs de leur supériorité.

Redjit sentait sa carrière menacée. Privée de la protection de la reine Nimaât, elle risquait de tomber de haut. Vu son influence, la mère du pharaon pouvait l'aider à conserver un rôle important au palais. La vieille dame y consentirait-elle ?

30.

Accolée au temple de Ptah, la Maison de Vie était un bâtiment rectangulaire gardé jour et nuit. De hauts murs protégeaient ses secrets. Seul accès : une petite porte au nord.

Imhotep s'y présenta et remit au gradé la lettre de recommandation au sceau du chancelier Hézyrê.

Le jeune homme dut patienter, car le supérieur de l'établissement tenait à examiner lui-même le document.

Enfin, un prêtre chauve vint chercher le postulant et, sans mot dire, l'invita à franchir le seuil. Impressionné, Imhotep suivit son guide qui emprunta un étroit couloir aboutissant à une petite pièce qu'éclairaient des torches.

Le prêtre s'assit en scribe, son hôte l'imita.

— Précisez les étapes de votre carrière, exigea le chauve à la voix grave.

Imhotep s'exécuta.

— Décrivez vos guérisons.

— « Guérisons » est un grand mot !

— Pas d'après les rapports dont je dispose. Comment procédez-vous ?

— Je me contente d'imposer les mains et de faire circuler l'énergie. Le malade ressent une chaleur apaisante et, lorsque mes mains deviennent froides, l'intervention est terminée.

— La santé de la reine mère s'est améliorée, et vous continuez à la soigner. Émettez-vous un diagnostic ?

— J'en suis incapable !

— Souhaitez-vous apprendre la médecine ?

— Tel est le vœu du chancelier Hézyrê.

— Et… le vôtre ?

— Si l'on me donne cette chance, je la saisirai.

Le chauve se releva, ouvrit un coffre en sycomore, en sortit une palette de scribe et un papyrus usagé, et les remit à Imhotep.

— Vérifions votre degré d'aptitude à la lecture et à l'écriture. Ce texte est la description d'une affection pulmonaire, rédigée par un étudiant maladroit à l'esprit confus. Repérez les erreurs et fournissez-moi un document sérieux.

— Comment le pourrais-je ? Je ne dispose pas des bases nécessaires !

— Puisque vos mains soignent, votre cœur vous dictera le chemin.

— Combien de temps m'accordez-vous ?

— Travaillez à votre rythme.

Sous le regard indéchiffrable du prêtre chauve, Imhotep ne céda pas à la précipitation. Difficile à lire, l'écriture de l'étudiant manquait de cohérence. Quant au contenu du texte, formé d'analyses successives et contradictoires, il nécessitait un sérieux élagage. Imhotep aurait dû découper les phrases et tenter de les remettre en ordre, mais il choisit une autre méthode : aller directement à l'essentiel.

Son index parcourut les hiéroglyphes et désigna un passage liant la description de la maladie à des remèdes.

— De mon point de vue, voici la bonne approche. Le reste n'est que bavardage.

— Rédigez vos conclusions.

Utilisant un roseau taillé, Imhotep traça des signes d'une main à la fois rapide et précise.

Le chauve examina longuement le texte ainsi composé.

— Parmi les trésors de cette institution, révéla-t-il, il existe une bibliothèque consacrée aux traités de médecine. Vous y aurez désormais accès et vous y apprendrez votre art. Un spécialiste vous guidera et jugera de vos progrès.

Précédant Imhotep, le prêtre emprunta un long couloir menant à une vaste pièce bien éclairée. Des étagères remplies de papyrus, des nattes de première qualité, du matériel d'écriture, une table basse.

— Je vais prévenir le responsable, annonça le chauve.

Imhotep admira le rangement des traités de médecine, classés par spécialité : ophtalmologie, maladies des poumons, des reins et des divers organes, manuels de chirurgie… Il aurait beaucoup à apprendre !

— La première des clés est l'écoute du cœur, dit une voix mélodieuse. En prenant le pouls, vous entendrez sa voix et envisagerez un diagnostic. Vous poserez vos mains sur la tête, la nuque, la poitrine et les jambes du patient afin de connaître l'état de ses conduits d'énergie et de déceler les causes d'une circulation insuffisante. Tout part du cœur, tout y revient. Mais ne confondez pas le muscle cardiaque avec le centre de l'être, son foyer de puissance vitale et d'équilibre.

Subjugué, Imhotep osait à peine regarder son professeur.

Elle… C'était elle, Néféret, la sublime nageuse nue, la plus belle des invitées d'un banquet inoubliable !

— M'écoutez-vous ? demanda-t-elle, souriante.

— Très attentivement. Quel est l'emplacement du véritable cœur ?

Néféret s'approcha et toucha le plexus solaire de son élève. À base de jasmin, le parfum de la jeune femme était un enchantement.

— Le cœur immatériel est notre conscience, révéla-t-elle. Il nous relie à celui de l'architecte des mondes dont la pensée s'est inscrite dans les hiéroglyphes, les paroles de Dieu[1]. Ici, vous en apprendrez la véritable signification et en mesurerez la puissance. La Maison de Vie préserve les archives des anciens, expressions de la lumière divine[2], et cette science exige vigilance et persévérance. Désirez-vous la connaître ?

— Je le désire.

Néféret s'écarta.

— Avant de consulter les textes, vous devez être purifié.

La jeune femme conduisit son hôte au bassin utilisé, chaque matin, par les ritualistes. Le prêtre chauve et son assistant lavèrent les mains et les pieds d'Imhotep, ôtèrent ses vêtements, l'aspergèrent d'eau chargée d'énergie et le revêtirent d'une tunique blanche.

De retour à la bibliothèque, il fut autorisé à lire le *Traité du cœur*, consacré à la circulation du flux vital à

1. *Medou Neter*.
2. *Baou Râ*.

l'intérieur des canaux irriguant le corps. Souffles morbides et substances pathogènes menaçaient de les boucher et de provoquer des maladies. Il fallait donc les renforcer en les maintenant souples, et dissoudre tout obstacle.

— La journée se termine, constata Néféret.

— Les heures se sont écoulées si vite… et j'ai tant appris !

— Je vous attends demain, à l'aube. Voici votre insigne de médecin et de magicien.

Elle passa autour du cou d'Imhotep une cordelette à sept nœuds à laquelle était attaché un petit papyrus.

— Ce document contient des extraits fondamentaux du *Traité du cœur*, indiqua Néféret. Il vous rappellera en permanence les bases de votre fonction, et les sept nœuds écarteront les démons. Bonne soirée, Imhotep.

Aérienne, elle disparut.

En sortant de la Maison de Vie, Imhotep se demanda s'il avait rêvé. Revoir cette femme irréelle, bénéficier de son enseignement, devenir médecin… Ne s'agissait-il pas d'une illusion, bientôt dissipée ?

Il tâta le talisman, se remémora les principaux passages du papyrus consacré à la circulation de l'énergie, s'immobilisa et ferma les yeux pour respirer le parfum de Néféret… Tout cela était bien réel !

Mais si, demain, la porte de la Maison de Vie ne s'ouvrait pas ?

Repoussant l'angoisse, Imhotep se rendit au palais, à la nouvelle résidence de la reine mère. En chemin, il ne cessa de songer à l'attitude de Néféret, à la fois douce et sévère, accueillante et réservée. Comme il avait dû lui paraître emprunté, presque stupide !

Fatiguée, Nimaât attendait avec impatience le magnétiseur. La cour bruissait de mille rumeurs à propos des décisions de Djéser et du prochain grand conseil au cours duquel il annoncerait les noms de ses ministres.

La reine mère remarqua le talisman d'Imhotep.

— J'ai commencé des études de médecine à la Maison de Vie, expliqua-t-il. Le chancelier Hézyrê m'a permis d'y accéder.

— Excellente démarche. As-tu été bien accueilli ?

— On ne peut mieux, Majesté. J'ai déjà constaté que la science des ancêtres est d'une richesse incomparable.

— Ils se nourrissaient de magie et voyaient l'intérieur des êtres. Suis leur chemin, Imhotep, et tu deviendras un grand thérapeute.

31.

Le pharaon n'était jamais tête nue. La plupart du temps, il portait une coiffe de tissu rayé, serrée sur le front, dont deux pans retombaient sur le torse[1]. Elle symbolisait la capacité de la pensée royale à traverser le temps et l'espace en s'élevant au-dessus des contingences humaines.

Djéser pénétra dans la salle du grand conseil où étaient réunis les ex-dirigeants du pays, étonnés de voir le monarque se présenter seul, sans les nouveaux ministres. Une seule explication possible : il tenait à régler ses comptes de manière discrète. Hézyrê, Baten, Akhétâ, Ânkhy et la princesse Redjit avaient le visage fermé.

Le roi occupa son trône, les dirigeants s'assirent.

— Les actes du pharaon doivent respecter la règle de Maât, affirma Djéser. Il dépend d'elle, la fait vivre et combat le chaos, les ténèbres, le désordre et l'injustice. À l'instar de mes prédécesseurs, je présenterai des offrandes aux temples et célébrerai les rites. Les

1. Le *némès*.

ennemis visibles et invisibles seront repoussés, les Deux Terres connaîtront la prospérité et la paix.

Hézyrê se félicita de ce discours. La suite risquait d'être moins réjouissante.

— La Maison du Roi, poursuivit Djéser, se composera des serviteurs formant le corps de l'institution, hauts fonctionnaires, ritualistes, artisans et paysans. Il reviendra aux membres du grand conseil de créer les liens nécessaires et d'assurer la bonne tenue du navire de l'État. L'élite de chaque catégorie sociale se montrera exemplaire et privilégiera toujours la communauté des vivants. À la lecture du long rapport de Hézyrê, j'ai constaté que l'administration des Deux Terres souffrait de lacunes intolérables.

L'atmosphère s'alourdit. Ne se contentant pas d'évincer l'ex-chancelier, le pharaon lui infligerait-il des sanctions ?

— Maintiens-tu tes critiques, Hézyrê ?

— J'ai été plutôt indulgent, Majesté. La construction d'une Maison du Roi, aux tâches rigoureusement définies, me paraît une nécessité. Quantité de fonctionnaires ont profité de la période de flou pour se servir eux-mêmes au lieu de servir l'État, et mes propres directives n'étaient pas toujours observées. Soyez d'une extrême fermeté et ne tenez pas compte des avantages acquis. Trop de carriéristes et de menteurs en prennent à leur aise. L'heure est venue de leur briser les reins.

— Quel dignitaire aura ce courage ?

— Un homme dépourvu d'ambition et d'illusions, indifférent au blâme comme à la louange, soucieux de l'intérêt général et incorruptible.

— Ne viens-tu pas de te décrire ?

Le glacial Hézyrê parut surpris.

— Majesté, je ne pensais pas…

— Étant donné ton expérience, tu feras un excellent chancelier. Je te nomme ministre de la Justice, Grand des dix magistrats de la cour royale.

La stupéfaction fut générale.

— Tu demeures également médecin du palais, continua Djéser, et je te confie une autre tâche, à mes yeux primordiale : la direction de l'ensemble des ateliers. Il me faut des artisans d'élite, conscients de leur importance. Sans leurs œuvres, les dieux quitteraient cette terre et le monde serait la proie de la mort et de la laideur. Sur le nom de Pharaon, t'engages-tu à remplir ces devoirs ?

Chacun connaissait l'importance de la parole donnée. Un faux serment entraînait la destruction de l'âme.

« Vu son âge, pensa la princesse Redjit, Hézyrê devrait renoncer. Le poids que lui inflige Djéser est insupportable. »

Les rides du vieux scribe se creusèrent, il referma les pans de son manteau.

— Je m'y engage, déclara-t-il.

— Dès demain, tu réuniras la cour de justice, et les magistrats examineront le cas des fonctionnaires indignes de leurs tâches. Les dossiers établis par le conseiller Baten sont d'une remarquable précision, et j'ai déjà vérifié leur exactitude. Une profonde réforme de la Double Maison de l'Or et de l'Argent est indispensable. C'est pourquoi je nomme Baten directeur du Trésor et ministre des Finances. Assureras-tu cette charge ?

Le corpulent quadragénaire en resta bouche bée, se demandant si le monarque avait réellement prononcé son nom.

— Je… je m'y engage, Majesté !

Djéser regarda le conseiller Akhétâ.

— Tu portes de graves accusations contre certains gouverneurs de province. À te lire, une conclusion s'impose : ils songent à briser l'unité du pays. Confirmes-tu tes propos ?

— Je dispose de nouveaux éléments, Majesté. Le processus vital, celui de la redistribution des denrées, est mis en péril, et plusieurs greniers d'État ne sont plus approvisionnés. En cas de mauvaises crues successives, la famine menacerait des régions entières. Le comportement de dignitaires provinciaux attachés à leur seule fortune m'apparaît criminel. Ne soyons pas aveugles.

— Les fidèles de Pharaon sont ses yeux et ses oreilles, rappela Djéser. Je te nomme ministre de l'Agriculture, responsable des greniers. Tu rétabliras la situation et prendras les sanctions nécessaires.

Les yeux noirs et sévères du veuf de cinquante-deux ans brillèrent d'un étrange éclat.

— Je m'engage à remplir cette fonction, Majesté.

Le jovial Ânkhy frissonna en songeant aux fautifs qui tomberaient sous la coupe d'Akhétâ et seraient envoyés devant le tribunal de Hézyrê ! Et il frissonna davantage quand l'œil de faucon de Djéser le transperça.

— Les rites sont le socle de Maât. Aussi longtemps qu'ils seront célébrés à leur heure, la terre d'Égypte restera à l'image du ciel. Estimes-tu avoir failli ?

Offusqué, Ânkhy clama son indignation.

— Certainement pas, Majesté ! Entre la disparition de votre prédécesseur et votre couronnement, je n'ai pas baissé la garde. L'ensemble des ritualistes a vénéré les dieux et repoussé les forces du Mal.

L'attitude d'Ânkhy surprit la princesse Redjit. De la part de ce bon vivant à la parole aimable, elle ne s'attendait pas à tant de véhémence.

— Ta conduite fut irréprochable, jugea Djéser. Tu resteras donc ritualiste en chef et tu deviens chambellan du palais, chargé de veiller à l'habillement et aux repas du roi.

Ému, Ânkhy s'inclina.

— Reste le cas de la Maison de la Reine, poursuivit le souverain. Son bon fonctionnement est indispensable à l'harmonie de l'État. Princesse Redjit, tu as reconnu tes erreurs.

Habituée à dominer les hommes, la jolie brune ne se sentait pas de taille à affronter Djéser. Le rituel d'intronisation lui avait conféré une puissance qui n'était pas de ce monde.

— J'ai manqué de fermeté, Majesté, et j'aurais dû obtenir de meilleurs résultats.

— La reine Nimaât aurait-elle entravé tes démarches ?

— Au contraire, elle n'a cessé de m'encourager ! Je suis l'unique responsable de mes échecs. À mon grand regret, j'ai parfois manqué d'esprit d'initiative.

— La Grande Épouse royale partage ton jugement.

La princesse retint ses larmes. Au moins, elle avait été sincère ! Désavouée, elle devrait quitter la capitale et passer le restant de ses jours dans une lointaine province.

— La reine prolonge ta mission, indiqua Djéser, et je lui ai donné mon accord. Rejette une logique d'affrontement, princesse, et développe le secteur éducatif. Offre aux femmes la possibilité de jouer un rôle majeur.

La voix de Redjit trembla.

— Je vous en fais serment, Majesté.

Akhétâ fut surpris de la modestie et de la soumission de la jeune femme. La peur de la déchéance brisait son arrogance.

— Ânkhy, viens chercher auprès de moi les sceaux de fonction, ordonna Djéser, et revêts-en les titulaires. Selon la règle, ils sont anonymes, car seule compte la fonction elle-même. Son symbole animera votre cœur. Vivez-la au plus profond de votre être, vivez d'elle, ne vivez que pour elle.

L'Ombre rouge eut envie de hurler. Parviendrait-elle à détruire ce pharaon dont chaque parole lui portait un coup violent ? Inépuisable, le désir de nuire et de détruire lui permettrait de tenir bon. Et puisque le monarque ignorait sa véritable nature et lui accordait sa confiance en la maintenant au sommet de l'État, l'Ombre rouge triompherait.

— Voici mon premier décret, annonça Djéser. La parole tranchante de Pharaon crée la troisième dynastie inspirée du fondateur de l'union des Deux Terres, Ménès. Je renforcerai ce lien entre le Nord et le Sud, conforterai Memphis comme capitale, développerai les Maisons du Roi et de la Reine, et garantirai la prospérité de notre pays. Construire sera ma priorité.

Le colosse se leva, les membres du grand conseil l'imitèrent.

— Chancelier Hézyrê, tu promulgueras ce décret et le transmettras au pays entier.

32.

La princesse Redjit ne trouvait plus le sommeil. Malgré les paroles réconfortantes de Djéser, elle savait que seule la Grande Épouse royale, Paisible, déciderait de son destin. Réservée et distante, elle n'avait pas de confidente et nul dignitaire ne connaissait ses véritables intentions.

Ce matin-là, Redjit subissait une épreuve décisive : coiffer la souveraine des Deux Terres. Du comportement de la princesse et des réponses apportées aux questions découlerait son avenir. La jolie brune ne se faisait guère d'illusions. Membre de l'ancienne équipe au pouvoir, détestée par des courtisans médiocres, jugée trop ambitieuse, elle serait éloignée de la capitale et connaîtrait l'ennui de la province.

Paisible était une fort belle femme, d'une dignité remarquable, et remplissait déjà sa fonction à la satisfaction générale. À l'évidence, elle était née reine.

Un serviteur lui offrit un bol de lait frais.

— Pour votre *ka*[1], Majesté.

1. La traduction habituelle de cette formule rituelle par « à votre santé » est réductrice.

Redjit présenta une perruque légère et bouclée, de première qualité. Paisible opina du chef et se saisit d'un miroir afin de suivre le travail de la princesse qui devait fixer les mèches en utilisant des épingles à cheveux en ivoire et en bois.

— Que mes oreilles soient bien dégagées, exigea la reine.

La princesse eut la fierté de ne pas trembler. Ses gestes étaient sûrs et précis, la souveraine serait parfaitement coiffée. Elle utilisa un démêloir en os et fixa une mèche rebelle avec de la cire d'abeille chauffée.

— Quels métiers as-tu exercés ? demanda Paisible.

— Tous ceux enseignés à la Maison de la Reine, Majesté. Ainsi, aucun employé ne peut me duper, et je suis parvenue à obtenir leur respect. Gérer ne me paraît pas suffisant. En étant sur le terrain, proche des difficultés quotidiennes, on se montre efficace.

— J'ai lu ton rapport. Tu ne dissimules pas les imperfections.

— Et je n'ai sans doute pas tout vu, Majesté !

— Ne te condamnes-tu pas toi-même ?

— L'institution n'est-elle pas plus importante que la personne qui dirige ? En dépit de ma condition de femme et d'innombrables pièges, j'ai tenté d'assumer au mieux cette lourde charge. Au risque de vous apparaître prétentieuse, je n'ai qu'un seul regret : ne pas pouvoir procéder aux améliorations nécessaires.

Paisible contempla longuement sa coiffure.

— Excellent travail, princesse. Pourquoi n'es-tu pas mariée ?

Redjit ne tergiversa pas.

— Mon travail me passionne, les hommes me lassent vite. De brèves aventures me suffisent.

— Le programme de réformes que tu proposes déplaira à beaucoup de dignitaires, habitués à leur routine et soucieux de leurs privilèges. Les heurter de front provoquera de graves tensions.

— J'y suis habituée, Majesté. Et tout dépend de la volonté de la reine.

Paisible se leva. Une servante lui présenta plusieurs parfums qu'élaboraient les laboratoires des temples.

— Je te confirme dans tes fonctions, princesse Redjit. Tu dirigeras ma Maison, tu relèveras le niveau d'études et tu confieras davantage de responsabilités aux femmes. Que leur éducation soit ta priorité. Chaque semaine, tu me rendras compte de tes avancées et des obstacles rencontrés. Telle est ma volonté.

*
* *

Allongée sur un lit en bois d'ébène, à l'abri d'un kiosque recouvert de palmes, la reine mère Nimaât avait sa mine des mauvais jours. Djéser lui offrit une coupe de bière fraîche et légère. Le soleil couchant nimbait de lueurs orangées le temple du dieu Ptah, et les habitants de la capitale se préparaient à dîner.

— Seriez-vous contrariée, mère ?

— Inquiète.

— À cause de mon programme de gouvernement ?

— Je l'approuve et le soutiendrai.

— Douteriez-vous de la fidélité de mes ministres ?

— N'aie confiance en personne, mon fils, et juge les êtres à leurs actes. Les grandes déclarations du soir sont oubliées le matin, et, toi, tu dois garantir la pérennité du royaume sans céder à la mollesse et à l'illusion.

— Vos conseils me sont précieux, et je ne manquerai pas de les écouter.

— Écouter est meilleur que tout, même au cœur de l'action. Puisque je suis délivrée des lourdes charges de la Maison de la Reine, désormais confiée à ton épouse, j'ai décidé de me fixer une nouvelle mission.

— Votre santé...

— Elle va en s'améliorant, et je n'ai pas l'intention de gaspiller mon énergie en restant oisive.

Le chien Geb sauta sur le lit de la reine mère, lui lécha les mains et se lova en boule à ses pieds.

— Ce serviteur-là ne te trahira jamais, Djéser, il écartera le malheur. Ne néglige pas ses avis.

— Puis-je connaître vos projets, mère ?

— Ils risquent de te déplaire, mais je n'en changerai pas, car je crois cette démarche nécessaire, voire vitale.

Nimaât se redressa lentement en évitant de déranger le chien.

— Fonder une dynastie est un acte digne des ancêtres qui créèrent l'Égypte, mon fils, et cette vision t'entraînera à parcourir des chemins inconnus. Toi-même, tu ignores encore quel sera l'axe véritable de ton règne. Une seule certitude : sa puissance dépassera les œuvres qu'ont accomplies les humains jusqu'à présent.

— Vous me troublez, mère. Comment découvrir cet axe ?

— Adresse-toi au supérieur des prêtres d'Héliopolis, le Grand Voyant. Il percera peut-être les ténèbres. Néanmoins, un danger mortel te guette : l'avaleuse d'âmes. En profanant le site sacré d'Abydos, elle a prouvé sa capacité de nuisance. Le faucon d'Horus te protège, certes, mais les forces du Mal ne s'avouent pas vaincues.

Le chien Geb ouvrit les yeux.

— Aide-moi à me lever, mon fils. Ce coucher de soleil est d'une exceptionnelle douceur.

Nimaât et Djéser allèrent jusqu'à une grande fenêtre d'où ils contemplèrent le cœur de la capitale, peuplé de sanctuaires.

— Aussi longtemps que les dieux et les déesses habiteront cette terre, déclara-t-elle, le pharaon pourra offrir le bonheur à son peuple, le doux vent du nord rafraîchira les âmes et les corps goûteront la paix du soir. Comme cette harmonie est fragile ! Un instant de négligence, et les partisans des ténèbres profitent de notre faiblesse. Nous n'avons pas suffisamment écouté l'avertissement donné par l'avaleuse d'âmes et nous oublions la menace. Détachée des obligations matérielles, je vais tenter de l'identifier. À mon avis, elle se dissimule au cœur du pouvoir et se rend ainsi indétectable.

— Songeriez-vous… à l'un de nos proches ?

— Je les soupçonne tous, Djéser. Désormais, je passerai mon temps à les observer. Même la puissance maléfique commet des erreurs en se croyant intouchable. Identifiée, elle deviendra vulnérable.

— N'est-ce pas extrêmement dangereux ?

Les derniers rayons du soleil parèrent d'or le visage déterminé de la reine mère.

— À mon âge, ce genre de considération paraît dérisoire.

Le colosse saisit tendrement les mains de sa mère.

— Pharaon est-il autorisé à recommander la prudence ?

— Un début de surdité me fait perdre certains propos. Ne révèle la teneur de cet entretien à personne, mon fils. Je dis bien : à personne.

— Même pas à mon épouse ?

— Je répète : à personne. Le secret est la clé d'un éventuel succès. L'avaleuse d'âmes ne se méfiera pas d'une vieille reine, malade et dépourvue de pouvoir. Aussi commettra-t-elle le faux pas qui me permettra de la démasquer. Quand toi seul connaîtras son nom, tu agiras.

33.

L'aube se levait à peine, un premier rayon de soleil illumina un vase en diorite terminé la veille. Imhotep jugea la forme parfaite et l'exécution irréprochable. Tandis que sa main caressait la pierre polie au terme de longues heures de travail, il se réjouissait de revoir cet atelier où il avait tant appris.

Soudain, la pointe d'un couteau en silex lui piqua les reins.

— Sale voleur, je te prends sur le fait !

Imhotep sourit.

— Ton ex-supérieur n'aurait-il pas le droit de revoir son lieu de travail préféré ?

— Toi, ici… C'est bien toi ? interrogea Futé.

Il baissa son arme, Imhotep se retourna et les deux amis se congratulèrent.

— J'arrive toujours le premier, précisa le chef d'atelier, même quand ma nuit a été agitée. Suivre ton exemple m'a été bénéfique. Mais… comment es-tu entré ?

— La porte réservée aux livraisons était ouverte.

— Impossible, je l'ai fermée hier soir !

— Quelqu'un d'autre possède la clé.

Futé parut contrarié.

— Il y a eu un vol, le mois dernier. Dès aujourd'hui, je ferai remplacer les verrous.

— Des soupçons ?

— Une certitude. Un grincheux déjà condamné que l'administration m'a imposé comme livreur de pain. Je m'en débarrasserai au plus vite.

— Excellente initiative, mon ami. Un fruit gâté risque de pourrir le panier.

Futé s'écarta. Peu à peu, l'atelier s'éclairait.

— Laisse-moi voir à quoi ressemble un Surveillant du pays entier... Tu n'as pas tellement changé ! As-tu rencontré le pharaon ?

— Aucune chance. Il mettra bientôt fin à mes fonctions, et j'espère devenir médecin.

— Où étudies-tu ?

— À la Maison de Vie de Memphis.

Futé siffla de manière admirative.

— Et... ça se passe bien ?

— Travail très rude, succès non garanti. Vu l'excellence des professeurs, un échec me serait entièrement imputable.

— Ce n'est pas ton genre ! J'espère que tu accepteras de me soigner.

— En douterais-tu ?

— Souvent, les grands personnages se prennent au sérieux.

— Ta vigilance me protégera !

— Si nous dégustions un petit déjeuner ?

« Le lavage de la bouche » se composait de lait frais, de pain chaud et de céréales bouillies. Imhotep partagea le premier repas de la journée avec les artisans, impressionnés de recevoir un dignitaire dont la simplicité les étonna. Il ne résista pas à l'envie de participer au forage d'un vase et s'aperçut qu'il n'avait pas perdu la main. Futé dirigeait son équipe de façon habile, sans autoritarisme, mais en exigeant le meilleur de chacun.

— Me voilà rassuré, confia Imhotep à son ami. Cet atelier n'est pas à l'abandon.

— Parce que tu osais penser…

— Comment un Surveillant du pays entier aurait-il le temps de penser ?

Futé mit les mains sur ses hanches.

— C'est moi le titilleur, pas toi !

Ils sortirent ensemble du local où chantaient les outils.

— Méfie-toi de la princesse Redjit, murmura Futé. D'après ma maîtresse, elle déteste être humiliée. Tu es le premier mâle à la repousser.

*

* *

Imhotep apprenait vite et dévorait les traités de médecine. Pour devenir un authentique guérisseur et un généraliste, il fallait étudier les spécialités, telles l'ophtalmologie, la cardiologie, l'anatomie et bien d'autres, avant d'avoir une vision d'ensemble du corps et de pouvoir apprécier la circulation des énergies à l'intérieur des canaux. Le laboratoire de la Maison de Vie enseignait les secrets de la pharmacopée, et Imhotep découvrait la préparation de nombreux remèdes.

Le matin, le jeune homme s'acquittait de ses tâches administratives, réduites au minimum, dans l'attente de la réorganisation que préparait la chancellerie ; l'après-midi et la majeure partie de la nuit, il recevait l'enseignement des thérapeutes, sous la coordination de Néféret. Osant à peine la regarder, Imhotep l'écoutait très attentivement en évitant de succomber au charme de sa voix et en s'attachant au contenu technique de ses propos. Parfois, son attention vacillait et son regard admirait la jeune femme à l'étincelante noblesse. Vite, il se reprenait.

Ce soir-là, le visage de Néféret affichait une gravité presque inquiétante. Assise en scribe, face à Imhotep, elle déroula un papyrus datant des premiers âges.

— Ce texte fut rédigé au temps où les dieux gouvernaient l'Égypte, avant qu'ils ne lèguent les Deux Terres au premier pharaon. Eux seuls peuvent guérir, non les humains. Les maladies graves proviennent de démons destructeurs, et tu devras en discerner l'origine afin de soigner la cause, et pas uniquement les effets. Et c'est au maître de la connaissance de décider si tu es capable d'exercer la fonction de médecin.

Néféret guida Imhotep jusqu'à une petite chapelle que n'éclairait qu'une lucarne. Il discerna une admirable statue de babouin assis, les mains posées à plat sur ses genoux. Dans la pénombre, ses yeux flamboyaient.

— Puisses-tu compter au nombre des suivants de Thot, déclara la jeune femme en remettant à Imhotep un feuillet de papyrus et un matériel d'écriture. Si tu entends sa voix, recueille ses paroles. S'il demeure silencieux, quitte ce lieu vénérable.

La gorge du jeune homme se serra. Tous ses efforts seraient-ils réduits à néant, le chasserait-on à jamais de la Maison de Vie ?

Il s'assit en scribe, le dos à la statue.

Un épais silence enveloppa la chapelle. Imhotep se persuada que le dieu le mettait à l'épreuve, mais d'interminables minutes s'écoulèrent, et nul message ne lui fut transmis.

Soudain, une douce chaleur détendit sa nuque, et sa main fut animée d'une étrange énergie qui le contraignit à rédiger un texte : « Je suis Thot, ma bouche est pure, ma parole utile et lumineuse. Je suis venu pour sauver les justes de la colère des dieux, les arracher à l'emprise des mauvais esprits mâles et femelles. Je vivifie les membres et je guéris l'œil d'Horus, je dissipe le mal. Que mes suivants soient vigilants et persévérants, qu'ils préservent la rectitude en toutes circonstances, et qu'ils consacrent leur vie au service de l'Œuvre. »

Imhotep prit brutalement conscience qu'une voix profonde venait de s'éteindre. Les hiéroglyphes tracés avec fermeté lui prouvaient qu'il n'avait pas rêvé. Ces derniers mots n'étaient-ils pas les conseils du vieux menuisier, l'âme du chantier naval ? Le vieux menuisier, une incarnation de Thot…

— Puis-je voir le texte écrit sous la dictée du dieu ? demanda Néféret.

Imhotep lui remit le papyrus.

— Te voici médecin de la Maison de Vie, constata-t-elle. Thot t'a admis au nombre de ses suivants.

Le nouveau thérapeute se releva.

— D'où provient cette statue ?

— De l'atelier secret.

Imhotep parvint à contenir son émotion.

— Ainsi, il existe !

— En doutais-tu ?

— Comment y accéder ?

— Un vieux menuisier ne te l'a-t-il pas révélé ?

Imhotep osa regarder fixement la jeune femme.

— Vous… vous le connaissez ?

— Le hasard n'existe pas. Ton chemin t'a mené jusqu'ici parce que tu as eu le courage de défricher l'inconnu. Et ce n'était qu'une étape.

34.

En décrétant « l'année de suivre Horus », Djéser prenait un risque considérable. Sans avoir consulté ses ministres, il décidait ainsi de quitter la capitale et de visiter l'ensemble des provinces afin d'y asseoir son autorité et d'y imposer les réformes nécessaires.

L'Ombre rouge n'avait pas prévu cette initiative, mais elle s'en réjouissait. Un long voyage, de multiples dangers, des localités hostiles… Le périple royal serait parsemé d'embûches. Si le roi ne revenait pas vivant de cette expédition, le chaos s'installerait à Memphis.

Quantité de dignitaires désapprouvaient cette démarche, nul n'osait s'exprimer. Et chacun s'inquiétait de savoir s'il serait contraint d'accompagner le monarque et de quitter la capitale. Seul le ministre de l'Agriculture, Akhétâ, préparait ses bagages, trop heureux de vérifier par lui-même l'état des greniers à travers le pays. À ses scribes, il demanderait d'établir l'inventaire des personnes et des biens, puis de compter les têtes du grand et du petit bétail. Il obtiendrait un bilan sérieux des richesses du pays et le communiquerait à son collègue, le ministre des Finances.

Le jovial Ânkhy fut effondré lorsqu'il apprit qu'il participait à l'aventure. À chaque étape majeure, il aurait à installer un palais royal à l'image de celui de Memphis. Un labeur écrasant, une foule d'ennuis en perspective et l'inconfort des déplacements en bateau qu'il détestait. Impossible, hélas ! d'émettre la moindre contestation. Pharaon dès l'œuf, Djéser n'avait pas besoin d'élever la voix pour se faire obéir.

Le chien Geb avait la patte sûre et se tint fièrement aux côtés de son maître quand le colosse mania l'imposante rame gouvernail du navire royal. Une centaine de marins seraient à la manœuvre, et le *Faucon* ouvrirait la route à un impressionnant convoi formé de navires militaires et de bateaux de charge.

La cour, au grand complet, assista au départ. Et la reine mère Nimaât redoubla de vigilance.

*

* *

À l'approche de la ville d'Edfou[1], en Haute-Égypte, Geb aboya. Si tranquille depuis le début du voyage, il manifestait une nervosité que Djéser ne manqua pas d'observer. Les soldats reçurent l'ordre de s'équiper, et trois barques remplies d'archers prêts à tirer accostèrent le débarcadère principal.

Des prêtres désarmés les accueillirent, et leur supérieur manifesta sa joie de s'incliner devant le nouveau maître des Deux Terres.

---

1. Nous connaissons les principales étapes de ce voyage grâce aux bas-reliefs du tombeau sud de l'ensemble architectural de Djéser à Saqqara. La moderne Edfou est l'antique Béhédet.

Geb ne cessait d'aboyer. Indifférent aux discours lénifiants, il pointait le museau vers une sorte d'entrepôt en ruine dont les ouvertures étaient masquées par des planches en bois.

— À terre ! ordonna le roi, juste avant que les planches fussent expulsées à coups de pied et qu'apparussent des flèches destinées à abattre le souverain et son escorte.

Elles frôlèrent Djéser, demeuré debout, et ne firent pas la moindre victime.

La riposte fut tonitruante. Les archers royaux décimèrent l'adversaire, et la ruée de l'infanterie écrasa les blessés et les rares rescapés du commando qu'avait organisé à la hâte l'Ombre rouge.

Livide, le grand prêtre du temple d'Edfou gardait la tête baissée face au pharaon.

— Connais-tu ces hommes ? demanda Djéser en désignant les cadavres.

— Non, Majesté. Ils ne sont pas de la région.

— Pourquoi le gouverneur de la province ne se trouvait-il pas au débarcadère ?

— Il… il s'est placé sous la protection du faucon.

Se sachant coupable de fautes graves, le haut dignitaire avait demandé l'asile au temple dédié à Horus, le dieu faucon. Il se mettait ainsi hors d'atteinte, et sa gestion catastrophique des biens d'État ne serait pas sanctionnée.

— Je veux le voir.

— Majesté… cet homme bénéficie de l'impunité !

— N'est-ce pas à Horus de décider ?

Le roi marcha en direction du temple. À proximité du portail d'accès, un rapace descendit du sommet du ciel. Ses ailes parurent gigantesques, au point d'obscurcir un instant le ciel, et il se posa au seuil du sanctuaire.

Djéser s'inclina, puis les regards du pharaon et du faucon se croisèrent.

— Épargnes-tu l'homme indigne de sa fonction, assez lâche pour te supplier et se soustraire à la justice ?

La porte du temple s'ouvrit. Comme poussé par une force implacable, un quinquagénaire pantelant fut expulsé du lieu sacré et tomba aux pieds du roi, alors que le rapace s'envolait.

— Pardonnez-moi, Majesté, je réparerai mes erreurs !

Un lourd silence s'établit. Dans l'assistance, personne n'attendait la clémence de la part de ce roi au visage implacable.

— Le ministre Akhétâ te fixera une tâche exigeante, et tu travailleras sans relâche au service des habitants de cette ville. À la première incartade, tu seras envoyé au bagne des oasis.

*

*   *

Le récit des événements d'Edfou fut vite transmis à l'ensemble des provinces du Sud, et leurs gouverneurs s'empressèrent de reconnaître l'autorité du fondateur de la troisième dynastie. Leur état d'esprit facilita la tâche du grand intendant Ânkhy qui disposa du personnel et des ressources nécessaires pour installer un palais dans chaque capitale provinciale. De son côté, Akhétâ inspectait les greniers, divisés en trois catégories : la première réservée aux céréales, la deuxième à la viande, aux jarres de bière et au pain, la troisième aux tissus, aux huiles, aux onguents et au mobilier rituel. Jugeant leur capacité insuffisante et leur entretien souvent sommaire, il nomma des « guides du pays » chargés d'appliquer, à l'échelon local, les directives royales. En créant de nouveaux domaines agricoles, Djéser assurerait la prospérité des Deux Terres.

— Nous allons vivre un grand règne, dit Ânkhy au ministre de l'Agriculture, en contemplant les rives du Nil depuis la poupe du bateau qui les emmenait à Létopolis, une cité du Delta, dernière étape avant de regagner la capitale.

— Possible, estima Akhétâ.

Cette réserve étonna le chambellan.

— Douterais-tu encore des capacités de Djéser ?

— Ne juge-t-on pas l'arbre à ses fruits ?

— Eh bien, ils me paraissent déjà remarquables ! s'exclama Ânkhy. Un seul voyage, et tous les gouverneurs de province se soumettent au roi. Chaque palais s'annonce comme un centre de gestion efficace, la surface des terres cultivables sera augmentée, et la population ne manquera de rien.

— Beau programme, en effet.

— Il ne te convainc pas, semble-t-il !

— La base de notre richesse, ce sont les greniers. Or la plupart sont en mauvais état et il faudrait en construire beaucoup d'autres. Ce voyage est porteur d'espoirs, je le reconnais, mais il me reviendra de les concrétiser, et la tâche s'annonce ardue.

— La parole de Pharaon est sacrée, et sa volonté s'accomplira.

— Ton optimisme me réconforte, Ânkhy. Une série de crues médiocres, des vagues de mécontentement, des troubles sociaux, des complots… le début de la dynastie n'est pas à l'abri de ces menaces.

— Détiendrais-tu des informations précises ?

— Pas la moindre. Je tente simplement de rester lucide.

— Moi, affirma Ânkhy, j'ai totale confiance en Djéser !

— Puisse ton heureux caractère ne pas te réserver de mauvaises surprises.

Les manœuvres d'accostage interrompirent les deux ministres qui regagnèrent leur cabine pour revêtir leurs habits de cérémonie.

À la proue du navire de tête, Djéser ressentit l'hostilité des notables de la ville de Létopolis avant même de poser le pied à terre. Cette ultime étape ne serait pas la plus facile. Pourtant régnait ici une incarnation d'Horus, sous la forme d'un faucon momifié veillant à la renaissance du *ka* royal lors des rites d'accession à l'au-delà.

Le maire de la ville était un ex-pêcheur, habitué aux rudes conditions d'existence des hommes des marais. Il avait coutume d'imposer ses vues et comptait dire au nouveau pharaon qu'il refuserait l'intrusion de fonctionnaires issus de la capitale. Il était le patron et le resterait.

Dépourvu d'émotivité, le maire fut cependant impressionné par la prestance et l'autorité naturelles de Djéser, tenant le lourd bâton de commandement. Quand le monarque s'approcha, il lui fit perdre tous ses moyens, et son discours de protestation resta coincé au fond de sa gorge. Pis, le maire glissa sur une flaque de limon et, en tombant, heurta de l'épaule le bâton.

Foudroyé, il s'effondra sans connaissance, et ses subordonnés le crurent mort.

— Que cet incident vous serve de leçon, dit le roi aux dignitaires de Létopolis. Vous me devez obéissance, car j'œuvre au service des dieux. Votre maire a échappé de justesse au trépas. Qu'il se comporte désormais avec loyauté.

Le notable revint à lui, affligé d'une solide migraine, et sa ville se soumit aux volontés du monarque, désormais considéré comme le maître de la Basse et de la Haute-Égypte. Ses yeux ne scrutaient-ils pas l'intérieur de tout être et l'intensité de son regard n'était-elle pas plus forte que celle du disque solaire ?

35.

Imhotep ne magnétisait plus la reine mère dont la santé s'était améliorée de façon remarquable. Le traitement du médecin-chef produisait des effets spectaculaires, et la vieille dame rajeunissait à vue d'œil. Confiné la journée durant dans son bureau où il continuait à remplir sa tâche de Surveillant du pays entier, le jeune homme se réjouissait à chaque coucher de soleil de rejoindre la Maison de Vie afin d'y parfaire sa formation médicale. Recevant l'enseignement successif des meilleurs spécialistes, il apercevait à peine Néféret. Demain, après-demain, oserait-il lui parler ?

Un scribe lui remit un document provenant de la Maison de la Reine. Sa supérieure, la princesse Redjit, se plaignait d'un retard de livraison, imputable à l'atelier que dirigeait Futé. Il revenait à Imhotep de résoudre le problème et de prendre d'éventuelles sanctions.

Il se rendit aussitôt sur place et découvrit une équipe d'artisans atterrée.

— Notre patron a été arrêté, révéla l'un d'eux.

— Pour quel motif ?

— Vol de vases précieux. Le juge l'a mis en prison ; nous, on attend des instructions.

— Reprenez le travail en commençant par la commande de la Maison de la Reine. Je vais éclaircir cette affaire et vous ramener votre patron.

La détermination d'Imhotep rassura les artisans, qui reprirent leurs outils. Lui se dirigea à grandes enjambées vers le tribunal principal de Memphis.

Un greffier accepta de le recevoir.

— Le chef d'atelier Futé a été incarcéré. Je désire connaître le nom du juge responsable de cette décision.

— À quel titre ?

— Celui de Surveillant du pays entier. Le sort de mes subordonnés me préoccupe.

— Je comprends, je comprends... Un instant, je consulte mes dossiers.

La lenteur du fonctionnaire exaspéra Imhotep.

— Voilà, c'est le juge Badi. Un magistrat expérimenté, à l'excellente réputation.

— Où puis-je le trouver ?

Le greffier réfléchit longuement.

— Il ne devrait pas tarder à sortir de la cinquième salle du tribunal. En vous pressant, vous avez une chance de le croiser.

Après s'être égaré dans les couloirs du bâtiment, Imhotep réussit à trouver la bonne salle. En sortirent deux hommes menottés, encadrés de quatre policiers. Puis apparut un quadragénaire noiraud, au double menton, semblant très satisfait de lui-même.

— Juge Badi ?

— Qui ose m'interpeller ?

— Imhotep, Surveillant du pays entier.

Le juge toisa son interlocuteur.

— J'ai peut-être entendu prononcer votre nom.

— Vous avez envoyé en prison mon ami Futé, chef de l'atelier des foreurs de vases de pierre. Je me porte garant de son intégrité.

— Eh bien, jeune homme, vous avez tort. À l'avenir, fréquentez des personnages plus recommandables.

— De quel délit l'accusez-vous ?

— Vol qualifié d'objets de grand prix appartenant à l'État.

— Impossible ! Ses explications auraient dû vous convaincre de sa parfaite honnêteté.

— Je connais mon métier. Écartez-vous de mon chemin et cessez de m'importuner. Sinon, je porterai plainte contre vous.

La réaction du juge surprit Imhotep, son agressivité lui parut suspecte. Ce magistrat ne jouait pas franc-jeu.

Un seul moyen d'en savoir davantage : consulter son supérieur Hézyrê.

*
* *

Toujours vêtu de son long manteau descendant jusqu'aux chevilles, coiffé d'une perruque courte couvrant les oreilles et l'air rébarbatif, Hézyrê n'avait pas changé de salle d'audience : celle-ci était toujours éclairée par trois fenêtres au nord et d'une totale austérité. Accablé de hautes fonctions, le chancelier avait conservé sa chaise rigide dépourvue d'ornements.

— Transmission de pensée, Imhotep ; j'allais te convoquer. Étais-tu impatient d'apprendre mes décisions ?

— Je désirais seulement vous soumettre une affaire délicate.

— En existe-t-il d'anodines ? Tu es reconnu comme médecin, m'a-t-on dit.

— Le dieu Thot m'a accepté parmi ses suivants.

— Ce n'est pas si fréquent ! Mais tu n'auras guère le loisir d'exercer. Vu la multiplicité des tâches que m'a confiées le roi, je dois m'entourer de collaborateurs infatigables et compétents. C'est pourquoi tu demeures Surveillant du pays entier, charge à laquelle s'ajoute le contrôle de l'ensemble des ateliers. Ne me remercie pas, ton labeur s'en trouvera facilité et tu contribueras de manière déterminante à la construction de la Maison du Roi. Étant donné ta connaissance des hommes et des dossiers, tu ne perdras pas une minute en futilités. À la moindre difficulté, alerte-moi.

— C'était la raison de ma visite, chancelier.

Hézyrê ferma les yeux un instant. Ses rides profondes ne cessaient de se creuser.

— Sois bref.

— Le juge Badi accuse Futé de vol. Invraisemblable !

— Qui, à part Osiris, pourrait se vanter d'avoir sondé un cœur humain ?

— Futé ne manque pas de défauts, mais il n'a pas commis ce forfait-là. Et ce magistrat me paraît douteux.

— Badi est la vertu incarnée.

— A-t-il suivi correctement la procédure ?

— C'est sa spécialité.

— M'autorisez-vous à vérifier ?

Ne dissimulant pas son agacement, Hézyrê rédigea un bref document permettant à Imhotep d'avoir accès au bureau du juge Badi.

*
* *

Crispé, le magistrat évita le regard d'Imhotep.

— Que voulez-vous savoir ?

— Je souhaite lire les explications détaillées de Futé.

— C'est… impossible.

— Le texte du chancelier Hézyrê ne serait-il pas suffisamment clair ?

— Ces explications n'existent pas.

— Futé aurait-il refusé de parler ?

Le juge sembla très embarrassé.

— En fait, je ne l'ai pas entendu.

— Comment ? s'exclama Imhotep. Vous n'avez pas écouté l'accusé ?

— Le cas était évident, la preuve éclatante.

— Vous avez violé une loi majeure, juge Badi, en ne procédant pas à une confrontation entre l'accusateur et l'accusé ! Et cette preuve éclatante, quelle est-elle ?

— Un témoignage oculaire. Un livreur de pain a vu Futé sortir plusieurs vases de l'atelier.

Imhotep était abasourdi.

— Et cette dénonciation vous suffit pour envoyer un homme en prison ! Futé soupçonnait justement ce livreur de pain d'avoir dérobé du matériel et l'avait renvoyé. Ce bandit s'est vengé.

— Improbable, improbable ! Il jouissait d'une recommandation majeure qui a orienté mon jugement en sa faveur.

— Laquelle ?

— Celle de la princesse Redjit, supérieure de la Maison de la Reine.

Imhotep garda son calme.

— J'exige une confrontation immédiate entre Futé et ce livreur.

— Bien sûr, bien sûr !

Futé fut libéré et conduit au bureau du juge. Il n'eut pas à se défendre face à son accusateur, ce dernier avait disparu.

36.

Dans l'Égypte de Djéser, les juges n'étaient pas au-dessus des lois. Incapables et fautifs ne bénéficiaient pas d'une promotion, et les erreurs des magistrats étaient sévèrement sanctionnées, car ils avaient trahi Maât, la justice d'origine divine que nul ne confondait avec le droit formel et les lois humaines, soumises au temps, aux changements et aux coutumes. L'État tout entier reposait sur le juste exercice de la justice, et le plus humble avait confiance en Pharaon parce que le tribunal ne pratiquait pas la loi du plus fort.

Un magistrat indigne comme Badi était exclu de l'institution. Hézyrê exigea lui-même une peine de travaux forcés, suivie d'exécution de tâches pénibles au service d'un village. On fit un large écho à la sentence, rendue rapidement.

L'attitude d'Imhotep avait retenu l'attention du chancelier. Sens de l'équité, lucidité, courage, volonté inflexible, goût de la vérité… Décidément, ce garçon ne le décevait pas. Le portrait n'était-il pas trop remarquable, des failles ne disloqueraient-elles pas l'édifice ? Seules de nouvelles épreuves permettraient de le savoir.

Imhotep ne serait pas seulement un haut responsable parmi tant d'autres. Un feu particulier l'animait, un feu auquel il fallait donner une nourriture appropriée. Au chancelier, on objecterait le jeune âge du postulant. N'était-il pas déjà Surveillant du pays entier et médecin, doté d'une capacité de travail exceptionnelle ? Supporter un poids supplémentaire l'écraserait peut-être, mais l'expérience devait être tentée.

*

* *

En cette matinée fraîche et ensoleillée, Imhotep accomplit en personne le rituel de serviteur du *ka* de ses parents en apportant nourritures et boissons à la chapelle où leur nom continuait à vivre. Il lut les formules de glorification inscrites sur les parois et les remercia de l'aide constante qu'ils lui apportaient. Devenus ses ancêtres, ils éclairaient son chemin.

Après la destitution du juge indigne, Futé, éperdu de reconnaissance et largement indemnisé pour le préjudice subi, avait raconté partout l'exploit de son ami Imhotep. Contraint de modérer cet enthousiasme et de ramener son intervention à sa juste dimension, le Surveillant du pays entier se félicitait de la rigueur du chancelier Hézyrê. Et le travail avait repris à l'atelier de fabrication de vases en pierre dure, désormais très attentif aux demandes émanant de la Maison de la Reine. La princesse Redjit n'avait-elle pas cautionné un voleur et un menteur, toujours introuvable ? Aux enquêteurs, elle s'était contentée de répondre que l'excellent comportement de ce misérable l'avait abusée et qu'elle déplorait les ennuis subis par Futé à qui elle avait offert un beau dédommagement, deux chaises et un lit de première qualité.

Le dossier semblait clos, mais Imhotep s'interrogeait. La disparition du malfaisant n'était-elle pas une aubaine pour la princesse ? Un interrogatoire serré aurait peut-être révélé une fâcheuse collusion et brisé la carrière de la supérieure de la Maison de la Reine, associée au gouvernement de L'Égypte.

Imhotep voulut oublier Redjit en se rendant à la Maison de Vie où on lui remettrait une sacoche en cuir contenant des remèdes de première urgence. Malgré ses fonctions administratives, il continuait à pratiquer l'art de la médecine.

Il n'était pas parvenu à révéler ses sentiments à Néféret et désespérait de réussir. Rien, dans l'attitude de la jeune femme, ne l'encourageait. Souriante, à la fois douce et déterminée, elle ne lui accordait pas davantage d'importance qu'à un autre praticien. Ils ne se reverraient qu'à l'occasion de cérémonies et de banquets officiels. Bientôt, Néféret apparaîtrait aux côtés d'un notable qui aurait su la séduire.

Le soleil se couchait, les abords de la Maison de Vie étaient déserts. Les gardes laissèrent entrer Imhotep, un prêtre chauve lui barra le chemin.

— Je viens chercher ma sacoche de médecin, expliqua-t-il.

— Imhotep… c'est bien ton nom ?

— En effet.

— Suis-moi.

Le Chauve le guida vers une aile de l'institution à laquelle le jeune homme n'avait jamais eu accès.

— Attends ici.

Une seule torche éclairait une sorte d'antichambre. S'habituant au silence et à la pénombre, Imhotep discerna des hiéroglyphes d'une extrême finesse, à peine gravés dans la pierre. Ils offraient deux conseils : « vigilance et persévérance ». Quoi qu'il advînt, il se promit de toujours les observer.

Les événements marquants de sa brève existence lui revinrent en mémoire. Il ressentit la morsure de l'Ombre rouge au talon, revit le paradis au cœur du désert, se souvint de la tendresse de sa mère et du courage de son père, revécut les heures exaltantes de l'atelier des foreurs de vases et les étapes de sa récente carrière. Imhotep éprouva l'étrange sentiment d'avoir atteint un grand âge et d'être délivré d'une foule de désirs inutiles.

Un vaste ciel bleu remplaça le plafond de pierre et un grand ibis blanc apparut. Imhotep eut la sensation de voler avec lui et de découvrir d'admirables paysages d'où les humains étaient absents.

Le retour du Chauve brisa le rêve.

— Décris-moi ce que tu as vu.

— Les temps forts de ma vie et le voyage d'un ibis.

— Que redoutent les sages ?

— Le chaos.

— À quoi aspires-tu ?

— À connaître la pensée et la volonté des dieux.

— Pourquoi les sages doivent-ils maîtriser leur corps ?

— Pour faire triompher l'esprit.

— Te crois-tu digne d'accéder aux mystères ?

— À vous de le dire.

Deux ritualistes empoignèrent Imhotep et le conduisirent à un bassin de purification, rempli d'une eau particulière provenant d'un puits animé de l'énergie du *noun*, océan primordial et source de toute création. Au sein de la terre sacrée de la Maison de Vie, respirant l'air lumineux des paroles rituelles, Imhotep vit naître une flamme nouvelle que lui présenta Néféret.

Ensuite, le jeune homme fut invité à prendre place auprès du maître d'un banquet servi dans une vaste salle bien éclairée.

— La confrérie de l'Ibis est heureuse de t'accueillir, Imhotep, déclara le chancelier Hézyrê qui avait quitté son long manteau. En présence de ses membres, et sur le nom de Pharaon, t'engages-tu à préserver son secret ?

— Je m'y engage.

— T'engages-tu également à demeurer fidèle à notre confrérie jusqu'à ton dernier souffle, sachant qu'une trahison te condamnerait au néant ?

— Je m'y engage.

— T'engages-tu enfin à faire vivre la règle de Maât et les paroles des dieux ?

— Je m'y engage.

— Bienvenue, Imhotep. Tous réunis, buvons à ton *ka* !

De la bouillie d'orge, du poisson, du pigeon grillé, des côtes de bœuf, des petits pains au fromage, de la compote de figues et des gâteaux au miel, du vin rouge millésimé… Un banquet de la confrérie de l'Ibis ne s'oubliait pas.

Parmi ses membres, Imhotep ne connaissait que Hézyrê et Néféret. Les autres initiés, hommes et femmes, étaient des ritualistes de la Maison de Vie.

— Autant te prévenir, déclara Hézyrê qui mangeait de bon appétit, l'appartenance à cette confrérie ne te procure aucun privilège. Au contraire, elle t'impose de nouveaux devoirs résumés sous un seul vocable : impeccabilité. Une seule faute grave, et tu seras démis de l'ensemble de tes fonctions. En revanche, tu trouveras ici assistance désintéressée, expérience et conseils. Nous appartenons à la Maison du Roi et consacrons notre existence à la consolider.

L'atmosphère était joyeuse, et les convives partagèrent un heureux moment, copieusement arrosé. Imhotep eut le sentiment de découvrir une famille unie dont les exigences lui convenaient.

Au terme de la soirée, Imhotep voulut en avoir le cœur net.

— La confrérie de l'Ibis n'aurait-elle pas un rôle rituel ? demanda-t-il à Hézyrê.

Le chancelier savoura un dernier gâteau au miel.

— Tu as forcément pressenti la réponse : préparer ses membres à pénétrer dans l'atelier secret. Mais la réussite n'est pas assurée.

37.

Beaucoup de courtisans étaient déçus et amers car, contrairement à leurs prévisions, Djéser continuait à gouverner avec une équipe restreinte et un petit nombre de ministres. Le cercle du pouvoir était donc très étroit, et les ambitieux se morfondaient. Comme la Grande Épouse royale agissait de même, impossible de l'influencer. Et les résultats suivaient : une Égypte prospère et unie, des services de l'État efficaces, une justice qui protégeait le faible du puissant, une solidarité partout à l'œuvre.

Se posait cependant une grande question : en fondant la troisième dynastie, Djéser avait forcément un projet que ses prédécesseurs avaient été incapables de concevoir. Il ne se contenterait pas d'être un bon souverain, de satisfaire les dieux et de nourrir son peuple en le protégeant des agressions extérieures.

Alors, chacun attendait. Et l'on redoutait une décision aventureuse qui ferait s'écrouler le bel édifice.

Quand Ânkhy, chambellan du palais et ritualiste en chef, répondit à une convocation inhabituelle du monarque, il se demanda s'il serait le premier à connaître ses intentions cachées.

Le jovial personnage s'était encore arrondi. Pour affronter ses multiples tâches et mener à bien ses longues journées, il lui fallait de solides nourritures.

— Nous repartons en voyage, annonça Djéser.

Ânkhy ne pouvait apprendre de pire nouvelle. Les horribles mouvements du bateau, le mal au cœur, l'éloignement de la capitale… Il était déjà épuisé.

— Ah… Une destination lointaine ?

— À toi de me l'indiquer, chambellan.

— À moi ? mais…

— N'es-tu pas un spécialiste de la vigne ?

— J'ai cette prétention, en effet.

— Je désire créer un vignoble. Il portera le nom d'« Horus, étoile qui préside au ciel » et fournira les grands crus de mon règne. Quel lieu choisirais-tu ?

— Sans hésitation, un vaste terrain du Delta occidental, à proximité d'un village où l'on est vigneron de père en fils.

— Nous partirons demain matin, prépare les bateaux.

*

* *

Baten, le ministre des Finances, interpella Ânkhy, occupé à vérifier la cabine du roi.

— Tes assistants m'ont demandé de préparer des sachets de minéraux précieux, mais ont omis de me préciser leur destination. Je n'ai guère apprécié cette méthode.

— Nous agissons dans l'urgence !

— Puis-je connaître la raison de ce départ précipité ?

— La bonne saison pour la plantation de la vigne.

Baten parut surpris.

— Je n'aime pas qu'on se moque de moi, Ânkhy.

— C'est extrêmement sérieux ! Sa Majesté a dévoilé son grand projet : la création d'un vignoble d'exception, digne de son règne. Tes sachets serviront à payer les meilleurs spécialistes.

— Ce projet est-il… officiel ?

— Le décret sera proclamé dès aujourd'hui. N'est-ce pas une fabuleuse nouvelle ? Pardonne-moi, j'ai encore mille détails à régler.

La diffusion du texte étonna la cour. C'était donc cela, l'idée majeure du roi ! Elle promettait, certes, d'agréables banquets et lui vaudrait une certaine renommée, mais l'on aurait espéré ou redouté davantage.

L'Ombre rouge elle-même était déstabilisée. Ce géant autoritaire, un souverain de pacotille, uniquement soucieux de bons vins et de bonne chère ? Après ses coups d'éclat, il se contenterait peut-être d'un règne ordinaire, parsemé de rites et de fêtes, et ne s'apercevrait pas des dangers qui le menaçaient. L'hypothèse paraissait trop optimiste. Depuis le début de sa carrière, l'Ombre rouge avait appris méfiance et scepticisme. Jamais elle ne baisserait la garde.

*

* *

Le paysage était magnifique. Figuiers, oliviers et grenadiers formaient l'écrin protecteur d'un vignoble aux ceps maintenus par des poteaux fourchus. Des murets de pierre encadraient la partie la plus ancienne où les vendangeurs, en cette douce journée d'automne, cueillaient les grappes une à une. Avec précaution, ils les déposaient dans des paniers transportés jusqu'à la cuve de foulage, peu profonde. Huit joyeux gaillards, chantant à tue-tête, piétinaient les raisins qu'un ritualiste avait d'abord offerts au cobra bénéfique, la déesse Renenoutet, dont l'autel était abondamment garni. Des techniciens pressaient des sacs contenant le marc, des cuvettes recueillaient le moût qu'un babouin domestique appréciait à sa juste valeur. Et l'on préparait les filtres et les jarres, pourvues de bouchons d'argile cuite, de paille et de feuilles de roseau.

À la vue de ce spectacle, Ânkhy éprouvait une émotion intense. Transformer en vin ces superbes grappes nées de l'ardeur du soleil, de la fécondation des vents, d'une irrigation régulière et de la qualité de la terre était un art véritable.

Ânkhy fit visiter au roi la principale réserve de jarres millésimées. Disposées debout sur des supports, elles étaient munies d'une étiquette indiquant l'année de règne du pharaon, le nom du producteur, la localisation du terroir et la qualité du vin, selon trois catégories : « très bon », « bon », « mélangé »[1]. Le vin de consommation courante ne recevait pas d'appellation.

Assisté des deux maîtres vignerons, le chambellan montra ensuite au monarque le terrain parfaitement exposé qui deviendrait son futur vignoble. Le roi l'arpenta, planta lui-même les bornes et se recueillit face au soleil couchant.

— Ce vin-là ne ressemblera à aucun autre, Ânkhy. Pourquoi crois-tu que j'y attache une telle importance, ritualiste en chef ?

---

1. *Nefer-nefer, nefer, irep-sema.*

Le jovial personnage tressaillit. Ainsi, ce n'était pas seulement la passion des grands crus qui motivait la démarche de Djéser ! Et puisqu'il s'adressait au responsable des rituels, la direction était indiquée.

— Ce vin servira aux offrandes et sera réservé aux temples, Majesté. Le vignoble deviendra territoire consacré, sous la protection des dieux, et le responsable des vendanges sera un ritualiste connaissant les paroles de puissance.

— Osiris est à la fois le pain et le vin, rappela Djéser. En consommant le pain, nous mangeons le corps d'Osiris, symbole de l'Égypte rassemblée ; nous buvons le sang d'Osiris, transformé en vin au pressoir[1]. Mort, Osiris renaît. Et c'est à lui qu'est offert ce vignoble afin qu'il guide ma pensée. Horus, au sommet du ciel, protégera sa croissance et lui donnera la force victorieuse.

« Le roi n'a pas encore dévoilé son grand projet, pensa Ânkhy. Il le construit jour après jour et doit parcourir des sentiers inconnus. »

Mais ne déboucheraient-ils pas sur le vide ?

1. Le christianisme reprendra la même symbolique.

38.

Le Surveillant du pays entier était contraint d'assister au banquet officiel de la Maison de la Reine qui célébrait la naissance d'un nouvel orchestre féminin où brillaient une flûtiste, une harpiste et une clarinettiste, formées par la princesse Redjit, elle-même excellente musicienne.

On était loin de la gaieté présidant aux agapes de la confrérie de l'Ibis ! Ici, tout était guindé et formel. Les élégantes s'observaient d'un œil parfois mauvais, chacune redoutant de porter une robe moins parfaite que ses rivales. Inaccessible et sereine, la Grande Épouse royale présidait ces festivités, véritable triomphe de Redjit dont chacun, misogynes compris, reconnaissait les compétences. La Maison de la Reine était devenue une grande école formant des femmes à des postes de responsabilité et promouvant les arts ; elle s'affirmait aussi comme un centre de production de denrées et d'objets indispensables, notamment tissus et onguents.

— Vous empiétez un peu sur mes plates-bandes, observa Baten, le ministre des Finances, en saluant une Redjit rayonnante.

Sa perruque de cérémonie était ceinte d'un bandeau comportant des motifs délicatement incrustés, rosettes de turquoise, marguerites et silhouettes d'oiseaux. Charmeuse à souhait, la jolie brune parut amusée.

— Je n'ai de comptes à rendre qu'à la reine, rappela-t-elle.

— Certes, chère amie, mais coordonner nos efforts me paraît indispensable. Je tiens beaucoup à connaître vos stocks en détail, de manière à pouvoir garantir l'avenir.

— Louable souci, Baten. Sans doute savez-vous que Sa Majesté m'a demandé de former de nouvelles tisserandes et de fabriquer une grande quantité de pagnes, de tuniques et de manteaux d'hiver. Elle exige également des centaines de nattes et de sandales robustes qui seront entreposées dans nos réserves.

— Merci de ces renseignements, princesse. Des papyrus comptables seraient les bienvenus.

— Si la reine m'y autorise, je vous les communiquerai.

— À quoi sont destinés ces biens ? demanda Baten.

— Je l'ignore. Au grand projet du pharaon, peut-être !

— Certainement ! À mon avis, il prépare l'équipement d'une armée. Au retour de son expédition en territoire libyen, le roi a compris qu'il fallait éradiquer définitivement le danger.

— Ce serait une excellente initiative, jugea la princesse. Jamais nous ne pactiserons avec cette racaille.

— Je me félicite de notre bonne entente, chère amie. La prospérité du pays repose en grande partie sur nos épaules, et le couple royal ne nous pardonnera aucune erreur.

— Rassurez-vous, Baten, j'en suis consciente.

Ayant observé la scène, le ministre de l'Agriculture Akhétâ avait vu deux fauves face à face, retenant leurs crocs et leurs griffes. Baten n'appréciait guère l'ascension d'une femme, et l'ambition de Redjit n'avait pas de limites. Akhétâ lui-même s'en méfiait, craignant qu'elle ne s'attaquât, de façon insidieuse, à son domaine réservé.

Le chambellan Ânkhy respirait mieux. La soirée était un franc succès, nul incident ne l'avait troublée. Demeuré silencieux, enveloppé dans son long manteau, le chancelier Hézyrê quittait déjà les lieux.

Triomphante, la princesse s'approcha d'Imhotep qui s'était dissimulé derrière un massif d'hibiscus, à proximité d'un plan d'eau recouvert de lotus.

— Me fuiriez-vous, Surveillant du pays entier ?

— Je réfléchissais, princesse.

— Puis-je connaître l'objet de ces pensées ?

— L'organisation de ma journée de travail.

— Ce soir, nous faisons la fête ! Venez admirer ma dernière acquisition.

— Désolé, je dois partir.

— Je considérerai cette dérobade comme une double injure, à ma personne et à ma fonction.

Au regard de Redjit, Imhotep sut qu'il ne s'agissait pas d'une menace en l'air. Puisqu'il faudrait tôt ou tard l'affronter, autant vider l'abcès.

Jouissant de l'admiration et du respect des invités, à présent dispersés dans les jardins, elle mena le jeune homme à un kiosque qu'éclairaient savamment de petits flambeaux. Au centre, une table et deux fauteuils à bas dossier et une table. Elle avait la forme d'un grand reptile enroulé sur lui-même, la tête au centre, les parties de son corps divisées en compartiments.

— Le jeu du serpent[1], précisa Redjit. Celui-ci est un petit chef-d'œuvre provenant de l'atelier des sculpteurs de la Maison de la Reine. Assieds-toi, Imhotep, et faisons une partie.

D'un coffret en ébène, la princesse sortit six pions figurant un lion et six autres une lionne en ivoire. Utilisant un cornet, les adversaires projetaient des boules sur le corps du serpent, formé de cases alternativement en creux et en relief, assurant ainsi la progression de leurs pions vers la tête du monstre apparemment endormi. Pourtant, le reptile pouvait surprendre la vigilance des félins s'ils tombaient dans de mauvaises cases, comme celle de la noyade. Évitant la langue de jaspe rouge et les yeux d'obsidienne du chasseur à l'affût, le vainqueur de la partie sortait de ce labyrinthe pour réanimer une minuscule représentation de l'oie solaire dont le cri de joie saluait la renaissance de la lumière[2].

— Me laisses-tu l'avantage, Imhotep ?

— Est-ce prudent ?

— Te voilà bien méfiant ! Bon, j'avance.

Un joli coup permit à Redjit d'effectuer une progression remarquable. Imhotep eut moins de chance, et les coups suivants confirmèrent l'avantage de la princesse.

— Ton esprit est ailleurs, dirait-on. Si tu ne t'intéresses pas au jeu, ta défaite sera cuisante. La Maison de Vie aurait-elle omis de t'enseigner la magie ?

1. Le *mehen*, protecteur de la barque solaire.

2. C'est pourquoi l'on considère que ce très ancien jeu égyptien est l'ancêtre de notre jeu de l'oie.

— Sans elle, la médecine n'aboutirait à rien.

— Tes hautes fonctions administratives ne te laisseront pas le loisir de t'occuper d'une foule de malades. Continues-tu à magnétiser la reine mère ?

— Elle se porte à merveille, et les prescriptions du médecin-chef Hézyrê la maintiennent en bonne santé.

L'un des lions du jeune homme se noya. La chasse de la princesse, elle, ne se démentait pas.

— À en croire la rumeur, tu ne serais toujours pas fiancé.

— Exact.

— Ton cœur est-il à prendre ?

— Mon travail me suffit, princesse.

— Tu persistes à te moquer de moi ! Il y a forcément une femme, et je veux connaître son nom.

— Cette curiosité me surprend.

— Sûrement pas ! Au fond de toi-même, tu sais que nous sommes promis l'un à l'autre. La confirmation de ton poste te rend digne de moi, et les manœuvres de diversion sont inutiles. J'écarterai mes rivales, et tu te rendras à la raison. Nous formerons un beau couple et contribuerons à la grandeur du règne de Djéser.

Le destin tourna, Imhotep reconquit une partie du terrain perdu. La langue de jaspe rouge du serpent le menaçait, l'oie solaire semblait inaccessible.

— Ne vous acharnez plus, princesse. Gardez votre liberté, je garde la mienne.

— On ne me résiste pas longtemps, Imhotep. Accepte l'inéluctable, et ta carrière sera facilitée.

La princesse perdit une lionne. Les deux adversaires étaient presque à égalité.

— Pourquoi avoir agressé Futé ?

Redjit fronça les sourcils.

— De qui s'agit-il ?

— De mon meilleur ami, et vous ne l'ignoriez pas.

— Ah oui, le fabricant de vases ! Ne t'a-t-il pas remplacé à la tête de l'atelier ?

— À cause du faux témoignage d'un livreur de pain à votre solde, Futé a été jeté en prison.

— À ma solde ? Tu divagues, Imhotep !

Nerveuse, la princesse joua un mauvais coup et se retrouva en difficulté. L'un des lions du jeune homme progressa nettement.

— Vous aviez donné votre caution morale à ce triste personnage et abusé un juge.

Les yeux de la jolie brune brillèrent de colère.

— Tu vas trop loin !

— Cette attaque indirecte et méprisable a échoué. La prochaine fois, laissez mes proches en paix et prenez-vous-en à moi directement.

La détermination sereine d'Imhotep étonna la princesse. Elle rata sa dernière chance de l'emporter et vit son adversaire atteindre le premier l'oiseau solaire.

Vexée, elle se leva.

— Simple défaite au jeu, estima-t-elle. Peut-être suivrai-je ton conseil, Imhotep.

39.

À la surprise des ministres chargés du gouvernement des Deux Terres, ce ne fut pas le pharaon Djéser qui présida le grand conseil, mais la Grande Épouse royale. Le chancelier Hézyrê se fit l'interprète de ses collègues.

— Le roi serait-il souffrant ?

— Il a quitté la capitale afin d'effectuer un voyage qu'il considère comme décisif.

— Son absence sera-t-elle longue ?

— Peut-être Djéser ne reviendra-t-il jamais.

— Permettez-nous de nous inquiéter ! s'exclama Akhétâ, le ministre de l'Agriculture. Sa Majesté n'aurait-elle pas dû…

— … vous consulter ? Je ne le pense pas. Pharaon prend seul les décisions primordiales.

— N'y êtes-vous pas associée ? interrogea la princesse Redjit.

— En effet, et j'ai approuvé sa démarche. Pendant que Djéser vit une épreuve redoutable, je manie le gouvernail de l'État. C'est pourquoi j'attends vos rapports concernant vos domaines respectifs.

Hézyrê fut le premier à s'exprimer. Il proposa une réforme des institutions judiciaires et des sanctions très sévères frappant les juges reconnus coupables d'incompétence. À l'invitation de la reine, les autres ministres prirent la parole à tour de rôle.

Prouvant sa parfaite connaissance des dossiers, Paisible fit un certain nombre de remarques judicieuses que consigna un scribe chargé de les remettre aux intéressés. La reine « trancha les paroles » en émettant un nouveau décret reprenant les modifications législatives et prenant immédiatement effet.

À la sortie du conseil, le ministre des Finances Baten et le chambellan Ânkhy longèrent les jardins du palais.

— Ignorais-tu ce déplacement ? s'étonna Baten.

— Je suis le premier surpris !

— Le roi est-il parti en bateau ?

— Je ne tarderai pas à le savoir.

— Hézyrê, lui, était forcément au courant.

— Chercherait-il à nous écarter ?

— En ce cas, il aurait conclu une alliance avec la reine, et Djéser ne serait plus de ce monde.

— Impossible de dissimuler la mort d'un pharaon ! estima Ânkhy. De profonds bouleversements se prépareraient-ils à notre insu ?

— Qu'y pouvons-nous ?

— Je n'ai pas l'impression qu'Akhétâ soit conscient du danger, et je vais l'alerter.

*

* *

L'Ombre rouge cherchait à comprendre.

Quel jeu jouait ce pharaon imprévisible ? Cette absence était-elle liée à la préparation de son grand projet dont il ne souhaitait informer personne ? Un complot était à exclure, une révolution de palais improbable. L'Ombre rouge était trop bien placée pour ne pas prévoir ce genre d'événement.

Seules certitudes : Djéser avait quitté Memphis et appliquait un plan précis. S'il décidait un changement brutal de gouvernement en offrant une promotion à des chefs de province, l'avenir se compliquerait et l'Ombre rouge se trouverait affaiblie. Nul indice sérieux, cependant, en faveur de cette théorie. Si les principaux serviteurs de l'État ne lui avaient pas donné satisfaction, le monarque n'aurait pas manqué de les rappeler à l'ordre.

La vérité était ailleurs. En dépit de sa puissance apparente, Djéser doutait. Créer une dynastie impliquait d'exceptionnelles capacités spirituelles et une mise en œuvre de la pensée divine dépassant celle de ses prédécesseurs. Le roi avait-il pressenti son échec, s'estimait-il inapte à tenir ses engagements ?

Les nouvelles en provenance de Libye étaient plutôt bonnes. Tanou avait acheté plusieurs chefs de tribu et continuait à gagner du terrain. Les palabres dureraient encore longtemps avant qu'il ne prenne la tête d'une armée dévouée à sa cause, mais le pillard tenait ses engagements et devenait un pion important dans le jeu de l'Ombre rouge.

En cas de déchéance de Djéser, faudrait-il agir brutalement ou laisser pourrir la situation ?

*

* *

Oublier ses ancêtres était la pire erreur qu'un pharaon pouvait commettre. Ainsi Djéser, en quête du grand projet qui marquerait sa dynastie et refonderait l'Égypte, avait-il décidé de se rendre à Abydos et d'y séjourner en compagnie des âmes de ses prédécesseurs.

Ménès, l'unificateur des Deux Terres, celui qui avait lié solidement le Nord et le Sud, demeurait son modèle. Les demeures d'éternité d'Abydos magnifiaient la victoire de la vie en esprit sur la mort et affirmaient le caractère vital de la monarchie pharaonique, l'institution primordiale au service des dieux, seule capable de régir les hommes en maintenant l'harmonie.

La nécropole des monarques des première et deuxième dynasties était implantée au sein d'un désert particulièrement austère. À Saqqara, près de Memphis, reposaient leurs momies ; là survivaient leurs *kas*, puissances créatrices unissant le ciel à la terre, et nourriture indispensable du souverain régnant. Eux seuls, en vérité, détenaient la réponse qu'espérait Djéser.

Il leur fit offrande, prononça les formules de transformation en lumière et célébra un banquet en leur honneur, à la lueur des étoiles où ils séjournaient à jamais. Puis, au cœur de la nuit, il descendit l'escalier menant au tombeau d'Osiris.

En profanant l'une des sépultures d'Abydos, l'avaleuse d'âmes n'avait pas frappé au hasard. Elle cherchait à rompre le lien entre le nouveau roi et ses ancêtres, à briser l'élan du règne et recouvrir de ténèbres le double pays. Et ce danger-là n'était pas conjuré.

En montant sur le trône des vivants, Djéser n'imaginait pas à quel point il serait seul. Des centaines d'individus exerçaient un pouvoir, le pharaon incarnait la puissance mariant l'invisible au visible. Il devait être absorbé par la fonction, ne plus connaître ni bonheur ni malheur, et tracer un nouveau chemin au cœur de l'inconnu, un chemin qu'emprunterait son peuple pour atteindre la prospérité, et les « justes de voix » le Bel Occident.

Osiris détenait les secrets des routes de l'au-delà, lui qui avait régné en ce monde et dans l'autre. Lui seul fournirait un socle pour édifier un nouveau royaume digne des ancêtres.

Avec une violence anormale, le vent de sable se leva. Bientôt, il recouvrirait le site entier. Cette colère du dieu Seth encouragea Djéser à progresser. Le maître de la foudre et de l'orage ne lui prouvait-il pas qu'il avait choisi la bonne voie ?

Au bas de l'escalier, une lourde porte en cèdre massif, marquée au sceau de la nécropole.

Le roi le brisa, le tonnerre se déchaîna.

— Je ne suis pas un profanateur. Accueille-moi au pays du silence et permets-moi d'entendre ta voix.

Des formes étranges traversaient les nuages de sable, des souffles brûlants agressaient les tombeaux. Djéser poussa la porte, un air glacial enveloppa son visage.

Un autre escalier, des marches en calcaire d'où provenait une faible clarté dissipant l'obscurité du caveau.

Le roi hésita. Franchir cette frontière ne le condamnerait-il pas à errer parmi les ombres en abandonnant son peuple à l'anarchie ? La parole donnée prévalait, nul danger ne l'empêcherait de la tenir. Aussi pénétra-t-il à l'intérieur du domaine d'Osiris, le dieu démembré qu'Isis avait reconstitué. Le cœur las s'était remis à battre, et le faucon Horus était né de l'union du premier couple royal qui avait transformé la terre d'Égypte en royaume de Maât.

Soudain, le soleil se leva. Ses rayons furent si intenses qu'ils aveuglèrent le monarque, contraint de fermer les yeux.

Au plus profond de lui-même, il crut distinguer une forme inconnue, naissant du désert. Un chemin dallé y menait, une muraille ne cessant de grandir l'occulta. Un grand ibis survola ce paysage inondé de lumière, et le soleil se coucha.

La tombe d'Osiris était de nouveau ténébreuse, Djéser rouvrit les yeux. Des râles de bêtes féroces prêtes à bondir l'incitèrent à quitter les lieux. À peine franchie, la lourde porte se referma. Le roi remit le sceau en place et affronta la tempête de sable dont la fureur déclinait.

Discernant le sentier à suivre, le monarque sortit de la nécropole. Que signifiait sa vision ? Elle avait été trop brève et trop floue, mais lui offrait au moins une certitude : Osiris approuvait son projet, il façonnait son règne à partir de sa demeure d'éternité. Le roi devrait se montrer patient et mener les bonnes recherches afin de préciser le contour des monuments surgis dans la nuit divine.

40.

Le chien Geb se réveilla en sursaut, bondit hors de sa couche, dévala l'escalier du palais et s'élança en direction du débarcadère, croisant la princesse Redjit qui venait faire son rapport hebdomadaire à la reine Paisible. À son tour, la jolie brune se hâta. Les gardes libérèrent le passage, et le secrétaire particulier de la Grande Épouse royale ouvrit la porte de ses appartements.

La reine revenait du temple de la déesse Hathor où elle avait accompli le rite d'éveil de la puissance divine. Son parfum, à base de jasmin et de lotus, était enchanteur.

— Majesté, déclara Redjit, je vous apporte d'excellentes nouvelles. Le fonctionnement de votre Maison s'est beaucoup amélioré. Mais la meilleure information, si j'en crois le comportement de Geb, est le retour du pharaon. Vu la vitesse de ce fidèle serviteur, il est parti accueillir son maître !

La princesse ne se trompait pas. Le bateau de Djéser accostait le débarcadère principal de Memphis, et Geb fut le premier à gravir la passerelle pour sauter dans les bras du roi. La nouvelle de son arrivée se répandit dans la ville, et les membres du gouvernement ne tardèrent pas à se rendre au palais.

Djéser avait changé. Son visage était encore plus sévère, et de sa personne se dégageait une impression de puissance accrue qui impressionna l'Ombre rouge. À l'évidence, le monarque avait été au contact de forces mystérieuses et en retirait un avantage.

La salle d'audience fut remplie en quelques instants, pas un courtisan ne manquait. Chacun attendait des révélations de la bouche même du souverain.

— Je reviens d'Abydos et j'ai rendu hommage aux ancêtres. Malgré la fureur de Seth, Osiris m'a ouvert le chemin, et les portes de la mort ne se sont pas refermées. Cette dynastie verra naître une grande œuvre. La réussite implique une Égypte riche et harmonieuse, donc le travail acharné de tous les responsables. Demain matin, après le rituel de l'aube, réunion du grand conseil.

Ainsi, les projets de Djéser prenaient forme, et son autorité s'en trouvait renforcée. À l'image des autres auditeurs de ce bref discours, l'Ombre rouge adopta une mine réjouie, consciente de la difficulté du combat à mener. Jamais ce pharaon ne renoncerait, il avait la capacité de fonder un nouveau royaume dont la grandeur traverserait les âges. Comment découvrir son grand projet et en saper les fondations sans être démasquée ? Devant d'abord assurer sa propre sécurité, l'Ombre rouge occupait une position si avantageuse qu'elle procurait des armes efficaces, mais seraient-elles suffisantes ?

La stature de cet adversaire l'excitait. Les victoires faciles n'étaient-elles pas ennuyeuses ? Et le Mal ne permettrait pas la réalisation du rêve de Djéser.

*

* *

Tanou frappa son âne à coups de fouet. Du sang coula d'une oreille, et l'animal s'effondra, mourant.

— Sale bête ! s'exclama le Libyen. Me faire ça, à moi, en plein désert !

— Pas d'inquiétude, patron, le rassura Baveux, son adjoint. Je prends son chargement et je l'entasse sur le dos d'un autre bourricot.

Pourtant habituée à la chaleur, la colonne de mercenaires libyens aux ordres de Tanou progressait avec peine. Le soleil brûlait, l'air manquait et les puces des sables mordaient les chairs. Insensible, Tanou n'accordait à sa petite armée que de rares haltes. Il avait hâte d'atteindre son but, le campement d'un vieux chef libyen très respecté des pillards. L'entêté refusait de se soumettre et combattait l'idée d'une fédération de tribus.

En dépit de récents et importants succès, Tanou se heurtait à l'obstination de ce tueur d'une cruauté presque comparable à la sienne. Surnommé l'Éventreur, il aimait étriper ses victimes, hommes, femmes et enfants, et se soûler en regardant leurs cadavres. Seule sa proche famille trouvait grâce à ses yeux, à l'exception d'un petit-fils incapable de torturer et réduit à l'état d'esclave.

L'Éventreur avait accepté de rencontrer Tanou en terrain neutre, près d'un puits considéré comme le bien commun des tribus. Il souhaitait connaître les propositions de son cadet et, surtout, lui conseiller de mettre un frein à ses ambitions. Les Libyens n'avaient pas besoin d'un chef suprême.

— Un malade, patron, prévint Baveux.

— Grave ?

— Ça m'en a l'air. Il ne peut plus avancer.

— Égorge-le et récupère ses vêtements.

L'écume aux lèvres, Baveux s'empressa d'exécuter l'ordre. Il appréciait l'esprit de décision de Tanou et le sang chaud d'une victime imprégnant sa lame, tranchante à souhait. Les supplications et le dernier cri déclenchèrent un fou rire inextinguible.

L'exécution de leur camarade servit d'avertissement aux mercenaires. Les faibles n'avaient pas leur place dans cette milice, et la franche gaieté de Baveux remonta le moral de la troupe, désireuse de toucher une solde exceptionnelle.

— On approche, constata Tanou en apercevant un énorme rocher ressemblant à un hippopotame couché. Le puits est situé juste derrière.

La nouvelle réjouit les marcheurs, à bout de forces.

— On s'arrête ici.

— Un problème ? s'inquiéta Baveux.

— L'Éventreur est le pire des tordus, il a peut-être organisé un guet-apens. Envoie un éclaireur.

Baveux désigna un petit nerveux, Tanou lui promit une prime.

Et l'attente débuta.

— Si ce vieux sadique m'a pris pour un imbécile, murmura le futur maître de la Libye, il le paiera cher.

Rêvant d'un beau carnage, Baveux s'assoupit. Impatient, Tanou guetta le retour de l'éclaireur. Enfin, le petit nerveux réapparut.

— Pas de piège, chef. L'Éventreur campe au pied du puits, son escorte compte une cinquantaine de guerriers.

Tanou ne disposait que d'une trentaine de miliciens, mais teigneux et bien entraînés.

— Allons-y.

La troupe contourna le rocher et emprunta un sentier en pente douce menant au puits. Conformément à ses habitudes, l'Éventreur logeait sous une vaste tente, son unique habitat. Même lorsqu'il séjournait dans une agglomération, il la faisait dresser et refusait de franchir le seuil d'une maison. Une dizaine de costauds surveillaient l'accès au refuge de leur chef.

— Salut, les gars ! clama Baveux. Vous nous offrez un coup à boire ?

Le bras droit de Tanou savait détendre l'atmosphère. Un édenté alla chercher une jarre d'alcool de dattes, et l'on commença à parler pillage et femelles pendant que Tanou se présentait à l'entrée de la tente de l'Éventreur.

— Je ne porte pas d'arme, dit-il aux gardes.

— On doit te fouiller.

— Si ça vous chante…

Tanou leva les bras. Sa main droite serrait les cordons d'un sac contenant de l'or.

— Ça, les amis, vous n'y touchez pas, c'est pour votre chef.

— Laissez-le entrer, ordonna la voix grasseyante de l'Éventreur, un sexagénaire trapu aux membres épais et aux petits yeux cachés par des sourcils fournis.

Assis sur un tapis de laine, il buvait du lait de chèvre et mangeait des figues. Tanou prit place face à son hôte.

— Sers-toi, recommanda ce dernier, la chaleur rend la traversée du désert difficile. Tu avais vraiment envie de me voir !

— Tu n'imagines pas à quel point. Et je ne suis pas venu les mains vides.

— Pas de faux espoirs, Tanou. Tes projets sont insensés, ils ne se réaliseront pas.

— Réfléchis, l'Éventreur. Nos tribus rassemblées formeraient une force redoutable.

— Peut-être, mais à quoi bon ?

— Envahir l'Égypte et nous emparer de ses richesses.

Le vieux Libyen faillit s'étrangler.

— Serais-tu devenu fou ? L'armée du pharaon nous écraserait !

— Pas en cas d'attaque surprise. Et je dispose de complicités efficaces.

L'Éventreur mâcha longuement un morceau de galette.

— Ça ne m'intéresse pas. On reste comme on est, et tu n'auras pas l'appui de ma tribu. Sans elle, échec assuré.

— Exact, reconnut Tanou. Tes hommes sont de bons combattants, et j'ai besoin d'eux.

— Oublie-les et contente-toi de ton territoire.

Tanou délia les cordons de son sac.

— Je connais le prix de ton aide, l'Éventreur, et je paierai cette alliance à sa juste valeur.

Les paillettes d'or scintillèrent. Le vieux Libyen cessa de mâchonner.

— Où as-tu trouvé ça ?

— J'ai de puissants amis.

— Tu m'offres… la totalité du sac ?

— Un premier versement, il y en aura d'autres. Grâce à moi, tu seras riche. Très riche.

Les yeux de l'Éventreur brillaient d'excitation.

— Et ce sera toi, notre chef unique ?

— C'est la volonté de mon commanditaire. Quand l'Égypte nous appartiendra, je ne t'oublierai pas. Prépare-toi à la belle vie, mon ami !

L'Éventreur but une rasade de lait de chèvre et s'essuya les lèvres d'un revers de manche.

— Ça ne m'intéresse pas, mes richesses me suffisent. À mon âge, je n'ai plus envie d'aventures.

— Réfléchis, la fortune est à ta portée !

— La fortune… ou la mort ! Il y aura des combats, du danger et des cadavres.

— C'est le lot des soldats, pas des chefs. Tu ne courras aucun risque.

— Des boniments ! N'insiste pas, ma décision est prise.

Tanou se releva, l'Éventreur se remit à mastiquer.

— Ne laisse pas passer une telle chance, mon ami.

— Rentre chez toi et profite de l'existence.

Tanou plongea la main dans le sac et répandit les paillettes d'or.

— Renonces-tu à ce trésor ?

— Cesse de m'importuner et va-t'en !

Du fond du sac, Tanou sortit un poignard à lame courte. Ébahi, l'Éventreur vit fondre sur lui un fauve qui lui ouvrit la gorge d'un geste ample et précis.

— Tu… tu as osé…

— Les idiots ne méritent pas de vivre.

L'Éventreur eut la force de brandir son propre poignard avec lequel il avait fouillé tant de ventres. Son sang giclait, la force lui manqua. Les yeux vitreux, il s'effondra.

Tanou sortit de la tente en exhibant la tête du vieux chef de clan. Tétanisés, ses soldats hésitèrent à châtier l'assassin. Baveux et les mercenaires étaient prêts à supprimer les revanchards.

— Je suis votre nouveau maître. Obéissez-moi, vous ne le regretterez pas.

Les membres de la horde de l'Éventreur se regardèrent. Pas un seul ne souhaitait mourir pour honorer la mémoire d'une bête féroce. Ils déposèrent leurs armes et baissèrent la tête.

Tanou franchissait une étape décisive. La conquête de cette tribu ne lui coûtait rien, et l'Ombre rouge serait satisfaite.

41.

La semaine avait été épuisante, les solliciteurs mettant à rude épreuve les nerfs du Surveillant du pays entier. Imhotep les écoutait tous et tentait de distinguer le bon grain de l'ivraie. Sa formation d'artisan l'aidait à repérer les vantards et les menteurs et, comme il s'attachait à la qualité des produits fournis par les ateliers davantage qu'aux ragots, les carriéristes n'osaient guère l'importuner.

Chaque journée, cependant, apportait son lot de difficultés qu'il lui appartenait de résoudre. La circulation et la livraison des matériaux ne lui donnant pas satisfaction, il préparait un rapport détaillé à l'intention des ministres des Finances et de l'Agriculture.

La capitale bruissait de rumeurs concernant les projets du pharaon. On parlait d'une guerre préventive contre les Libyens, de conquêtes territoriales, d'une gigantesque expédition dans le Grand Sud, d'une profonde réforme de l'État… Contrairement à la plupart des dignitaires, Imhotep ne se souciait pas pour son poste. S'il était supprimé, il deviendrait médecin à plein temps et recommencerait à fabriquer des vases de pierre dure en compagnie de Futé. Jusqu'à présent, il se contentait, le soir, de soigner gratuitement quelques patients modestes et obtenait de bons résultats.

Le Surveillant du pays entier roula les papyrus qu'il venait d'utiliser, les déposa sur des étagères et s'assura que les bureaux où travaillaient ses subordonnés étaient vides. Toujours le dernier à quitter le bâtiment administratif, il avait décidé d'emmener Vent du Nord en promenade, hors de la ville.

L'âne choisit lui-même l'itinéraire, baigné des rayons du soleil couchant. Les deux amis atteignirent la lisière des cultures, et Vent du Nord se régala d'un parterre de chardons en fleur. Imhotep s'assit, face au désert.

— Je n'ai pas encore réussi à lui parler, confia-t-il à son compagnon aux grandes oreilles. Néféret ne m'aime pas, je le sais ; pourtant je ne parviens pas à l'oublier et les autres femmes paraissent tellement fades à côté d'elle !

Le bon regard de l'âne témoigna de sa compréhension.

— Je m'obstine en vain. Épouser n'importe qui... serait la solution.

L'oreille gauche de Vent du Nord se dressa.

— Me donnerais-tu... ton avis ? s'étonna le jeune homme.

Cette fois, ce fut le tour de l'oreille droite.

— Je m'appelle bien... Imhotep ?

Elle demeura dressée.

— Et toi, Vent du Sud ?

Furibonde, l'oreille gauche se raidit.

— Puisqu'il en est ainsi, je ne manquerai pas de te consulter. Toi, tu as le temps d'observer les humains et tu ne te laisses pas prendre à leurs pièges. Réponds-moi franchement, Vent du Nord : dois-je oublier Néféret ?

L'oreille gauche répondit un « non » catégorique.

*
* *

— La voix du cœur est tonique, Majesté, l'énergie circule et les canaux se dilatent de manière convenable, conclut le médecin-chef Hézyrê après un examen approfondi.

Les membres de la famille royale restaient les seuls patients du chancelier dont les rides ne cessaient de se creuser. Par bonheur, les travaux de sa demeure d'éternité avançaient, elle serait bientôt prête à l'accueillir. La reine mère, elle, rajeunissait.

— Tu sembles d'une humeur particulièrement exécrable, estima Nimaât qui se réjouissait de retrouver appétit et vigueur.

— À mon âge, on ne s'embarrasse pas de faux-fuyants : la stratégie du roi me paraît erronée.

— Grave accusation, chancelier. Tes arguments ?

— Le flou n'est jamais bénéfique. En m'interrogeant à propos du grand projet de votre fils, je me demande s'il existe. Et je ne suis pas le seul sceptique.

— Toi, Hézyrê, impatient ?

— Pas moi, Majesté ; notre pays et son peuple. Ils ont besoin d'être gouvernés et de connaître le but du règne. Fonder une dynastie exige une vision si puissante qu'elle envahit tous les cœurs. L'autorité de Djéser ne saurait être contestée, mais où nous conduit-il ?

— Et s'il l'ignorait lui-même ?

— Ce serait la pire des catastrophes.

— Rassure-toi, le chemin se dévoile peu à peu. J'ai une totale confiance en mon fils, et je sais que le voyage d'Abydos a été déterminant.

— Puissent les dieux lui être favorables, Majesté. Et n'oubliez pas de prendre vos remèdes à heure fixe.

La nuque raide, Hézyrê se retira.

Nimaât se rendit à la Maison de la Reine. Invitée d'honneur d'une remise de récompenses aux meilleures tisserandes, elle fut chaleureusement accueillie par la Grande Épouse royale et la princesse Redjit. Cette dernière fit l'éloge de la mère du roi et lui montra les nouvelles salles consacrées à l'éducation des jeunes filles.

À l'issue de cette visite, Nimaât ne dédaigna pas le vin blanc fruité et les exquises pâtisseries servis autour du bassin aux lotus, une des merveilles agrémentant le vaste jardin de la Maison de la Reine. Akhétâ, le ministre de l'Agriculture, et Baten, celui des Finances, honoraient les festivités de leur présence, et ne manquèrent pas de saluer l'illustre invitée avec laquelle ils échangèrent quelques propos concernant leurs départements respectifs. Aux questions pertinentes de Nimaât, ils s'aperçurent qu'elle continuait à s'intéresser de près à la bonne marche de l'État.

Paisible s'approcha du trio.

— Pourrais-je vous voir en privé, Majesté ?

Les deux femmes s'éloignèrent et s'assirent à l'abri d'un kiosque qu'ornaient des roses trémières.

— Des soucis ? s'inquiéta la reine mère.

— J'ai besoin de vos conseils. Akhétâ et Baten souhaitent obtenir le détail des richesses de la Maison de la Reine afin d'avoir une vue complète et précise de notre puissance économique. À votre avis, dois-je leur donner satisfaction ?

— Qu'en pense le roi ?

— Je désirais vous consulter avant de lui en parler, car vous connaissez parfaitement cette institution.

— Lorsque je la dirigeais, j'aurais refusé, eu égard à sa tradition d'indépendance. Mais les temps ont changé, Djéser compte sur un État unifié et cohérent qui lui donnera les moyens de réaliser son grand projet. Quel qu'il soit, il exigera une force de travail considérable et une administration efficace. Vous avez déjà accompli de remarquables progrès, Paisible, et vous ne vous arrêterez pas en si bon chemin. Acceptez une collaboration avec ces deux ministres, à condition de garder la main en permanence. En cas de conflit, le roi tranchera.

Paisible sourit.

— Merci de m'avoir éclairée, Majesté. À l'avenir, me permettrez-vous de vous solliciter en cas de nécessité ?

— Je reste au service de l'Égypte et j'éprouve une affection particulière pour cette Maison, l'un des piliers de notre société.

La princesse Redjit tint à raccompagner elle-même la reine mère au palais.

— Pas de mariage en vue, jeune femme ?

— J'ai vraiment trop de travail, Majesté.

— On va finir par jaser, ma belle !

— Je m'en moque. Seul compte l'avis de la Grande Épouse royale que je tente de servir au mieux.

— Es-tu heureuse, au moins ?

— Le bonheur n'est-il pas une illusion ? La prospérité de la Maison de la Reine, en revanche, est une réalité. J'ai la chance d'y participer et de siéger au grand conseil.

Nimaât dîna seule.

Le chambellan Ânkhy en personne lui apporta un bouillon de légumes, du pain chaud, des dattes et une coupe de vin rouge.

— Manquerais-tu de personnel ? s'étonna la vieille dame.

— Je tenais à vous présenter ce grand cru qui m'a enchanté.

Anxieux, Ânkhy attendit le jugement de Nimaât.

— Remarquable, en effet.

— Quand nous découvrirons la première jarre du vignoble qu'a planté le roi, j'organiserai une grande fête. Bien entendu, Majesté, vous la présiderez.

— Tu évoques un lointain avenir !

— Vous présiderez, j'en suis certain. Bonne nuit, Majesté.

En se couchant, Nimaât laissa errer ses pensées. Se rassemblant en un faisceau, elles l'orientèrent vers la clé de l'énigme qui la hantait, vers la source du mal menaçant l'Égypte de destruction. Un minuscule indice, un deuxième, un troisième, une attitude, des paroles déviées… Oui, la reine mère avait identifié l'Ombre rouge !

Dès l'aube, elle révélerait son nom à Djéser. Alors, il se délivrerait des forces nocives, et son règne prendrait son envol.

La vérité était surprenante, mais impossible d'en douter.

Soudain, une lassitude douloureuse envahit Nimaât. Ni l'envie de dormir ni une simple fatigue. Son souffle se raccourcissait, les battements de son cœur ralentissaient. Elle devait se lever et appeler à l'aide.

42.

La femme de chambre de la reine mère commençait à s'inquiéter. Le soleil était déjà levé depuis longtemps et, contrairement à ses habitudes, Nimaât n'avait pas entrouvert la porte de sa chambre pour signifier à sa servante qu'elle pouvait lui apporter son petit déjeuner. De plus, la vieille dame aimait se lever tôt et profiter de la fraîcheur matinale.

L'importuner serait une faute grave. La femme de chambre patienta encore à la porte.

— Majesté… êtes-vous réveillée ?

N'obtenant pas de réponse, la servante entra.

Au pied de son lit gisait la reine mère, couchée sur le côté, le bras droit tendu.

Affolée, la domestique courut chercher le médecin-chef Hézyrê.

*

* *

Malgré tout son amour, Djéser ne redonnerait pas la vie au corps inerte de sa mère dont il serrait tendrement les mains. Allongée sur son lit, maquillée et coiffée, elle gardait les yeux ouverts. Son visage était empreint d'une sorte d'inquiétude douloureuse, comme si la mort l'avait surprise.

Le soir même, les rites de momification débuteraient. Assumant le rôle d'Isis, la Grande Épouse royale dirigerait la longue veillée funèbre pendant que l'âme de Nimaât comparaîtrait devant le tribunal d'Osiris. Son existence n'ayant été entachée d'aucune faute grave, hommes et dieux la déclareraient « juste de voix », et la seconde mort ne la toucherait pas. Transformée en « corps noble », elle deviendrait à la fois une Hathor et un Osiris, et monterait dans la barque solaire, en perpétuel voyage.

Le pharaon n'exprima pas sa douleur, mais Paisible savait à quel point sa mère lui manquerait. Nimaât reliait la nouvelle dynastie à l'ancienne et donnait à la cour une assise inébranlable. À présent, Djéser devait assumer pleinement l'héritage de ses parents et créer son œuvre propre.

Un long deuil fut proclamé, des fêtes annulées. Et la cour se prépara aux funérailles d'une grande reine.

*

* *

Hézyrê réunit l'ensemble du personnel de Nimaât.

— Racontez-moi en détail sa dernière journée.

En récoltant divers témoignages, le chancelier obtint un emploi du temps complet. La défunte avait eu une activité débordante et, lors de son retour au palais, sa femme de chambre l'avait trouvée très lasse.

— Quels mets a-t-elle choisis pour dîner ?

— Je l'ignore, répondit la servante. C'est le chambellan en personne qui l'a servie.

Intrigué, le chancelier convoqua Ânkhy, les yeux rougis par le chagrin.

— Tu es sans doute le dernier à avoir vu la mère du roi. Pourquoi cet empressement à la servir ?

— Je l'appréciais beaucoup, et c'était un honneur de lui apporter son dîner.

— Une raison particulière ?

— Non, non…

— Qu'a-t-elle consommé ?

— Un bouillon de légumes, du pain, des dattes. Le soir, elle ne voulait rien de lourd.

— Pas de vin ?

— Ah ! si, un cru exceptionnel que je désirais lui faire connaître. Elle fut fort satisfaite.

— Malheureusement, la coupe de la reine a été lavée, et je n'ai pu examiner ce liquide.

Ânkhy blêmit.

— Je… je ne comprends pas.

— En raison de l'excellent état de santé de Nimaât, j'avais allégé son traitement. Même son cœur retrouvait une nouvelle jeunesse. De mon point de vue, ce décès est inexplicable… sauf s'il a été provoqué par une cause extérieure.

— M'accuserais-tu de crime ?

Le silence du chancelier Hézyrê fut éloquent.

— En ce cas, viens avec moi et vérifions !

— Où m'emmènes-tu ?

— À la cave du palais. Des échansons la gardent jour et nuit, notent les allées et venues, précisent la nature des vins sortis de telle réserve, la quantité et le destinataire.

Furibond, Ânkhy marchait à vive allure. Il convoqua les responsables en poste depuis la veille.

— Questionne-les, Hézyrê ! Demande-leur à quel moment j'ai choisi une jarre d'un grand cru exceptionnel pour le dîner de la reine mère.

— Hier soir, au crépuscule, répondit un échanson.

— Combien de coupes as-tu remplies ?

— Une seule.

— Quelqu'un d'autre a-t-il touché à cette jarre ?

— Personne.

— Apporte-la, exigea Ânkhy.

Le précieux récipient fut déposé aux pieds d'Hézyrê.

— Constate qu'elle est presque pleine, demanda le chambellan dont l'irritation perdurait.

Le chancelier s'en assura.

— Maintenant, je vais boire plusieurs coupes. Qu'on me serve.

Ânkhy tint ses engagements.

— Fameux, estima-t-il. Si ce nectar est empoisonné, je ne survivrai pas longtemps. S'il est un chef-d'œuvre digne des dieux, j'aurai été soupçonné à tort.

Le chambellan ne souffrit même pas d'une légère migraine. La soirée et la nuit durant, il prépara le déplacement de la cour, puisque la demeure d'éternité de la reine avait été bâtie loin de Memphis.

*

*   *

L'Ombre rouge l'avait échappé belle.

À une attitude, à un regard, elle avait senti que Nimaât la soupçonnait. Libérée de ses obligations matérielles, la reine mère n'avait plus qu'une idée en tête : identifier la source du Mal qui menaçait le règne de son fils.

Et cette maudite vieille avait réussi ! Pourtant, l'Ombre rouge ne pensait pas avoir commis le moindre faux pas. Se fiant à son intuition, dépassant l'apparence, dotée d'une redoutable perspicacité, Nimaât s'était montrée fidèle à sa réputation. Lorsqu'elle exerçait le pouvoir, elle avait débusqué plusieurs hauts fonctionnaires menteurs ou malhonnêtes, et ses accusations s'étaient révélées exactes.

Face à cette menace, une seule solution : la supprimer sans délai. Restait une inquiétude : Nimaât avait-elle fait part de ses soupçons à Djéser ? En gravissant la passerelle du bateau, l'Ombre rouge craignit d'être interpellée par le roi en personne. À supposer que les protections magiques du monarque fussent affaiblies à cause de la mort de sa mère, aurait-elle la possibilité de le tuer ou valait-il mieux prendre la fuite ?

Ces craintes étaient infondées. Nimaât avait emporté son secret dans la tombe, et la stratégie de l'Ombre rouge demeurait d'une parfaite efficacité.

La flottille s'élança en direction du sud. La demeure d'éternité de Nimaât avait la forme d'un colossal mastaba en briques crues, haut de huit mètres, long de quatre-vingt-cinq et large de quarante-six[1].

Recueillis, les principaux dignitaires assistèrent aux funérailles dirigées par le couple royal. L'apparition d'un grand vautour, incarnation de la déesse Mout,

1. Il se trouvait à Bêt Khallâf, près de Thèbes qui, sous l'Ancien Empire, n'était qu'une bourgade.

témoigna du bon accueil que les dieux avaient réservé à l'âme de Nimaât.

Djéser perdait sa mère, une confidente et une alliée. Une dynastie s'éteignait, une nouvelle ère tentait de naître.

En se débarrassant d'une redoutable adversaire, l'Ombre rouge remportait une victoire importante, sinon décisive. Malgré sa stature de pharaon, Djéser était aussi un être de chair et de sang qui devait beaucoup à ses parents. Privé de leur présence terrestre, il serait affaibli.

L'Ombre rouge assuma son rôle rituel à la perfection et sut afficher une tristesse de bon ton, sans excès larmoyants. À la dignité du roi devait correspondre celle des participants à la cérémonie.

Le voyage de retour fut morose. Djéser passa son temps à la proue du navire royal, puisant dans les contemplations des rives du Nil la force de continuer à remplir sa fonction. Nimaât disparue, son grand projet aux contours si flous avait-il encore un sens ?

43.

Dès son retour à Memphis, le roi convoqua Hézyrê.

— Les ateliers d'artisans donnent-ils satisfaction ?

— Certains oui, d'autres non. Selon mon principal collaborateur, Imhotep, la livraison des matériaux est défectueuse, et leur circulation pose de sérieux problèmes.

— Imhotep… Ma mère le tenait en haute estime.

— Outre sa fonction de Surveillant du pays entier, il possède le don de magnétiser. Grâce à son intervention, la santé de la reine s'était améliorée de façon remarquable, et les remèdes, notamment les tonicardiaques, ont été plus efficaces. Formé à la Maison de Vie, Imhotep est devenu médecin. Mais son premier métier était foreur de vases en pierre dure ; comme il avait dirigé un atelier à la satisfaction générale, je lui ai confié des tâches administratives. Supérieur de la corporation de Nékhen, il a redressé une situation compromise. Aujourd'hui, il me seconde à merveille.

— Artisan, médecin, gestionnaire, meneur d'hommes… Voilà bien des qualités ! Ne penses-tu pas à…

— À vous de décider, Majesté. Il y a tant d'appelés et si peu d'élus !

— Aurais-tu des objections ?

— Non, Majesté.

— Ce serait la première fois, Hézyrê ! Cet Imhotep serait-il exceptionnel ?

— L'avenir le dira.

Le roi parut sceptique.

— Observe-le encore quelque temps et impose-lui davantage de travail. S'il tient bon, j'aviserai.

Le chancelier s'inclina.

— Je te sens contrarié, observa le monarque. Que ton cœur parle.

— C'est à propos de votre mère. Son décès m'étonne.

— Songerais-tu à une mort… provoquée ?

— Son énergie était revenue, elle ne souffrait d'aucun trouble grave.

— As-tu mené une enquête ?

— Elle n'a rien donné. Ces derniers temps, votre mère se montrait très active. Connaissiez-vous ses projets ?

— Servir son pays et… identifier l'avaleuse d'âmes qui a tenté de souiller Abydos.

À cet instant, le pharaon sut que Nimaât avait été assassinée. Une ombre maléfique rôdait à Memphis et s'acharnait à détruire l'œuvre naissante.

— As-tu des soupçons, Hézyrê ?

— Non, Majesté. J'ai suivi une mauvaise piste et je n'ai pas le droit de porter des accusations à la légère. Et mes craintes sont peut-être infondées.

— Ma mère avait identifié l'avaleuse d'âmes, jugea le roi. Et elle n'a pas eu le temps de m'en parler.

— En ce cas, vous êtes en grand danger.

— Plusieurs attaques ont déjà échoué et, chaque matin, la célébration du rituel renforce mes défenses.

— Ne soyez jamais tête nue, recommanda Hézyrê, et portez en permanence vos bracelets protecteurs.

Aujourd'hui même, la Maison de Vie vous procurera une amulette en forme d'œil complet, et j'ordonnerai aux spécialistes de former autour de vous une épaisse muraille. Ils se relaieront jour et nuit. Là où vous dormirez, des parfums éloigneront les spectres errants, et les figures ornant votre lit écarteront la mauvaise mort. Nous affrontons un adversaire terrifiant, Majesté.

Un homme, un seul, pouvait aider Djéser à identifier l'avaleuse d'âmes. Aussi le roi le rencontrerait-il en secret, sans parler à quiconque de sa démarche, laquelle devrait s'effectuer en dehors de tout contexte officiel.

*

* *

En éliminant la reine mère, l'Ombre rouge espérait regagner des ténèbres impénétrables. Pourtant, un malaise subsistait. Cette vieille trop perspicace n'avait pas fourni au monarque le résultat de ses investigations ; sinon, Djéser serait intervenu sans délai.

Alors, quelle était la nature du danger ?

Le roi savait.

L'esprit de sa mère vivait en lui, il avait compris que sa mort n'était pas naturelle et recherchait l'assassin.

Pas d'indice, pas de piste, pas de suspect… Comment découvrir la vérité ? Malgré ses soupçons, voire sa certitude, Djéser n'avait aucune possibilité d'identifier l'auteur du crime. Aucune… en apparence ! L'Ombre rouge ne se berçait-elle pas d'illusions en se croyant à l'abri ?

L'inquiétude l'amena à se poser une question cruciale : qui possédait la capacité de la nommer en voyant à travers son masque ? Voir… c'était le mot essentiel ! Désemparé, le pharaon ferait forcément appel à l'homme disposant de cette faculté au plus haut point.

Il fallait donc intervenir d'urgence.

*

* *

La cité du pilier primordial, Héliopolis, était vouée à la vénération de la lumière, principe de toute vie et matière première de l'univers. Sous la direction du Grand Voyant, un petit nombre de ritualistes se consacrait à l'entretien de l'énergie du premier matin et à la préservation de sa présence sur terre.

Au cœur de la cité, le grand temple d'Atoum, « Celui qui est et Celui qui n'est pas », et l'obélisque unique, rayon de lumière pétrifié perçant le ciel et dissipant les ondes négatives. Le rite étant considéré comme la science des sciences et l'activité majeure, les initiés d'Héliopolis étaient attentifs au moindre geste, veillaient à la pureté des sanctuaires et à la perfection des objets utilisés. Non loin de Memphis, Héliopolis était la capitale spirituelle de l'Égypte où se formulaient les textes contenant les paroles des dieux.

Tenant de la tradition orale, le Grand Voyant assurait le secret de la transmission. Il s'opposait, notamment, à la révélation écrite du rituel de résurrection de l'âme royale et de sa transformation en lumière, célébré lors de son passage dans l'autre monde[1]. Depuis l'accession au trône

1. Les Égyptiens décideront de le révéler à la fin de la cinquième dynastie, sous le règne d'Ounas (vers 2375-2345). Ce sera la première version écrite des *Textes des pyramides*.

de Djéser, le Grand Voyant et son collège de ritualistes, utilisant les archives des Maisons de Vie d'Héliopolis et de Memphis, avaient élaboré de nombreuses formules permettant au pharaon de vaincre la mort, de partir vivant et d'effectuer un perpétuel voyage au cœur de l'univers. Ce n'était point là effet de l'imagination ou rêverie poétique, mais vision de l'ultime réalité.

Âgé, éprouvant des difficultés à marcher, les yeux fatigués, le Grand Voyant remerciait chaque matin les dieux de lui avoir offert une vie extraordinaire au service de l'invisible et du sacré. Quel bonheur, à son réveil, de contempler les sanctuaires, l'obélisque et le lac sacré où les ritualistes puisaient l'eau purificatrice ! Là, le temps et la médiocrité humaine n'avaient aucune prise.

Le grand projet de Djéser, encore flou, n'inquiétait pas le Grand Voyant, car il impliquerait la tradition d'Héliopolis, source de la pensée et de la civilisation pharaoniques. Trop proche du trépas, lui ne connaîtrait pas l'œuvre accomplie, et son successeur aurait une lourde tâche.

Son successeur… De l'avis général, l'un de ses assistants, rompu à la pratique des cérémonies. Pourtant, le Grand Voyant ne l'avait pas désigné, et les spéculations allaient bon train. S'amusant de ces vanités, le grand prêtre révélerait sa vision au roi avant de mourir. Et Pharaon prendrait une décision.

La nuit tombée, après avoir refermé les portes du sanctuaire d'Atoum, le vieillard regagnait sa modeste demeure de fonction, au bord du lac sacré. Autrefois, il passait une partie de la nuit sur le toit du temple, en compagnie des astrologues. À présent, son corps usé exigeait davantage de sommeil.

On lui avait servi son dîner habituel : poisson séché, salade, compote de figues et une coupe de vin rouge. Le Grand Voyant aimait manger seul, face au plan d'eau que survolaient des hirondelles, l'une des incarnations des pharaons habitant le royaume des cieux.

Au terme du repas, il éprouva des sensations désagréables : un goût âcre dans la bouche, une migraine, des nausées. Épuisé, il se dirigea vers sa chambre.

La lueur d'une lampe l'éblouit. Puis il distingua un visage. Un visage connu.

— Vous… Que faites-vous chez moi ?

— J'avais besoin de vous consulter, grand prêtre.

— À cette heure ? Ici ?

— Notre entretien doit rester secret.

Le Grand Voyant distingua une ombre rouge qui, peu à peu, emplissait la pièce.

— Vous… vous détruisez les âmes !

— Aviez-vous réussi à m'identifier ?

— Vous ne vaincrez pas Djéser !

L'Ombre rouge fut réconfortée.

— Ainsi, vous ne lui avez pas parlé. Maintenant, c'est trop tard. Vous étiez le seul capable de me démasquer, grâce à vos visions. Comme il ne vous reste plus beaucoup de temps à vivre, je suis hors de danger et je vaincrai Djéser. Mourez bien, grand prêtre.

Nourriture et boisson avaient été empoisonnées.

L'Ombre rouge disparut, le Grand Voyant n'eut que la force de s'allonger sur son lit, mais fut incapable d'écrire le nom de l'assassin. Le roi serait-il de taille à repousser un tel monstre ?

44.

La visite de Djéser surprit l'intendant d'Héliopolis. Comme elle n'avait pas été annoncée, il craignit que l'absence du protocole officiel ne contrariât le monarque à la réputation de sévérité déjà bien établie. L'escorte royale était réduite au minimum, et ses membres paraissaient sur le qui-vive en ce lieu de paix et de sérénité.

— Avertis le Grand Voyant de ma présence, ordonna Djéser, et qu'il me rejoigne au palais.

L'intendant blêmit.

— Son état de santé l'empêche de se déplacer, Majesté. Il est paralysé et ne peut ni bouger ni parler.

Le pharaon se rendit au chevet du grand prêtre d'Héliopolis. Il eut l'impression que le vieux sage le reconnaissait, mais son corps était prisonnier d'une totale inertie. Même le regard demeurait fixe.

— Si tu as été victime d'un être maléfique, promit Djéser, nous le détruirons.

Le médecin-chef d'Héliopolis donna des explications au roi. Le grand prêtre survivait de manière presque miraculeuse, et il était peu probable qu'un traitement, fût-il intense et prolongé, lui redonnât l'ensemble de ses facultés. Plusieurs thérapeutes tenteraient néanmoins de lutter contre cette maladie qu'ils ne savaient pas guérir.

— Des gardes seront postés devant la chambre nuit et jour, décréta Djéser. Seuls les médecins seront autorisés à y pénétrer. Ils m'adresseront un rapport quotidien.

En cette triste journée, le pharaon célébra les rites du soir dans le grand temple d'Atoum, le Créateur dont le Grand Voyant avait été le fidèle serviteur, remplissant sa haute fonction de façon exemplaire. Ses assistants lui remirent son ultime travail, l'ensemble des formules de transformation en lumière qui permettraient à l'âme royale de communier avec les puissances divines, d'accomplir toutes les mutations et de voyager en éternité. Fruit d'un immense labeur et de la perception de l'invisible, ces textes formaient un fabuleux trésor et le secret majeur du règne. Ils nourrissaient le grand projet de Djéser et demeureraient son socle.

Le Grand Voyant avait-il été victime de l'âge ou d'un ennemi extérieur, de ce redoutable adversaire décidé à détruire la dynastie naissante ? Croire à la fatalité serait rassurant, mais un pharaon ne devait pas céder à l'illusoire.

Une guerre impitoyable s'annonçait. Un nouveau soleil vaincrait-il les ténèbres s'abattant sur Héliopolis ?

*

*   *

L'amabilité n'avait jamais été un des traits de caractère du chancelier Hézyrê. Parfois, il se montrait compréhensif en regard des difficultés que rencontraient ses collaborateurs lors de l'accomplissement de leurs tâches. Imhotep, lui, ne bénéficiait pas de cette mansuétude. Depuis son admission dans la confrérie de l'Ibis, sa charge de travail avait doublé. Il se préoccupait à présent de la production de l'ensemble des ateliers, multipliait les interventions auprès des fonctionnaires et artisans responsables, rappelait à l'ordre les incompétents et les paresseux, débusquait les tricheurs. Les promenades avec Vent du Nord se réduisaient au strict minimum, l'espace du repos ne cessait de raccourcir.

Imhotep ne songeait pas à se plaindre. Quel honneur et quel bonheur de participer ainsi à l'édification de la Maison du Roi ! L'inaccessible Néféret continuait d'habiter ses rêves et, à côté d'elle, nulle femme ne trouvait grâce à ses yeux. Mais le moment n'était pas aux amours impossibles, et le Surveillant du pays entier n'avait pas le loisir de s'abandonner à la tourmente des sentiments. Sa journée comportait davantage d'obligations que d'heures, le contraignant à créer du temps.

Quand on lui annonça la disparition d'un chargement entier de bois et la perte des documents administratifs retraçant son parcours, Imhotep faillit perdre patience. N'avait-il pas prédit ce genre de catastrophe et prévenu les ministres concernés ? Lui ne disposait pas des moyens nécessaires pour améliorer la fréquence et la qualité des transports de matériaux.

En quittant son bureau, au milieu de la nuit, il fut surpris de se heurter au chancelier Hézyrê. Avait-il commis une faute grave, au point de déclencher cette étonnante intervention de son supérieur ?

— Désires-tu toujours accéder à l'atelier secret ?

Oubliée, la fatigue. Imhotep soutint le regard de Hézyrê.

— Je le désire de tout mon être.

— Alors, suis-moi.

La pleine lune illuminait le ciel et le chemin. Hézyrê marchait d'un pas lent, Imhotep maîtrisait son émotion.

Deux flambeaux éclairaient l'entrée de la Maison de Vie de Memphis, constamment gardée. Les soldats armés s'inclinèrent au passage du chancelier, deux ritualistes s'emparèrent d'Imhotep. Silencieux, ils le purifièrent et le vêtirent d'un pagne que semblait traverser un trait d'or. Puis ils le conduisirent au cœur de la demeure secrète, une pièce rectangulaire bordée de banquettes de pierre sur ses longs côtés. S'y tenaient dix hommes d'âge mûr, les meilleurs sculpteurs du royaume.

Au fond, une statue assise représentant Djéser, les mains posées à plat sur ses cuisses.

Hézyrê confia à Imhotep une herminette, un ciseau de menuisier.

— Te voici dans la Demeure de l'Or, l'atelier secret. Il existe deux catégories d'artisans : les techniciens et ceux qui sont initiés aux mystères. Si tu parviens à faire naître cette statue, tu deviendras un authentique sculpteur[1].

S'habituant à la pénombre, Imhotep s'aperçut que les murs de la salle étaient recouverts d'or. Muni de l'herminette, il s'approcha lentement de la statue.

— Nos bâtisseurs connaissent la volonté des dieux, rappela Hézyrê, car ils naissent en esprit au cœur de

1. *Sânkh*, « Celui qui fait vivre ».

cette contrée de lumière où les secrets de la création leur sont transmis. Toi, tu as franchi les étapes du métier, mais auras-tu le courage d'affronter l'invisible ?

— Ordonnez et j'obéirai.

— Le matériau est rempli de dangers, et la statue d'un roi foudroie l'imprudent. En cas d'échec, le vaniteux ne mérite pas de survivre. Il en est temps encore, tu peux te retirer. Persistes-tu ?

— Je persiste.

— En ce cas, tente d'ouvrir les yeux, la bouche et les oreilles de cette statue. Si elle vit, tu vivras. Si elle demeure inerte, tu disparaîtras.

L'initiation vécue au chantier naval, sous la gouverne du vieux menuisier, revint à la mémoire d'Imhotep. Il connaissait les bons gestes et la technique appropriée. Au moment de l'appliquer, il hésita. « Deux catégories d'artisans », avait précisé le chancelier. En cette Demeure de l'Or, pouvait-on se comporter comme un simple professionnel ? Et la modeste herminette en bois serait incapable de percer la pierre !

En serrant le manche de ce ciseau de menuisier, la main d'Imhotep comprit qu'il ne s'agissait pas d'un objet ordinaire. Une magie l'animait, un feu l'habitait. L'artisan initié ne devenait-il pas un ritualiste dont le principal matériau était la parole juste ?

Imhotep posa l'extrémité de l'herminette sur les lèvres de la statue.

— Ta bouche est ouverte, dit Hézyrê. Les portes du ciel s'ouvrent, le Verbe t'anime.

Imhotep toucha les yeux.

— Ton regard s'ouvre, affirma le chancelier, ta capacité de création naît.

Enfin, Imhotep anima les oreilles.

— Les vivantes s'éveillent, tu disposes de l'entendement parfait et tu perçois la voix des dieux. Celui qui fait vivre a rempli sa fonction. Statue vivante, redresse-toi.

D'instinct, Imhotep recula.

Djéser se leva et son regard perça l'âme du nouvel initié aux mystères de la Demeure de l'Or.

La puissance de l'être royal dépassait tout ce que le jeune homme imaginait. Un instant, il craignit d'être foudroyé.

Pourtant, à la stupeur et à la crainte succéda vite un étrange sentiment de confiance. Bâtisseur par excellence, Pharaon édifiait l'adepte vainqueur de l'épreuve.

La première rencontre entre Djéser et Imhotep était marquée du sceau de la naissance en esprit. Imhotep avait su éveiller la statue, le roi créait un artisan initié.

45.

Les orfèvres de la Maison de la Reine étaient fiers de façonner d'admirables bijoux utilisés pendant la célébration des rituels. Quand l'or provenant des déserts de Nubie sous forme de poudre parvenait à leur atelier, il était soigneusement examiné par le maître fondeur tandis qu'un scribe comptable notait les quantités. Le surveillant des balances pesait le précieux métal, « la chair des dieux », que les humains devaient manipuler avec précaution.

D'abord, les artisans purifiaient l'or en ôtant les éléments parasites ; ensuite, ils le déposaient dans un creuset chauffé à plus de mille degrés. Quatre techniciens attisaient le feu pour obtenir « le frère du soleil », à savoir le métal en fusion. Une ouverture percée sur le côté du creuset permettait de procéder à la coulée, un moment angoissant où l'on osait à peine respirer. Refroidi, durci, l'or était martelé, transformé en lingots et en feuilles recouvrant en partie les statues des divinités, les portes des temples et certains bas-reliefs. Le maître bijoutier recevait une quantité dûment contrôlée du précieux métal et, grâce à son équipe d'artisans expérimentés, fabriquait colliers, bracelets et autres parures destinés aux sanctuaires et à la cour.

L'irruption d'un haut fonctionnaire du ministère de l'Économie lui déplut. Grand, mou, la lèvre pendante, le scribe avait l'allure des nantis qui se croient tout permis.

— C'est toi, le responsable de l'atelier des orfèvres ?

— Exact.

— Je viens exécuter une mission : transfert de l'or et de la production de bijoux au Trésor. Les ânes attendent dehors.

— Je crains d'avoir mal compris, mon gars.

La vulgarité de l'appellation choqua le chargé de mission. Ces ouvriers n'avaient aucun savoir-vivre. Irrité, il haussa le ton.

— C'est clair : tu remplis les sacs, et je te conduis au bâtiment du Trésor.

Le maître bijoutier croisa les bras.

— Là, on s'égare. Tu te trompes de cible, mon gars.

— Comment oses-tu ? Il s'agit d'un ordre du ministre Baten en personne.

— Je ne reçois d'ordres que de la princesse Redjit, directrice de la Maison de la Reine.

— Mes instructions…

— Retourne à ton bureau et demande des explications. Soit tu t'es trompé, soit c'est une mauvaise blague.

Le scribe fulminait.

— Si tu refuses de t'incliner, je demande l'intervention des forces de l'ordre.

— Tu perds la tête, mon gars !

Le haut fonctionnaire battit en retraite. L'affaire tournant mal, le maître bijoutier alla prévenir la princesse Redjit qui préparait la création d'un nouveau potager destiné aux employés de la Maison de la Reine.

La jolie brune se rendit aussitôt à l'atelier des orfèvres. Elle se heurta à un détachement de policiers auquel le scribe du Trésor distribuait des consignes.

— Tu n'as rien à faire ici, déclara sèchement la princesse. Retire-toi immédiatement.

— Mes ordres..., avança le haut fonctionnaire.

— Je m'en moque et je vais m'entretenir sur l'heure avec ton patron. À présent, déguerpis.

*

* *

Redjit força les barrages interdisant l'accès du somptueux bureau du ministre des Finances, directeur du Trésor et de la Double Maison de l'Or et de l'Argent. Vu son visage courroucé, les soldats et les scribes évitèrent de s'interposer. Aux membres du gouvernement de régler entre eux leurs litiges.

La princesse interrompit une réunion consacrée à la rentrée des impôts.

— À quoi joues-tu, Baten ? J'exige des explications.

Le visage rond du ministre s'assombrit. D'un signe de la main, il ordonna à ses collaborateurs de s'éclipser.

— Assieds-toi, Redjit, et parlons tranquillement.

La jeune femme resta debout.

— Inutile de minauder ! Que signifie cette grossière intrusion dans mon domaine ?

— Le roi exige un bilan précis de l'ensemble des richesses de l'Égypte, y compris celles de la Maison de la Reine.

— Est-ce une raison pour m'envoyer la police et agresser des orfèvres ?

Le ministre parut étonné.

— Je n'ai pas donné cet ordre !

— Ton chargé de mission, si ! Et cette affaire aura des suites.

*

* *

Lorsqu'ils bénéficiaient d'un moment d'intimité, le pharaon et la Grande Épouse royale n'avaient qu'un seul sujet de préoccupation : le bonheur de l'Égypte. Paisible relata les incidents survenus à la Maison de la Reine et la médiation qu'elle avait assurée elle-même afin de calmer les esprits. Le fonctionnaire qui s'était comporté comme un petit tyran avait été révoqué, et l'inventaire des richesses se poursuivait sous l'autorité d'un Baten très attentif à la qualité de son personnel. Apaisée, la princesse Redjit collaborait.

— Le jeune Imhotep vient d'être initié aux mystères de la Demeure de l'Or, révéla le roi. Je n'avais pas encore rencontré un être d'une telle envergure et d'une telle profondeur. Sa capacité de travail est extraordinaire et ses perceptions hors du commun. En le voyant, j'ai eu le sentiment qu'il serait le personnage essentiel de mon règne.

— Pourtant, tu te méfies.

— Ce jugement ne serait-il pas illusoire ? Posséder tant de qualités ne prouve pas qu'elles seront mises en œuvre.

— Imhotep n'a-t-il pas guéri ta mère et rempli ses fonctions de manière exemplaire ?

— Certes, mais n'a-t-il pas gravi trop rapidement les échelons de la hiérarchie et ne deviendra-t-il pas l'esclave de sa vanité ? S'il est appelé à jouer un rôle décisif, je dois être tout à fait sûr de lui. C'est pourquoi je sollicite ton aide.

— Seul le rituel nous fournira une réponse définitive. Puisque Imhotep appartient à la confrérie de l'Ibis et connaît les mystères de la Demeure de l'Or, il peut pénétrer dans la Demeure de l'Acacia et assister à la danse aux miroirs. En fonction de l'image reflétée, nous obtiendrons une certitude.

*
* *

Sept jeunes femmes étaient prêtes à célébrer le rituel dédié à Hathor, en présence du couple royal et d'Imhotep, le Surveillant du pays entier, étonné de cet honneur. Il ne cessait de revivre l'instant où la statue de Djéser était devenue vivante et ne parviendrait jamais à considérer le pharaon comme un simple humain. Il avait été pierre avant de s'incarner et connaissait le secret de la transformation de la matière en esprit.

Les seins nus, vêtues d'un pagne, poignets et chevilles ornés de bracelets, les danseuses portaient une longue tresse terminée par une boule. Six formèrent un cercle autour de la septième qu'Imhotep reconnut enfin : Néféret, l'inaccessible !

Elles se mirent à tourner lentement, tout en chantant une mélodie d'une gravité presque inquiétante. Néféret entrechoqua deux bâtons, provoquant des ondes qui dispersèrent les puissances maléfiques ; l'une des danseuses brandit un miroir. S'y refléta la main de la déesse Hathor que brandit Néféret, traduisant la victoire de l'influx créateur sur le chaos. Chacune des ritualistes présenta sa main au miroir afin de devenir une Hathor et de vivre l'amour rayonnant du premier matin.

— Qu'Imhotep se place au centre du cercle, ordonna la reine.

En dépit de son inquiétude, le jeune homme tenta de faire bonne figure.

Les danseuses s'écartèrent, Imhotep se retrouva face à Néféret. Elle n'était pas qu'une femme sublime, digne d'amour, mais aussi la servante de la déesse Hathor, chargée de transmettre son mystère.

Néféret orienta son miroir vers le ciel, puis le présenta à Imhotep pour qu'il s'y contemplât.

— Que vois-tu ?

Étonné, il hésita.

— Je vois… des milliers d'étoiles.

Le couple royal se leva. L'épreuve se terminait, Djéser savait. Dans le miroir d'Hathor, Imhotep n'avait pas découvert un reflet de lui-même mais la réalité de l'univers. Et seuls des êtres en capacité de don et de création étaient ainsi reconnus par la déesse.

46.

D'ordinaire fort calme en présence de son maître, le chien Geb ne tenait pas en place. Il réussit à l'entraîner sur la terrasse du palais où il aboya longuement, fixant un point précis.

— Le Nil ?

Geb tira une belle langue rose, ses oreilles se dressèrent et ses yeux pétillèrent de satisfaction.

Après soixante-dix jours d'absence, l'étoile Sothis[1] serait à nouveau visible et annoncerait la crue, le miracle annuel dont dépendait la survie de l'Égypte. Isis verserait des pleurs, provoquant la montée des eaux régénératrices, Osiris[2] ressusciterait, d'abondantes nourritures sortiraient de terre. Encore fallait-il que le roi et la reine accomplissent les justes rites et provoquent l'apparition de Hâpy, le dynamisme du fleuve, l'amoureux bondissant capable de féconder le double pays.

---

1. Le début de la crue, vers le 19 juillet, correspondait au lever héliaque de Sirius (Sothis), l'étoile du chien.
2. Le mythe osirien était présent dès l'aube de la civilisation pharaonique.

La saison sèche avait été éprouvante, les sols se craquelaient, le niveau du Nil était au plus bas. Moissons et vendanges terminées, les paysans attendaient le retour d'une bonne crue. Excessive, elle détruirait les terrains agricoles ; insuffisante, elle provoquerait la famine. Et le seul responsable du malheur serait le pharaon.

Akhétâ, le ministre de l'Agriculture, se présenta devant le monarque.

— Nos greniers sont-ils pleins ?

— La récolte a été satisfaisante, Majesté, mais beaucoup sont trop petits ou vétustes. Le nombre de nouveaux greniers est insuffisant, et leur gestion présente bien des lacunes. Mes services travaillent sans relâche à l'améliorer.

— En cas de catastrophe, pourrons-nous nourrir la population ?

— Seulement pendant six mois.

— Cette situation doit changer, Akhétâ. Et très vite.

— J'en suis conscient, Majesté, et je connais mes responsabilités. Les gouverneurs de certaines provinces ont accumulé des retards considérables qui seront bientôt comblés… si la crue est parfaite.

L'année serait décisive, Djéser n'avait pas le droit d'échouer. Chacun espérait en la magie de Pharaon, le Frère des dieux, apte à repousser le désordre, l'injustice et le malheur. Lui seul procurait le bonheur et l'abondance, parce qu'il était le réceptacle de l'énergie universelle et savait la redistribuer.

Geb lécha la main de son maître. L'heure était venue d'honorer la crue.

*

* *

La grande fête populaire du nouvel an allait-elle se transformer en lamentations ? Inspirée par l'Ombre rouge, une rumeur affolait Memphis. La crue serait la plus basse jamais connue, et Djéser s'avouait incapable d'éveiller le génie du Nil. Des groupes d'inquiets se rassemblaient près des greniers, et l'on prédisait des jours sombres.

Pourtant, le couple royal sortit du palais, suivi de la totalité des dignitaires, et marcha jusqu'à l'embarcadère principal de Memphis. La reine offrit au fleuve des pâtisseries et des fleurs, le roi salua celui qui faisait vivre l'Égypte, créait l'orge et le blé, approvisionnait les temples et nourrissait d'herbe le bétail. Grâce à son eau provenant à la fois du ciel et du monde souterrain, l'harmonie s'établissait dans le cœur des hommes. Seuls les dieux connaissaient le nom secret de la crue, et le pharaon les pria de la déclencher.

L'Ombre rouge éprouvait une intense satisfaction. En perdant la confiance de son peuple, Djéser deviendrait un fantoche. Il s'accrocherait au pouvoir, se comporterait comme un tyran et périrait sous les coups de ses partisans, las d'obéir à un incapable dépourvu de magie.

Le roi s'était exprimé, les participants à la cérémonie osaient à peine respirer. Si le fleuve demeurait muet, une triste procession regagnerait le palais et les décrets du monarque ne seraient que des bavardages vides de sens. Un roi coupé de l'invisible, sans contacts avec les dieux, ne pouvait gouverner.

Sortant de l'eau boueuse, une tortue aborda la rive.

— Elle a bu l'eau du fleuve ! s'exclama un ritualiste du temple de Ptah. Tuons-la !

— N'y touchons pas, ordonna Djéser. Elle vient nous la restituer.

Alors que la tortue progressait en direction de l'embarcadère, le fleuve se mit à bouillonner et à gonfler. Des cris de joie saluèrent la naissance de la crue et la puissance du pharaon. L'Ombre rouge fut contrainte de se mêler à la liesse.

*

* *

À Memphis, la fête battait son plein. La bière coulait à flots, on dansait, on dégustait des grillades de viande et de poisson. Et chaque village imitait la capitale. La quatrième année du règne de Djéser bénéficiait de la protection de Hâpy, le génie du Nil, qui lui offrait une crue idéale, annonciatrice de richesse et d'abondance.

Le roi reçut Imhotep, seul à seul. Ventilée par des fenêtres hautes savamment disposées, la salle d'audience était fraîche.

Impressionné, le jeune homme n'osait pas regarder l'incarnation terrestre du faucon Horus, capable de commander au fleuve.

— Surveille ce qu'apportent le ciel, la crue et le Nil, ordonna le monarque, et continue à gérer les ateliers royaux. Désormais, tes fonctions seront étendues. Ton nouveau titre, « Celui qui est sous la tête du roi[1] », te

1. *Khery-tep nisout.*

confère la responsabilité de collecter les impôts relatifs à l'artisanat et d'exercer des fonctions judiciaires dans ce domaine. Forme davantage de sculpteurs, de charpentiers, de foreurs de vases, en choisissant des êtres d'élite. T'y engages-tu ?

— Je m'y engage, Majesté.

— Cette crue favorable ne doit pas masquer nos insuffisances. Nous manquons de canaux d'irrigation et de réservoirs d'eau. J'estime également indispensable une régularisation du cours du fleuve grâce à une série de petits barrages correctement répartis[1]. C'est une tâche urgente, elle nécessite la création d'un corps spécialisé. T'estimes-tu en mesure de réussir ?

— Je m'y efforcerai.

— Cette réponse ne me suffit pas, Imhotep. Il me faut des résultats rapides, avant la prochaine crue.

— Vous les aurez, Majesté.

Imhotep savait que cette acceptation dépassait les limites du raisonnable. Déjà, il imaginait les moyens de mettre en œuvre les exigences du pharaon.

— J'ai encore une autre tâche à te confier.

Cette fois, le jeune homme frissonna. À supposer qu'il dénichât un nombre suffisant d'hommes dévoués et compétents, comment réaliser l'impossible ?

— Le temps est venu de préparer ma demeure d'éternité, révéla le pharaon. Elle sera érigée dans le désert, près de Memphis, et prendra la forme de deux sanctuaires, le premier situé à l'Orient, le second à l'Occident. Te crois-tu en capacité de tracer leur plan et de les ériger ?

---

1. On connaît celui du Ouadi Gaaoui, au sud de Memphis.

— Honnêtement non, Majesté. Vous disposez d'architectes qui…

— Justement pas, et je t'ai choisi après mûre réflexion. Ton appartenance à la confrérie de l'Ibis et ton initiation à la Demeure de l'Or font de toi un bâtisseur. Amène au jour tes qualités cachées, Imhotep, puisque le miroir de la déesse Hathor t'a permis de contempler l'harmonie secrète de l'univers.

L'autorité du roi n'était pas contraignante, elle provoquait une sorte d'enthousiasme capable de déplacer des montagnes.

Étranger à lui-même et à ses peurs, Imhotep s'entendit répondre qu'il acceptait de remplir un devoir insensé. La parole du pharaon le subjuguait et le transformait.

— Le sanctuaire oriental s'appellera « la région fraîche des divinités » et l'occidental « la crainte des Deux Terres »[1]. Les ritualistes remplissant la fonction d'Anubis veilleront sur mon domaine funéraire et nous l'inaugurerons en creusant des galeries où seront déposées de nombreuses offrandes. Au travail, Imhotep.

1. *Kebehet neterou* et *Nerou Taouy*.

47.

Coquelicots, jasmins, iris et bleuets faisaient du vaste jardin de la villa de Baten un endroit enchanteur. Ce soir-là, goûtant une douce brise venant du nord, les membres du gouvernement étaient invités à dîner pour saluer une crue parfaite liée à la magie de Djéser, vénéré par son peuple. La saison de l'inondation, lumineuse, rayonnante et utile[1], était le temps des inventaires et des voyages. Le Nil offrait une voie de circulation idéale, les paysans prenaient du repos, et chacun pouvait apprécier la beauté enchanteresse du pays aimé des dieux.

Le chancelier Hézyrê honorait de sa présence ce banquet où des serviteurs zélés apportaient de remarquables plats de poisson et de viande, agrémentés d'un vin rouge charpenté, vieilli en jarres. Ravissante, comme à son habitude, la princesse Redjit apprécia particulièrement les filets de perche nappés d'une sauce à l'aneth, et le chambellan Ânkhy se gava de côte de bœuf rôtie avec des fines herbes.

1. Ce sont les principaux sens du terme *akhet* qui désigne cette saison.

Seul Akhétâ, le ministre de l'Agriculture, paraissait de mauvaise humeur.

— Des soucis ? demanda Redjit.

— La construction de nouveaux greniers n'est pas une sinécure, et les chefs de province ne sont pas tous sympathisants.

— C'est ton lot quotidien, rappela Baten. N'existerait-il pas un autre motif à ton mécontentement ?

— Le roi vient de confier au jeune Imhotep l'aménagement d'une série de canaux d'irrigation et l'édification de plusieurs barrages. Cela revient à empiéter sur mon domaine, et j'ai l'impression que l'ambition de cet ex-foreur de vases est démesurée.

— Il ne s'agit pas d'une promotion, objecta le chambellan Ânkhy, mais d'un labeur écrasant ! Le malheureux Imhotep n'a guère de chances de réussir.

— Saviez-vous qu'il est aussi chargé de collecter les impôts des artisans ? interrogea Baten. Bien entendu, je m'incline devant la décision de Sa Majesté. Néanmoins, cette mission inattendue me compliquera la tâche. Imhotep n'est pas formé à cette technique, et ses erreurs inévitables provoqueront des désordres.

— En ce cas, avança Redjit, il sera sanctionné et nous serons débarrassés de cet intrigant ! D'après mes informations, il serait doté de pouvoirs judiciaires, certes limités au monde artisanal. Ne serait-ce pas un affaiblissement de vos prérogatives, chancelier ?

— En effet, reconnut Hézyrê en resserrant les pans de son manteau. Les choix du pharaon ne se discutent pas.

— À mon sens, jugea le chambellan Ânkhy, nous nous inquiétons pour rien. Imhotep est un exécutant et il le restera. Voulez-vous une preuve ? Le roi ne l'a pas fait entrer au gouvernement !

— Ce n'est peut-être que partie remise, estima le ministre de l'Agriculture.

— Je le répète : il n'a aucune chance de réussir ! Trop jeune, trop inexpérimenté, il se heurtera à des obstacles insurmontables.

L'arrivée des desserts détendit l'atmosphère. On oublia le cas Imhotep, et Ânkhy amusa les convives en rapportant les derniers échos du palais concernant flatteurs et courtisans qui essayaient en vain de séduire Djéser.

*
* *

En raison des festivités du nouvel an, la surveillance des frontières s'était assouplie. Le Libyen Tanou parvint à Memphis sans avoir été contrôlé et il se rendit à l'auberge que tenait l'un des hommes de l'Ombre rouge. Inutile de parler, l'aubergiste reconnut le chef de tribu et alerta son supérieur.

Au moment où Tanou s'allongeait sur sa natte, après un dîner copieux, la porte s'ouvrit. Le Libyen se redressa et, dans la pénombre, aperçut la cape rouge sombre et le masque de tissu si épais qu'il déformait la voix.

— Excellentes nouvelles, seigneur ! J'ai beaucoup progressé.

— Je sais, mon ami.

L'Ombre rouge lança un sac rempli de paillettes d'or. Le spectacle de son contenu provoqua chez Tanou une émotion intense.

— La plus nombreuse et la mieux armée des tribus libyennes se trouve désormais sous mon commandement. Je ne dispose pas encore d'assez de guerriers pour une attaque massive, et je me heurte à des tyrans locaux, attachés à leur indépendance. Soyez rassuré : soit je les achèterai, soit je les tuerai. Les Libyens aiment les longues palabres ; parfois, la discussion offre de bons résultats. Patience, seigneur, et je vous offrirai une troupe capable de terrasser les soldats de Pharaon.

— Possible, mon ami, à condition de ne pas te disperser.

— Je… je ne vois pas…

— Souviens-toi du récent pillage d'un campement de nomades, du massacre, des viols et de l'hostilité déclenchée par ces actes inutiles. Ta réputation a été dégradée, et il te faut remonter la pente à cause de cette stupidité. Voilà du temps perdu, mon ami.

Tanou avala sa salive.

— Question de circonstances, seigneur ! Moi, je serais passé au large. Malheureusement, mes hommes n'ont pas résisté à la tentation. De vieilles habitudes difficiles à combattre, croyez-moi !

Le silence de l'Ombre rouge devint inquiétant.

— En réalité, reprit Tanou, ces nomades nous ont provoqués. Si je n'avais pas riposté, on m'aurait accusé de lâcheté, moi, le futur chef de guerre des Libyens !

— Je n'admettrai plus ce genre d'excentricités. Ou bien tu commences à percevoir le sens de ta mission, ou bien tu persistes à te comporter comme un petit criminel dépourvu d'envergure. Alors, je mettrai fin à ta misérable existence et je rechercherai un meilleur général.

— C'est moi, le meilleur ! Hélas, mes hommes…

— Contrôle leurs instincts et commande d'une poigne ferme. Sinon, à quoi me serviras-tu ?

— Vous ne vous êtes pas trompé, seigneur, soyez-en certain ! Je mènerai mes Libyens à la victoire.

— Ta déplorable erreur retarde la fusion des tribus et il te sera difficile de t'imposer.

— Je réussirai, promit Tanou, l'œil carnassier.

Non, l'Ombre rouge ne se trompait pas. Cruel, veule, amoral, vénal, Tanou était le personnage idéal. Seul un Libyen commanderait de manière efficace des Libyens. Une masse de brutes heureusement faciles à manipuler. Après avoir obéi aveuglément à leur guide et taillé en pièces l'armée de Djéser, ils jouiraient quelque temps des richesses conquises. L'Ombre rouge en transformerait une moitié en mercenaires pour anéantir l'autre, et s'assurerait à bon prix l'absolue fidélité d'une garde rapprochée composée d'assassins aguerris. Ses dons la mettraient à l'abri d'une trahison.

— Je n'aimerais pas que tu me déçoives, Tanou.

— Aucun risque, seigneur ! J'ai parfaitement compris la leçon et ne dévierai pas du droit chemin.

— Commence à l'instant en quittant l'Égypte.

— Immédiatement ?

— Immédiatement.

Tanou comptait profiter des festivités et fréquenter deux ou trois maisons de bière de Memphis.

La prudence recommandait d'abandonner ce beau projet.

— Montre-toi efficace, Tanou, et tu seras récompensé.

Quand l'Ombre rouge disparut, le Libyen respira mieux. Sa marge de manœuvre était étroite, mais l'or qu'il serrait entre ses mains bien réel. La fortune accordée à un impitoyable chef de guerre… Il y avait de pires destinées !

*

*   *

Méthodique et méticuleux, Imhotep vit ses craintes se confirmer : tenir ses multiples engagements relevait du miracle. Au cours de sa promenade quotidienne avec Vent du Nord, il songea au miroir céleste de Néféret et à la vision de ces milliers d'étoiles formant le corps et l'âme de la déesse Ciel, Nout. *Nout* ne signifiait-il pas « Celle qui contient l'énergie primordiale » ? Exactement la force dont il avait grand besoin ! Où la puiser, sinon à la Maison de Vie, dans la Demeure de l'Or et la confrérie de l'Ibis ?

L'oreille droite de l'âne confirma cette déduction. Travailler seul, loin des rituels et des symboles, conduirait à l'échec. Chaque jour, il devait prendre le temps de fréquenter les puissances divines et d'approfondir l'enseignement reçu. Ce ne serait pas peine perdue, mais apprentissage du détachement par rapport au quotidien afin d'accomplir ses tâches au-delà du possible.

Vent du Nord l'avait emmené à la porte de la Maison de Vie. Imhotep déclina ses titres, les gardes appelèrent le prêtre chauve. Les deux hommes se saluèrent.

— J'aimerais revoir la Demeure de l'Or et consulter les traités d'architecture.

— Un instant, je vais chercher un responsable.

À l'abri des hauts murs, derrière la porte close, Imhotep ne se souciait plus du monde extérieur. Cet espace, en apparence confiné, se nourrissait des paroles lumineuses des anciens et ouvrait l'esprit des chercheurs de vérité.

À la vue de la responsable, Imhotep eut de la peine à contenir sa joie.

— J'espérais votre venue, dit Néféret.

48.

Le premier petit barrage construit au sud de la capitale était une réussite, et le nombre des canaux d'irrigation avait doublé. Accompagnant le roi, le ministre de l'Agriculture ne put que constater le savoir-faire d'Imhotep.

— Brillant, reconnut-il. Pourtant, les spécialistes doutaient.

— Ils se sont ralliés à lui, précisa Djéser, et nous multiplierons ce type d'ouvrage. Je compte sur ta pleine et entière collaboration, Akhétâ. Placés sous ton autorité, les chefs de province devront faciliter le travail de l'équipe d'Imhotep.

— Ils plieront le bras[1], Majesté.

La veille, les membres du grand conseil avaient assisté à l'inauguration des deux sanctuaires d'Orient et d'Occident dont Imhotep avait tracé le plan, s'inspirant des traités d'architecture de la Maison de Vie. Le roi disposait ainsi des premiers éléments de son domaine

1. Traduite littéralement de l'égyptien, cette expression signifie « obéir ».

d'éternité, mais l'on supposait, sans connaître ses projets, qu'il ne s'en tiendrait pas là.

Les ritualistes avaient déposé dans des galeries quantité d'ossements d'animaux afin de montrer la mise en ordre de la nature sauvage par le roi et la restitution de l'harmonie aux puissances divines. Et chacun de reconnaître l'efficacité d'Imhotep.

L'Ombre rouge demeurait dubitative. Certes, Djéser développait l'économie du pays et incarnait un pouvoir fort. Cependant, pas de grand projet à l'horizon. Jusqu'à présent, il suivait les traces de son père et semblait se contenter de gouverner à sa main un pays docile, ignorant les dangers qui le menaçaient. Quant à Imhotep, c'était un technicien bénéficiant, pour le moment, des faveurs royales avant de retourner à l'obscurité.

*

* *

La convocation du grand conseil à une date inhabituelle intrigua les participants. S'il s'était produit un événement anormal à la cour, le chambellan Ânkhy en aurait été averti. Du côté de la Maison de la Reine et de la princesse Redjit, rien à signaler. Le chancelier Hézyrê n'était pas informé d'un problème grave, les ministres des Finances et de l'Agriculture ne rencontraient pas de difficultés majeures requérant une réunion d'urgence.

Lorsque le pharaon apparut, la tête couverte de l'antique coiffe *némès*, il était accompagné d'Imhotep, porteur d'un rouleau de papyrus et d'une palette de scribe.

Pour la première fois, le jeune homme avait accès au sommet de l'État.

— Le temps est venu de rédiger les Annales du règne, décréta Djéser, et je confie cette tâche à Imhotep.

Depuis l'origine des dynasties, les Annales enregistraient les faits considérés comme essentiels et méritant de passer à la postérité, à savoir les fêtes, les rituels, les combats contre le Mal et les ennemis de l'Égypte, la hauteur des crues du Nil, les recensements des humains et des têtes de bétail. Restait un dernier élément que le roi ne manqua pas d'évoquer.

— Nous avons le devoir de mettre au monde les statues des dieux. Leur âme habitera leur corps de pierre, et leur présence terrestre assurera le bonheur des Deux Terres. C'est pourquoi je demande à Imhotep, initié aux mystères de la Demeure de l'Or, de créer une statue de Min, expression d'Osiris ressuscité.

L'Ombre rouge reconnut son erreur. Imhotep n'était pas un simple exécutant, mais un proche du pharaon. Ses succès prouvaient un tempérament déterminé, voire une envergure de conseiller et de dirigeant. Il convenait de stopper cette ascension.

*

*   *

Exilé au sud de Memphis, Teigneux ne cessait de remâcher sa haine envers Imhotep. C'était à cause de lui qu'il avait perdu son poste de foreur de vases, sa belle vie dans la capitale et une promotion assurée. Exclu de son atelier provincial, devenu garçon de ferme, il s'ennuyait à périr et subissait le mépris d'un vieil agriculteur acariâtre. Sa seule raison de survivre :

la vengeance. Hélas ! il ne savait pas comment sortir de ce trou. S'il s'enfuyait, son patron alerterait aussitôt la police. Teigneux serait repris, lourdement condamné, jeté en prison et envoyé au bagne.

Rageur, il fouetta une vache qui meugla de douleur. Teigneux détestait les animaux, aimait étrangler les chatons et torturer les insectes en imaginant faire subir un sort semblable à Imhotep. La chance finirait bien par tourner !

Un groupe d'hommes s'approcha. À leur tête, un grand moustachu armé d'un poignard.

— C'est toi, Teigneux ?

— Ça te regarde ?

— Nous venons en amis.

— Je n'ai pas d'amis.

— Erreur, mon gars. Un puissant personnage s'intéresse au dénommé Teigneux, injustement condamné. Si tu lui donnes satisfaction, il te procurera une aide précieuse.

L'artisan ricana.

— Je suis cloué ici ! Le fermier a reçu des instructions formelles, jamais il ne me laissera partir.

— Nouvelle erreur. Nous avons les moyens de résoudre ce petit problème.

— Tu te moques de moi ?

— Tu nous suis ou non ? Je te préviens : pas d'entourloupe. Tu tentes de t'enfuir, on te supprime.

— Où m'emmenez-vous ?

— Voir ton protecteur, à Memphis.

Teigneux n'avait rien à perdre. Le bateau rapide qu'utilisa la petite troupe prouvait l'aisance de son propriétaire.

Revoir la capitale remonta le moral de l'artisan. Sous bonne escorte, il fut conduit à un entrepôt et laissé seul au milieu d'un amoncellement de vanneries. Soudain, une lueur rouge l'aveugla.

— Désires-tu te venger d'Imhotep ? questionna une voix étrange.

— Je n'ai pas d'autre but !

— Alors, écoute-moi bien, recommanda l'Ombre rouge. Voici comment nous allons procéder. Tu souffriras, mais tu obtiendras satisfaction.

*

* *

Face au bloc de basalte, Imhotep se recueillit. Né du ventre de la montagne, il portait en lui une perfection que le sculpteur devait amener au jour. L'atelier de la Demeure de l'Or était équipé des meilleurs outils, et les assistants du jeune homme appartenaient à l'élite des façonneurs de statues. Au moment des opérations majeures et des phases techniques périlleuses, Néféret réciterait des formules protégeant la naissance. Ce corps de pierre deviendrait un être vivant, réceptacle d'une puissance divine, digne d'être mentionné dans les Annales.

La première ébauche fut accomplie avec un percuteur en dolérite, à la dureté inégalable. Des formes apparurent, le secret du bloc se dévoila. À l'aide de pâte abrasive à base d'émeri et de plusieurs pierres de formes diverses fut pratiqué un premier polissage. Puis Imhotep ôta l'inutile en utilisant une sorte de scie formée d'une lame de cuivre fixée à un manche en bois. Ses assistants polirent soigneusement les découpes.

Le temps ne comptait pas. Se sentant animé d'une énergie inconnue, l'artisan alliait force et précision. Il ne lui était pas permis de blesser le basalte et de dégrader l'œuvre. Chaque geste devait être vécu dans le cœur et transmis à la main.

Manier le foret en silex et les tubes en cuivre pour percer les oreilles, les yeux et les narines exigeait un doigté exceptionnel. L'expérience de foreur de vases fut déterminante, Imhotep ne commit pas la moindre erreur.

Le dernier polissage, long et délicat, permettait d'obtenir le modèle de la statue, rendue à jamais vivante par le rituel de la Demeure de l'Or. Imhotep tint à parachever l'œuvre lui-même, heureux d'avoir résolu les innombrables difficultés surgies au cours de la venue au monde de l'effigie du dieu Min, affirmation de la victoire des puissances créatrices sur le néant.

À l'instant où il s'empara du polissoir, un profond silence envahit l'atelier. Imhotep n'eut pas besoin de se retourner pour savoir que le pharaon contemplait la statue. Les assistants se retirèrent, laissant seuls le maître des Deux Terres et le sculpteur.

— Le *ka* divin habitera son corps inaltérable, jugea le souverain, et cette incarnation de Min sera mentionnée dans mes Annales. J'avais besoin de cette présence afin de mieux cerner mon grand projet et de lui conférer le dynamisme nécessaire. Je reviens du désert, Imhotep, et j'y ai longuement médité en faisant offrande à l'Orient et à l'Occident. Tu viens de dégager une forme divine du basalte, et je crois qu'il nous faudra accomplir un semblable Grand Œuvre en perçant le secret de la terre rouge de Seth. Une réalité essentielle se cache au sein des pierres brûlantes et des étendues solitaires.

— La violence de Seth peut devenir néfaste et donner la mort, rappela Imhotep.

— Certes, mais la négliger serait une grave erreur. Ma fonction consiste à bâtir et à vaincre les multiples formes de mort. Les sépultures royales d'Abydos et de Saqqara ne me satisfont plus, et je pressens la naissance d'une autre architecture. Peut-être s'agit-il de l'enseignement du désert. Étudie les archives de la Maison de Vie et recueille d'éventuels indices.

Le roi se retira, Imhotep acheva l'ultime polissage de la statue. Déjà, il était en recherche. Le grand projet de Djéser consistait donc à créer une demeure d'éternité inédite, comme il n'en avait jamais existé auparavant. Les anciens l'avaient-ils envisagée, ou conviendrait-il de la percevoir au-delà du visible ?

49.

Le chancelier Hézyrê supportait les mille et uns aléas de l'existence, à l'exception d'un seul : être dérangé pendant son petit déjeuner. Au sortir d'une courte nuit de sommeil, il dégustait lentement une bouillie d'orge, buvait un bol de lait tiède et mastiquait une galette en songeant à l'organisation de sa journée de travail.

Quand on frappa à la porte de sa chambre, il faillit s'étrangler. Qui osait violer ses consignes ? Il ne répondit pas, on insista. Irrité, il ouvrit.

— Pardonnez-moi, implora son secrétaire particulier, penaud, mais je crois que c'est grave et important.

— Je t'écoute.

— Le Surveillant du pays entier, Imhotep, est accusé d'un crime abominable. Le juge principal de Memphis vous confie le dossier.

— Qui l'attaque ?

Le secrétaire du chancelier lui remit plusieurs petits papyrus et des tablettes de bois comportant les charges pesant contre l'accusé, la déclaration du plaignant, les témoignages et les premiers éléments de la procédure. Vu l'aspect brûlant de l'affaire, les magistrats en référaient à leur supérieur.

Hézyrê parcourut le dossier.

— Annule mes rendez-vous de la matinée, ordonna-t-il à son secrétaire, et convoque les personnes citées.

— Imhotep inclus ?

— Non, nous verrons plus tard.

*

* *

Marchant à l'aide d'une canne, bras et jambes couverts de pansements, le front barré d'une cicatrice, un œil au beurre noir, à moitié scalpé, Teigneux avait piteuse allure. L'Ombre rouge avait gravé dans sa chair une minuscule partie des représailles qu'elle infligeait aux traîtres et aux incapables. En l'occurrence, ce pénible traitement s'avérait indispensable pour écraser Imhotep. La haine avait permis de supporter la souffrance, et Teigneux savait qu'il appartenait désormais corps et âme à l'Ombre rouge.

Le regard du chancelier se durcit.

— Nous nous sommes déjà rencontrés, me semble-t-il.

— Exact, seigneur, et la justice m'avait débouté à tort !

— N'étais-tu pas interdit de séjour à Memphis ?

— C'est exact, et je plaide coupable ! Mais qui serait assez inhumain pour refuser d'entendre l'appel au secours de sa mère et de sa sœur ?

— Explique-toi.

Hézyrê tenait à vérifier si le récit de Teigneux correspondrait à ses déclarations recueillies par un scribe du tribunal.

— Ma sœur est l'une des employées du Surveillant du pays entier, Imhotep. Voilà des mois qu'il tente de la séduire. Son refus et l'intervention de ma mère semblaient décourager le prédateur. Doté de nouveaux pouvoirs, il est reparti à l'attaque. Elles m'ont supplié d'intervenir et, en dépit de ma situation administrative, j'ai décidé de voler à leur secours. Bien m'en a pris ! Je suis arrivé au moment où Imhotep tentait de violer ma sœur, après l'avoir enfermée dans le cellier de leur modeste demeure. Je n'ai pas eu le dessus, seigneur, et vous voyez les traces de ses coups. Néanmoins, il s'est enfui. Condamnez-moi comme la loi l'exige, mais condamnez aussi ce criminel ! Pharaon ne protège-t-il pas le faible contre les abus du puissant ? Absoudre Imhotep serait une injustice insupportable.

Teigneux avait raison. L'institution pharaonique reposait sur la pratique de Maât, dont la justice était l'une des expressions majeures.

— Je vais entendre ta mère et ta sœur, promit le chancelier.

Choquées, la parole difficile, les deux femmes comparurent devant Hézyrê. Il les écouta d'abord séparément, puis ensemble. Leurs témoignages recoupèrent les affirmations de Teigneux, et le délit parut indubitable. Un greffier recueillit leurs déclarations qu'authentifiait un serment prêté au nom de Pharaon.

*

* *

Deux barrages supplémentaires terminés, une cinquantaine d'artisans embauchés, une collecte d'impôts satisfaisante... Ces bons résultats n'enivraient pas

Imhotep, déçu de ses recherches à la bibliothèque de la Maison de Vie. Adeptes de la construction en bois et en brique des demeures d'éternité, les anciens architectes ne proposaient pas de projets différents.

La visite du secrétaire particulier de Hézyrê le surprit.

— Le chancelier souhaite vous voir d'urgence.

— Je distribue mes directives et je vous suis.

Quel événement justifiait une telle précipitation ? Inquiet, Imhotep fut reçu par un chancelier au visage hostile, encore plus revêche qu'à l'accoutumée.

— Où te trouvais-tu pendant les premières heures de la nuit ?

— Chez moi.

— Seul ?

— Seul. J'ai étudié le dossier concernant les charpentiers du roi et j'ai dormi jusqu'au lever du soleil. Mais pourquoi ces questions, chancelier ?

Hézyrê fit venir la sœur de Teigneux. Tremblante, elle garda les yeux baissés.

— Connais-tu cette femme, Imhotep ?

— Il me semble… Oui, elle apporte les repas des scribes et balaie les locaux.

— C'est donc l'une de tes employées ?

— En effet.

Le chancelier s'approcha de l'éplorée.

— C'est bien cet homme qui t'a agressée ?

Elle hocha affirmativement la tête en pleurnichant.

Éberlué, Imhotep crut avoir mal compris.

— À l'évidence, protesta-t-il, il s'agit d'une méprise !

La malheureuse se retira.

— Tu as violenté cette fille sous le regard de sa mère, précisa le chancelier, et tu as infligé de sérieuses blessures à son frère qui tentait de la défendre. Ce sont des faits d'une extrême gravité, Imhotep. Plainte a été déposée, et la justice suivra son cours. Étant donné ta position éminente, la peine prononcée sera sévère. Échapper à la mort serait surprenant.

Abasourdi, le jeune homme mit quelques secondes à reprendre ses esprits.

— Ce sont d'horribles mensonges ! J'étais seul, chez moi, je le répète, et vous savez que je suis incapable de me comporter ainsi !

— Face à de tels témoignages, objecta Hézyrê, mon opinion n'a aucune importance. Et ton maigre système de défense ne convaincra personne.

— Sur la vie de Pharaon, je jure que je suis innocent ! Et je le jurerai devant mes juges.

Cette déclaration solennelle ne dérida pas le chancelier.

— Je suis contraint de t'assigner à résidence, Imhotep. La police gardera ta maison d'où il t'est interdit de sortir. Tu pourras continuer à travailler en expédiant les affaires courantes. Le procès aura lieu rapidement.

— Donnez-moi au moins le nom de mes accusateurs !

— C'est le seul point troublant de l'affaire : tu as violenté la sœur de ton ex-collègue de travail, Teigneux.

— N'était-il pas interdit de séjour à Memphis ?

— Il a répondu à l'appel au secours de sa petite famille. Et tu l'as presque battu à mort.

— Une sordide machination, chancelier ! Les antécédents de Teigneux plaident en ma faveur.

— Et s'il avait été injustement condamné ? Un réexamen de son cas prouvera peut-être que tu le tyrannisais.

— Vous n'y croyez pas vous-même !

— Nous nous reverrons au tribunal, Imhotep. Tâche de trouver une meilleure défense et, surtout, dis la vérité. Les dieux haïssent le mensonge.

— Je comprends votre position, chancelier. Cependant, j'aurais espéré une attitude différente. Soyez néanmoins assuré de mon estime et de mon respect.

Hézyrê demeura glacial. Deux policiers emmenèrent Imhotep qui garda la tête haute.

50.

Depuis deux jours, Imhotep n'avait pas fréquenté la bibliothèque de la Maison de Vie, alors qu'il y poursuivait des recherches assidues et participait quotidiennement au rituel de la Demeure de l'Or. Inquiète, Néféret se rendit au bureau du Surveillant du pays entier. Elle y rencontra un adjoint embarrassé.

— Officiellement, il sera absent quelque temps.

— Imhotep serait-il souffrant ?

— Selon la rumeur, il aurait des ennuis avec la justice. Mais on raconte tant de choses…

— Où se trouve-t-il ?

— Je l'ignore.

Troublée, Néféret marcha rapidement jusqu'au domicile d'Imhotep. Deux policiers armés de gourdins et de poignards gardaient l'entrée de la demeure de fonction.

— J'aimerais voir le Surveillant du pays entier.

— Désolé, répondit l'un des cerbères, on ne passe pas.

— C'est important !

— Nos ordres sont formels.

— Dites-moi si Imhotep se trouve bien chez lui.

— On ne répond pas aux questions. Adressez-vous à la chancellerie.

Désemparée, la jeune femme ne croyait plus à un incident mineur. Aussi fit-elle le siège de la salle d'audience de Hézyrê qui accepta de la recevoir à la nuit tombante. Faiblement éclairé, l'endroit avait un caractère inquiétant. Et le visage hostile du patron de la magistrature ne détendait pas l'atmosphère.

— Qu'arrive-t-il à Imhotep ?

— Retournez à la Maison de Vie et à vos cours de médecine, Néféret. Cette affaire ne vous concerne pas.

— Vous et moi connaissons bien Imhotep, il appartient à la confrérie de l'Ibis et a été initié aux mystères de la Demeure de l'Or ! Je ne saurais me désintéresser de son sort.

— Souhaitez-vous éprouver une cruelle déception ?

— Je veux connaître la vérité.

Hézyrê resserra les pans de son long manteau et s'assit.

— Imhotep est accusé de tentative de viol sur une de ses employées et de violences aggravées sur la personne de son ex-collègue Teigneux qui tentait de défendre sa sœur. Il est en état d'arrestation et comparaîtra dès la semaine prochaine devant le tribunal principal de Memphis. Les témoignages sont formels et concordants.

Néféret observa un long silence.

— C'est impossible, jugea-t-elle.

— Une procédure a été engagée, précisa le chancelier, et nul, même le roi, ne saurait l'interrompre. La justice est notre socle et notre lien. Les hautes fonctions d'Imhotep aggravent son cas.

— Ces accusations sont mensongères !

— Les plaignants et leur tortionnaire présumé s'affronteront au tribunal.

— Vous, Hézyrê, ne pouvez envisager la culpabilité d'Imhotep !

La pénombre masquait les traits du chancelier.

— Peu importe mon opinion. Seule compte celle des juges, et il m'est interdit de l'influencer. Ni vous ni moi ne sommes en capacité d'intervenir.

*

* *

Akhétâ, le ministre de l'Agriculture, et Baten, celui des Finances, tenaient une réunion hebdomadaire en compagnie de leurs principaux collaborateurs afin de coordonner leurs efforts. À l'issue d'une longue matinée de travail, ils déjeunèrent ensemble à la villa d'Akhétâ. Poisson séché, concombres et salade formaient un menu léger aux yeux de Baten, mais il existait un sujet de préoccupation plus important.

— Imhotep aurait de sérieux ennuis, avança le ministre des Finances. D'après le chambellan Ânkhy, il serait assigné à résidence.

— J'allais justement te demander des éclaircissements. N'a-t-il pas échoué en tentant de récolter les impôts des artisans et n'as-tu pas réclamé une sanction exemplaire ?

— Qui répand cette fausse nouvelle ?

— La princesse Redjit, répondit Akhétâ. Ainsi, tu serais débarrassé d'un éventuel rival.

— Quelle peste ! Elle est capable de tout pour acquérir davantage de pouvoir. Contrairement à mes prévisions, Imhotep a rempli sa mission à la perfection. Les artisans ont confiance en lui et jugent corrects les prélèvements exigés. Les documents comptables ont été remis au Trésor, et mes services se déclarent satisfaits du travail effectué.

Les deux hommes vidèrent leur coupe de bière fraîche et légère.

— Le chambellan pense que tu n'as pas supporté l'intrusion d'Imhotep dans ton domaine de compétences, reprit Baten. La construction des barrages et le creusement de nouveaux canaux t'auraient profondément irrité.

— Je le reconnais, admit Akhétâ. L'intérêt général étant ma règle de conduite, je salue le succès d'Imhotep dont l'Égypte entière bénéficiera. Et je n'ai mené aucune intrigue contre lui. La délicieuse Redjit colporte un autre ragot : Imhotep aurait commis un grave délit, peut-être un meurtre.

— Un meurtre ? Impensable !

— Le pouvoir tourne les têtes, Baten. La jeunesse de ce garçon, si compétent soit-il, est un lourd handicap. S'il s'agit d'une affaire criminelle, le chancelier Hézyrê est le premier concerné. Et si Imhotep est coupable, je redoute la sanction suprême. Un proche du roi se doit d'être irréprochable.

*

* *

Le concert donné par l'orchestre féminin de la Maison de la Reine avait réuni les grands du royaume. La flûtiste attirait les oreilles et les regards, sa virtuosité s'alliant à son charme. Et comme l'ensemble des harpistes manifestait une remarquable musicalité, on aurait dû céder à l'envoûtement des mélodies et des accords. Mais l'affaire Imhotep occupait les esprits, et chacun essayait de glaner un renseignement sûr. Le chancelier était le seul notable réellement informé, et son absence laissait la porte ouverte aux suppositions.

— En sais-tu davantage ? demanda la princesse Redjit au chambellan Ânkhy, à l'écart de l'assistance.

— Imhotep aurait commis une faute tellement grave qu'il a été placé à l'isolement avant son procès. On a murmuré le mot « crime ».

— Qui aurait-il tué ?

— Je l'ignore. En tout cas, sa carrière est terminée, et c'est une triste fin.

La princesse avait une mine boudeuse.

— Tu ne sembles guère réjouie, observa Ânkhy. Pourtant, tu détestes ce garçon.

— Un homme est trop fruste pour comprendre les sentiments d'une femme. Imhotep assassin… Étrange, ne trouves-tu pas ?

— Les femmes ne perçoivent pas toujours les pulsions des hommes.

— Et s'il était victime d'un complot ?

Ânkhy parut sceptique.

— Djéser règne, la cour est tranquille, Hézyrê incorruptible… Ne délirons pas ! L'apparence d'Imhotep était trompeuse. Sous l'homme sérieux et travailleur se cachait un monstre. La justice l'empêchera de nuire.

Redjit hocha la tête.

*
* *

— Les charges sont accablantes, Majesté, déclara Hézyrê. J'ai écouté moi-même les plaignants, et deux médecins ont constaté la gravité des blessures de Teigneux. Sa présence à Memphis est certes condamnable, mais il bénéficiera de circonstances très atténuantes. Quant aux protestations d'Imhotep, elles ne m'ont pas convaincu. Au tribunal de se prononcer. Espérons que les explications de l'accusé lui éviteront le châtiment suprême. Étant donné son statut, l'indulgence est exclue.

— Je partage ton avis, approuva Djéser. Je ne croyais pas Imhotep capable d'une telle folie.

— Il est jeune, célibataire, travailleur acharné, doté de pouvoirs qui l'auront enivré. Je suis atterré, car il possédait une réelle envergure et servait bien l'État. Hélas ! les faits sont là.

Le chancelier n'avait qu'une crainte. En raison du rôle majeur attribué à Imhotep, le roi n'interviendrait-il pas, d'une manière ou d'une autre, afin d'influencer la justice en faveur de son protégé ?

Djéser fixa Hézyrê.

— Sois sans crainte, la loi de Maât sera respectée. Ne confondons pas, cependant, la justice avec le droit. Le jour où ce malheur surviendra, cette terre deviendra un lieu de supplices.

— La vérité sera établie, Majesté, et la sanction exemplaire.

La déchéance d'Imhotep était un coup dur. Le roi ne retrouverait pas facilement un homme de cette trempe. En dépit de la gravité de l'affaire, il ne parvenait pas à croire à la culpabilité de l'artisan. Qui l'aurait haï au point de l'attirer dans un tel guet-apens ? Face à ses juges, le jeune homme disposerait de la force de l'innocence et prononcerait les paroles justes. Suffiraient-elles à le sortir de ce guêpier ?

La soirée était orageuse. Des nuages noirs voilèrent le soleil, une ombre rouge ensanglanta le Nil.

51.

Teigneux, sa mère et sa sœur étaient placés sous haute surveillance, et nul n'était autorisé à leur parler. Inutile de solliciter un passe-droit, Hézyrê tenait au strict respect de la procédure. La confrontation entre l'accusé et les plaignants serait donc décisive, et Néféret craignait le pire. Le piège avait été si bien tendu qu'Imhotep n'avait aucune chance d'y échapper.

Une seule certitude : il n'était pas coupable, mais victime. On voulait l'éliminer parce qu'il s'était trop rapproché du roi et se montrait d'une efficacité remarquable, déclenchant ainsi de féroces jalousies.

Elle devait le sortir de cette ornière.

Malheureusement, ses réflexions n'aboutissaient qu'à des impasses. Au petit matin, fatiguée, la jeune femme s'apprêtait à dormir un peu lorsque le rayon de soleil illuminant sa chambre l'amena à se poser une question.

Une question tellement incongrue que personne n'y avait songé. Et la réponse serait probablement décevante… C'était pourtant sa seule piste. Un homme pourrait peut-être l'aider.

*
* *

Futé était abasourdi.

— Imhotep arrêté… Des bruits circulaient, je ne les écoutais pas ! De quoi l'accuse-t-on ?

— Je suis l'une des seules personnes à le savoir, révéla Néféret, et je devrais me taire. Mais la situation est alarmante, car Imhotep risque une condamnation à mort.

Futé donna congé aux artisans et ferma l'atelier. Son habituelle gaieté s'était éteinte.

— Imhotep est victime d'un complot dont l'instigateur est Teigneux, affirma la jeune femme.

— Teigneux, ce salopard ! Il a été jugé coupable de mensonge, sa parole n'a aucune valeur !

— Imhotep l'aurait gravement blessé alors qu'il défendait sa sœur, en présence de sa mère.

— La défendre… contre quoi ?

— L'agression d'Imhotep qui voulait la violer.

— Si les circonstances n'étaient pas tragiques, j'éclaterais de rire ! Jamais les juges ne croiront de telles stupidités.

— Le procès aura lieu très vite, et je crains que le verdict ne soit déjà rendu. Les témoignages sont formels, les charges accablantes.

Effondré, Futé retint ses larmes.

— Comment agir, Néféret ?

— Que sais-tu à propos de la mère et de la sœur de Teigneux ?

— La mère, je ne la connais pas. La sœur, je l'ai croisée deux ou trois fois. Une petite brunette avec des grains de beauté à la commissure des lèvres et un nez en trompette. J'ai failli lui faire la cour quand elle a été engagée par l'un des scribes au service d'Imhotep. Vu son caractère désagréable, j'ai renoncé. Elle prépare des repas, me semble-t-il, et s'occupe aussi du ménage des bureaux.

— Sais-tu où elle habite ?

— Teigneux et sa famille sont originaires d'un village à l'est de Memphis, le Tamaris protecteur. Peut-être les deux femmes y résident-elles toujours.

— Le nom de la sœur ?

— Rosette.

*
* *

Accompagnée d'un Vent du Nord à l'œil triste et inquiet, Néféret se rendit d'un bon pas au Tamaris protecteur, un village tranquille peuplé de paysans. Les roses trémières poussant le long des façades des petites maisons blanches expliquaient le nom donné à la sœur de Teigneux.

Le maire possédait une ferme bien entretenue. Une troupe de canards accueillit la visiteuse, une oie gardienne prévint le propriétaire, un quinquagénaire au crâne dégarni.

— Je m'appelle Néféret et je suis médecin. Pourriez-vous m'accorder un peu de temps ?

— Il n'y a pas de malades ici.

L'homme était tendu, presque agressif.

— J'aimerais parler de Rosette.

— Pas de Rosette ici.

— L'artisan Teigneux et sa famille sont vos administrés et…

— Retournez chez vous, ma belle. Moi, j'ai du travail.

L'oie se montra hostile, préparant ses congénères à l'attaque. Forcée de battre en retraite, Néféret ne regrettait pas sa démarche. L'étrange attitude du maire tendait à dissimuler une information ou des faits gênants.

Une petite fille s'approcha de Vent du Nord et lui caressa le museau.

— Il est beau, ton âne ! J'en voudrais un comme lui.

— Tes parents n'en possèdent pas ?

— La méchante l'a empoisonné. Je l'ai vue.

— L'as-tu appris à tes parents ?

— Ils m'ont traitée de menteuse.

— Moi, je te crois. Empoisonner un âne est un crime, et je vais t'aider. Le nom de cette méchante ?

— Elle est morte, les dieux l'ont punie. Au village, on a tous peur de son fils, même le maire. Il est encore plus méchant que sa mère et cogne les gens. Moi, quand je serai grande, je deviendrai juge et j'enverrai Teigneux en prison.

— Il s'appelle… Teigneux ?

— Il le mérite !

— Et sa mère est morte ?

— Avant la dernière crue. Teigneux n'a pas assisté à l'enterrement, et sa sœur Rosette n'a pas versé une larme.

— N'a-t-elle pas quitté le village ?

— Elle vit chez le maire, révéla la fillette, c'est un secret.

Néféret avait eu raison de suivre son intuition. La petite lueur perçait les ténèbres.

— Je t'offrirai un âne, promit-elle à la gamine en l'embrassant sur les deux joues.

— C'est vrai, tu ne mens pas ?

— Jamais.

Rarement Néféret avait vu un si beau sourire. La fillette s'éloigna en bondissant de joie.

*

* *

— Encore vous ? s'étonna le maire.

— Je souhaite rencontrer Rosette, déclara Néféret.

— Décampez, ou bien…

— Ou bien ?

Le chef du village agrippa un fouet et le brandit.

— Oseriez-vous me frapper ?

— Décampez !

Néféret franchit le seuil, les lanières de cuir du fouet sifflèrent. Elle s'écarta à temps, Futé et deux artisans plaquèrent l'agresseur au sol.

— La mère de Teigneux est morte, et tu caches sa sœur Rosette. Qui t'a payé ? questionna la jeune femme.

— Personne.

Le regard mauvais, Futé serra le manche de son maillet en silex.

— Une pourriture de ton espèce ne mérite pas de vivre.

— Attendez, attendez ! C'est un inconnu, pas quelqu'un du village. On m'a juste demandé d'abriter Rosette, ce n'est pas un crime !

Crispée, la sœur de Teigneux apparut. Futé la reconnut et lui agrippa le poignet.

— Ne devrais-tu pas te trouver à Memphis, sous la protection de la police, et en compagnie de ta mère ?

Rosette hurla de rage.

*

* *

— Je vous présente ma démission, Majesté, déclara le chancelier Hézyrê.

— Je la refuse. Tu as été abusé, estima Djéser, et ta rectitude n'est pas en cause.

— Ma vigilance a été prise en défaut, je ne me le pardonne pas.

— Voici ma sanction : tu restes à ton poste et tu exerces pleinement ta fonction. C'est toi qui, devant la cour, prononceras la réhabilitation d'Imhotep.

Hézyrê s'inclina.

— Les résultats de l'enquête ? interrogea le pharaon.

— La fausse mère, la fausse sœur et Rosette ont été arrêtées, le maire réduit à la condition d'ouvrier agricole. Tous ont admis avoir été achetés par un inconnu dont la description varie tellement qu'il s'agit, selon moi, de plusieurs individus.

— Et Teigneux ?

— Il s'est enfui de la caserne où le soignait un médecin de l'armée.

— Autrement dit, un complice l'a alerté. Nous sommes en présence d'un réseau qui a tenté de détruire Imhotep et ne s'arrêtera pas là.

— Conclusion inévitable, Majesté.

« Après avoir assassiné ma mère, pensa le roi, l'avaleuse d'âmes continue à sévir. À l'évidence, elle dispose de complicités haut placées. Ces événements procurent au moins une certitude : Imhotep est un homme de confiance. »

52.

Néféret fut invitée au banquet qu'organisaient les artisans en l'honneur d'Imhotep. L'heure était au bon vin et aux réjouissances, et nul ne bouda son plaisir. À l'étonnement de la cour, le jeune homme innocenté demeurait d'une parfaite égalité d'humeur et n'adressait de reproche à personne. Pourtant, il aurait pu réclamer la démission du chancelier Hézyrê ou porter plainte contre lui et une dizaine de juges. Au lieu de prendre sa revanche, Imhotep se comportait comme si rien ne s'était passé et continuait à s'acquitter de ses multiples tâches. Ce soir, il oubliait ses hautes fonctions et festoyait avec les foreurs de vases dont les plaisanteries parfois égrillardes ne semblaient pas effrayer Néféret.

— Elle est très jolie, murmura Futé à l'oreille de son supérieur. Sans elle, tu serais mort.

— J'en ai conscience, et ma gratitude lui est acquise.

— Seulement ta… gratitude ?

— Néféret est inaccessible.

— Elle est tout de même venue !

— Concours de circonstances.

— J'ai l'impression que tu ne lui es pas indifférent.

— Tu te trompes. La Maison de Vie l'absorbe et, si elle décide un jour de se marier, son époux sera un dignitaire de premier plan.

— Ne serait-ce pas ton cas ?

La question de Futé surprit Imhotep qui ne trouva pas de réplique décisive. Il lui sembla que Néféret lui adressait quelques sourires complices, mais cette attitude ne relevait-elle pas de l'ambiance festive de cette soirée amicale ?

Elle s'écoula vite, trop vite. Lui parler de ses sentiments outrepassait les forces d'Imhotep.

Et Néféret s'éloigna de nouveau.

*

* *

En apprenant l'arrestation de la fausse mère et de la fausse sœur de Teigneux, l'Ombre rouge avait eu le temps de réagir et d'organiser son évasion, grâce au réseau implanté dans la police. L'enquête n'aboutirait qu'à des comparses, et sa propre sécurité demeurait absolue.

L'élimination d'Imhotep dépendait de la rapidité de la procédure et du manque de vigilance des juges. L'opération avait failli réussir, et l'Ombre rouge regretta de n'avoir pu accélérer cette manœuvre.

En apparence, Imhotep sortait renforcé de cette épreuve, et son comportement suscitait l'admiration de la cour. Néanmoins, le roi ne l'avait pas encore reçu, et c'était là un signe de défiance. L'affaire laisserait des traces, et l'ascension de l'intrigant s'interromprait.

De plus, l'Ombre rouge se félicitait d'avoir déniché un brillant élément. Teigneux méritait son nom, et sa haine envers le pouvoir lui servirait tôt ou tard. Tordu à souhait, dépourvu d'humanité et de scrupules, Teigneux n'avait pas fini de nuire. Modifier son apparence physique ne posait pas de problèmes, puisqu'il était prêt à tout pour se venger.

Disposer d'une arme supplémentaire réjouissait l'Ombre rouge qui continuait à ronger les fondations du royaume de Djéser.

*
* *

Lorsque le Surveillant du pays entier franchit la porte du palais de Memphis, de nombreuses paires d'yeux l'observèrent. Enfin, Imhotep était convoqué par le pharaon ! On chercha à déchiffrer les émotions de l'ex-accusé, mais son visage demeura impénétrable et son allure tranquille. De l'avis général, cette entrevue serait la dernière. À supposer qu'il fût complètement innocent, le jeune homme avait été mêlé à une affaire sordide, et ce faux pas rendait impossible son appartenance au cercle restreint des « amis uniques » de Pharaon. Conserverait-il un poste convenable ou serait-il relégué au fin fond d'une province ? Telle était la seule question à se poser.

Imhotep s'inclina devant le roi, sobrement vêtu, la tête couverte de la coiffe antique.

— Estimes-tu avoir surmonté cette épreuve ? demanda Djéser.

— La vérité a triomphé, Majesté. Qu'importe le reste.

Le regard d'Imhotep ne mentait pas. En lui, ni amertume ni rancœur.

— Mon devoir consiste à bâtir le temple et l'homme en un seul et même acte, révéla le pharaon. À chaque instant, les forces du chaos menacent de nous envahir, et les sanctuaires des divinités sont l'unique rempart efficace. Lors de l'ouverture du naos, à l'aube, la vie se reconstruit, la Première Fois s'accomplit de nouveau et le ciel devient présent sur terre. Son énergie anime toutes les formes d'existence, l'invisible se révèle par le visible.

Le pharaon venait d'exprimer l'enseignement majeur de la Demeure de l'Or, dont il était le Supérieur. Depuis qu'il avait foré son premier vase en pierre dure, Imhotep pressentait l'importance du geste de l'artisan. Aujourd'hui, il savait pourquoi il fallait transformer la matière en esprit.

— As-tu exploré les archives de la Maison de Vie ?

— Les anciens architectes m'ont beaucoup appris, mais je n'ai pas découvert le chemin espéré.

— L'obscurité se dissipe peu à peu, affirma le monarque. Au temple de la déesse Hathor, la Grande Épouse royale a vu un horizon de turquoises. Leur lumière éclairera notre route en direction du Grand Œuvre. Une grande quantité sera nécessaire et, malheureusement, ces pierres précieuses ne se trouvent qu'au Sinaï, au cœur d'une zone dangereuse où rôdent les coureurs des sables. Les risques sont considérables, et rapporter un tel trésor attisera les convoitises. Je n'ai confiance qu'en toi pour accomplir cette mission, Imhotep, mais tes jours seront en danger et je te laisse la liberté de refuser.

— Le destin m'a souri, Majesté, et je lui suis redevable.

*
* *

Quand Imhotep apparut en compagnie du roi à l'ouverture du grand conseil, ses membres surent que la cour et l'opinion publique s'étaient lourdement trompées. Loin de retirer son appui au Surveillant du pays entier, Djéser confortait sa position et l'installait au gouvernement des Deux Terres. Imhotep appartenait à présent au premier cercle du pouvoir.

— Nous allons organiser une grande expédition au Sinaï afin de rapporter des turquoises, annonça le pharaon, et vos départements respectifs nous fourniront le nécessaire. Princesse Redjit, nous aurons besoin de vêtements et de nattes. Akhétâ, tu prépareras nourritures et boissons, et tu rassembleras des ânes robustes. Baten, tu sortiras du Trésor des remèdes, des onguents et des huiles. Chancelier Hézyrê, tu équiperas les soldats avec des armes récentes. Enfin, ritualiste en chef Ânkhy, tu donneras à chaque voyageur des amulettes protectrices.

Ce projet stupéfia le grand conseil. Le ministre de l'Agriculture Akhétâ fut le premier à réagir.

— Le Sinaï n'est pas une zone sécurisée, Majesté, et cette expédition risque d'être un désastre.

— C'est pourquoi un nombre élevé de soldats protégeront les scribes et les artisans.

— Le Trésor dispose d'une quantité appréciable de turquoises, rappela Baten, ministre de l'Économie.

— L'œuvre à venir exige davantage.

— Qui prendra la tête de cette force armée ? s'inquiéta le chancelier Hézyrê.

— Imhotep.

— Sauf votre respect, Majesté, ne manque-t-il pas d'expérience ?

— Le courage, la détermination et la vigilance la remplaceront. Et les artisans le reconnaissent comme leur chef.

— Nos réserves de cuivre ne sont-elles pas insuffisantes ? questionna Redjit.

— Exact, reconnut Baten. Je devrai bientôt rationner les livraisons aux sculpteurs, et la création de statues sera ralentie.

— Les mines de cuivre ne sont pas éloignées de celles de turquoises, précisa la princesse. Imhotep pourrait se charger d'extraire une importante quantité de ce précieux métal.

— Les risques seraient augmentés d'autant ! protesta Ânkhy. Le séjour de nos hommes sera particulièrement pénible et les conditions de travail exténuantes. Ne doublons pas les difficultés !

— L'idée de la princesse Redjit me paraît excellente, approuva Imhotep. Il suffira d'adapter notre organisation et de promettre une belle prime aux volontaires en ne leur cachant rien des périls encourus.

— Cette entreprise me semble fort hasardeuse, objecta Akhétâ. En cas d'échec, la réputation de Votre Majesté se dégradera.

— Je partage l'avis du ministre de l'Agriculture, insista Baten. Les coureurs des sables sont de redoutables adversaires, notre expédition risque de disparaître corps et biens.

— Manquer de cuivre serait catastrophique, rappela Redjit, et la lâcheté n'est jamais une solution. Imhotep réussira, j'en suis sûre.

— Le chancelier Hézyrê coordonnera les activités des ministères, décida le roi.

Les rides du vieillard s'étaient encore creusées. Il regarda Imhotep dans les yeux.

— Je déplore les erreurs commises et je reconnais ma responsabilité. Compte sur moi pour préparer au mieux ce difficile voyage et assurer les conditions de ton succès.

Les membres du grand conseil se retirèrent.

L'Ombre rouge jubilait intérieurement. Elle n'aurait pu imaginer meilleure folie, qui conduirait à l'élimination d'Imhotep et à l'humiliation de Djéser.

53.

Le commandant Bonpied, chef des patrouilleurs de Sa Majesté, avait passé davantage de temps dans le désert que dans son village natal du Delta. Il ne craignait ni les Libyens ni leurs alliés, les coureurs des sables, et se vantait d'en avoir trucidé une bonne vingtaine en volant au secours de caravanes agressées.

Quand il vit Imhotep, chargé d'organiser l'expédition aux mines du Sinaï, le commandant fronça les sourcils.

— J'ai une grande gueule, paraît-il, mais je te trouve bien jeune ! Connais-tu la région de malheur où nous devons emmener des centaines d'hommes ?

— Pas du tout.

Bonpied soupira.

— Et tu crois avoir la moindre chance de réussir ?

— Grâce à vous, certainement. Et nous remplirons ensemble la mission confiée par le roi.

— Tu n'as pas idée du danger ! Le feu de ces contrées est la pire des horreurs. À ta place, je convaincrais le pharaon de renoncer.

— Nous avons besoin de turquoises et de cuivre. Jointe à votre expérience, ma détermination ne sera-t-elle pas une arme décisive ?

Bonpied considéra Imhotep d'un autre œil.

— Lorsque tu as un projet chevillé au corps, toi, c'est du coriace ! Pas moyen de te clouer sur place, on dirait. À ton âge, désires-tu mourir sous les coups de barbares ?

— Nous ne mourrons pas, puisque vous connaissez le terrain à la perfection. Et je suivrai vos conseils.

Le commandant était décontenancé. Il s'attendait à un courtisan arrogant, nourri de ses prétentions, et il découvrait un gaillard humble, plutôt sympathique.

— À vous de choisir les ânes et les hommes, précisa Imhotep. Nous partirons à la nouvelle lune.

*

* *

— Cette expédition ne serait-elle pas une folie ? questionna Néféret.

Pour la première fois, Imhotep voyait l'inquiétude assombrir le beau visage de la jeune femme.

— Ce serait un mensonge de nier les risques.

— Le roi en est-il conscient ?

— Il a formulé ses exigences, à moi de lui donner satisfaction.

Émue, Néféret se détourna.

— Le commandant Bonpied est un fin connaisseur du désert, indiqua Imhotep, mais la Maison de Vie possède probablement des cartes qui me seront fort utiles.

— Redouterais-tu… un piège ?

— Vu le caractère périlleux de ce voyage, un maximum de précautions s'impose.

Maîtrisant son émotion, Néféret alla chercher les documents.

N'était-ce pas le moment de lui ouvrir son cœur, de lui avouer la profondeur de ses sentiments ? D'après son attitude, la jeune femme ne semblait pas indifférente à l'issue tragique que le destin réservait à Imhotep.

Et ce fut cette éventualité qui l'incita à se taire. Ils ne s'étaient pas vraiment rencontrés, ils se séparaient à jamais. Inutile, par conséquent, d'envisager un avenir.

Néféret apporta une dizaine de cartes, fruit des expéditions menées depuis la première dynastie.

— Sois d'une extrême prudence, recommanda-t-elle. Et je…

Un instant, il crut qu'elle prononcerait des paroles inespérées. Il dut se contenter d'un regard qu'il n'osa déchiffrer.

*
* *

Bonpied s'était montré impitoyable, refoulant les amateurs, les aventuriers d'occasion, les hâbleurs et les imbéciles. Les mêmes critères de sélection s'appliquant aux hommes et aux ânes, il n'avait pas été facile de réunir une troupe capable d'affronter les rigueurs de solitudes brûlantes et dangereuses. Au moins, il disposait de son homologue à quatre pattes, un mâle robuste d'une intelligence incroyable. Celui-ci saurait guider ses congénères et se faire obéir.

En reconnaissant Vent du Nord, Imhotep fut soulagé. Voilà plusieurs heures qu'il recherchait son compagnon qui avait quitté son écurie pour se présenter au recruteur !

La tête haute, l'âne accepta les caresses.

— Sacré bestiau ! s'exclama le commandant.

— C'est mon âne. Il est venu de lui-même.

— Ça ne m'étonne pas ! Côté tempérament, vous formez une belle équipe. Moi, je le mets à la manœuvre. Recrutement terminé, ultimes préparatifs en cours. On a des costauds et des calmes. Ils ne vacilleront pas au premier vent de sable. Maintenant, ça bloque au niveau ravitaillement. À toi de t'en occuper. Les provisions actuelles frisent le ridicule, et je refuse de partir avec si peu.

*
* *

Irrité, la mine des mauvais jours, le ministre de l'Agriculture Akhétâ ressentait la nécessité de s'isoler et d'oublier, fût-ce une seule heure, la meute des solliciteurs et des importuns. L'apparition d'Imhotep ne le réjouit pas.

— Je dois vous consulter d'urgence.

— Désolé, reviens ce soir.

— Impossible.

— Ta requête serait-elle tellement importante ?

— Elle l'est.

Le visage d'Akhétâ se durcit.

— Je t'écoute.

— La quantité de vivres accordée à l'expédition se révèle insuffisante.

— Ça m'étonnerait ! Je m'en suis occupé moi-même.

— Le commandant Bonpied réclame le triple.

La colère anima le regard du ministre.

— Cet aventurier aurait-il perdu la tête ?

— Il m'a donné des arguments précis, et je l'approuve. Je vous saurais donc gré d'accéder à ma requête.

— Le pharaon m'a confié la gestion des greniers et je ne distribue pas la nourriture à tout vent ! Contente-toi du strict nécessaire.

— Cette expédition s'annonce difficile, précisa Imhotep avec calme, et les volontaires méritent des égards. S'ils ne manquent de rien, ils affronteront mieux le danger. La ration d'un voyageur parcourant le désert ne peut être comparée à celle d'un sédentaire bénéficiant du confort et de la sécurité.

— Chacun ses problèmes ! Des gaillards entraînés ne se goinfrent pas.

— La réussite de l'expédition dépend en grande partie des conditions matérielles. Je vous prie de revenir sur votre décision.

Akhétâ leva les yeux au ciel.

— En cas de refus, iras-tu te plaindre auprès du roi ?

— Je n'importunerai pas Sa Majesté à cause d'une simple question d'intendance. L'arbitrage du chancelier Hézyrê suffira.

— Hézyrê est souffrant et ne te porte pas dans son cœur, me semble-t-il.

— J'ai confiance en son sens de l'État, affirma Imhotep. Il comprendra que votre position est erronée et ma demande justifiée.

Akhétâ grinça des dents.

— Tripler, hors de question ! J'accepte de doubler. Les soldats savent chasser et le commandant Bonpied connaît l'emplacement des points d'eau. C'est mon dernier mot.

— Je vais consulter le commandant.

*

* *

Bonpied n'en espérait pas tant. À l'écoute du résultat, il siffla d'admiration.

— Toi, tu es un rude négociateur ! Quand nous livre-t-on ?

— Dès demain. L'armement vous satisfait-il ?

— Du solide et du récent. Ce soir, j'offre de la bière de fête à mes gars et je leur accorde quartier libre. Avant d'affronter l'enfer, il faut prendre du bon temps.

54.

Vent du Nord donnait le bon rythme, ni trop rapide ni trop lent. Estomaqué, le commandant Bonpied aurait juré que cet âne était un spécialiste du désert. En plus, il choisissait l'itinéraire parfait et les haltes idéales.

Imhotep découvrait un monde impitoyable où pullulaient les serpents, les scorpions et quantité d'insectes agressifs, dont des puces voraces. Aussi le matin les membres de l'expédition se recouvraient-ils d'onguents protecteurs. On buvait souvent, par petites gorgées, et l'on mangeait légèrement. La beauté du paysage composé de grandes étendues, de collines arides, de dunes et de roches variées atténuait la fatigue. Portant en permanence un arc et une massue, Bonpied semblait inébranlable et rassurait les voyageurs. À la surprise générale, Imhotep tenait son rang et ne semblait pas souffrir de la chaleur. Il partageait le quotidien des hommes de troupe et suscitait leur confiance.

Sans avoir subi d'attaque, le corps expéditionnaire atteignit un port[1]. Là, on assembla les parties de bateaux

1. Ayn Sokhna, sur la côte ouest de la mer Rouge, d'où l'on partait pour traverser le golfe de Suez en direction de la péninsule du Sinaï.

transportées à dos d'âne et de militaire. Ce travail fut précédé d'un rituel rappelant la reconstitution du corps osirien. Lieu d'initiation, le chantier naval n'était-il pas l'antichambre de la Demeure de l'Or ? Imhotep revécut des étapes importantes de son cheminement et, face à la dangereuse étendue d'eau salée, implora l'aide des dieux.

Sa prière fut entendue. Un temps magnifique, un vent doux, une mer tranquille. La traversée offrit une période de repos appréciée de tous. On dégusta de succulents poissons et l'on but de l'excellente bière en contemplant le ciel bleu le jour et les étoiles la nuit.

Nul incident lors de l'accostage, débarquement paisible. À l'aube, on emprunta la piste menant à la vallée des Cavernes[1], but du voyage.

Vent du Nord avançait d'un bon pas, les éclaireurs demeuraient vigilants.

— La chance nous sourit, estima Imhotep.

— Le nombre des soldats décourage les pillards, jugea Bonpied. Ils subiraient de lourdes pertes, à moins de réunir plusieurs tribus et de former une véritable armée.

— Excluez-vous cette hypothèse ?

— Utopie totale ! Les Libyens sont des fanfarons, les coureurs des sables une bande de lâches. Chaque clan revendique son indépendance et n'obéit qu'à son chef, toujours un vieux brigand couvert de femelles qui s'entre-déchirent. S'ils s'alliaient, la menace serait

1. Le Ouadi Maghara, dans la partie occidentale du Sinaï.

sérieuse. Mais personne ne réussira à fédérer ce ramassis de tueurs.

La longue expérience du commandant incitait à le croire. Cependant, Imhotep retint cette inquiétante perspective et se promit, s'il revenait vivant à Memphis, d'en parler à Djéser.

— Et les embuscades ?

— La spécialité de ces salopards ! Si tu n'as pas un âne intuitif et des éclaireurs à la vue perçante, ton cadavre sera la proie des vautours. Ton Vent du Nord est une belle garantie de survie, et mes gars ressentent le danger à mille pas.

— Autrement dit, cette expédition est une partie de plaisir.

— Un peu trop, grommela le commandant. Un peu trop.

*

* *

Baveux cracha sur le voleur.

— Tu n'aurais pas dû dépouiller le seigneur Tanou.

Bras et jambes entravés, le chef du petit clan protesta.

— Je n'ai pas volé cet or !

— On a un témoin, rappela Tanou, auguste.

— C'est mon rival, il veut ma place !

— Il la mérite.

Tanou trancha la gorge du voleur déchu et remit le poignard à son successeur qui, contrairement au condamné, acceptait de servir sous les ordres du Libyen et d'attaquer l'expédition égyptienne en route vers les mines du Sinaï. C'est pourquoi Baveux avait dissimulé dans la tente de l'ex-chef des paillettes d'or, preuve de son forfait.

Le nouveau patron de cette tribu de coureurs des sables, particulièrement féroce, les regarda avec convoitise.

— La moitié maintenant, décida Tanou, l'autre moitié après notre triomphe. Et je t'accorde la totalité du butin.

— Marché conclu !

— Je commande, tu obéis. Et pas de survivants.

Le pillard eut un sourire carnassier.

— On leur ouvrira le ventre et on leur coupera le sexe ! Un beau carnage d'Égyptiens, quel plaisir. Il y a des femmes, parmi eux ?

— Malheureusement non.

— On ne peut pas tout avoir, admit le coureur des sables. Fêtons notre accord en buvant de l'alcool de dattes.

À ce jeu-là, personne n'égalait Baveux. Et les ivrognes éclatèrent de rire quand il fracassa la tête d'une chèvre d'un seul coup de poing.

Tanou, lui, songeait à la délicate stratégie à mettre en place pour exterminer le corps expéditionnaire du pharaon et donner satisfaction à l'Ombre rouge.

*

* *

Relevée tous les trois mois, une garnison assurait la sécurité de la vallée des Cavernes. Les coureurs des sables n'osaient pas affronter ces soldats rugueux, disposant de fortins et d'un armement efficace. Des guetteurs étaient en poste jour et nuit, prêts à donner l'alerte en cas d'agression.

L'arrivée d'une troupe nombreuse fut l'occasion de longues réjouissances. Chacun ne rêvait que de retourner en Égypte où la vie était si douce à l'ombre des palmes.

Le chef de la garnison, un barbu carré, et le commandant Bonpied se congratulèrent avec force bourrades.

— Sacré Bonpied ! Te voici à la tête d'une sérieuse troupe. Le roi a-t-il décidé d'exterminer les Bédouins ?

— Ce serait une fameuse idée, mais on vient seulement récolter des turquoises. Et le responsable, c'est lui.

Bonpied désigna Imhotep.

Le barbu toisa l'inconnu.

— Il a l'air solide.

— Le désert ne l'a pas terrassé, confirma le commandant. Et ce n'est pas le genre à se plaindre.

Le barbu tapa sur l'épaule d'Imhotep.

— Bienvenue aux mines, mon garçon ! Après ton séjour ici, tu comprendras pourquoi l'Égypte est un paradis. Tu nous as apporté des gâteries, j'espère ?

— Bière forte, poisson séché, conserves de viande et du miel.

— Du miel ! Mon amitié t'est acquise.

Les trois hommes dînèrent à l'abri d'une cabane en pierres sèches. Un vent froid soufflait, des nuées inquiétantes striaient le ciel.

— Je déteste cette région, avoua le barbu. Au début, on la croit grandiose. Ensuite, on n'y voit qu'un amas de démons.

— Ces derniers temps, demanda Imhotep, les coureurs des sables vous ont-ils menacés ?

— Plus d'incident depuis longtemps. Ils connaissent nos capacités de défense et ne s'en prennent qu'aux caravanes mal escortées.

— Pas d'agitation parmi les tribus ?

— En apparence, calme plat.

— Des doutes ?

Le barbu haussa les épaules.

— Il me faudrait des espions chez les Bédouins, et je n'en ai pas ! Par bonheur, ils s'entre-déchirent, et chaque chef de clan se considère comme un tyran absolu. Nous sommes un trop gros os à ronger, ils se tiendront à l'écart.

— À l'aube, précisa Imhotep, nous commencerons le travail. Vos spécialistes se mettront-ils à ma disposition ?

— Sans problème.

Imhotep ne trouva pas le sommeil. De cet entrelacement de montagnes, de gorges et d'étroites vallées se dégageait une agressivité qui le mettait mal à l'aise. Le barbu n'avait pas tort en parlant des démons du Sinaï, ombres errantes, porteuses de malheur.

55.

La turquoise fascinait. Sortant des entrailles de la montagne, elle était pourtant empreinte du bleu céleste et incarnait une joie outrepassant les vicissitudes du monde. Manifestant le triomphe de la vie et la défaite de la mort, elle affirmait la renaissance perpétuelle de l'esprit, même lorsque ses couleurs semblaient s'éteindre. Au bleu se mêlait le vert d'Osiris, la résurrection de l'Être démembré et reconstitué, dont l'âme favorisait la croissance des gemmes extraites d'une falaise de grès percée de galeries.

Imhotep avait formé deux équipes, placées sous haute surveillance. La première travaillait aux mines de cuivre, la seconde à celles de turquoises. D'après l'aspect extérieur de la roche, les spécialistes savaient détecter sa présence et creusaient d'étroits boyaux menant aux filons.

Bénéficiant de la protection d'Hathor, les artisans obtinrent des résultats exceptionnels. Le commandant Bonpied n'avait jamais vu une telle récolte.

— Serais-tu le favori de la déesse ? demanda-t-il à Imhotep. Le roi t'a bien choisi, on dirait !

— Nous transporterons une énorme quantité de pierres précieuses et de cuivre. Si les coureurs des sables en sont informés, n'éprouveront-ils pas l'envie irrésistible de s'emparer de ce trésor ?

Le commandant se gratta le menton.

— Redouterais-tu la présence d'un traître parmi nous ?

— Crainte absurde ?

— Absurde, absurde... peut-être pas ! Disposerais-tu d'indices ?

— Cette nuit, je me suis promené dans la montagne et j'ai ressenti un danger. Djéser n'a pas que des partisans, et l'échec de cette expédition compromettrait son règne. Jusqu'à présent, la chance nous sourit. Ce succès d'une insolente facilité m'inquiète.

— Tu es un drôle de bonhomme, d'une vigilance à peine croyable ! As-tu confiance en quelqu'un ?

— En vous. Et si je me trompe, cette expédition tournera au désastre.

Le vieux briscard masqua son émotion.

— Je n'ai pas l'habitude d'échouer ! On s'en sortira, crois-moi.

*

* *

Sur un rocher, Imhotep sculpta lui-même la figure du pharaon Djéser frappant les ennemis de la massue blanche, « l'illuminatrice[1] », qui transformait les ténèbres

1. *Hedj.*

en lumière. Ainsi le roi serait-il à jamais présent au cœur des carrières et protégerait-il ses fidèles.

Cette campagne d'extraction de cuivre et de turquoises était une sorte de miracle. Qualité parfaite, quantité inattendue, aucun accident, climat bienveillant. Les mineurs regardèrent Imhotep d'un œil admiratif, persuadés qu'il exerçait des pouvoirs magiques.

Le moment du retour approchait. Le commandant Bonpied passait des heures à vérifier l'armement de ses soldats : arcs, flèches, massues, frondes, bâtons de jet, couteaux de silex, boucliers en bois recouverts de cuir. S'y ajoutaient un bélier et une grande échelle montée sur deux roues.

— Inutilisable dans le sable mou, dit Bonpied à Imhotep, mais efficace en terrain dur. Je prends tes inquiétudes au sérieux, nous serons équipés au maximum. Les éclaireurs patrouillent autour des mines et n'ont rien signalé d'anormal.

Imhotep ne s'habituait pas à la péninsule du Sinaï. Cette région était porteuse de violence et de malheur. Il soufflait ici un vent néfaste, mettant les hommes à rude épreuve et leur déviant l'esprit.

Quand Vent du Nord prit la tête du convoi et donna le signal du départ, la troupe entière retrouva une franche gaieté. Enfin, on quittait ces contrées inhospitalières pour regagner le pays !

À la première halte, le commandant et Imhotep consultèrent les cartes.

— D'ordinaire, indiqua Bonpied, j'emprunte l'itinéraire le plus court. Il ne présente qu'une seule difficulté, un défilé entre de hautes collines pierreuses. Des Bédouins pourraient s'y poster.

— L'embuscade idéale, semble-t-il.

— Nous éviterons l'endroit au prix d'un long détour et nous nous reposerons au premier fortin.

Imhotep approuva cette décision. Le commandant était l'opposé d'un aventurier sans cervelle.

Les membres de l'expédition connaissaient la valeur des produits transportés, et chacun observait le paysage aride, écrasé de soleil, redoutant de voir surgir une horde de coureurs des sables. Éclaireurs et arrière-garde demeuraient en permanence sur le qui-vive. À l'approche de la passe dangereuse, Vent du Nord s'immobilisa.

— Ils sont là, estima Imhotep.

— Et si nous les prenions à revers ? avança le commandant.

— L'effet de surprise n'est pas garanti, et nous risquons de perdre beaucoup de soldats.

— Exact, reconnut Bonpied. Contournons l'obstacle.

*

* *

Au milieu de l'après-midi, un vent violent se leva et souleva des nuages de sable. Les ânes se mirent à braire, et Vent du Nord, assisté des âniers, eut fort à faire pour ramener un semblant de cohérence. Heureusement, le fortin était en vue. Hommes et bêtes seraient bientôt à l'abri.

Les éclaireurs n'étaient qu'à une cinquantaine de pas de la tour crénelée quand des archers surgirent et décochèrent leurs flèches. Morts ou gravement blessés, une vingtaine de soldats égyptiens s'effondrèrent. Au même moment, jaillissant de trous creusés dans le sable, d'autres Bédouins attaquèrent l'arrière-garde du corps expéditionnaire. Pris entre deux feux, cédant à la panique, il semblait condamné.

Deux hommes refusèrent la fatalité. À l'avant, Bonpied ordonna à ses archers de riposter et entraîna ses fantassins à l'assaut. Sur le sol suffisamment dur, les roues progressèrent vite, et les fantassins parvinrent à plaquer la grande échelle contre une paroi de la tour.

À l'arrière, Imhotep ramassa la fronde d'un militaire abattu et réussit, grâce au lancer d'un silex pointu, à défoncer le front d'un colosse brandissant une hache. Cet exploit réveilla les ardeurs des agressés qui livrèrent un féroce combat au corps à corps.

Ne s'attendant pas à une telle résistance, les Bédouins reculèrent. Le premier à tourner le dos fut aussitôt suivi de plusieurs congénères à qui on avait promis une victoire facile. De nombreux Égyptiens avaient perdu la vie.

Le commandant Bonpied grimpa le premier à l'échelle. Une flèche lui déchira l'oreille droite, mais il parvint à renverser deux Libyens et à conquérir une partie du rempart. On lui planta un poignard dans l'épaule, il se retourna et percuta la poitrine du lâche d'un coup de tête. Les soldats suivirent le chef et, malgré leurs pertes, réussirent à dévaler l'escalier menant à la cour du bastion. Au même instant, le bélier du corps expéditionnaire défonçait la porte d'accès.

Bonpied découvrit un amas de dépouilles mutilées. Trompant la vigilance de la garnison, les barbares l'avaient anéantie.

Un instant, le commandant cessa de combattre. Et cette erreur lui fut fatale.

*
* *

La nuit tomba, le vent se calma. Le bras gauche entaillé, Imhotep traversa le champ de bataille en direction du fortin. Cadavres d'ânes et d'hommes, odeur du sang, blessés gémissant.

Vent du Nord lui lécha la main. Sain et sauf, il gardait la tête basse. Des rescapés restaient assis, s'étonnant d'avoir survécu.

Imhotep franchit le seuil du bastion dont les coureurs des sables avaient réussi à s'emparer. À l'intérieur, le spectacle était horrible.

Partout, des victimes des Bédouins.

Un officier vint à la rencontre du jeune homme.

— Le commandant est mort, révéla-t-il. Sans son courage, nous n'aurions pas remporté la victoire. J'ai brûlé vive la pourriture qui l'a frappé dans le dos. Nous attendons vos ordres.

Rien n'avait préparé Imhotep à une telle situation. En un instant, il devait devenir chef de guerre et faire croire à ses compétences, en tentant d'éviter un désastre total.

— Nous transporterons le corps de Bonpied en Égypte où il sera inhumé et nous enterrerons les autres victimes, décida-t-il. Dresse le bilan de la situation. Je veux savoir combien il nous reste d'hommes et de bêtes valides.

— Soyez-en certain, déclara l'officier : l'ennemi reviendra.

56.

Tanou n'était pas mécontent. La victoire ne semblait pas encore totale, car les rescapés du corps expéditionnaire égyptien avaient réussi à se réfugier dans le fortin avec les ânes survivants, les turquoises et le cuivre. Le chef du clan bédouin était mort, et le Libyen commandait désormais le reste de ses guerriers, désireux d'exterminer leurs derniers adversaires.

Leur refuge deviendrait un cimetière. Encerclés, bientôt privés d'eau et de nourriture, les Égyptiens seraient contraints de tenter une sortie désespérée. À un contre dix, ils seraient massacrés. Tanou récupérerait le trésor, et son renom l'élèverait à la dignité de chef suprême de l'armée libyenne.

Cette nuit, son bataillon de tueurs s'enivrait sous la conduite de Baveux, couvert du sang de ses victimes. En se présentant à la porte du fortin comme un caravanier cherchant à échapper aux Bédouins en compagnie de quelques marchands apeurés, il avait abusé le responsable de la garnison. Une fois à l'intérieur, quel superbe carnage ! Pris au dépourvu, les soldats du pharaon n'avaient opposé qu'une faible résistance.

Et l'expédition en provenance des mines était tombée dans un piège imprévisible.

Au fond, grâce à l'Ombre rouge, Tanou montrait des qualités de stratège qu'il ignorait lui-même. Au fil des événements se dévoilait sa véritable nature, celle d'un grand général, capable de fédérer de médiocres tribus et de former une nation conquérante.

— Viens boire un coup, chef ! l'apostropha Baveux.

— Ta puanteur est insupportable, tu devrais te laver.

— Pas le temps. Tu te prendrais pas pour un seigneur, par hasard ?

— N'oublie pas de dormir. Demain, au couchant, nous attaquons.

— Ne t'inquiète pas, je mènerai l'assaut.

Baveux rejoignit ses compagnons de beuverie. Tanou, lui, songea à son avenir.

*

* *

La situation paraissait désespérée. Un petit quart du corps expéditionnaire avait survécu, la moitié des ânes étaient morts, l'eau et les vivres ne tarderaient pas à manquer. Imhotep tenta en vain de remonter le moral d'hommes choqués, la plupart blessés. La violence du combat et la hargne de leurs ennemis avaient surpris ces soldats, pourtant rudes et habitués aux rigueurs du désert.

D'après la carte, un second fortin se trouvait à deux journées de marche. Imhotep convoqua le dernier éclaireur valide.

— Pars maintenant et marche toute la nuit. Si tu avertis à temps la garnison, il nous reste une chance. Nous tiendrons jusqu'à son arrivée.

— Impossible ! Et, la nuit, les serpents ne me laisseront aucune chance.

— Munis-toi d'un bâton, d'un arc et de flèches. Et tu ne seras pas seul : mon âne, Vent du Nord, te guidera. À deux, vous réussirez.

— Impossible, répéta l'éclaireur.

— Nombre de vies sont entre tes mains. Et je ne parle pas de la prime.

Cette dernière perspective ranima l'ardeur du soldat. Imhotep remplit d'eau, de figues et de poisson séché les sacoches de Vent du Nord. Puis ils se regardèrent longuement.

— Emprunte la meilleure piste et maintiens l'allure, oublie les plaintes de ton compagnon et pousse-le quand nécessaire.

Les oreilles de l'âne demeurèrent basses. Lui-même ignorait l'issue de ce combat-là.

— Si on ne se revoit pas, je te souhaite une longue et heureuse existence.

Une dernière caresse, et Vent du Nord s'élança au cœur de la nuit, suivi de l'éclaireur. La traversée des lignes adverses serait déjà un exploit.

*

* *

Au petit matin, l'étendue de sable parsemée de pierrailles semblait calme. Aussi loin que la vue portait, ni cadavre d'âne ni dépouille d'humain. Une suite de collines menaçantes abritait les coureurs des sables, de nombreuses fumées indiquaient leurs campements.

Le trésor extrait des mines du Sinaï était intact. Turquoises et cuivre appartenaient encore au pharaon, avant de se transformer en butin.

— Au travail ! ordonna Imhotep. Nous ne sommes pas abandonnés, une garnison entière viendra à notre secours. Unique consigne : repousser les assauts des Bédouins. Unique solution : renforcer notre dispositif de défense.

— Comment nous y prendrons-nous ? demanda un soldat au bras en écharpe.

— Glanons les morceaux de roche et comblons les trous des remparts et de la muraille. Réparons la porte principale, creusons des fossés à bonne distance du fortin, plantons-y des silex coupants et dissimulons l'ensemble. Fabriquons de nouvelles frondes et disposons trois lanceurs à chaque créneau, assistés de ceux qui leur passeront des projectiles. Hâtons-nous, nous ignorons le délai dont nous disposons.

Imhotep ne croyait pas à la réussite de son projet, mais il n'en laissa rien paraître. Donner un espoir à ses hommes, chasser leurs angoisses, les persuader qu'ils repousseraient l'assaillant… et prier les dieux de se montrer favorables !

À l'évidence, les coureurs des sables attaqueraient le fortin avant que les Égyptiens n'aient eu le temps d'achever leurs travaux. Ils les surprendraient peut-être à l'extérieur et se rueraient sur des proies faciles. Refusant de céder au pessimisme, Imhotep se consacra à sa fonction d'architecte. La restauration de ce modeste bâtiment militaire, planté en plein désert, devenait l'œuvre majeure de sa jeune existence.

*

* *

Tanou bourra de coups de pied un Bédouin endormi. Le bonhomme grogna, vomit son trop-plein d'alcool de dattes et se rendormit. Furieux, le Libyen n'avait plus qu'une armée d'ivrognes, incapables de tenir debout ! Même Baveux, au terme d'une tentative grotesque, vacilla et s'écroula. D'interminables heures s'écoulèrent et ce fut seulement à la nuit tombée que Libyens et coureurs des sables commencèrent à sortir de leur état comateux. La boisson frelatée avait tué cinq faiblards et rendu aveugles une dizaine d'autres.

Une journée entière de perdue ! Tanou ne décolérait pas, et se promit, à l'avenir, d'éviter ce genre d'erreur. Il dormit mal, se réveilla fatigué et rassembla des guerriers aux jambes molles.

— L'assaut final, annonça Baveux, l'un des seuls aux forces intactes. On va bien s'amuser.

Au signal de Tanou, ses hommes quittèrent leurs campements, sortirent de la zone des collines et avancèrent groupés sur le vaste terrain plat et caillouteux menant au fortin. Les chefs de petits clans assurant l'encerclement se présentèrent au rapport. Aucun Égyptien n'avait réussi à s'enfuir. Pris au piège à l'intérieur d'un abri illusoire, les survivants du corps expéditionnaire de Pharaon allaient connaître une fin atroce.

Tanou appela son messager habituel, membre de sa tribu, et lui ordonna de se rendre à Memphis, à l'endroit convenu, pour contacter l'un des séides de l'Ombre rouge et lui annoncer cette belle victoire. Ni le commandant Bonpied ni Imhotep n'avaient échappé au massacre dont le roi serait considéré comme responsable.

*
* *

Au prix d'une incroyable débauche d'énergie, valides et blessés étaient parvenus à accomplir les travaux ordonnés par Imhotep. Pourquoi l'ennemi avait-il différé son assaut, leur accordant ainsi un temps précieux ? Un incorrigible optimiste estima que les barbares s'étaient dispersés, Imhotep ne le contredit pas mais continua à rationner les vivres.

Vent du Nord et l'éclaireur avaient-ils réussi à rejoindre le second fortin ? Le commandant de la garnison s'était-il décidé à quitter son poste pour secourir une poignée de condamnés ? Ces questions resteraient probablement sans réponse. Le jour se levait, les brumes se dissipaient.

— Les voilà ! annonça un guetteur.

Imhotep monta au sommet de la tour crénelée.

L'ennemi arrivait de partout, formant un cercle autour du fortin. Les coureurs des sables ne se pressaient pas, assurés de leur triomphe.

Imhotep vérifia son dispositif de défense et se dispensa d'inutiles discours. Chacun savait qu'il valait mieux mourir au combat que de tomber entre les mains de ces bêtes fauves.

Le nombre des assaillants surprit les Égyptiens. Il ne s'agissait pas d'une tribu de pillards, mais d'une petite armée formée de plusieurs clans. Qui était parvenu à les fédérer ? Bonpied et les autorités militaires avaient mésestimé le danger. Et Imhotep ne pourrait pas alerter le pharaon.

Les fosses piégées se révélèrent efficaces, le tir nourri des archers également. La précision des manieurs de fronde contraignit l'adversaire à reculer et à reprendre haleine. Étonné de cette résistance acharnée, il s'adonnerait forcément à des palabres de tacticiens.

Pendant ce répit, à coup sûr le dernier, Imhotep contempla les turquoises. À quel usage Djéser les destinait-il ? Leur vol l'empêcherait de mener à bien son grand projet.

— Ils reviennent ! hurla un archer.

La chaleur était accablante, Imhotep laissa ses hommes vider les outres.

Piétinant les cadavres de leurs compagnons, les coureurs des sables s'approchèrent du fortin, îlot au sein du désert.

Loin, très loin, Imhotep crut entendre le braiment d'un âne.

57.

La demeure de fonction de la princesse Redjit était un véritable palais. Elle avait acquis un mobilier d'une élégance remarquable, depuis le lit en bois d'ébène à pattes de taureau jusqu'aux sièges décorés de motifs floraux en passant par un grand nombre de coffres de rangement contenant vêtements, draps et objets divers. De superbes tables basses en pierre dure ornaient la salle à manger, et la jolie femme se vantait d'exposer l'une des plus belles vaisselles de la capitale.

Après une nuit agitée, Redjit s'était réveillée les nerfs à vif. Au milieu de la matinée, elle recevait le supérieur des scribes comptables, l'un des principaux collaborateurs du ministre des Finances. Beau, habile, riche et promis à un brillant avenir, le haut fonctionnaire la poursuivait de ses assiduités. Et cet entretien professionnel risquait de déraper.

Elle ouvrit son coffret de toilette en ivoire et en sortit un chef-d'œuvre, un coquillage en or repoussé, réceptacle de fards aux senteurs suaves. Redjit se maquillait elle-même, utilisant un miroir au disque de cuivre poli à la perfection. Elle se livrait ensuite à sa coiffeuse, la meilleure de Memphis. Et sa femme de chambre choisissait, en règle générale, une robe convenable.

Au summum de la séduction, comme à son habitude, la princesse réunit les responsables des divers secteurs d'activité de la Maison de la Reine, écouta leurs doléances et distribua ses directives. Puis elle se rendit à sa salle d'audience où le supérieur des comptables l'attendait. Trop parfumé, coiffé d'une coûteuse perruque courte, vêtu d'une tunique neuve et chaussé de sandales de luxe, il se leva en arborant un sourire excessif.

Avant qu'il ne prononce des formules de politesse, Redjit le jugea insupportable. Au moins, qu'il ne dise pas : « Je suis tellement ravi de vous voir ! »

— Je suis tellement ravi de vous voir ! déclara le scribe. Votre beauté est éblouissante, nul poète ne saurait la célébrer.

— En dehors de la poésie, quel est votre sujet de préoccupation ?

— Je tenais à vous remercier de vive voix, princesse. Votre gestion de la Maison de la Reine est une pure merveille ! En tant que spécialiste, je m'incline bien bas.

— J'en suis flattée.

— Ma visite a un autre but, plus personnel…

Redjit redouta le pire.

— J'appartiens à une famille illustre, appréciée du roi, et dotée de nombreux biens. Une prochaine promotion donnera davantage d'éclat à ma carrière et, en toute modestie, je me considère comme un parti avantageux. Accepteriez-vous de m'épouser ?

Le pire était arrivé.

— Le mariage n'est pas à mon ordre du jour, rappela la princesse.

— Vous devriez songer à fonder une famille, et nous formerions un couple parfait.

Redjit tenta de garder son calme.

— J'y songerai, promit-elle.

— Croyez-moi, nous éblouirons Memphis, et vous oublierez vos anciens prétendants, tel ce malheureux Imhotep aux origines trop modestes.

La curiosité de Redjit fut éveillée.

— Pourquoi le qualifiez-vous de « malheureux » ?

— Il a été tué avec tous les membres de l'expédition envoyée au Sinaï. Un désastre à porter au débit de Sa Majesté qui, j'en suis certain, saura redonner la confiance au pays.

*

* *

Lors de la réunion du gouvernement, le roi ne confirma pas la terrible nouvelle. Il ne s'agissait encore que d'une rumeur, parlant de la destruction d'un fortin et de l'anéantissement du corps expéditionnaire par les coureurs des sables. Djéser attendait le rapport officiel des militaires en poste dans la région et, si la tragédie était avérée, n'excluait pas une riposte d'envergure.

À l'origine de la nouvelle, l'Ombre rouge n'accordait pas un total crédit aux déclarations de l'envoyé de Tanou. Vantard et menteur, le Libyen prenait souvent ses désirs pour des réalités. Il semblait probable, cependant, qu'il eût porté un coup sérieux aux Égyptiens, et cet exploit assombrirait le règne de Djéser dont les protections magiques s'affaibliraient. Devenu vulnérable, il perdrait de sa puissance, et l'Ombre rouge continuerait à saper les fondations du royaume avant d'abattre le pharaon.

À la fin du conseil, le chancelier Hézyrê fut victime d'une violente quinte de toux et, malgré l'épaisseur de son long manteau, parut frigorifié. Le monarque le garda auprès de lui.

— Le médecin-chef de la cour se soucie-t-il de sa santé ?

— L'édification de la Maison du Roi est mon unique préoccupation, Majesté, et les résultats sont encourageants. Vous disposerez bientôt d'un État solide, reposant sur une juste répartition des devoirs et des responsabilités.

— Je ne doute pas de tes compétences, chancelier, et je constate le fruit de tes efforts. À présent, il convient de te soigner. La spécialiste de la Maison de Vie, Néféret, établira un diagnostic et te prescrira des remèdes.

— C'est la seule thérapeute en qui j'aie confiance, reconnut Hézyrê, contraint de se plier aux exigences du souverain.

*

* *

L'examen médical eut lieu le jour même.

— J'exige la vérité, dit le chancelier.

— Vous êtes allé au-delà de vos forces, constata la jeune femme. La circulation de l'énergie est beaucoup trop lente, la voix du cœur faible et les canaux se sont resserrés de manière inquiétante. Des formes de maladies que je connais et que je combattrai… si vous acceptez mon traitement, à commencer par plusieurs jours de repos.

— Impossible.

— Votre existence est en jeu, chancelier. Tentez au moins de restreindre vos heures de travail.

— J'y songerai.

— Je vous prescris trois potions. La première vous drainera, la deuxième renforcera vos défenses immunitaires, la troisième régularisera le rythme cardiaque. Il faudra absorber trente gouttes en fin de matinée et en fin de soirée. Puis-je vous implorer de respecter cette prescription ?

— Elle me paraît excellente, et je proposerai à Sa Majesté de vous nommer médecin-chef du palais.

— Je manque d'expérience et…

— Vous possédez les dons et les compétences nécessaires. Une thérapeute de votre qualité saura soigner la famille royale.

Le ton du chancelier ne souffrait pas de repartie.

— Une rumeur parcourt Memphis, ajouta-t-il d'une voix sombre. Vous a-t-elle touchée ?

— Me concernerait-elle ?

— Il s'agit d'Imhotep et de l'expédition au Sinaï.

Le regard de Néféret vacilla.

— Leur serait-il arrivé malheur ?

— Une attaque des coureurs des sables. On ignore s'il y a des survivants, le roi vient d'envoyer un régiment de secours.

Néféret ferma les yeux et ressentit un vide immense. Ne plus revoir Imhotep était insupportable, et elle ignorait comment lutter contre cette souffrance-là.

*

* *

Le commandant du régiment de secours se trouvait à deux jours de marche de Memphis lorsqu'un éclaireur l'avertit.

— Caravane en vue ! Des ânes et une centaine d'hommes.

— Amis ou ennemis ?

— J'ai préféré ne pas m'approcher.

Le commandant ne se faisait guère d'illusions. Si la rumeur était exacte, le corps expéditionnaire avait été anéanti, et les coureurs des sables paradaient, fiers de leur succès. Ils osaient s'avancer loin de leurs territoires habituels et défier l'Égypte.

— Archers en formation, ordonna-t-il, et fantassins répartis en deux groupes d'assaut, le premier à l'est, le second à l'ouest. Nous attaquerons leurs flancs.

Les ordres furent exécutés avec promptitude et en silence. Pour quantité de soldats, ce serait le premier combat, et le spectre de la mort rôdait sur le désert. Au moins, l'armée de Pharaon bénéficiait de l'effet de surprise.

Les archers attendirent le signal de leur chef d'escouade avant de quitter leur abri, de grimper la pente d'une colline, de se poster au sommet et de viser la tête de íla caravane ennemie. Précises, leurs flèches décimèrent l'adversaire.

— Arrêtez, hurla un éclaireur, ce sont des Égyptiens !

58.

Imhotep et Vent du Nord se demandaient encore comment ils avaient pu échapper aux flèches des archers du régiment de secours. Grièvement blessés, de nombreux soldats étaient tombés sous les coups de leurs compatriotes ! Par bonheur, le déluge mortel avait été bref et, la méprise dissipée, les deux corps d'armée s'étaient congratulés pendant que les médecins tentaient de sauver un maximum de victimes.

La certitude de regagner Memphis avait redonné le moral à l'ensemble de la troupe, et l'on pressa le pas en se contentant de courtes haltes. Des éclaireurs partirent prévenir les autorités, et ce fut un peuple en liesse qui accueillit Imhotep, le protégé des dieux.

Il se rendit aussitôt au palais où le reçut le pharaon et relata en détail les épisodes de la tragédie.

— Sans l'arrivée de la garnison du fortin, Majesté, personne n'aurait survécu. Nos pertes ont été considérables, mais nous avons réussi à repousser un ennemi puissant et déterminé. Je tiens à souligner qu'il ne se réduisait pas à quelques tribus vindicatives. Un grave danger nous menace.

— Quelles sont tes craintes ? interrogea Djéser.

— Une alliance réunissant les Libyens et les coureurs des sables.

— Il leur faudrait un chef !

— Peut-être l'ont-ils trouvé. En ce cas, il rassemblera un nombre considérable de guerriers, capables d'envahir l'Égypte. Notre ligne de défense me paraît insuffisante.

— Que proposes-tu ?

— Construire de nouveaux fortins et renforcer la sécurité de Memphis de manière progressive afin de ne pas éveiller l'attention d'éventuels espions. Si l'ennemi dispose d'un réseau au sein de la capitale, c'est une arme redoutable.

Aucun des conseillers militaires du roi ne s'était adressé à lui de façon si directe. L'épreuve vécue par Imhotep lui avait donné une nouvelle envergure. Le regard droit et la parole ferme, il ne cherchait pas à dissimuler une inquiétante réalité.

— Grâce au courage des membres de l'expédition, Majesté, sa mission a été remplie. Une fabuleuse quantité de turquoises de première qualité est à votre disposition, et les artisans ne manqueront pas de cuivre.

— Demain, annonça le pharaon, réunion du grand conseil.

*
* *

Les serviteurs d'Imhotep ne cachèrent pas leur joie de le revoir.

— J'ai préparé un repas de fête, annonça le cuisinier. Peut-être le partagerez-vous avec votre visiteuse ?

Néféret était ravissante. Ses cheveux ceints d'un diadème floral, elle portait une longue robe blanche à bretelles, un fin collier de perles de cornaline et deux bracelets ornés de lotus.

Elle et lui se contemplèrent longuement, tels des êtres certains de ne jamais se revoir et savourant un miracle.

— Acceptez-vous… de dîner en ma compagnie ?

— Volontiers, Imhotep. Es-tu… en bonne santé ?

— Juste un peu de fatigue. Ce fut effroyable… Tant de morts, de blessés, de violence, de souffrance ! Je ne me serais pas cru capable de supporter ces épreuves-là.

La jeune femme le trouva changé. Imhotep avait mûri, sa jeunesse s'était éteinte. Il offrait un sentiment de puissance, certes différente de celle de Djéser, mais d'une intensité comparable.

— Je tenais à m'assurer que tu n'avais pas besoin de remèdes urgents, précisa-t-elle. Le chancelier ayant imposé ma nomination au poste de médecin-chef du palais, je veille en priorité sur la famille royale et les membres du gouvernement.

— Mes félicitations, Néféret. Cette promotion s'imposait !

— Pour être sincère, elle ne me réjouit pas. Je crains de ne pas me montrer à la hauteur de cette tâche.

— Soyez persuadée du contraire ! Le chancelier Hézyrê déteste la flatterie. À ses yeux, seule compte la compétence.

Ils dînèrent sur la terrasse et apprécièrent une terrine de légumes, une côte de bœuf rôtie à point, une marinade de poissons et des gâteaux au miel. Le vin rouge ravissait le palais et redonnait de l'énergie.

— Je ne croyais pas survivre, avoua Imhotep. Ces vies brisées autour de moi… Je ne saurais oublier cette tragédie. L'Égypte court un grand péril, j'espère que le pharaon ne prendra pas à la légère ce terrible avertissement.

Le Surveillant du pays entier relata les faits, sans omettre les épisodes atroces. Néféret ne le pria pas de s'interrompre et participa aux souvenirs douloureux d'un guerrier malgré lui. Sa lucidité et son équilibre suscitèrent l'admiration de la jeune femme.

La douceur de la nuit et un délicat alcool à base de grenades dissipèrent la tristesse. Puisque l'Égypte était justement gouvernée, l'avenir ne s'annonçait-il pas riant ?

Imhotep savourait ces heures délicieuses. Au sortir d'un cauchemar, Néféret incarnait le bonheur de vivre.

*
* *

L'Ombre rouge n'était pas mécontente. Certes, le Libyen Tanou n'avait pas atteint la totalité des objectifs, mais les résultats obtenus méritaient considération. L'Égypte n'apparaissait plus invulnérable, et la peur hanterait désormais le cœur des soldats. En détruisant un fortin et en massacrant une belle quantité d'Égyptiens, Tanou avait changé de stature. Il devenait un chef crédible et un rassembleur digne de confiance. En exploitant son coup d'éclat, il obtiendrait l'adhésion de clans et de tribus désireux d'accaparer les richesses de Pharaon. La formation d'une armée d'invasion composée de Libyens et de coureurs des sables n'était pas une utopie, et l'Ombre rouge espérait que Djéser prendrait trop tard conscience du péril.

La réunion du grand conseil lui procurerait certainement une réponse.

Quand le roi prit place sur son trône, les membres du gouvernement s'inclinèrent. L'Un venait d'apparaître, et la multiplicité trouvait en lui son harmonie.

— En dépit de graves incidents, déclara Djéser, l'expédition au Sinaï est un succès. Je prendrai les dispositions nécessaires pour qu'ils ne se reproduisent pas.

L'Ombre rouge se réjouit. À l'évidence, le monarque mésestimait la gravité de la situation. En ne citant même pas le nom d'Imhotep, il le désignait comme le responsable du désastre et ne tarderait donc pas à l'exclure du grand conseil.

— J'ai une grave nouvelle à vous apprendre, poursuivit le souverain : le grand prêtre d'Héliopolis est retourné à son *ka*. Déclaré « juste de voix » et vénérable, il a franchi les portes de la mort et vivra éternellement dans la lumière.

« Faste journée », pensa l'Ombre rouge. Depuis son agression, le vieillard était incapable de parler et avait fini par s'éteindre.

— Un successeur doit être nommé, indiqua Djéser. Le collège des ritualistes d'Héliopolis m'a proposé plusieurs dignitaires, et je sollicite votre avis.

Les membres du grand conseil désignèrent le principal assistant du grand prêtre, un homme d'expérience, jouissant d'une excellente réputation. Cet érudit, confiné à Héliopolis, ne gênerait pas l'Ombre rouge.

— Vous oubliez tous l'essentiel, estima le pharaon. Le grand prêtre d'Héliopolis n'est pas un simple ritualiste chargé de hautes fonctions administratives, mais le Grand Voyant. Son regard possède la capacité de percer l'apparence, d'atteindre l'invisible et de déchiffrer le message des puissances divines. L'assistant du défunt en est incapable.

— Le poste restera-t-il vacant ? demanda le chancelier Hézyrê.

— J'ai trouvé l'homme doté des qualités nécessaires : Imhotep.

La décision de Djéser frappa de stupeur les membres du grand conseil, à commencer par l'intéressé qui espéra avoir mal entendu.

— Le grand prêtre ne devrait-il pas avoir un certain âge ? s'étonna Akhétâ, le ministre de l'Agriculture, qu'approuva d'un hochement de tête son collègue Baten.

— Ni l'âge ni l'ancienneté ne sont des critères de sélection, rappela le roi. Seule compte une faculté : voir. À Imhotep, au terme de son initiation à la charge de grand prêtre d'Héliopolis, de la mettre en œuvre.

Après les affrontements sanglants du Sinaï, le monarque prenait un risque considérable. Si Imhotep ne se montrait pas à la hauteur de cette tâche presque surhumaine, chacun saurait que Djéser manquait de lucidité. Une telle erreur ne lui serait pas pardonnée, et le collège des ritualistes d'Héliopolis protesterait de façon véhémente. De sérieuses dissensions se produiraient à l'intérieur du royaume, et le pouvoir central vacillerait.

L'aveuglement du pharaon servait les plans de l'Ombre rouge.

59.

Les ritualistes habitant la citée sacrée du dieu Atoum, le Créateur, étaient en émoi. À la place de leur candidat préféré, le pharaon avait choisi Imhotep comme nouveau grand prêtre d'Héliopolis. Rien de contraire à la loi de Maât, mais un manque d'égards envers la plus ancienne communauté initiatique du pays, détentrice des archives préservant les paroles des dieux.

Cet Imhotep était issu d'un milieu modeste et n'appartenait même pas à une famille reliée à Héliopolis. D'après les mauvaises langues, le roi tentait d'imposer l'une de ses créatures, à la docilité absolue. La ville du pilier primordial, perchoir du phénix, oiseau solaire affirmant la puissance de la lumière, rejetterait l'imposteur.

La venue de la famille royale apaisa quelques susceptibilités. Djéser en personne fonda un nouveau sanctuaire, « le Soleil d'or », en présence de la reine et de leurs deux filles. Des sculpteurs y gravèrent une représentation de l'Ennéade, la corporation divine chargée de façonner l'univers à chaque instant.

Et puis survint la nuit de l'intronisation du Grand Voyant à laquelle assisterait le couple régnant. Les purifications effectuées, Djéser, Paisible, Imhotep et sept ritualistes montèrent sur le toit du temple d'Atoum.

Symbolisant l'Ennéade, les neuf acteurs de cette cérémonie toujours réservée à un petit nombre formèrent un cercle autour d'Imhotep.

— Le Grand Voyant bâtit le temple, affirma le roi. Il rend la Terre céleste, et tout chantier débute par la connaissance du moment cosmique.

— Contemple ta mère Ciel, ordonna la reine. À la fois jour et nuit, elle préserve le secret de la lumière et possède mille âmes. Arbre de vie, nourrice du cosmos, elle offre son lait aux justes et les rajeunit sans cesse. Apprends le nom et le rôle des trente-six lampes, les décans, sources des minéraux et des métaux, et sache que notre Terre est composée des mêmes matériaux que les astres.

Les astronomes dévoilèrent à Imhotep la position et le rôle des étoiles impérissables, séjour des âmes royales à proximité de la Polaire, et des étoiles infatigables, à savoir les planètes. Imhotep voyagea en compagnie de Mercure, crocodile nonchalant et immature ; de Vénus la traverseuse aux deux visages, déesse de l'aube, héron et phénix ; de Mars, l'Horus rouge de la contrée de lumière ; de Jupiter, l'Horus ouvrant le double pays, celui qui établit les limites et révèle le secret ; de Saturne, l'étoile de l'ouest, le taureau du ciel, maître du temps. L'un des ritualistes souligna l'importance d'Orion, régulateur du jeu des corps célestes et lieu de naissance des étoiles.

Imhotep devint dépositaire des livres contenant les observations des spécialistes d'Héliopolis relatives aux étoiles, aux planètes, à la précession des équinoxes, aux éclipses et à l'orientation des édifices en fonction des lois célestes. Au nouveau grand prêtre de fixer le calendrier des fêtes et de célébrer les phases de la lune évoquant la mort et la résurrection d'Osiris, ainsi que le remplissage et la guérison de l'œil d'Horus.

— Tu es, certes, celui qui voit au-dessus des dieux, dit le pharaon à Imhotep ; aucune divinité ne voit au-dessus de toi[1].

— Je connais ce que connaît l'intuition créatrice, déclara le nouveau grand prêtre d'Héliopolis en lisant le texte présenté par un ritualiste, je connais le mystère auquel est initié le Grand Voyant. Tracez pour moi un chemin : je suis le maître du souffle[2].

Le roi lui remit la baguette[3], signe de son autorité sur la confrérie du Pilier.

*

* *

Seul, au centre du toit du temple, Imhotep assista au lever du soleil. Une fois de plus, il vivait une incroyable métamorphose. Les connaissances transmises s'étaient gravées en son cœur, le ciel lui apparaissait comme un immense papyrus déroulé dont il pouvait lire les paroles de création. Au cœur de la nuit, il avait vu la lumière.

Mais ce moment de plénitude prenait fin, et le nouveau grand prêtre d'Héliopolis devait affronter le collège de prêtres et les administrateurs de la cité

1. *Textes des Pyramides*, 1479b.
2. *Textes des Sarcophages*, chapitre 236.
3. *Textes des Sarcophages*, chapitre 487.

sainte, hostiles à sa nomination. En dépit des heurts qui tourneraient certainement à son désavantage, Imhotep ne ressentait pas de tension. Quel incroyable privilège d'avoir reçu le savoir des anciens, là, à la source de la spiritualité égyptienne ! Djéser lui offrait un présent inestimable, peu importaient les conséquences.

Imhotep descendit l'escalier de pierre. En bas l'attendaient deux ritualistes, l'un préposé à la purification du grand prêtre, l'autre à sa vêture. Ils s'acquittèrent scrupuleusement de leurs tâches et confièrent le supérieur de leur confrérie au maître des cérémonies. Ponctuant sa démarche de coups frappés sur les dalles avec l'extrémité de sa canne, il conduisit Imhotep au sanctuaire secret du temple d'Atoum. Agissant au nom de Pharaon, Imhotep franchit les portes de la contrée de lumière où résidait la puissance créatrice. Il célébra le rituel de « l'éveil en paix », et les rayons bienfaisants du soleil ressuscité inondèrent le pays aimé des dieux.

Ce devoir primordial accompli, un chambellan l'emmena à sa résidence. Le grand prêtre se changea pour présider une assemblée exceptionnelle réunissant ses principaux subordonnés, curieux d'entendre son premier discours.

— Vous connaissez les étapes de ma carrière, j'ai tout à apprendre de vous afin de servir au mieux cette cité sacrée. C'est pourquoi je souhaite connaître vos critiques et vos exigences. Seul, je serai impuissant ; ensemble, nous consoliderons la grandeur d'Héliopolis.

Cette attitude prit à contre-pied la plupart des prêtres. L'un d'eux osa s'exprimer sans détours, et plusieurs collègues l'imitèrent. La capacité d'écoute d'Imhotep surprit ses détracteurs, et son humilité désarma une faction décidée à en découdre. Les irréductibles furent ramenés au silence quand il procéda, le jour même, aux premières réformes. Ceux qui le croyaient dépourvu d'expérience se trompaient. En dirigeant un atelier, en remettant sur pied la corporation de Nékhen et en assumant la charge de Surveillant du pays entier, le jeune Imhotep avait appris que les humains allaient naturellement vers le chaos, l'injustice et la violence. Réinsuffler la règle de Maât était une tâche quotidienne, et la confrérie d'Héliopolis, pourtant peuplée d'esprits remarquables, subissait aussi les travers humains. Par bonheur, la juste célébration des rites demeurait son axe vital, et les correctifs nécessaires ne touchaient pas à l'essentiel.

En moins d'un mois, le nouveau grand prêtre démontra des aptitudes inattendues à remplir sa difficile fonction. Il rencontra chaque responsable, tint compte de ses difficultés spécifiques et ne négligea aucun détail. Doté d'une puissance de travail incomparable, il prit très vite la dimension de la ville sainte.

Lorsque l'assistant de son prédécesseur rendit les armes en reconnaissant la souveraineté d'Imhotep et en renonçant à comploter contre lui, la grogne s'éteignit. Héliopolis eut l'impression que cet homme à la parole ferme et au geste sûr la dirigeait depuis longtemps.

Restait cependant une incertitude : Imhotep était-il un Grand Voyant ? Discernerait-il un chemin dans l'invisible, utile au pharaon ?

*

* *

Un vent violent balayait le désert, et les nuages de sable recouvraient Héliopolis. Hommes et animaux restaient à l'abri, attendant la fin de cette tourmente. Imhotep avait néanmoins célébré le rituel du matin et déjeuné en compagnie du ritualiste veillant au parfait état des vases utilisés lors des cérémonies. À la puissance des textes devait correspondre la perfection des objets, de manière à maintenir l'harmonie entre l'esprit et la matière.

Un appel impérieux fit sursauter l'artisan. Imhotep reconnut le braiment de Vent du Nord qui jouissait d'un logement spacieux, au pied de la résidence du grand prêtre. L'âne ne se manifestant jamais à la légère, il le rejoignit.

Vent du Nord n'avait qu'une idée en tête : sortir de l'écurie. Et il invitait Imhotep à le suivre.

— La tempête de sable bat son plein ! Nous risquons de nous égarer.

Le quadrupède insista. Le grand prêtre se couvrit la tête d'un châle, ne laissant que les yeux dégagés.

— Vous n'allez pas affronter ces bourrasques ! s'exclama son chambellan.

— J'y suis obligé.

La tête basse mais le sabot déterminé, l'âne guida Imhotep. Ils sortirent de l'enceinte et empruntèrent une piste à moitié effacée, en direction d'un monticule où résidaient des génies, tantôt favorables, tantôt hostiles.

S'il n'avait accordé une totale confiance à Vent du Nord, son sauveur, le grand prêtre aurait rebroussé chemin. Les rafales de sable menaçaient de transpercer ses vêtements.

Soudain, le vent se calma. Au-dessus de la colline hantée, une trouée laissa apparaître un ciel bleu. En jaillit un rayon de lumière d'une telle intensité que l'âne et l'homme fermèrent les yeux et se serrèrent l'un contre l'autre.

Quand ils les rouvrirent, l'éclaircie s'était accentuée et un feu brûlait au sommet de l'éminence. Vent du Nord escalada la pente, Imhotep l'imita. Au terme de leur chemin, le brasier s'éteignit. Sur une sorte d'autel formé de quatre tables d'offrandes reposait un papyrus venu du ciel[1].

Lentement, le grand prêtre d'Héliopolis s'approcha.

Et il vit, inscrit à l'encre rouge, le titre du document : *Livre de fondation des temples pour les dieux*.

---

1. Sur cet épisode mythique, concernant le *Livre de fondation des temples* tombé du ciel au nord de Memphis, voir le texte du temple d'Edfou (tome VI, 6, 4).

60.

L'étonnante réalité se confirmait : à Héliopolis, nul ne contestait l'autorité d'Imhotep ! Le nouveau grand prêtre éclipsait déjà ses prédécesseurs et, grâce à lui, le rayonnement de la ville sainte s'amplifierait. Aux yeux de l'Ombre rouge, ce succès inattendu se révélerait peut-être bénéfique. Occupé par ses hautes fonctions, Imhotep ne participait plus aux réunions du grand conseil. Les préoccupations d'ordre spirituel l'absorberaient, l'éloignant du pharaon, de Memphis et du gouvernement de l'Égypte. Sa vision se restreindrait à la connaissance des dieux, incapables de protéger les Deux Terres d'une invasion libyenne.

Tanou attendait son maître dans une petite villa des faubourgs de la capitale. À l'entrée du magicien masqué, le guerrier libyen se sentit mal. L'obscurité du cellier rendait l'endroit inquiétant.

— J'ai éliminé Bonpied, notre pire adversaire ! rappela Tanou d'une voix tremblante. Pas un gradé égyptien ne possède son expérience. Une garnison entière anéantie, la prise d'un fortin… Ces exploits ont démoralisé l'armée de Pharaon.

— Je sais, mon ami. Mais ta victoire n'a pas été totale.

— Une tribu m'a lâché lors du dernier assaut ! J'ai coupé la gorge de son chef, et ses hommes se sont ralliés à moi. Cet exemple a été efficace, seigneur, et je continue à recruter. L'écho de mes succès est énorme, et je commence à soumettre des clans de coureurs des sables.

— Tu deviens un vrai général, mon ami.

— Il reste beaucoup à faire, seigneur, et je redoute le regroupement des irréductibles.

— Achète-les ou supprime-les.

— Comptez sur moi ! J'aimerais savoir s'il faut craindre une réaction violente du pharaon.

— De nouveaux fortins seront bâtis, des renforts envoyés pour contrôler l'accès aux mines du Sinaï. Pendant plusieurs mois, j'exige un calme absolu. Ni raids ni attaques de caravanes. Continue à progresser en secret et en silence. L'armée égyptienne conclura que ce conflit sanglant n'avait été qu'une action d'éclat sans lendemain et baissera la garde. Alors, nous aviserons.

*

* *

— Vous êtes en parfaite santé, dit Néféret à la princesse Redjit. Cet accès de fatigue passagère n'est dû qu'à un excès de travail. Un temps de repos serait nécessaire.

— Impossible ! Prescrivez-moi un fortifiant, je vous prie.

— Du jus de caroube additionné de miel vous redonnera de l'énergie, mais quelques jours de détente s'imposent. Sinon, vous manquerez de remparts contre la maladie.

L'avertissement inquiéta la jolie brune. Depuis sa nomination au poste de médecin-chef du palais, Néféret se montrait indispensable. Diagnostics précis et remèdes efficaces satisfaisaient ses illustres patients.

— Entendu, je suivrai votre conseil. Ma courte absence provoquera mille rumeurs, et les candidatures à ma succession se multiplieront.

Le médecin esquissa un sourire.

— Une bonne occasion de découvrir vos rivales !

La princesse hocha la tête.

— La reine pourrait m'évincer.

— Sa Majesté connaît vos qualités et apprécie votre travail. La gestion de la Maison de la Reine suscite l'admiration générale, et ce n'est pas une brève période de repos qui vous mettra en péril.

Les propos de Néféret rassurèrent un peu la princesse.

— Cet après-midi, révéla-t-elle, le roi reçoit un hôte de marque. Nous allons enfin savoir si le nouveau grand prêtre d'Héliopolis mérite son titre de « Grand Voyant ».

Imhotep… Au moment de son départ, Néféret avait éprouvé une douloureuse sensation de solitude. Lui à Héliopolis, elle à Memphis. Ils ne se croiseraient qu'à l'occasion de cérémonies officielles. Ainsi en avait décidé le destin.

— Dans le cas contraire, poursuivit Redjit, le pharaon choisira un autre grand prêtre. Héliopolis est un cas à part. Un talent d'administrateur ne suffit pas, il faut posséder cette capacité de voir au-delà de l'apparence et des frontières de l'existence.

— Pourquoi le roi se serait-il trompé ?

La question de Néféret intrigua Redjit.

— Pourquoi, en effet ? Imhotep viendrait donc lui offrir sa première vision ! Le cours du règne et le sort de l'Égypte n'en seront-ils pas modifiés ?

*

* *

Le chambellan Ânkhy et le palais entier étaient en émoi. La visite du grand prêtre d'Héliopolis ne ressemblait pas à un banal événement protocolaire, et chacun en connaissait l'enjeu. La réussite de l'inattendu Imhotep avait tellement surpris ses partisans comme ses détracteurs qu'ils en avaient presque oublié l'épreuve décisive qui le consacrerait « Grand Voyant » ou l'écarterait de cette impitoyable fonction.

Ânkhy n'avait pas cru au succès d'Imhotep, partageant l'avis d'Akhétâ, le ministre de l'Agriculture, qui redoutait l'affaiblissement d'Héliopolis en raison d'un dirigeant incompétent. Son collègue Baten, dubitatif, s'attendait au pire. Et la princesse Redjit riait à l'avance de l'échec cuisant du foreur de vases en pierre dure, si peu préparé à gouverner la confrérie la plus savante du pays. Impossible, en revanche, de connaître l'avis du chancelier Hézyrê, à la santé chancelante. Lointain et revêche, il continuait à bâtir solidement la Maison du Roi en levant les obstacles administratifs entre les différents corps de l'État. Très attentif au bon fonctionnement de la justice, il pourchassait les petits tyrans, licenciait les paresseux et veillait à la parfaite exécution des directives émanant du pouvoir central. Et nul n'espérait des félicitations de la part de ce vieillard grincheux, hostile aux dépenses inutiles. Aussi Ânkhy devait-il soumettre au chancelier le budget du palais et obtenir son approbation.

— Voilà le grand prêtre ! annonça un échanson.

Ânkhy se précipita au-devant d'Imhotep.

À son grand étonnement, pas le moindre cortège ! Le maître d'Héliopolis était venu seul, sobrement vêtu d'une tunique blanche. Dans la main gauche, il tenait une baguette de sourcier, symbole de sa charge remis lors de son initiation ; dans la droite, un papyrus roulé et scellé.

Le visage d'Imhotep avait à peine changé, mais ce n'était plus tout à fait le même homme. Davantage de prestance, une puissance accrue, une noblesse digne de respect. Au lieu de l'écraser, ses devoirs révélaient sa véritable nature.

— Sa Majesté vous attend, grand prêtre.

— Comment te portes-tu, Ânkhy ?

— Gérer le quotidien du palais n'est pas facile, et je cours partout, du matin au soir ! Former un bon personnel est une tâche ardue. Les jeunes ressemblent à des bâtons tordus qu'il faut redresser, et les anciens s'accrochent à leurs privilèges. Satisfaire le couple royal est un honneur qui exclut le laisser-aller.

Sous ses dehors affables et son allure de bon vivant, Ânkhy était un meneur d'hommes, et les employés du palais ne s'y trompaient pas. Mieux valait exécuter ses ordres à la lettre et ne pas susciter sa colère.

— À Héliopolis, l'existence n'est-elle pas… trop rude ?

— Cette cité sacrée n'a pas le charme de Memphis, reconnut Imhotep. Elle n'est peuplée que de ritualistes et de savants dont la première préoccupation est le service divin.

— Une vie plutôt austère, observa le chambellan.

— La pratique du sacré et la recherche de la vérité offrent de nombreuses joies, affirma Imhotep.

— Je n'en doute pas… Permettez-moi de vous féliciter pour votre remarquable succès. Memphis bruisse de vos louanges, et l'on ne doute plus de votre capacité à être le Grand Voyant.

Imhotep eut un léger sourire. Le jovial Ânkhy cherchait à savoir si le grand prêtre avait reçu un signe de l'invisible lui permettant de porter effectivement ce redoutable titre.

— Pharaon n'est-il pas le seul juge ?

— Le seul !

Averti de la présence d'Imhotep, Djéser l'autorisa à franchir la porte de son bureau où il aimait travailler jusqu'au milieu de la nuit. Éclairée par trois fenêtres donnant sur des jardins, la vaste pièce était meublée de sièges, de tables basses et de casiers à papyrus.

La porte refermée, le roi et le grand prêtre se tinrent face à face. Imhotep s'inclina.

— Ton regard a-t-il contemplé l'invisible ?

— Le ciel s'est ouvert, Majesté.

61.

Imhotep brisa le sceau du papyrus et le déroula.

— Voici le document que j'ai découvert au sommet d'une colline, dans le désert. Une tempête de sable s'est calmée, la nuée s'est déchirée, j'ai vu un feu. À l'extinction du brasier, ce plan du temple futur m'a été accordé. Et je dois cette découverte à Vent du Nord, mon âne.

Djéser examina le dessin tracé à l'encre noire. La main des dieux avait révélé une forme inconnue.

— Tel sera le Grand Œuvre, affirma le pharaon. Et c'est à lui que je destine les turquoises extraites des montagnes du Sinaï.

— Cette vision n'est pas suffisante, estima Imhotep. Ce monument, s'il est réalisable, exige une technique nouvelle. Et il convient de s'interroger sur la nature du matériau.

— La brique crue ne conviendrait-elle pas ?

— Vu la hauteur indiquée, elle me paraît inutilisable.

— Quelle solution proposes-tu ?

— Sous le soleil retrouvé, j'ai contemplé un monde inconnu, peuplé de milliers de roches. Elles n'étaient pas inertes, possédaient une sorte de langage à déchiffrer. C'est pourquoi je compte me rendre aux carrières. Peut-être me donneront-elles la réponse.

— Je te nomme Maître d'Œuvre[1] du royaume, décréta Pharaon. Ensemble, nous réaliserons le plan des dieux.

*

* *

Il revint à Baten et à Akhétâ de fournir à Imhotep le nécessaire pour entreprendre une nouvelle expédition, cette fois à destination des carrières de pierre de la vallée du Rohannou[2]. Un long voyage en perspective, mais *a priori* sans danger. L'ancienne piste comportait plusieurs points d'eau, et une véritable armée assurerait la protection du grand prêtre et des artisans.

Les archives de la Maison de Vie d'Héliopolis étaient explicites : les premiers carriers avaient découvert un site exceptionnel, offrant une pierre d'une qualité incomparable. Façonnée par le ciel, née du ventre des montagnes, ne serait-elle pas la matière première du futur temple ?

La préparation minutieuse de l'expédition exigeait un bon mois. Imhotep se préoccupa de chaque détail et, vu son nouveau statut, les ministres concernés lui obéirent avec empressement. Même la princesse Redjit se

1. *Imy-r-Kat*, littéralement « Celui dans la bouche duquel est l'œuvre », et qui peut donc formuler les ordres justes pour l'édifier.

2. Le Ouadi Hammamat, 90 km à l'est de la ville de Coptos (Kouft), en direction de la mer Rouge.

comporta d'une manière exemplaire à son égard, lui fournissant vêtements et nattes de voyage.

Imhotep fut convié à participer aux séances du grand conseil et se contenta d'écouter les rapports des dignitaires. La poigne du chancelier Hézyrê, amaigri, procurait d'excellents résultats. Le roi parla brièvement de son Grand Œuvre et de la prochaine expédition, sans révéler la nature du monument que seul son architecte connaissait.

Imhotep raccompagna Hézyrê à ses appartements.

— Bientôt, avoua le chancelier, j'aurai besoin d'une canne, et cette infirmité me déplaît. La vieillesse est une abomination, elle détruit à petit feu. Et cet ennemi-là, personne ne parvient à le vaincre, à l'exception du pharaon. Non pas l'homme, mais la fonction, le *ka* royal qui passe de monarque en monarque et ne connaît pas la mort. Tu es devenu le Grand Voyant, Imhotep, et tu tenteras de mettre en œuvre la vision royale. Les obstacles seront nombreux, on te nuira de mille façons et l'on tentera de t'abattre. Ne sois pas crédule, demeure vigilant et persévérant.

— Ne m'accorderez-vous pas votre aide ?

— Ton immense labeur dépassera les limites de mon existence. Jusqu'à son terme, je te soutiendrai. Tu as la chance de servir un grand pharaon, sois-en digne.

Hézyrê s'immobilisa.

— Cette expédition m'inquiète. Ne commets pas l'erreur de te croire en sécurité.

— Détiendriez-vous des informations ?

— Attends-toi au pire.

Le visage fermé, le chancelier franchit le seuil de son domaine privé.

Pensif, Imhotep songea à de nouvelles mesures de sécurité. Le choix des officiers serait décisif, la discipline stricte. Hézyrê exprimait-il une simple inquiétude, ou avait-il entendu parler d'un complot ?

— Le grand prêtre d'Héliopolis me paraît perdu dans ses pensées, dit une voix sucrée.

— Princesse Redjit !

Maquillée à la perfection, d'une élégance inégalable, la jolie brune adopta une attitude respectueuse.

— Désolée d'avoir troublé le cours de votre réflexion.

— Rien d'important, je vous assure.

— Ne songiez-vous pas aux dangers d'une expédition aux carrières ?

— Brillante intuition ! Y seriez-vous hostile ?

— Beaucoup d'efforts et de dépenses inutiles, à mon avis. Et vous ne me paraissez pas à votre juste place au sein d'un groupe d'aventuriers. Ne devriez-vous pas laisser les carriers apporter la quantité de pierres dont nos constructeurs ont besoin et vous consacrer à Héliopolis ?

— La question méritait d'être posée, princesse.

— Renonceriez-vous à ce projet dérisoire ?

— Servir le pharaon est un devoir impérieux.

Redjit posa l'index sur sa joue.

— Vous avez le goût de l'exploit et savez vous imposer, Imhotep. Prenez garde aux ornières, on commet vite un faux pas.

*
* *

Le Grand Voyant parvint à la Maison de Vie de Memphis où il avait tout appris. Il espérait vérifier l'information recueillie à Héliopolis en consultant les papyrus des origines.

Le prêtre chauve fut honoré d'accueillir le haut dignitaire qui se recueillit dans une chapelle consacrée à Thot avant de se rendre à la salle des archives.

Une ritualiste y travaillait.

À l'entrée d'Imhotep, Néféret se retourna.

— Grand prêtre… c'est une joie profonde de vous revoir !

— Je ne saurais vous décrire la mienne.

— Héliopolis est un monde à part, tous vous promettaient l'échec. Moi, j'avais confiance et je me réjouis du concert de louanges en votre faveur.

La jeune femme remit un document à Imhotep.

— Le premier Grand Voyant a prédit, lors de l'union des Deux Terres, que le plan d'un temple immense tomberait du ciel au nord de Memphis. Vous l'avez trouvé, n'est-ce pas ?

— Je l'ai présenté au pharaon.

— Et il vous ordonne de vous rendre au Ouadi Hammamat afin d'y découvrir la pierre primordiale, à l'origine de nos édifices sacrés.

— Telle fut ma vision, en effet. Là-bas, la réponse sera donnée.

— Au péril de votre vie, une fois encore !

— Je prendrai les précautions nécessaires.

Le sourire de Néféret fut empreint de tristesse.

— Vous n'y croyez pas vous-même ! Le Mal rôde, il ne vous permettra pas d'atteindre votre but. Écoutez les avertissements, je vous en prie.

— Il m'appartient de tracer ce chemin-là, y renoncer serait une trahison.

Néféret se détourna.

— Vous avez raison, je déplore de m'être exprimée ainsi.

— Sincèrement, je vous en remercie. Vos recherches confortent ma décision.

La jeune femme se dirigea vers la porte de la salle des archives.

— Puis-je vous accompagner ?

— La soirée est douce, j'aimerais me promener au bord du Nil.

Imhotep n'osait espérer ce moment d'intimité. Créant une succession de bandes colorées allant du rouge sombre à l'argenté, le coucher de soleil déploya sa magnificence. La barque de Râ s'enfonçait au cœur du monde souterrain, hanté de forces destructrices, et son équipage tenterait de les terrasser pour façonner une nouvelle lumière.

Au hasard du chemin, la main d'Imhotep toucha celle de Néféret. Il osa la serrer doucement, elle ne protesta pas.

À cet instant, le bonheur d'aimer l'envahit. Un moment fragile, inespéré, impossible. Ils continuèrent à marcher, la main de la jeune femme ne se retira pas.

— Tu as le devoir de partir, murmura-t-elle, mais reviendras-tu ?

Les ultimes lueurs du couchant transformaient le doux visage de Néféret en celui de la déesse d'Occident, au regard vaste comme la nuit étoilée.

Imhotep la prit dans ses bras.

— Je reviendrai.

62.

Lorsque l'expédition quitta Memphis à destination des carrières de pierre du Ouadi Hammamat, l'Ombre rouge eut une moue dubitative. Malheureusement hors d'atteinte de Tanou et de ses tueurs, cette région était placée sous haute protection militaire. À part le soleil brûlant, d'éventuelles tempêtes et les voraces puces des sables, Imhotep n'y rencontrerait pas d'ennemis.

Comment profiter de ce long et pénible voyage pour éliminer le Grand Voyant, devenu le dignitaire le plus proche de Djéser ? Une action violente était exclue, l'Ombre rouge devait recourir à la ruse. Se sentant en sécurité, Imhotep n'accorderait d'attention qu'à la recherche des pierres probablement destinées à la sépulture du monarque. À l'exemple de ses prédécesseurs, choisirait-il Abydos, ou préférerait-il un autre site ?

Aucune information concernant la vision du grand prêtre n'avait filtré. S'agissait-il d'un véritable projet d'avenir engageant l'État entier ? L'Ombre rouge croyait plutôt à l'artifice d'un illusionniste décidé à préserver son poste en abusant le roi.

Trop rapide, l'ascension d'Imhotep s'interromprait de manière brutale.

*
* *

Les soldats étaient répartis en deux équipes, bâbord et tribord. Et l'expédition entière s'assimilait à un bateau voguant sur le Nil, même si les étendues désertiques n'avaient rien d'aquatique. Chef de cette étrange flotte, le commandant se fiait à un corps de spécialistes connaissant la piste à la perfection. Qualifiés de « rameurs », les carriers appartenaient à une section appelée « la Pure » et bénéficiaient de mets excellents et abondants. La bonne humeur présida au voyage, et le temps parut assez court aux marcheurs.

Nul incident n'émailla le parcours.

À l'approche des sombres montagnes abritant la vallée du Rohannou, Vent du Nord refusa d'avancer. Aussitôt, Imhotep s'agenouilla et brûla de l'encens en l'honneur du dieu Min, le protecteur des gens du désert. Son aide éviterait de multiples désagréments et faciliterait le travail des carriers. La cérémonie terminée, un grand ibis blanc traversa le ciel. Soldats et artisans saluèrent sa présence comme un signe bénéfique. Et le grand prêtre d'Héliopolis sut que sa vision l'avait mené au bon endroit.

Grâce à une équipe de scribes expérimentés, le chantier fut rapidement organisé. On procéda à la répartition des logements dans des cabanes de pierres sèches, on distribua les rations alimentaires et l'on précisa à chacun sa tâche et les horaires de labeur. Les carriers et les tailleurs de pierre formaient un ensemble cohérent, les sculpteurs disposaient d'un atelier où ils façonnaient des statues et des stèles. Nuit et jour, les militaires montaient la garde. Des guetteurs postés à des endroits stratégiques ne manqueraient pas de repérer un agresseur, et le corps expéditionnaire aurait le temps de se mettre en ordre de bataille.

L'information circula : avant d'être élevé à la dignité de Grand Voyant, Imhotep avait foré des vases en pierre dure et dirigé une corporation artisanale ! Autrement dit, ce haut personnage connaissait la matière et la valeur de la main. On comprit mieux pourquoi, en dépit de son regard et de son allure, les plus humbles pouvaient s'adresser à lui. Loin de les repousser, il écoutait leurs doléances et trouvait une solution. De l'avis des anciens, un exceptionnel Maître d'Œuvre s'affirmait.

Premier levé, dernier couché, Imhotep ne laissait rien au hasard. La principale difficulté consistait à coordonner les efforts des diverses équipes, chacune s'estimant prioritaire. Certains petits chefs exigeaient des privilèges, leurs adversaires manifestaient un vif mécontentement. Au terme d'une réunion qui permit aux contradicteurs de s'exprimer, le Maître d'Œuvre trancha, sans violence, et attribua des responsabilités bien définies aux spécialistes chargés d'extraire et de manipuler les pierres. Des marques permettraient de les identifier, les blocs porteraient des dates et des mentions comme « prêt à enlever ».

À l'aube, Imhotep examinait les outils : lourds pics en basalte, scies en cuivre aux dents sablées pendant l'usage, ciseaux du même métal, maillets en bois, boules de dolérite servant à aplanir. De leur qualité dépendait celle du travail, et les préposés au nettoyage et à l'entretien jouaient un rôle prépondérant.

Jamais un chantier n'avait connu un tel succès. Les chants des artisans, leur bonne humeur et l'absence de conflits étonnaient les sceptiques. Imhotep, en revanche, redoutait un échec. Les carrières demeuraient muettes, nulle vision ne s'imposait. L'apparition de l'ibis blanc était pourtant un signe déterminant, et le grand prêtre s'arma de patience.

La période d'extraction s'achevait. La veille du départ, un banquet réunit les artisans, enchantés de retourner en Égypte. Soudain, le Grand Voyant ressentit l'impérieuse nécessité de se rendre tout au fond de la vallée serpentant entre les montagnes. Là se trouvait ce qu'il cherchait.

— Désolé d'interrompre vos réjouissances, dit-il aux carriers, j'ai besoin de trois volontaires. Leur prime sera substantielle.

Attirés par un supplément de salaire, trois costauds s'essuyèrent les lèvres, se levèrent et s'équipèrent de pics en basalte. Rassasiés, ils se sentaient prêts à accomplir un ultime effort. Ils suivirent le Maître d'Œuvre jusqu'à l'extrémité de la gorge, une impressionnante barrière de roche vert sombre.

Imhotep l'examina longuement. Et il vit une faille, marquant l'entrée d'une ancienne galerie.

Le quatuor gravit la paroi sans difficulté et atteignit l'orifice. Ensuite, il fallut avancer courbé à la lueur d'une torche que tenait un artisan. Le boyau avait été étayé à intervalles réguliers et ne présentait pas de danger. En progressant vers le cœur de la montagne, le Grand Voyant approchait du but.

Les trois carriers s'immobilisèrent.

— On n'ira pas plus loin, annonça l'homme à la torche.

— Vous ne risquez rien, et j'aurai besoin de vos pics. La prime prévue sera augmentée.

— La prime, on l'a déjà touchée !

Une ombre rouge envahit la galerie.

Les carriers reculèrent et brisèrent un à un les étais. La voûte gémit, se craquela et s'effondra, ensevelissant Imhotep.

*
* *

Les ouvriers firent un rapport oral au commandant de l'expédition. Le Maître d'Œuvre marchait, loin devant eux, une torche à la main, et le plafond du boyau s'était brusquement écroulé. Impossible, malgré leurs efforts, de déblayer des monceaux de roche. Des journées entières n'y suffiraient pas.

Atterré, le commandant ne pouvait prendre qu'une seule décision : regagner l'Égypte. Mais, au moment du départ, Vent du Nord refusa obstinément d'avancer et pointa le museau en direction des montagnes.

L'un des assassins brandit un bâton.

— Quelques bons coups le rendront obéissant !

Le commandant bloqua le bras du carrier.

— L'âne d'Imhotep a été un excellent guide, j'interdis de le frapper. Écoutons ce qu'il veut nous dire.

— Cette bête est butée, voilà tout ! estima le deuxième assassin. Mieux vaut s'en débarrasser.

Alors qu'il empoignait son pic, le commandant le renversa d'un coup de genou au creux des reins.

— Pourquoi tant de hargne ? s'étonna-t-il. Êtes-vous vraiment étrangers à la disparition du Maître d'Œuvre ?

Cette question déclencha la fuite du troisième carrier. Ses complices tentèrent d'abattre le commandant, mais l'intervention des soldats les en empêcha. Une furieuse échauffourée se termina par la mort des deux enragés. Quant au troisième, sans eau ni nourriture, il ne survivrait pas longtemps au désert.

Vent du Nord se lança à l'assaut d'un sentier escarpé au sommet de l'une des montagnes bordant la vallée du Rohannou. Le commandant et une escouade le suivirent.

*

*   *

Lorsque la poussière se dissipa, Imhotep s'étonna d'être encore vivant. Autre motif de stupéfaction : prisonnier de la montagne, plongé dans les ténèbres, il respirait ! Ce monde minéral n'était donc pas clos. Ne cédant pas à l'affolement, il s'habitua à l'obscurité puis reprit sa progression, en essayant de percevoir le parcours des anciens mineurs.

Parvenu à une intersection, il ressentit un air plus frais, au-dessus de sa tête. Un boyau vertical ! À tâtons, il repéra les parois et commença à grimper.

Un braiment, d'une intensité incroyable… La voix de Vent du Nord ! Les coups de pic des carriers dégageant l'accès du puits abandonné, la lumière, le retour à la vie.

63.

Imhotep s'inclina devant le roi.

— D'après le rapport du commandant de l'expédition, tu as échappé de peu à la mort et tu as été sérieusement blessé à la jambe gauche.

— Selon le médecin-chef du palais, je ne souffrirai d'aucune séquelle. Et les artisans ont extrait une grande quantité de richesses des carrières du Ouadi Hammamat.

Djéser fixa son Maître d'Œuvre.

— Ta vision s'est-elle affirmée ?

— J'ai survécu au cœur de la montagne, Majesté, et je sais à présent que votre règne sera celui de l'ouvreur de la pierre[1].

Un long silence salua cette déclaration.

— Envisagerais-tu de construire entièrement en pierres l'immense monument révélé par le plan céleste ?

— Tel est le sens de mon voyage à l'intérieur de la carrière. Je ne me contenterai pas de blocs grossiers ou d'un simple revêtement. Nous allons créer le premier

1. *Oup iner*, d'après un graffiti de la dix-neuvième dynastie à Saqqara.

temple en pierres de taille, disposées en assises, afin d'y graver l'impérissable. Elles perpétueront à jamais le rituel d'Héliopolis et rendront votre nom immortel. Ainsi, le visible révélera l'invisible.

L'ampleur du projet sembla ébranler Djéser.

— Te sens-tu capable de diriger cette entreprise irréalisable, de recruter des artisans qualifiés et de transporter les matériaux ?

— Tout doit être conçu dès l'origine, Majesté : la superficie de votre domaine d'éternité, l'orientation du monument, le choix de la pierre, l'organisation du travail. J'ai vu un escalier montant vers le ciel, baigné de la lumière divine. Et je le bâtirai.

Le roi et le Maître d'Œuvre quittèrent le palais pour se rendre dans le désert. Des chaises à porteurs les transportèrent à Saqqara où reposaient les âmes des pharaons de la première dynastie.

Cette immensité capta le regard des deux hommes.

Il fallait tout inventer, façonner une création dépassant les capacités de l'humain.

— Nous n'avons pas le choix, Majesté. Notre existence n'est-elle pas consacrée à faire naître le plan céleste ?

— La pierre est ouverte, Imhotep. Au travail.

*

* *

Néféret tenait à surveiller quotidiennement l'évolution des blessures d'Imhotep, plus gravement atteint qu'il ne l'admettait. Des soins appropriés et sa robuste constitution empêchèrent l'infection et hâtèrent la guérison.

Elle ôta le dernier bandage, enduit de miel.

— Ta jambe est en parfait état, constata le médecin-chef du palais.

— J'ai tenu ma promesse, rappela-t-il. Je suis revenu.

— Le miraculé des carrières... On te considère comme un grand magicien, presque l'égal de Pharaon.

— Je suis son Maître d'Œuvre, chargé de créer un extraordinaire monument, tel que les humains n'en ont jamais contemplé. Et ton aide me sera indispensable.

— À quel titre ?

— Je vais engager des centaines d'artisans pour bâtir un gigantesque escalier de pierre. L'organisation du chantier sera complexe, et j'aurai besoin d'un service médical capable de lutter contre les maladies et les accidents. Acceptes-tu de le diriger ?

— Abandonner mon poste au palais...

— Le roi ne l'admettrait pas, et c'est avec son accord que je te fais cette proposition. Toi seule sauras gérer cette situation exceptionnelle en renonçant à prendre le moindre repos.

Néféret sourit.

— Ai-je vraiment le choix ?

Il lui prit tendrement les mains.

— Je ne le souhaite pas.

— Ton projet ne serait-il pas... irréalisable ?

— Il s'agit du Grand Œuvre de Djéser, la question ne se pose donc pas. Mes chances de réussir sont infimes, et le roi ne me pardonnera pas un échec. Si nous sommes ensemble, mes forces seront décuplées.

— Ensemble... jusqu'à quel point ?

— Acceptes-tu de devenir mon épouse ?

Imhotep osa la contempler, comme s'il la découvrait. Inquiet de son audace, il redoutait un refus. Et le long silence de Néféret lui serrait le cœur.

— Crois-tu que nous aurons le temps de nous voir ? demanda-t-elle d'une voix émue.

— La tâche qui nous attend est surhumaine. Y survivre ne sera pas facile, et je ne te promets pas une union ordinaire.

— Je ne la recherchais pas.

— Alors, tu… tu consens ?

— Quand souhaites-tu rendre notre mariage officiel ?

— Pas trop vite, disons… ce soir ?

Ni cérémonie, ni paperasse. En Égypte, un homme et une femme étaient mariés à partir du moment où ils vivaient sous le même toit. Leur couple était une affaire privée à laquelle l'État demeurait étranger.

Les domestiques d'Imhotep furent ravis d'accueillir la belle Néféret et de servir une maîtresse de maison tant admirée.

*

* *

À l'annonce de l'incroyable nouvelle, la princesse Redjit eut l'appétit coupé. Ulcérée, elle monta sur la terrasse de son petit palais et contempla la capitale de Djéser, en perpétuelle mutation. De nouveaux quartiers sortaient de terre, mêlant riches villas et petites maisons blanches. D'ordinaire, ce spectacle la ravissait. Ce soir-là, à bout de nerfs, elle avait envie de hurler.

Imhotep uni à Néféret… Insupportable ! Pourquoi commettait-il cette stupide erreur ? La princesse ne s'était pas assez méfiée de cette femme médecin, une redoutable intrigante qui parvenait à séduire la famille royale et le Maître d'Œuvre de Pharaon.

Réussite temporaire ! On s'apercevrait vite de son incompétence, et Néféret serait renvoyée aux archives de la Maison de Vie. Déçu, Imhotep divorcerait et redeviendrait libre. Possédant une véritable envergure, il relevait les défis et bénéficiait de l'estime du monarque, pourtant avare de compliments.

Certes, on murmurait que le Grand Œuvre de Djéser épuiserait plusieurs architectes. La princesse croyait aux qualités d'Imhotep et à son endurance. Lui seul avait une chance d'aboutir... et la médiocre Néféret serait écartée de son chemin.

*

* *

La séance du grand conseil s'annonçait difficile et décisive. Imhotep y exposerait son plan d'œuvre, sans cacher qu'il modifierait en profondeur l'économie égyptienne. Bâtir le domaine d'éternité de Djéser exigerait des efforts considérables, au risque de déséquilibrer la société entière. L'avis du chancelier Hézyrê serait déterminant ; son expérience et sa connaissance de l'État lui permettraient d'apporter des précisions, voire des modifications, aux projets du Grand Voyant.

Imhotep et Néféret avaient passé leur première nuit ensemble. Devenus mari et femme, ils n'eurent pas le loisir de savourer leur première matinée de couple. Le portier du Maître d'Œuvre fut contraint de l'alerter : le chancelier désirait le voir d'urgence.

Imhotep embrassa son épouse et se rendit chez Hézyrê.

— Notre maître est mourant, dit son majordome, au bord des larmes. Il vous attend.

Étendu sur un lit à pattes de taureau, le vieillard portait le masque du trépas.

— Mes heures sont comptées, affirma-t-il d'une voix étouffée, et je n'assisterai pas au grand conseil. Je veux connaître l'ampleur de ta vision.

Imhotep ne dissimula rien de ses intentions.

— Votre avis m'importe au plus haut point, conclut-il. S'il est négatif, j'en avertirai le roi et peut-être renoncerons-nous.

— Aide-moi à m'asseoir.

Les joues creusées, le regard fixe, Hézyrê brûla ses ultimes ressources.

— Réalise le Grand Œuvre de Pharaon, dresse ce monument vers le ciel. L'avenir de l'Égypte en dépend. Sois aussi solide que la pierre, ne te plains jamais, résiste aux agressions et travaille sans relâche. Fais pénétrer la vie au cœur de la mort.

Le vieillard se figea, les yeux légèrement levés vers l'au-delà.

64.

La cour entière assista aux funérailles de Hézyrê. La présence du couple royal souligna le rôle déterminant qu'avait joué le rugueux personnage tout au long de sa carrière au service de l'État.

Dans le couloir long de trente-six mètres servant de chapelle à la surprenante demeure d'éternité du défunt, onze panneaux en bois le représentaient, muni des insignes de sa fonction, et précisaient ses titres. Le sculpteur montrait un Hézyrê sévère et digne, conscient de ses devoirs et manifestant son autorité. Des peintures évoquaient l'équipement du voyageur de l'au-delà : chaises, lits, coffres de rangement, vaisselle, jeux, vases, sans oublier de nombreux outils, règle graduée, maillet, ciseau, polissoir ou hache. Ces objets furent apportés en procession, puis l'on ferma le caveau. Creusé à vingt-quatre mètres au-dessous du sol, il abritait la momie du dignitaire, son corps osirien quotidiennement régénéré grâce à la protection du sarcophage.

L'Ombre rouge n'était pas mécontente de voir disparaître ce vieillard trop intègre qu'elle ne parvenait pas à manipuler. Djéser perdait un serviteur précieux et irremplaçable. La Maison du Roi s'affaiblirait, de multiples intrigues saperaient ses fondations. Restait à connaître la réorganisation administrative que le monarque dévoilerait lors du prochain conseil.

*
* *

La réunion des hauts responsables du pays se tint en présence de la reine Paisible. Assise à la gauche du souverain, elle était vêtue d'une longue robe blanche à bretelles. Enserrant ses cheveux abondants, fins et parfumés, un bandeau doré ; à ses chevilles et à ses poignets, des bracelets en or.

L'atmosphère était pesante. Même diminué, Hézyrê avait occupé une place majeure, et sa faculté de coordonner les efforts des divers ministères faisait merveille.

De la main droite, le pharaon tenait le sceau royal.

À qui confierait-il cette expression de sa volonté et de sa puissance ? La cour misait sur le ministre des Finances, Baten, infatigable travailleur, aux compétences reconnues ; mais elle ne s'étonnerait pas de la nomination de son collègue Akhétâ, parfait technicien au caractère assez proche de celui du regretté Hézyrê. D'autres songeaient au ritualiste en chef Ânkhy, remarquable chambellan. Et l'on n'éliminait pas la princesse Redjit dont l'éclatante réussite, à la tête de la Maison de la Reine, ne se démentait pas.

— Je nomme Imhotep chancelier, déclara le roi. Il portera le sceau, dirigera les cours de justice, préservera les archives et sera le guide de l'élite[1]. En sa fonction de Maître d'Œuvre, il bâtira mon domaine d'éternité. Et son unique matériau sera la pierre. Au cœur du Grand Œuvre se dressera un escalier gigantesque qui permettra à l'âme royale de monter au ciel. Il s'agira d'une pyramide à degrés, autrement dit du symbole de l'amour créateur et du canal où circule l'énergie divine[2].

Le couple royal se retira, laissant les membres du conseil abasourdis. Jamais un dignitaire n'avait disposé d'autant de pouvoirs qu'Imhotep.

Prise au dépourvu, l'Ombre rouge ne jugea pas la situation catastrophique. Imhotep n'aurait pas la carrure nécessaire pour mener à bien ce projet insensé. Personne n'était capable d'ériger un énorme édifice en pierres de taille, et le premier personnage de l'État, en dépit de la protection de Djéser et de ses multiples titres, essuierait un échec cuisant.

*

* *

1. Les *pât*, rassemblant à cette époque les membres influents du royaume.

2. Ce sont les autres significations du mot *mer*, « pyramide ». Nous savons aujourd'hui que la pyramide à degrés de Saqqara fut conçue telle quelle dès l'origine. Il faut abandonner l'ancienne théorie envisageant le monument comme un empilement successif et hasardeux de mastabas les uns sur les autres, l'architecte modifiant son projet pour gagner de la hauteur. Le Grand Voyant d'Héliopolis ne procédait pas par approximations. Il édifiait une œuvre d'éternité, non un bâtiment profane.

D'une main sûre, Imhotep traça un premier plan de la pyramide à degrés et de l'ensemble monumental dont elle serait le cœur. Ce n'était encore que la fragile traduction de sa vision, mais elle impressionna son épouse Néféret, la première à la découvrir.

— Est-ce vraiment réalisable ? s'inquiéta-t-elle.

— Je l'ignore. Une seule certitude : voici le Grand Œuvre qu'il faudra mettre au monde. Si j'en suis incapable, le roi nommera un autre architecte. Je ne lui cacherai rien de mes craintes et de mes difficultés. Sans sa puissance, je n'aboutirai pas. C'est lui qui a ouvert la pierre et m'a fait renaître du ventre de la montagne. En créant cette pyramide, il bâtit l'Égypte à l'image du ciel et rend la Terre divine.

— Je vais finir par croire à la légende que les Memphites colportent à ton sujet.

— Puis-je la connaître ?

— Tu n'appartiens pas complètement à l'espèce humaine, car ton père serait le dieu Ptah, le patron des artisans.

— Ptah, « le Façonneur », le secret de toute forme harmonieuse, la force créatrice enveloppée du linceul blanc afin de mieux préserver le feu de la transmutation… La première lettre de son nom est une pierre cubique, ce matériau qu'il m'appartient d'apprivoiser, puis de maîtriser ! Une folie, Néféret, j'en suis conscient. Pourtant, je ne renoncerai pas.

— *Nous* ne renoncerons pas, corrigea-t-elle. La reine m'a accordé l'autorisation de superviser le service de santé du futur chantier. Les artisans et leurs familles bénéficieront des meilleurs soins, à titre gratuit. Ils deviennent les hommes les plus importants du royaume… après le Maître d'Œuvre !

Imhotep la serra dans ses bras.

— Tu es donc ma première recrue ! L'organisation de ce chantier apparaît comme la condition nécessaire, sinon suffisante, d'un éventuel succès. En cas d'erreur de ma part, l'échec sera brutal et rapide.

— N'as-tu pas acquis une expérience précieuse ?

— Pas à cette échelle-là, Néféret.

— L'inconnu ne saurait effrayer le Grand Voyant.

— Je ne doute ni du Grand Œuvre ni de ma vision, mais de ma capacité à la réaliser. Au Sinaï, j'ai vu une ombre rouge envelopper le sommet de la montagne et je me suis préparé à une épreuve. Elle continue à rôder et tentera, de mille manières, d'entraver notre action.

— Je te protège et je t'aiderai, Imhotep. La déesse Sekhmet, patronne des médecins, déclenche les maladies et offre le moyen de guérir si l'on sait déchiffrer les messages de la nature. Construire ne sera pas notre seule tâche ; sous l'autorité de Djéser, nous devrons mener une guerre contre le Mal et ne pas essayer de l'amadouer. Croire que l'on peut trouver un chemin d'entente avec lui, c'est se détruire. Pas un instant il ne relâchera ses efforts ; l'oublier, l'estimer inoffensif ou vaincu nous conduirait au désastre.

Imhotep ressentit une douleur au talon ; la blessure infligée par l'Ombre rouge se réveillait.

— Je dispose d'un onguent efficace, affirma Néféret.

— Je suis un peu médecin, moi aussi, et…

En l'embrassant, elle le força au silence.

— Mes remèdes sont uniques, murmura-t-elle.

*

* *

La reine lut le rapport de la princesse Redjit en présence de son auteur. Selon son habitude, elle donnait un maximum de détails sur sa gestion et ne tentait pas de dissimuler ses difficultés. Prendre en défaut la jeune femme semblait impossible ; dénonçant elle-même ses carences, elle en expliquait les causes, s'engageait à résoudre les problèmes et tenait parole.

— Remarquable, conclut Paisible. Une fois encore, je n'ai qu'à me louer de ton travail au service de ma Maison et du pays.

Redjit s'inclina.

— Un doute me ronge, Majesté.

— Explique-toi, je te prie.

— Je comptais vous proposer un programme de réformes, mais les récents événements me contraignent peut-être à le différer.

— Évoquerais-tu la nomination d'Imhotep au poste de chancelier ?

— Devrai-je satisfaire ses exigences s'il réclame l'assistance de votre Maison ?

— Sans hésitation, Redjit. Je suis liée au Grand Œuvre du roi qui modifiera en profondeur l'économie des Deux Terres. Entreprise difficile, voire audacieuse, j'en conviens. Néanmoins, la Maison de la Reine y participera sans restrictions.

Redjit s'inclina de nouveau.

— Aurais-tu des réticences à exprimer ?

— Seulement des inquiétudes, Majesté, de profondes inquiétudes que partagent les autres membres du grand conseil. Imhotep mènera-t-il à terme ce projet colossal ?

— Le roi et moi l'avons choisi. Douterais-tu de notre décision ?

— Certes pas, Majesté ! Je me demande s'il existe un architecte capable de réussir et si l'équilibre des Deux Terres sera bouleversé. Pardonnez ma franchise, mais je m'exprime en gestionnaire.

— Je t'en remercie, Redjit. Nous sommes conscients des risques, nous ne sommes pas certains d'aboutir et, cependant, nous tenterons cette aventure. D'elle dépend l'avenir des dynasties futures. Souhaites-tu t'en exclure ?

— Non, Majesté. J'assumerai mes responsabilités.

65.

Suivant les recommandations d'Imhotep, les membres du grand conseil avaient évité de mettre des vêtements de prix et s'étaient enduits de pommades contre le soleil et les insectes. Vent du Nord avait accepté de porter les outres remplies d'eau fraîche et, depuis le débarcadère, s'était résolu à guider le petit groupe vers la carrière de calcaire de Toura, sur la rive orientale du Nil, au sud de Memphis, non loin de la capitale.

En ce jour de repos, l'endroit était désert et silencieux. Imhotep emmena les dignitaires au pied d'une paroi illuminée par un soleil puissant. Transformée en lumière, la blancheur du calcaire les aveugla. Le Maître d'Œuvre convia ses hôtes à s'asseoir sur des blocs récemment taillés.

Essoufflé, le chambellan Ânkhy vida une outre. Les cheveux dénoués, ressemblant à une sauvageonne, la princesse Redjit semblait s'amuser de cette expérience inédite, à la différence des ministres Baten et Akhétâ qui masquaient mal leur irritation.

— Je vais engager des centaines d'hommes, annonça Imhotep, et les répartirai en diverses équipes, selon leurs compétences. Du simple tâcheron au tailleur de pierre, ils participeront à la création du Grand Œuvre de Pharaon. Cette carrière et d'autres sites seront exploités avec méthode afin de fournir le nombre suffisant de pierres dont la qualité vaincra le temps. Il me faudra des bateaux de transport, des traîneaux, des outils, des vêtements et les produits indispensables au bien-être des artisans. C'est pourquoi j'ai besoin de l'aide du gouvernement entier.

La modestie du ton étonna. En dépit de l'étendue de ses pouvoirs, le Maître d'Œuvre ne se comportait pas en tyran.

— Celle de la Maison de la Reine vous est acquise, déclara Redjit. Le développement des ateliers de tissage assurera la production de vêtements.

— Je veillerai personnellement à l'approvisionnement des chantiers en eau, en bière et en vin, promit Ânkhy. De plus, je mettrai à votre disposition les ritualistes qui sacraliseront quotidiennement les chantiers et les transports.

Baten, ministre des Finances, se leva.

— Nous vivons un moment exceptionnel, estima-t-il. Cette entreprise transformera le pays, et nous avons la chance d'être appelés à y collaborer. Je croyais avoir connu tous les bonheurs, mais celui-là ne peut que soulever l'enthousiasme ! Les Maisons de l'Or et de l'Argent sont à votre disposition, Maître d'Œuvre, et leur personnel accomplira les efforts indispensables.

Ses yeux noirs et sévères fixés sur le lointain, le ministre de l'Agriculture Akhétâ s'exprima de manière glaciale.

— Il serait temps de recouvrer la raison. Notre pays est prospère, notre roi vénéré, le quotidien des humbles ne cesse de s'améliorer… Pourquoi céder à une telle folie qui nous conduira au désastre ?

Akhétâ venait de provoquer sa déchéance. Imhotep était contraint de le démettre de ses fonctions.

— Pharaon ne détruit pas, il construit, rappela le Maître d'Œuvre. En devenant l'ouvreur de la pierre, en l'utilisant comme matériau d'éternité, il donne de nouvelles fondations aux Deux Terres. Tu seras mon bras droit, Akhétâ, et je te charge de l'ensemble des transports. À aucun moment le chantier ne devra manquer du nécessaire. Tu superviseras également le travail des ateliers et m'avertiras du moindre problème.

Le Grand Voyant et le ministre se défièrent du regard.

— J'accepte cette mission.

Imhotep caressa un bloc.

— En nous révélant ses secrets, la pierre incarnera l'invisible et transmettra la lumière. Ensemble, nous allons la faire naître.

*

*   *

Un vent d'est balayait l'immense site de Saqqara. Précédés de Vent du Nord et du chien Geb, Djéser et Imhotep progressaient en direction des tombes royales de la première dynastie. À la lumière du plateau dominant la palmeraie de Memphis, une douzaine de grands tombeaux en briques crues préservaient le message des ancêtres. Disposées sur un soubassement entourant la sépulture du roi Serpent, plus de trois cents têtes de taureau, œuvre des premiers sculpteurs, incarnaient la puissance immortelle du *ka*.

— As-tu convaincu les membres du grand conseil ?

— Je l'espère, Majesté.

— Quantité de hauts fonctionnaires demeurent incrédules, voire hostiles. Obtenir leur obéissance et, surtout, leur adhésion ne sera pas facile. Et tu seras l'objet de mille jalousies.

— Depuis mon enfance, je m'y suis habitué.

— La nuit dernière fut tourmentée. Au petit matin, le doute m'a envahi. Te crois-tu vraiment capable de réaliser ce gigantesque projet ?

— J'en ai le désir, et ce dernier engendrera des capacités que nous n'imaginions pas. Votre Grand Œuvre donnera du chemin à mes pieds.

— L'organisation du chantier ne dépasse-t-elle pas nos possibilités ?

— De beaucoup, Majesté. Mon bras droit, Akhétâ, ne croit pas un instant à notre succès, et je partage ses innombrables objections.

— En ce cas, me conseilles-tu de renoncer ?

Imhotep contempla le désert.

— Ne raisonnons pas en fonction des constructions antérieures. Il me faudra d'abord bâtir une petite ville pour abriter les artisans et leurs familles, et leur réserver d'agréables conditions d'existence. Travailler à la construction de votre domaine d'éternité sera leur fierté et leur procurera une réelle aisance. Les administrateurs se mettront à leur service afin qu'ils ne manquent de rien. Selon le ministre des Finances, nos ressources nous le permettent.

— Demeure une incertitude, précisa le pharaon : le choix définitif du site.

— Aux dieux de nous l'indiquer. S'ils approuvent votre projet, ils parleront.

Vent du Nord se mit en marche, Geb se porta à ses côtés. Les deux hommes les suivirent. Soudain, le vent tomba et l'intensité du soleil devint presque insupportable.

Utilisant l'outre qu'il portait en bandoulière, Imhotep fit boire les animaux, puis offrit de l'eau au monarque. Le Maître d'Œuvre se contenta d'une goulée.

— Le feu du dieu Seth ne facilitera pas notre tâche, constata-t-il. Pourtant, grâce à lui, la matière est purifiée et la pierre ne se dégrade pas.

Le sable crissait sous les sabots, les pattes et les pieds. L'âne et le chien continuaient à progresser, comme s'ils désiraient atteindre un objectif précis. Le souffle court, le roi et l'architecte se montraient à la hauteur de leurs guides.

Jaillissant de la lumière, un faucon piqua vers eux, déploya ses ailes, les survola et se posa au loin.

Puis apparut un grand ibis qui s'installa sur un monticule, à une grande distance du faucon, exactement à son opposé.

— Voilà le signe que j'attendais, révéla Imhotep ; les dieux ont fixé les bornes du territoire sacré. À vous, Majesté, de le consacrer.

Les regards du pharaon et du Maître d'Œuvre s'unirent pour chasser les forces hostiles de l'aire immense délimitée par le ciel. En prononçant les paroles de puissance, Djéser lia magiquement les rayons de lumière qui présideraient à la construction de l'édifice. De l'océan d'énergie entourant la Terre, il amena au jour la règle dont se servirait Imhotep, cette règle de Maât à laquelle Pharaon lui-même était soumis.

Une énergie d'une incroyable intensité emplit le cœur des participants à ce rite secret. Les morsures du soleil se transformèrent en sources de joie, et la vénération du monarque envers la déesse de l'univers transforma l'aridité du désert en paradis.

Le Grand Voyant perçut l'étendue de l'œuvre, au-delà des innombrables obstacles à surmonter. Là, un monde nouveau naîtrait.

Geb se mit à creuser le sable. Écartant un morceau de calcaire de forme triangulaire, il déterra un maillet en bois et un ciseau en cuivre.

— Heureux présage, jugea le Grand Voyant qui caressa l'explorateur, ravi de son exploit.

66.

Baten détestait qu'on le dérangeât pendant son petit déjeuner. Au lait frais et aux céréales, il ajoutait volontiers de la viande séchée et une coupe de vin liquoreux qui lui donnaient l'énergie nécessaire pour affronter une journée harassante. En mangeant à belles dents, il consultait les dossiers qu'il aurait à traiter.

— Un visiteur souhaite te voir d'urgence, le prévint son épouse.

— Envoie-le à mon bureau.

— Il s'agit de ton collègue Akhétâ, et il paraît fort énervé.

Baten soupira.

— Bon, qu'il entre !

Le ministre de l'Agriculture avait les yeux encore plus noirs qu'à l'ordinaire, et les angles de son visage s'étaient accentués.

— Désires-tu déguster une douceur ? demanda Baten.

— La lecture de ce document te coupera l'appétit.

Akhétâ déroula un papyrus sur lequel figuraient un plan et des commentaires. À leur lecture, Baten s'étrangla.

— Qu'est-ce que cette folie ?

— Comme tu le vois, le plan du Maître d'Œuvre Imhotep pour le domaine d'éternité de Djéser.

— Quinze hectares… C'est aberrant !

— Je ne te le fais pas dire.

— Imhotep a perdu la tête. Jamais ce projet insensé ne verra le jour. L'as-tu transmis aux autres membres du grand conseil ?

— Leur avis est unanime : il faut alerter le pharaon et le convaincre que son architecte a sombré dans la démence.

*

* *

Le grand conseil était réuni en présence du couple royal qui avait acquiescé à la demande pressante du ministre Akhétâ, porte-parole de ses collègues. Le chancelier Imhotep nota les effets physiques de l'inquiétude profonde causée par son plan.

Une légère ride altérait le joli visage de la princesse Redjit. Elle serait contrainte de recourir aux onguents efficaces du laboratoire de la Maison de la Reine.

Le crâne de Baten s'était dégarni, et sa prise de poids ne passait pas inaperçue.

Akhétâ, au visage fermé, était animé d'une hostilité perceptible qu'il maîtrisait à grand-peine. Il ressemblait à un carnassier prêt à bondir.

Le comportement du chambellan Ânkhy n'avait rien de jovial. Visiblement irrité, il trépignait.

Conscient de la gravité du moment, Imhotep paraissait imperturbable.

— Pourquoi avoir réclamé cette réunion ? demanda le roi.

— Majesté, déclara le ministre de l'Agriculture, nous avons pris connaissance du plan tracé par Imhotep et de son programme de construction. À l'unanimité, nous le jugeons déraisonnable et inacceptable.

— N'aviez-vous pas donné votre parole de servir fidèlement le Maître d'Œuvre de Pharaon ? rappela la reine.

— En effet, reconnut Akhétâ, mais nous n'imaginions pas une telle absurdité !

— La parole donnée ne se reprend pas. C'est l'une des bases immuables de notre civilisation.

— Nous avons été abusés, intervint Baten. Notre économie et nos finances sont incapables de supporter ce projet d'une taille hallucinante. Si nous nous lancions dans cette aventure, l'État s'écroulerait.

— Tous nos efforts seraient réduits à néant, confirma la princesse Redjit. Ni la Maison de la Reine ni celle du Roi ne survivraient au désastre. J'ai le regret de constater que le Maître d'Œuvre a oublié la mesure.

— Pas un seul domaine d'éternité n'atteint le centième de la monstruosité qu'a conçue Imhotep ! s'exclama Ânkhy. Bâtir une tombe splendide à la gloire de Pharaon, nous y sommes décidés. Mais pas cette folie qui doit rester à l'état de cauchemar !

— D'autres arguments ? interrogea le roi.

Les membres du conseil se consultèrent du regard.

— Revenons à la raison, prôna Akhétâ, et que le Maître d'Œuvre prépare un nouveau projet.

— Vous oubliez un fait majeur, assena Djéser : ce sont les dieux qui ont fixé les bornes de ce domaine. J'en ai été le témoin et j'ai noué les forces créatrices afin de sacraliser le terrain.

Cette déclaration fit l'effet d'un coup de tonnerre.

La princesse Redjit baissa les yeux, Akhétâ avala sa salive, Ânkhy fut tétanisé. Seul Baten ne rendit pas les armes.

— Loin de moi l'idée de remettre en cause la décision des dieux ! Cependant, Majesté, vous connaissez ma probité et ma rigueur. Aussi n'ai-je pas le droit de me taire : j'insiste sur le caractère insensé de cette entreprise et sur les risques qu'elle fera courir à votre règne.

La reine se tourna vers le chancelier.

— Qu'en pense Imhotep ?

— Le grand conseil a raison, Majesté. Le projet dicté par les dieux outrepasse les limites du raisonnable et du possible. Néanmoins, nous n'avons pas le droit de lui substituer notre médiocrité humaine. Mes préférences personnelles n'ont aucune valeur, et j'exécuterai au mieux la décision de Pharaon.

Dûment méditée afin de servir le pays, la parole royale avait force de loi et tenait souvent compte des avis du grand conseil.

— Pharaon reçoit la vie de Maât, la règle de l'univers, déclara Djéser. Elle ne lui appartient pas, il doit l'entretenir et la faire prospérer, sans oublier de restituer l'œuvre accomplie à son Maître céleste. C'est sous forme de lumière que l'esprit créateur se manifesta hors de l'océan d'énergie qui nous entoure, c'est cette lumière qui guide notre pensée à travers les apparitions divines. Le faucon d'Horus et l'ibis de Thot ont fixé les bornes du territoire sacré sur lequel s'élèveront mes monuments d'éternité, à la gloire du Créateur. Que le Maître d'Œuvre se mette au travail aujourd'hui même.

*
* *

Imhotep retourna à Saqqara en compagnie de l'âne et du chien, les deux autres témoins de la volonté divine. Ils s'arrêtèrent aux endroits précis qu'avaient indiqués les messagers de l'invisible, et l'architecte planta deux piquets, première concrétisation du Grand Œuvre. Contraints d'obéir, les membres du grand conseil n'avaient pas manifesté le moindre enthousiasme. Imhotep s'attendait à d'incessantes récriminations et à de subtiles manœuvres d'obstruction. L'hostilité des principaux personnages de l'État ne serait-elle pas un obstacle insurmontable ? Ce conflit souterrain n'était-il pas perdu d'avance ? Certes, le Maître d'Œuvre bénéficiait de l'appui du pharaon ; mais si le chantier s'enlisait, le monarque ne se lasserait-il pas ?

Il s'assit, Vent du Nord et Geb l'encadrèrent et s'accroupirent. Ces deux compagnons-là, eux, ne le trahiraient jamais. Et le chien du roi saurait bien convaincre son maître de persévérer. En les caressant et en contemplant le désert, Imhotep prit conscience de l'énormité de sa tâche. À l'évidence, les dieux ne se préoccupaient pas des perspectives humaines. Ce qu'ils exigeaient paraissait irréalisable, et la volonté la plus inflexible s'effondrait au pied de cette immensité.

Entre le plan et l'ordre royal, le Maître d'Œuvre était une minuscule créature supportant un poids trop lourd et promise à l'échec. La sagesse ne consistait-elle pas à remettre sa démission et à rejoindre l'atelier des foreurs de vases ? Djéser choisirait un nouvel architecte, estimé du grand conseil, et réduirait peut-être ses ambitions.

Le soleil se coucha, une brise se leva. C'est à la nuit du désert qu'Imhotep se confia, attendant sa réponse.

*

* *

L'Ombre rouge ne mésestimait pas le danger, mais cette entreprise inouïe avait peu de chances d'aboutir. Enivré par son ascension et ses titres, Imhotep perdait la tête et se berçait de rêves grandioses. Quant à Djéser, il exigeait des Deux Terres ce qu'elles étaient incapables de lui donner et briserait son pays en lui imposant des efforts démesurés.

Ces agréables certitudes n'excluaient pas la prudence. En raison de ses pouvoirs officiels, l'Ombre rouge entraverait les démarches du Maître d'Œuvre, et elle ne serait pas la seule à contrecarrer les desseins d'Imhotep de mille et une manières.

Djéser ne parviendrait pas à édifier un monument en pierres d'éternité, capable de repousser les forces du Mal et de préserver, sur terre, la lumière de l'origine. Ce monde appartenait aux humains, non aux dieux, et il revenait à des êtres comme l'Ombre rouge de le gouverner et d'en tirer profit, fût-ce au prix de la violence.

Au cours de la nuit, l'Ombre rouge se rechargea d'énergie en rôdant dans le désert. Elle ne craignait pas les serpents en maraude et savait capter la force des démons. Percevant une présence insolite, elle aperçut Imhotep en méditation.

Belle occasion de se débarrasser du Maître d'Œuvre avant même qu'il ne commençât son travail ! Hélas, il était entouré d'une muraille protectrice que formaient l'âne et le chien, capables de ressentir l'approche d'un ennemi et de le combattre. Et ce maudit architecte s'était probablement muni d'amulettes efficaces ! Le réduire à néant ne serait pas facile. À force de déconvenues et d'obstacles insurmontables, il se rongerait de l'intérieur et son principal soutien, le pharaon Djéser, deviendrait son pire adversaire.

67.

Après s'être recueilli dans la chapelle de la demeure d'éternité de ses parents à qui il avait demandé leur protection, Imhotep prit la direction du chantier. Au terme de sa méditation nocturne, les hésitations s'étaient dissipées. Certes, ses chances de succès frisaient le néant, mais il n'avait pas le choix. Démissionner reviendrait à renier sa parole et trahir le roi. En allant au-delà de ses forces, le Maître d'Œuvre découvrirait un territoire inconnu et tenterait d'y survivre.

Saqqara dominait les palmeraies entourant la capitale, Memphis. Du plateau désertique, on admirait la naissance du Delta, s'épanouissant vers le nord, et celle de la vallée du Nil, s'élançant vers le sud. L'immensité de cette vue sublime renforça la détermination de l'architecte et augmenta l'ampleur de son regard.

La tête couverte d'une calotte en tissu clair, portant une amulette représentant un niveau, et des bracelets protecteurs aux poignets, Imhotep salua les premiers artisans recrutés à travers toute l'Égypte. Le contrat était clair : ils passeraient plusieurs années là avec leur famille et percevraient un excellent salaire. Logés, blanchis et nourris aux frais de l'État, ils bénéficieraient de deux journées de repos à la suite de huit jours de travail, sans oublier les nombreuses fêtes rythmant l'année. Devenu le bras droit d'Imhotep, Akhétâ avait exigé de sérieuses compétences et éliminé des dizaines de candidats. En un temps record, un port desservant le chantier avait été aménagé, et les conditions de transport des hommes comme des matériaux ne cesseraient de s'améliorer.

— Nous construisons d'abord la cité destinée à vous accueillir, annonça le Maître d'Œuvre. Une enceinte garantira sa sécurité, et chaque maison disposera d'une cuisine, d'un cellier et d'un four à pain. Des bateaux rapides vous procureront quotidiennement le nécessaire, à savoir des céréales, de la viande, du poisson, des légumes, des fruits, des gâteaux, des vêtements et des sandales de qualité, des onguents et des parfums. Vous boirez de l'eau fraîche, du vin et de la bière. Des ateliers seront ouverts, et le meilleur outillage vous sera fourni. Quiconque sera mécontent s'adressera directement au ministre Akhétâ ou à moi-même, car je serai présent chaque jour sur le chantier. Nous allons bâtir ensemble le Grand Œuvre de Pharaon afin de relier la terre au ciel et de satisfaire le cœur des dieux. Ici régnera la pierre d'éternité. À présent, au travail.

Conformément à la tradition, les artisans furent répartis en équipages comprenant un côté bâbord et un côté tribord. Ils apprécièrent la précision des consignes d'Imhotep et commencèrent à édifier l'enceinte, les maisons, les ateliers et les réserves. Le premier bâtiment achevé fut la résidence de l'architecte, formée de plusieurs petites pièces destinées aux scribes et au rangement des papyrus. Soutenu par des piliers, son bureau était une pièce rectangulaire de dix mètres sur cinq.

La première semaine de labeur fut un franc succès, et la ville des artisans prit rapidement forme. Le salaire et les conditions d'existence suscitaient l'enthousiasme, et les sceptiques durent se rendre à l'évidence : Imhotep tenait ses promesses. De plus, il avait été foreur de vases et charpentier, connaissait les problèmes techniques et les difficultés auxquels se heurtait tout ouvrier. Loin d'adopter l'attitude méprisante d'un haut dignitaire imbu de ses pouvoirs, il rencontrait quotidiennement ses employés, écoutait leurs doléances et n'hésitait pas à prêter main-forte en cas de besoin.

Au cours d'un dîner arrosé, les contremaîtres firent le point.

— Jamais connu ça, affirma un costaud. Nous sommes bien logés, bien nourris, bien vêtus et bien soignés ! Néféret, la patronne du service de santé, s'est occupée elle-même de ma fille, et les médicaments sont gratuits. On nous considère comme l'élite du pays, et le Maître d'Œuvre nous traite avec respect. Chacune de nos exigences légitimes a été comblée.

— Les horaires de travail sont très stricts, protesta un bougon, et six bonshommes ont été renvoyés.

— Un voleur et cinq tire-au-flanc ! précisa le costaud. À la place d'Imhotep, je n'aurais pas hésité. Ici, il faut mériter sa place. Et j'irai plus loin : à nous d'exclure de notre cité les feignants et les incapables.

Les contremaîtres approuvèrent.

— Imhotep a parlé du royaume de la pierre, rappela le bougon. Pour le moment, nous n'utilisons que des briques. Demain, on nous imposera des tâches surhumaines et nous risquons de déchanter.

— N'as-tu pas envie de participer à une œuvre grandiose ?

— Je veux qu'on respecte mes droits et qu'on ne me demande pas l'impossible.

— Bois de la bière forte, ça te déridera !

Le remède se révéla efficace. Mais le bougon n'en pensa pas moins.

*

* *

Aux côtés d'Imhotep, le médecin-chef Néféret inspecta le port, la ville des artisans, le dispensaire récemment terminé et le bureau du Maître d'Œuvre. Partout, les consignes d'hygiène étaient respectées, condition fondamentale permettant d'éviter nombre de maladies. Nul accident grave n'avait encore affligé les bâtisseurs, et le personnel médical leur donnait entière satisfaction, à commencer par les masseurs.

— Je suis étonné, avoua Imhotep. En dépit de leur hostilité, les membres du grand conseil jouent le jeu à la perfection et me procurent ce dont j'ai besoin. Certes, mes équipes n'ont bâti qu'une cité de briques, mais elle fut érigée rapidement et de manière remarquable.

— Tu as ainsi obtenu la pleine confiance des artisans, indiqua la jeune femme, et c'est un trésor inestimable. Pourtant, tu me sembles inquiet, presque tourmenté.

Imhotep emmena sa compagne à la lisière du territoire sacré et lui prit tendrement la main.

— Les vraies difficultés m'attendent, Néféret. Demain, j'expliquerai au roi comment je compte façonner ce site, et je ne suis pas certain d'y parvenir. Sous nos pieds se dressera une enceinte protectrice qui délimitera l'aire où je bâtirai les monuments assurant la régénération de

Pharaon. Auparavant, il me faudra creuser un profond fossé[1], de manière à marquer la surélévation du domaine de Djéser. Ce plateau rocheux sera transformé en gigantesques marches d'escalier[2] menant à l'entrée du royaume du *ka*.

Ressentant l'ampleur du projet, Néféret se serra contre l'homme qu'elle aimait. À cet instant, elle partagea la vision du Grand Voyant.

*

* *

En se contemplant dans un miroir de cuivre poli, la princesse Redjit éprouva un profond soulagement : sa première ride n'était plus qu'un mauvais souvenir. L'onguent des prêtresses d'Hathor avait fait merveille, la jeunesse et la beauté de la directrice de la Maison de la Reine continuaient à triompher.

Alors que Redjit s'abandonnait aux mains expertes de sa coiffeuse, l'un de ses secrétaires lui apporta une nouvelle commande d'Imhotep : deux cents pagnes de travailleurs, cent paires de sandales rustiques et cinquante tuniques à manches courtes ! Irritée, la princesse abrégea la séance de maquillage et se rendit chez la souveraine qui revenait du temple d'Hathor où elle avait présidé un rituel d'offrandes.

— Des soucis, Redjit ?

1. Profond de 25 m, d'une longueur de 750 m, il a été partiellement retrouvé.

2. La longueur de ces marches pouvait atteindre 20 m et leur hauteur 2 m.

— Majesté, encore une demande exorbitante du Maître d'Œuvre ! Dois-je contraindre nos ateliers à lui donner satisfaction ? Bientôt, ils ne travailleront que pour lui et les nobles dames seront réduites à porter de vieux vêtements !

— Bel effort en faveur de Saqqara, ne crois-tu pas ?

— Majesté, je…

— Montre-toi ferme, Redjit, et ne laisse pas nos ateliers s'endormir. Les commandes du Maître d'Œuvre sont prioritaires.

La princesse s'inclina et se rendit aussitôt au ministère des Finances. En grande conversation avec Akhétâ, Baten la reçut néanmoins sur-le-champ.

— Imhotep réclame d'importantes quantités de vêtements, révéla-t-elle, et la reine le soutient. Combien de temps cette folie durera-t-elle ?

— Nous n'en sommes peut-être qu'au début, déplora Baten. Le Maître d'Œuvre vient de tripler ses équipes.

— Et de doubler le nombre des bateaux de transport, ajouta Akhétâ. Les chantiers navals fonctionnent à plein régime. Jusqu'à présent, j'espérais qu'Imhotep reviendrait à la raison, mais il ne cesse de monter en puissance, et rien ne semble freiner son obstination.

— Nous devons obéir au couple royal, rappela Baten. Malheureusement, cet architecte le subjugue ! Quand Pharaon prendra conscience du désastre, l'Égypte sera en ruine.

— Le dernier exploit d'Imhotep dépasse l'entendement, concéda Akhétâ : un gigantesque fossé tout autour du territoire sacré de Djéser ! Les tailleurs de pierre ont façonné des marches que seuls des géants peuvent gravir.

Le chambellan Ânkhy se joignit au trio.

— Pharaon nous appelle à la célébration d'un rituel, annonça-t-il, essoufflé.

— Dans quel temple ? interrogea Baten.

— À Saqqara.

68.

L'Ombre rouge n'avait qu'une idée en tête : souiller le site de Saqqara et réduire à néant l'œuvre d'Imhotep avant qu'elle ne prenne trop d'ampleur. La grande cérémonie à laquelle étaient conviés les principaux dignitaires lui fournissait une excellente occasion. Comme à Abydos, l'Ombre rouge saurait profiter des circonstances pour frapper vite et fort.

À l'évidence, Djéser allait célébrer la naissance de son domaine en creusant un dépôt de fondation où seraient préservés à jamais des minéraux précieux, des amulettes et des offrandes. Il suffirait à l'Ombre rouge d'y ajouter le mauvais sort, sous forme d'un œil en cornaline brisé, enveloppé de tissu imbibé de sang impur et couvert de hiéroglyphes désarticulés maudissant l'architecte. Dès le lendemain, ses projets iraient de travers.

Un cortège recueilli parvint à l'entrée de l'immense aire sacrée, aménagée à l'angle sud-ouest. Un passage permettait de franchir le fossé, mais le pharaon et la Grande Épouse royale, suivis du Maître d'Œuvre, s'immobilisèrent.

Au signal d'Imhotep, des sculpteurs érigèrent deux piliers de calcaire ornés de serpents dressés, de lions et de chacals. Ces gardiens vigilants et inflexibles étaient surmontés du nom du roi qu'ils protégeraient sans faillir.

— Les profanateurs qui tenteraient de passer cette porte seraient détruits, proclama Djéser. Les êtres de pierre s'animeraient et leurs morsures donneraient la mort.

Personne ne prit la menace à la légère et l'Ombre rouge, dépitée, ne s'attendait pas à un tel luxe de précautions. À bonne distance des piliers, on percevait déjà l'intensité de la magie royale nourrie par la science du grand prêtre d'Héliopolis. Ces deux-là avaient façonné une barrière indestructible.

*

* *

La nouvelle maîtresse de Futé était ravissante et très joyeuse. Aussi leurs ébats amoureux ne manquaient-ils pas de piquant et de surprises ; appartenant à l'élite des tisserandes de la Maison de la Reine, la jeune délurée appréciait la fougue de l'artisan et sa joie de vivre. L'un et l'autre savaient profiter de l'instant présent et ne parlaient pas d'avenir.

À l'issue d'une nuit particulièrement distrayante, Futé rêva qu'une main ferme le secouait et qu'une voix grave le priait de se lever, alors qu'il avait tant envie de dormir. Se hasardant à entrouvrir les yeux, il aperçut Imhotep.

— Tu… tu es bien réel ?

— Je t'ai apporté du pain chaud et du lait tiède.

La langue gourmande de Futé passa sur ses lèvres. Réveillé, il se vêtit d'une tunique et entraîna le Maître d'Œuvre jusqu'à un jardinet où ils s'assirent à l'ombre d'un grenadier.

— J'ai besoin de ton aide, avoua Imhotep.

— Elle t'est acquise !

— Je suppose que tu as conscience de l'importance du chantier de Saqqara.

— À Memphis, c'est l'unique sujet de conversation. Et personne ne t'accorde la moindre chance de réussir. Attends-toi à une multitude de coups tordus !

— C'est pourquoi je désire t'engager. Acceptes-tu de devenir mes yeux et mes oreilles afin de repérer les traquenards ?

Futé mastiqua à belles dents.

— Fameux, ce pain ! Mange-t-on correctement, dans ta ville de pyramide[1] ?

— J'ai recruté d'excellents cuisiniers.

— Ma tâche actuelle me donne entière satisfaction, Imhotep, et celle que tu me proposes n'est pas exempte de dangers.

— Assurément.

— Superbe raison d'accepter ! Au fond, je commençais à m'ennuyer. Une fois encore, tu m'offres un beau cadeau.

— Ton poste officiel sera scribe assistant. Tu agiras à ta guise, mais ne prends pas trop de risques.

— Tu me connais ! Efficacité et discrétion assurées. Et la cité des artisans ne manque pas de jolies femmes, paraît-il... Certaines aimeront bavarder.

Futé vida d'un trait son bol de lait.

---

1. Terminologie utilisée en égyptologie pour désigner la « ville » où résidaient, à proximité du chantier, les artisans (et leur famille) chargés de bâtir une pyramide.

* *
*

La lourde barge accosta lentement. Depuis le débarcadère, Imhotep vécut avec anxiété chaque phase de la manœuvre. Expérimenté et patient, le capitaine ne commit pas d'erreur. Le ritualiste en chef Ânkhy remercia les dieux et célébra l'heureuse arrivée des premiers blocs en provenance de la carrière de Toura[1].

— Félicitations, Maître d'Œuvre, dit Akhétâ. Je m'étais opposé à ce transport, persuadé que cette embarcation ne supporterait pas un tel poids. Tu as eu raison d'insister.

— J'ai eu la chance de recevoir l'enseignement d'un vieux menuisier qui savait fabriquer n'importe quel type de bateau.

— Ce succès m'étonne et m'encourage, avoua le ministre. Puisque nous sommes capables de transporter autant de matériaux en si peu de temps, ton rêve n'est peut-être pas irréalisable.

— La pierre acceptera-t-elle la main de l'homme ? Parviendrons-nous à la dresser vers le ciel ?

Akhétâ sembla surpris.

— Douterais-tu de toi-même, Imhotep ?

— De moi-même, en permanence. De l'Œuvre, jamais.

L'architecte dirigea le déchargement. On plaça les blocs sur des traîneaux en bois, et l'on emprunta un

1. On estime qu'il fallut environ trois millions de blocs pour bâtir le domaine d'éternité de Djéser.

chemin de rondins. Imhotep grava des marques qui permettraient le montage, et les équipes se virent attribuer des signes spécifiques de manière à éviter toute confusion. À chaque contremaître, Imhotep remit un croquis détaillé comportant cotes et mesures[1], et correspondant à un travail précis. Pas une pierre n'échappa à sa vigilance.

À la tombée du jour, Djéser parcourut le chantier. La haute stature du roi dominait les alignements de blocs impeccablement disposés.

— Demain, annonça le Maître d'Œuvre, nous commencerons la construction du mur d'enceinte.

— Il comportera une seule ouverture, destinée au passage du *ka* royal, décréta le souverain, et sera formé d'une alternance de pleins et de creux afin de symboliser l'inaltérable mouvement de l'énergie, créatrice de vie. De l'extérieur, on ne verra qu'une façade de palais. Pas de difficultés majeures, chancelier ?

— Pas encore, Majesté.

— Pressentirais-tu des orages ?

— Ne sont-ils pas inévitables ? J'ai pris des précautions, mais elles seront probablement insuffisantes.

Djéser caressa lentement un bloc de calcaire.

— La pierre préserve le secret de la vie, et nous allons tenter de le glorifier sans le trahir. Réussir serait vaincre le temps et la dégradation. Aussi le Mal ne saurait-il rester passif.

---

1. Imhotep utilisait notamment la coudée (52,3 cm), la paume (7,47 cm ; 1 coudée = 7 paumes) et le doigt (1 paume = 4 doigts).

*
* *

Teigneux attrapa le papillon aux dix couleurs et le broya avec délice. Réduit à la condition de garçon de ferme, l'ex-fabricant de vases de pierre dure aimait utiliser ses pouces carrés pour détruire les insectes, étrangler des chatons et des chiots. Persuadé qu'il ne parviendrait pas à sortir de ce mouroir, Teigneux avait décidé de tuer le propriétaire du domaine agricole, son épouse, ses fils, et de brûler la maison.

Alors qu'il affûtait la lame de son couteau, il ressentit une brûlure au dos. Brandissant son arme, il se retourna.

Face à lui, l'Ombre rouge, vêtue d'une cape et portant un masque.

— Vous m'avez abandonné, éructa Teigneux, et vos promesses n'étaient que mensonges !

— Il fallait te mettre à l'épreuve, mon ami. Le temps de ta revanche approche.

— Pas besoin de vous, je me débrouillerai seul !

— Tu n'as pas la capacité de me désobéir.

Teigneux tenta de se ruer sur l'Ombre rouge et de la poignarder. Un obstacle invisible le fit trébucher, il s'étala de tout son long, et une flamme lécha sa main droite.

— Es-tu mon fidèle serviteur ?

— Oui, je suis à vos ordres !

La flamme s'éteignit.

— Tu seras engagé comme contremaître à Saqqara, l'immense chantier de ton ennemi juré, Imhotep. Je te procurerai des alliés, et vous porterez des coups sévères à l'architecte. Toi, tu le détruiras. Ce projet n'est-il pas satisfaisant ?

La haine emplit le regard de Teigneux.

— Auparavant, je dois modifier ton physique. Si Imhotep te reconnaissait, nous échouerions. Un peu de courage, mon ami, et ta vengeance n'en sera que plus délicieuse.

Le visage de Teigneux se déforma, ses chairs grésillèrent. Indifférente aux hurlements de sa créature, l'Ombre rouge peaufina son travail.

69.

Le Libyen Tanou tâta sa cicatrice au cou, marque de l'Ombre rouge. À la tête d'une vingtaine de guerriers dévoués, il se dirigeait vers le campement du plus vieux chef de clan qui refusait une fédération de tribus. C'était pourtant la seule solution pour réunir des troupes capables de vaincre l'armée du pharaon et d'envahir l'Égypte.

Grâce à l'or de l'Ombre rouge, Tanou avait acheté une belle quantité de petits chefs, mais il lui manquait le Vieux. Sans son accord, les meilleurs combattants ne se placeraient pas sous son autorité.

Une rencontre au sommet était nécessaire. Tanou apportait une fortune à laquelle son interlocuteur ne serait pas insensible. S'il se tenait à l'écart et le reconnaissait comme commandant suprême des forces libyennes, Tanou garantirait au vieillard des jours heureux. Si l'obstiné persistait à repousser l'offre, il signerait son arrêt de mort.

Le rendez-vous avait été fixé au couchant, au centre d'une plaine désertique entourée de buttes infestées de scorpions et de serpents. Tanou aperçut la tente colorée du Vieux. Deux hommes armés en gardaient l'entrée, des ânes mastiquaient du foin.

— Ça ne va pas, estima Baveux, le bras droit de Tanou.

— Qu'est-ce qui te dérange ?

— Le Vieux est méfiant. D'ordinaire, il est protégé par une bonne trentaine d'archers et ne s'installe pas en terrain exposé.

— Penserais-tu… à un guet-apens ?

— Le Vieux a éliminé tous ses adversaires. Sauf toi.

— Je lui procure la richesse !

— Il ne manque de rien et veut conserver le pouvoir. Toi, tu deviens gênant. Et moi, je dis que ça sent mauvais.

Impulsif, Tanou détestait les conseils. En dépit de sa brutalité, Baveux avait conservé son instinct de chasseur. Cette fois, il redoutait d'être le gibier.

— Avant de progresser à découvert, on se répartit en deux groupes et on inspecte les buttes.

Satisfait, Baveux acquiesça.

Il lui revint le privilège de découvrir plusieurs archers embusqués qu'il prit à revers avec la vivacité d'un cobra. Son énorme poignard se planta dans les nuques et fouilla les chairs. Goguenard, Baveux dépouilla les cadavres.

Le groupe commandé par Tanou élimina un second nid de vipères. Restait la tente colorée.

— Le Vieux ne s'y trouve sûrement pas, prédit Baveux. À l'intérieur, il doit y avoir une belle quantité d'ordures prêtes à nous trucider. Ça me plairait de les faire rôtir.

Tanou ne refusa pas ce petit plaisir à son bras droit. L'écume aux lèvres, Baveux mena un assaut d'une rare sauvagerie, et les cris d'agonie des suppliciés, entassés sur un bûcher, apaisèrent les nerfs du chef libyen.

Comment le Vieux avait-il osé le duper ainsi ? Entre eux, une lutte à mort était déclarée. Une lutte au sort incertain... Le vieillard rusé disposait de nombreux partisans, et la nouvelle coalition manquait de solidité.

Tandis que les vainqueurs partageaient le butin en se soûlant, Tanou attira Baveux à l'écart.

— Les lingots d'or destinés au Vieux nous appartiennent, constata-t-il. Au lieu de se lancer dans une aventure dangereuse, on pourrait peut-être se retirer et vivre tranquillement.

— Tu ne veux plus prendre la tête d'une armée libyenne et ravager l'Égypte ?

— Ça ne me déplairait pas, mais pourquoi courir autant de risques ? Jouissons de cette fortune inespérée !

— On continuera quand même à piller des caravanes et à violer des femmes ?

— De temps en temps.

— En ce cas, je te suis.

Tanou entrouvrit le sac contenant les petits lingots. À l'instant précis où il les touchait, sa cicatrice au cou suppura, et une brûlure atroce lui déchira le corps, de la tête aux pieds. Contraint de lâcher son trésor, Tanou s'agenouilla.

Au loin, perçant le crépuscule, l'Ombre rouge courut de dune en dune. Il ne se délivrerait jamais de son emprise.

*

* *

— Tout est là, seigneur, affirma Tanou en ouvrant le grand sac. Moi, je renonce ! Impossible d'acheter le

Vieux et de fédérer des clans qui préfèrent s'entre-tuer plutôt que de détruire l'Égypte.

Malgré la pénombre régnant à l'intérieur de la ferme abandonnée, à la frontière du Delta, le masque de l'Ombre rouge brillait d'une lueur inquiétante.

— Comportement déplorable, mon ami. Aurais-tu essayé de me voler et de t'enfuir ?

— Libérez-moi, je vous en supplie ! Je suis incapable de vous donner satisfaction.

— Au contraire, nous allons tirer une bonne leçon de cet incident. Ton dernier adversaire, ce vieillard obstiné, tient davantage au pouvoir qu'à la richesse. A-t-il des enfants ?

— Une dizaine. Un seul compte : son fils aîné qui lui succédera.

— Lui se montrera sans doute moins stupide.

— Il est aveuglément soumis à son père !

— Ce personnage encombrant doit disparaître.

— Comment l'approcher ? Sa garde le protège jour et nuit !

La voix déformée de l'Ombre rouge devint menaçante.

— Je consens à oublier ta misérable tentative de vol, mon ami, à condition que tu accomplisses ta mission : éliminer le Vieux, acheter son fils aîné, fédérer les tribus libyennes et prendre leur commandement pour anéantir l'armée de Djéser. Alors, tu obtiendras richesse et puissance. En m'obéissant, tu ne seras pas déçu.

— Et… si j'échoue ?

— N'y songe pas.

Après le départ de l'Ombre rouge, le Libyen sanglota. Puis la rage l'envahit : le vrai responsable de ses malheurs, c'était le pharaon ! En l'écrasant sous sa sandale, il se délivrerait de la malédiction.

*

* *

L'organisation du chantier posait tellement de problèmes que, ce soir-là, Imhotep avait décidé de ne pas regagner sa villa de fonction et de dormir dans son bureau de Saqqara. Prévenue par un messager, Néféret comprendrait la situation. Ces jours derniers, la discipline s'était relâchée, et la livraison des blocs de calcaire avait subi de fâcheux retards. En dépit des protestations de bonne foi d'Akhétâ, chargé de veiller à la qualité des transports, le Maître d'Œuvre percevait son manque d'enthousiasme. Il se contentait d'appliquer les consignes à la lettre, sans prendre la moindre initiative.

Imhotep se trouvait contraint de réorganiser les équipes, afin d'éviter toute confusion et de voir progresser les travaux à plusieurs endroits du site en même temps. Préoccupé, il se réveilla avant l'aube et commença à rédiger ses nouvelles consignes. Soudain, l'architecte éprouva le désir de contempler l'aire sacrée.

L'orient rougissait. Bientôt, les ténèbres seraient vaincues et la lumière proclamerait sa victoire grâce au rituel que célébrait Pharaon.

Au loin, une silhouette.

Qui osait s'aventurer seul à cet endroit ?

Le premier rayon de soleil illumina l'intrus, Imhotep reconnut Djéser. À pas lents, il rejoignit le souverain, en méditation face au miracle d'une nouvelle naissance.

— J'ai prononcé ici les formules de création, révéla le roi, car c'est l'endroit où tu élèveras ma pyramide. Et je suis venu t'annoncer que je t'autorisais à édifier ta propre demeure d'éternité. Je t'attribue une équipe d'artisans et des ritualistes chargés d'honorer ton *ka* au-delà de ton existence terrestre.

Seuls des êtres recevant cette offrande royale devenaient des vénérables[1], participant à la puissance lumineuse de Pharaon.

Bouleversé, Imhotep fut incapable d'exprimer sa gratitude.

— À jamais, reprit le monarque, nous demeurerons près l'un de l'autre.

1. *Imakhou*, littéralement « Ceux qui sont dans la lumière ».

70.

— Ton nom ? demanda le surveillant à Teigneux.
— Bouty.
— Ton âge ?
— Trente ans.
— Marié ?
— Célibataire.
— Métier ?
— Ouvrier agricole.

Le surveillant observa attentivement le bonhomme. Chevelure bien plantée, tête carrée, sourcils larges et broussailleux, torse large et musclé, mains épaisses aux curieux pouces carrés, jambes ressemblant à des poteaux. Ce costaud-là était destiné au chantier de Saqqara.

— Je t'engage. L'intendant en chef t'attribuera un logement, et tu recevras ta première paye après huit jours de travail. Je te préviens : ici on ne plaisante pas avec la discipline et les horaires. Si tu agis à ta fantaisie, renvoi immédiat.

Teigneux hocha la tête. Le surveillant lui indiqua le chemin à suivre pour se rendre au bureau en plein air de l'intendant, véritable ruche où de nombreux scribes répartissaient les tâches selon les consignes d'Imhotep.

Près de l'entrée, un artisan parlait à un contremaître. Teigneux faillit battre en retraite. Ce technicien était l'un de ses collègues, à l'atelier des foreurs de vases. S'il le reconnaissait, ce serait la prison. Mais fuir n'attirerait-il pas l'attention ? On l'interpellerait, la police l'interrogerait. Perdu, Teigneux continua d'avancer.

— Tiens, un nouveau ! s'exclama le foreur de vases. On vient de t'engager ?

— Exact.

— La nourriture et la paye sont bonnes, tu verras, à condition de se remuer ! Bon courage, mon gars.

Son collègue ne l'avait pas reconnu. Ainsi, la transformation du visage opérée par l'Ombre rouge au prix d'une terrible souffrance se révélait efficace. Détendu, Teigneux se vit attribuer une petite maison comportant séjour, chambre, cellier, cuisine et commodités. Ses voisins le saluèrent chaleureusement et lui offrirent de la bière en guise de bienvenue.

Oubliées, la cicatrice au front, les modifications des yeux, des lèvres, du menton. Le nouveau visage de Teigneux n'était guère plus agréable que le précédent, mais il permettait à l'artisan Bouty de remplir sa mission corrosive sans être identifié.

Un unique sentiment l'animait : la haine envers le Maître d'Œuvre Imhotep. Pourtant, ce dernier l'avait soigné, et il ne pouvait lui adresser aucun reproche. Mais il était le Maître d'Œuvre, l'homme qui voulait bâtir un édifice unique, marquant le triomphe de la lumière sur les ténèbres. Sa seule existence mettait en relief la médiocrité de Teigneux, sa stérilité et son étroitesse de cœur. C'est pourquoi Imhotep devait échouer et disparaître. Désormais, son ex-collègue consacrerait chaque seconde de son existence à détruire. Introduit dans la place et disposant de l'appui de l'Ombre rouge, il commencerait à nuire de manière minime et discrète. Au fur et à mesure de son avancement, il jouirait de moyens d'action plus importants. À lui de savoir se montrer patient.

*

*   *

Quand la grande enceinte serait achevée, elle atteindrait une hauteur d'une dizaine de mètres et serait rythmée par deux cent onze bastions d'une largeur moyenne de trois mètres. Elle comporterait plusieurs portes hermétiquement closes, et une seule entrée éternellement ouverte pour le *ka* royal. Les maçons donnaient entière satisfaction au Maître d'Œuvre, mais les soucis s'accumulaient en raison de petites défaillances. La princesse Redjit avait fourni des sandales de mauvaise qualité et des tuniques mal cousues. Certains onguents provenant des services de Baten, le ministre des Finances, n'étaient que des sous-produits sans efficacité. Le responsable des greniers de la cité des artisans avait refusé des sacs de céréales moisies qu'expédiaient les entrepôts d'Akhétâ, ministre de l'Agriculture. Et le chambellan Ânkhy oubliait d'envoyer des ritualistes chargés de protéger magiquement les diverses parties du site.

La grogne montait, Imhotep parvenait encore à l'éteindre. Une intervention plutôt rude s'annonçait néanmoins nécessaire. À l'évidence, les membres du grand conseil désapprouvaient la vision de l'architecte et tentaient d'entraver la bonne marche des travaux afin de persuader Djéser de revenir à la raison. Si la prospérité des Deux Terres était compromise, le roi ne céderait-il pas aux pressions des hauts dignitaires ?

Futé fit irruption dans le bureau du Maître d'Œuvre.

— Viens vite, un tailleur de pierre a perdu la tête ! Il tente d'endommager le mur d'enceinte, personne n'ose intervenir.

Tel était le résultat de la négligence du ritualiste en chef Ânkhy. À la moindre occasion, les forces des ténèbres attaquaient le chantier, et son fragile équilibre se trouvait menacé.

Imhotep courut jusqu'au lieu du drame. Armé d'un pic, un quadragénaire aux yeux fous s'acharnait sur l'un des bastions récemment terminés. Il frappait à coups redoublés en hurlant des mots incompréhensibles. Le Maître d'Œuvre écarta les artisans qui assistaient à la scène en se tenant à bonne distance.

— Pourquoi cette colère ? interrogea-t-il.

Le forcené se figea et, lentement, se retourna.

— Si tu as été victime d'une injustice, elle sera réparée. Expose-moi tes griefs.

Le gaillard parut se calmer. Les yeux baissés, il avança de deux pas.

Soudain, il brandit son pic et, poussant un cri de rage, agressa l'architecte. De sa main gauche, Imhotep bloqua le poignet de l'ouvrier et, de son poing droit, le frappa au ventre. L'homme lâcha l'outil et se plia en deux. Vaincu, il recula.

— Explique-toi, exigea le Maître d'Œuvre.

Reprenant de la vigueur, le forcené tenta de ramasser le pic. Cette fois, deux maçons le maîtrisèrent.

— C'est la maladie verte ! s'exclama l'un d'eux. Un démon possède ce fou !

— Allongez-le, ordonna Imhotep.

Il examina son agresseur et constata que la poitrine, les bras et l'entrée de l'estomac souffraient effectivement d'un mal pervers. Un souffle morbide, né de l'animosité d'un mort hostile, était entré par la bouche du malheureux et rongeait son organisme.

Premier remède indispensable : le magnétisme. Imhotep posa sa main sur le plexus solaire du patient et la garda étendue un long moment.

Le regard dément de l'ouvrier redevint normal.

— Où suis-je… Que m'est-il arrivé ?

— Le pire est passé, affirma le guérisseur. La mauvaise mort a quitté ton intérieur, et tu recouvreras ton équilibre grâce à un fortifiant.

Le bonhomme tâta son bras.

— Je n'ai plus mal… Avant de perdre conscience, c'était insupportable ! Vous… vous m'avez sauvé !

Teigneux se mordit les lèvres de rage. Perdu au milieu de la foule des artisans, il avait espéré que le forcené blesserait grièvement Imhotep. Le courage et les dons de thérapeute du Maître d'Œuvre accroîtraient sa popularité, et les conteurs ne manqueraient pas de le transformer en héros de légende. Et cet incident renforçait son autorité ! Comment ne pas avoir confiance en un chef d'une telle envergure ?

Teigneux s'avança vers lui.

— Merci d'avoir guéri notre camarade, Maître d'Œuvre.

— J'ai besoin de vous tous et je vous servirai de mon mieux.

— Reprendra-t-il du service ?

— Une semaine de repos, et il sera au travail.

Teigneux s'inclina, ses collègues l'imitèrent.

Ainsi, sa nouvelle apparence était un franc succès ! Face à face, Imhotep ne l'avait pas identifié et ne se doutait pas qu'un ennemi déterminé allait pourrir son chantier de l'intérieur.

71.

Débordé, le chambellan Ânkhy devait organiser pour le soir même un grand banquet qu'offrait la Maison du Roi. Les jarres de vin vieux n'étaient pas arrivées, le meilleur cuisinier du palais souffrait d'une bronchite et la quantité de viande prévue ne serait probablement pas suffisante ! De quoi déprimer. Alors qu'il partait à la recherche de l'échanson, Ânkhy se heurta à Imhotep dont le regard n'avait rien d'aimable.

— Ah ! chancelier… Désolé, je n'ai pas le temps de m'occuper de vos problèmes.

La main du Maître d'Œuvre crocheta l'épaule du chambellan.

— Il n'existe pas de plus grande urgence que le chantier de Pharaon. L'aurais-tu oublié ?

— Non, non… mais le banquet de ce soir rassemble d'éminentes personnalités et je…

— C'est au ritualiste en chef que je m'adresse, trancha Imhotep. Depuis plusieurs jours, la sécurité magique du site n'est plus assurée et, ce matin, pas un seul spécialiste ne s'est présenté.

— Ils sont occupés ailleurs et…

— Je ne quitterai le palais qu'accompagné d'une dizaine de ritualistes qualifiés, porteurs des formules de protection des édifices et désormais affectés en permanence à Saqqara où ils seront logés.

Le ton d'Imhotep ne souffrait pas de réplique.

— Le roi est-il informé de cet incident ? demanda Ânkhy à voix basse.

— Pas encore.

— Si vous obtenez satisfaction immédiatement, cette petite bévue sera-t-elle effacée ?

— Je consens à l'oublier.

— Dans moins d'une heure, les ritualistes seront à votre disposition.

Ânkhy détala, Imhotep se rendit à la Double Maison de l'Or et de l'Argent. Les gardes s'inclinèrent à son passage, il progressa d'un pas rapide jusqu'au vaste bureau du ministre des Finances.

En provenaient des éclats de voix, signes d'une violente dispute.

Un secrétaire sirupeux s'interposa.

— Il vaudrait mieux patienter, chancelier. Le ministre…

— Je suis pressé.

Imhotep ouvrit la porte. Baten et son collègue Akhétâ s'apostrophaient, près d'en venir aux mains.

— Est-ce digne de votre fonction ? interrogea le Maître d'Œuvre.

Déconfits, les deux ministres saluèrent le chancelier et s'écartèrent l'un de l'autre.

— La cause de cette querelle ?

— La dégradation d'une partie de nos stocks de céréales, révéla Baten. Une négligence impardonnable dont mes services ne sont pas responsables.

— Les miens non plus ! protesta Akhétâ. Une enquête interne me l'a prouvé.

— Je mènerai la mienne, promit Baten, et je démontrerai l'intégrité de mon personnel.

— La ville de pyramide vient d'être victime de votre incurie, assena Imhotep. À la mauvaise qualité des produits alimentaires fournis par Akhétâ s'ajoute celle des onguents livrés par Baten.

Le ministre des Finances devint livide.

— Serait-ce… une certitude ?

— Voici le rapport du médecin-chef Néféret. Ces produits sont dangereux et auraient provoqué des maladies de peau.

Baten se laissa tomber sur un siège bas.

— C'est grave, extrêmement grave… Ni Akhétâ ni moi-même n'étions au courant de ces sabotages.

— Quelqu'un veut nuire au chantier, estima le ministre de l'Agriculture, et n'hésite pas à dégrader les biens de l'État ! On cherche aussi à nous opposer et à briser l'unité du grand conseil.

— Le roi doit être informé, jugea Baten. Les enquêtes administratives ne suffiront pas ; avant tout, assurons la parfaite sécurité des entrepôts et des greniers.

— Je déploierai les forces de police nécessaires, assura le chancelier, et j'exige des livraisons de produits dûment vérifiés. Désormais, il en ira de votre entière responsabilité.

Les deux ministres restèrent muets. Cette fois, leur poste était en jeu.

*

* *

Les jardins de la Maison de la Reine attendrissaient le caractère le plus rugueux. Avec un goût parfait, la princesse Redjit avait aménagé des allées bordées de bleuets et d'iris, menant à des kiosques couverts de roses trémières où les nobles dames prenaient le frais en buvant de la bière douce et en dégustant des pâtisseries. Les ateliers de tissage, eux, ne relâchaient pas leurs efforts, et les musiciennes répétaient sans relâche afin d'atteindre la perfection. La princesse Redjit vérifiait en permanence le niveau des différentes écoles assurant la formation intellectuelle et professionnelle des jeunes filles. Le développement de cette élite était l'une de ses priorités.

C'est en sortant d'une salle de classe qu'elle aperçut la silhouette du Maître d'Œuvre.

— Chancelier ! Cette visite m'honore.

— Je n'en suis pas si sûr.

Les lèvres délicatement rougies de la jolie brune se crispèrent.

— Que dois-je comprendre ?

— Vous portez une robe d'une rare élégance.

Étonnée de ce compliment, Redjit perdit un instant la maîtrise d'elle-même.

— Je… je déteste le négligé et…

— Habillez-vous plus simplement. Je vous emmène à Saqqara.

Irritée et subjuguée, la princesse obéit.

*

* *

Aux côtés du Maître d'Œuvre, Redjit découvrit le chantier en plein travail. À sa grande surprise, pas la moindre cohue, mais le respect d'une organisation rigoureuse. On ne discutait pas les directives de l'architecte qu'appliquaient à la lettre les contremaîtres, réunis chaque soir pour établir le bilan de la journée et pallier les insuffisances. Les horaires de travail étaient stricts, les outils nettoyés et rangés avec soin, les repas livrés sans retard, et l'on rappelait souvent la maxime : « Ne parle pas trop et sois efficace. »

La répartition des équipes et des ateliers ne souffrait d'aucune approximation. Tailleurs de pierre, dessinateurs, géomètres, forgerons occupaient leur domaine spécifique, et chacun connaissait sa fonction précise. En cas d'hésitation, un contremaître intervenait.

Ici, on stockait les blocs ; là, on les travaillait ; là-bas, on produisait des briques. Divisé en zones spécialisées, le chantier d'Imhotep, en dépit de sa taille gigantesque, présentait un ordonnancement remarquable. Pas un seul point d'engorgement, une circulation aisée tant pour les hommes que pour les matériaux.

La princesse assista à l'arrivée d'une barge transportant des dizaines de blocs de calcaire. Des spécialistes les déposèrent sur de solides traîneaux en bois qu'on fit glisser grâce à un système de traverses enduites de graisse animale[1]. Deux gaillards suffisaient à tirer un énorme poids. Il revenait aux humains, et non aux animaux, d'assurer cette traction jusqu'à l'endroit prévu. Un chef d'équipe à la voix puissante dirigeait la manœuvre et veillait à éviter tout accident.

À l'arrivée, un scribe vérifiait les marques des carriers et son collègue ajoutait celles du Maître d'Œuvre

1. Selon la reconstitution et l'expérimentation d'Elio Diomedi.

de manière à situer les blocs dans la construction en cours sans risque d'erreur. Scieurs et polisseurs entraient alors en action.

La princesse était abasourdie. Elle ne s'attendait pas à un tel déploiement d'énergies parfaitement coordonnées. À elle seule, l'organisation de ce chantier était un chef-d'œuvre, et Imhotep se donnait les moyens de réaliser le rêve de Djéser. Il devenait difficile de l'attaquer de front et de susurrer qu'il manquait des capacités nécessaires.

— Je vous avoue mon admiration, murmura la jeune femme.

— La gestion de la Maison de la Reine ne fait-elle pas l'objet de toutes les louanges ?

— Je n'ose la comparer à votre incroyable travail !

— Rien ne vous échappe, princesse, et l'on vante votre rigueur.

— Je m'en félicite, chancelier, et je suis heureuse de contribuer à votre succès en fournissant d'impeccables produits.

— Navré de vous contredire.

Redjit sursauta.

— Pardon ?

— Votre dernière livraison de sandales et de tuniques était indigne des familles d'artisans réunies en ce lieu. Elle provenait d'ateliers incompétents.

— Vous vous moquez de moi !

— Venez vérifier.

Atterrée, la princesse se rendit à l'évidence.

— On m'a abusée, Imhotep ! J'identifierai les coupables et je réclamerai un châtiment exemplaire.

Le regard de la jolie brune vacilla.

— Avez-vous… avez-vous averti la reine ?

— J'attendais votre réaction.

— Je me considère trahie et humiliée. Soyez certain que ce genre d'incident ne se reproduira pas. Et… soyez assuré de ma gratitude.

72.

À l'issue des cérémonies du nouvel an, présidées par le couple royal, ce dernier avait reçu un superbe cadeau : une crue parfaite, ni trop forte ni trop faible, qui féconderait les terres et assurerait la prospérité de l'Égypte. Les dieux bénissaient le règne de Djéser, les larmes d'Isis ressuscitaient Osiris, le peuple de Pharaon mangerait à sa faim.

Paisible, la Grande Épouse royale, tint à procéder elle-même à la protection magique du chantier de Saqqara. Brandissant le sceptre « Puissance »[1], elle repoussa les émissaires de la redoutable déesse lionne Sekhmet, à savoir les maladies, les forces de destruction et la cohorte des malheurs. La grande carnassière dispenserait son énergie créatrice, le mal serait transformé en bien.

Accompagnant la reine, le chien Geb incarnait Anubis, vigilant gardien des routes de l'autre monde. Il se montra d'une impressionnante dignité et précéda la

1. Le *sekhem*, dont le nom est construit sur la même racine que celui de la déesse Sekhmet.

souveraine au moment où elle franchit la porte aux serpents.

En habit de fête, le Maître d'Œuvre guida Paisible et lui montra les différents secteurs du chantier, sans rien lui cacher de ses difficultés. Le renom et la popularité d'Imhotep ne cessaient de croître, les équipes d'artisans ne juraient que par lui. À la fois architecte, guérisseur et meneur d'hommes, il demeurait disponible à tous et avait rarement besoin d'élever la voix pour imposer son autorité. À la cour, des envieux pariaient sur la chute du chancelier, accusé de faire de l'ombre au roi. Pourtant, Djéser continuait à soutenir Imhotep et à suivre ses conseils. Le développement du chantier ne ruinait pas l'Égypte ; au contraire, le pays s'enrichissait grâce à une excellente gestion et à l'amélioration constante des techniques et des transports.

— Tu n'as plus à te plaindre des membres du grand conseil, observa la reine en découvrant l'emplacement de la future pyramide et le début des fondations.

— La vigilance s'impose, Majesté, mais je me félicite de leur collaboration active. Le bien-être des artisans est une condition majeure de la réussite. Si le travail ne donne pas de *ka*, énergie et nourriture de l'esprit comme du corps, il devient un supplice.

— Étant donné le niveau des salaires et la qualité de vie dans ta ville de pyramide, ne refuses-tu pas quantité de candidatures ?

— Le nombre n'est pas la clé du succès, répondit Imhotep. J'ai surtout besoin de professionnels hautement qualifiés, car nous allons bientôt nous heurter à l'inconnu.

— Serais-tu… inquiet ?

— Qui oserait se vanter de connaître la totalité des secrets de la pierre ? À force de la fréquenter quotidiennement, j'ai la sensation d'atteindre parfois son cœur et de percevoir ses exigences. Sera-ce suffisant lors de l'élévation et de la mise en place de milliers de blocs ? Le monument prendra-t-il son élan vers le ciel ?

Malgré l'intense chaleur de l'été, la reine frissonna. Le triomphe d'Imhotep n'était pas encore avéré.

*
* *

En raison de la tournure des événements, à l'avantage du pharaon et de son Maître d'Œuvre, l'Ombre rouge aurait dû céder au désespoir et renoncer à renverser le trône de Djéser. Mais le Mal qui l'habitait ignorait ce genre de sentiments et continuait à creuser ses ornières, quelles que fussent les circonstances. L'amitié unissant Djéser à Imhotep semblait durable, la nouvelle dynastie paraissait dotée de mille vertus, le Maître d'Œuvre suscitait l'admiration.

Ces apparences ne troublaient pas l'Ombre rouge, persuadée du caractère éphémère de ces victoires en trompe l'œil. En croyant l'Égypte invulnérable et les dangers extérieurs conjurés, Djéser se trompait lourdement. Quant au chantier de Saqqara, il connaîtrait de sérieux revers obligeant Imhotep à courber l'échine et à reconnaître son échec.

Après plusieurs mois de labeur aussi acharné qu'exemplaire, Teigneux avait été élevé au grade de contremaître. N'ignorant rien des multiples aspects du site et du fonctionnement des équipes, il allait enfin agir et porter des coups décisifs au Maître d'Œuvre dont la déchéance entraînerait celle du pharaon, incapable de mener à terme son grand projet.

*
* *

Teigneux se présenta à la porte de la demeure du chef d'équipe Bougon.

— Tu me déranges. Que veux-tu ?

L'intrus présenta un gâteau sucré au jus de caroube et une jarre de bière forte.

— La soirée est douce, j'aimerais partager un moment avec toi. Me feras-tu le plaisir d'accepter ces modestes cadeaux ? Mon nom est Bouty.

— Tu es le nouveau contremaître ?

— En effet, mais ce titre me semble trop lourd pour mes épaules. Je souhaite me mettre à ton service et recueillir tes directives. Sinon, je risque d'être aplati comme une blatte !

L'image provoqua le rire grasseyant de Bougon.

— Tu ne me déplais pas, mon gars. Ma femme cuisine, mes gosses jouent dehors. Entre, et buvons un coup.

La petite salle de séjour était équipée de banquettes en bois pourvues de confortables coussins. Excellente ménagère, la maîtresse de maison ne manquait pas de coquetterie.

Bougon goûta la bière.

— De la bonne, l'ami ! Tu ne t'es pas moqué de moi.

Vorace, il dévora une part de gâteau.

— Fameux ! Tu cherches à t'attirer mes faveurs, on dirait.

— Je tiens à garder ma place, et toi seul peux me le permettre.

Bougon fronça les sourcils.

— Holà ! Holà ! As-tu commis des fautes ?

— Aucune, rassure-toi.

— Alors, pourquoi être inquiet ?

— Ma promotion a été si rapide… Je doute de mes capacités. En parachevant ma formation tu me rassurerais, et je serais ton fidèle exécutant. Imhotep, lui, ne cesse de m'humilier.

Les yeux de Bougon flamboyèrent de fureur.

— Ça ne m'étonne pas ! Il ne songe qu'à sa propre gloire. Nous, on est ses bras et ses jambes. S'il ne tenait qu'à moi, j'aurais quitté ce chantier depuis longtemps. Malheureusement, ma famille aime cet endroit. Et la paye n'est pas négligeable.

— Beaucoup murmurent que tu serais un meilleur architecte qu'Imhotep, affirma Teigneux.

Bougon se rengorgea.

— On dit vraiment ça ?

— Une majorité d'artisans le pense.

— Imhotep est le protégé du roi !

— Pour le moment.

Le chef d'équipe considéra son hôte d'un autre œil.

— Ça signifie quoi, mon gars ?

— Djéser exige des résultats. En cas de défaillance d'Imhotep, le pharaon prendrait forcément des mesures, à commencer par la nomination d'un nouvel architecte.

— Défaillance d'Imhotep… Tu rêves !

— Ce n'est qu'un humain, il commettra des erreurs.

— Vu sa rigueur, j'en doute !

— Eh bien, aidons-le.

Bougon demeura silencieux un long moment.

— Tu veux finir au bagne, mon gars ?

— Certainement pas, et je ne courrai pas le moindre risque. Il suffit de se montrer prudents, de recruter de solides adversaires d'Imhotep et d'agir dans l'ombre. Lorsqu'il sera déconsidéré, il s'effondrera. Et tu prendras sa place.

— Qui me le garantit ?

— Je suis l'émissaire d'un puissant personnage, révéla Teigneux, conscient d'avancer un pion décisif. Remplissons notre part du contrat, il remplira la sienne.

La réponse de Bougon serait décisive. Ou bien il acceptait d'anéantir le Maître d'Œuvre, ou bien Teigneux serait contraint de supprimer le chef d'équipe.

— As-tu des projets précis ?

Le pseudo-Bouty accepta de dévoiler la première intervention qu'il envisageait.

— Tu y vas fort, mon gars ! Ça demande du temps, des moyens et une équipe de beaux salopards.

— Es-tu capable de la réunir ?

— Pas de problème.

— Alors… on se lance ?

— Tope là !

L'accord fut net et brutal.

— Félicitations, futur Maître d'Œuvre. Cet accord te conduira à la gloire et à la richesse.

— Et toi, mon gars… pourquoi entreprends-tu cette guerre souterraine ?

— Je hais Imhotep. Il a détruit mon existence, je détruirai la sienne.

Le rictus de Teigneux impressionna le contremaître. Mieux valait être son allié que sa cible.

73.

Pour la première fois depuis trois ans, Imhotep s'accordait un jour de repos. Memphis célébrait la fête de la déesse Hathor, les artisans étaient en congé et le chantier de Saqqara placé sous haute surveillance. On danserait, on chanterait et on boirait une grande partie de la nuit.

Étreignant son épouse Néféret, le chancelier contemplait la capitale du haut de la terrasse de sa superbe demeure de fonction.

— Comme cette ville a changé ! Les temples sont magnifiques, les quartiers aménagés avec soin, les zones de verdure respectées, et la création de nouveaux canaux facilite la livraison des denrées.

— En suivant tes plans, rappela la jeune femme, Djéser façonne une capitale dont le renom traversera les siècles.

Imhotep la regarda droit dans les yeux.

— Néféret, je ne suis pas un bon mari. La construction du domaine royal occupe la plupart de mes jours et de mes nuits, je dors trop souvent sur le chantier et je ne réside ici, chez nous, que rarement.

Elle sourit.

— En épousant le fils du dieu Ptah, moi, simple mortelle, je m'exposais à ce genre d'inconvénients.

— Ne te moque pas de moi, je t'en prie ! Ma tâche est écrasante, et je ne vois aucun moyen d'alléger le fardeau. Au contraire, de graves difficultés m'attendent.

Néféret l'enlaça tendrement.

— Continue à te montrer digne de ta fonction, et je t'aiderai de toutes mes forces ! Rassure-toi, je ne veux pas d'enfants, car mes propres responsabilités ne cessent de croître, et je n'aurais pas le temps de les aimer autant qu'il est nécessaire. Entre le palais et le chantier viennent à présent se glisser de nombreux malades qui transforment peu à peu cette villa en dispensaire. Soulager les souffrances et tenter de guérir sont des devoirs impérieux. Vu les circonstances, impossible de devenir des parents attentifs.

La bretelle droite de la fine robe blanche de Néféret avait glissé. Imhotep ne la remonta pas et fit lentement descendre la seconde en embrassant cette femme sublime.

— C'est vrai, murmura-t-elle, tu n'es pas un bon mari. Tu es le meilleur des maris et, surtout, l'homme que j'aime pour l'éternité.

*

* *

L'aube se levait et, au lendemain d'une fête copieusement arrosée, quantité d'ouvriers avaient la gueule de bois. Au débarcadère, les employés chargés des manœuvres traînaient les pieds, et l'on peinait à disposer correctement les cordages. En plus, les migraineux redoutaient une journée chaude. Heureusement, l'eau ne manquait pas et, pendant les temps de repos, on piquerait une tête dans le canal voisin.

Au milieu de la matinée, un superviseur commença à s'inquiéter. Peut-être se trompait-il de date. En dépit de ses jambes flageolantes, il se rendit au bureau des scribes préposés à la réception des marchandises.

Le fonctionnaire s'était endormi sur un papyrus comptable, et le superviseur n'hésita pas à le secouer.

— On n'attendait pas une barge, ce matin ?

Le scribe reprit conscience et consulta un document.

— Exact, des céréales.

— Je ne vois rien venir.

— S'il y a un nouveau retard, on subira la colère du patron ! Signalons-lui tout de suite l'incident et dégageons notre responsabilité.

À peine sortis du bureau, les deux hommes observèrent une agitation anormale. On s'entassait pour assister à un inquiétant spectacle, celui d'une barge dérivant en direction du quai, menaçant de le heurter et de provoquer de gros dégâts.

— Personne à bord, hurla un docker. Écartez-vous !

— Les bons nageurs avec moi, exigea le superviseur. Tentons d'éviter le pire.

Une dizaine d'hommes plongèrent et, d'un crawl[1] puissant, parvinrent à atteindre le bateau errant avant qu'il ne percutât le débarcadère. Les marins se hissèrent à bord et prirent le contrôle de la barge qu'ils amenèrent à bon port.

---

1. Les hiéroglyphes des *Textes des Pyramides* prouvent la pratique de ce type de nage.

Alerté par le scribe, Imhotep suivit les manœuvres d'accostage. On installa une passerelle qu'emprunta promptement le Maître d'Œuvre afin de féliciter les audacieux et de leur promettre une prime bien méritée.

— Je n'y comprends rien, avoua le superviseur. Ce bateau est vide ! Il aurait dû contenir une énorme quantité de céréales. Et l'équipage… où est-il passé ?

À la proue, un amas de linges souillés.

En s'approchant, Imhotep constata qu'il s'agissait d'une sorte de paquet. Il ôta les chiffons et découvrit le cadavre d'un excellent contremaître, atrocement brûlé. La veille de la fête, il lui avait annoncé sa prochaine promotion comme chef d'équipe, chargé de poursuivre les fondations de la pyramide.

*

*   *

L'atmosphère du chantier s'était alourdie. L'enquête de la police concluait à un accident, consécutif à une violente altercation entre le contremaître et des ivrognes, à proximité d'une cuisine en plein air. L'un d'eux l'aurait ébouillanté avec le contenu de la marmite, et le malheureux n'aurait pas survécu à ses blessures. Consternés, les ivrognes auraient enveloppé le cadavre à la hâte avant de le jeter au fond d'une barge vide dont ils auraient largué les amarres. Les forces de l'ordre les recherchaient.

— On ne les retrouvera jamais, prédit Futé. De vagues témoins ont fourni des signalements imprécis et contradictoires.

— Et la plupart des artisans ne croient pas à un accident, ajouta Imhotep.

— Je partage leur avis, cette histoire ne tient pas debout. D'après mes propres investigations, l'équipage de la barge a reçu un contrordre lui enjoignant de n'appareiller que l'après-midi, et les dockers ont chargé un autre bateau. Impossible de démêler l'écheveau administratif, des documents ont été perdus. Nous sommes en présence d'un crime, Imhotep. Un crime prémédité et parfaitement organisé qui implique des complicités.

— J'ai examiné le cadavre, révéla le Maître d'Œuvre. Il n'a pas été ébouillanté mais brûlé par des flammes intenses. L'assassin ne s'en prenait-il qu'à ce malheureux ou, à travers lui, tentait-il d'atteindre le chantier ?

— Il était tellement fier de sa promotion qu'il s'en est beaucoup vanté. Ce bavardage lui a coûté la vie.

— Sa disparition me prive d'un spécialiste de premier plan, reconnut Imhotep.

— Et tu ne crois pas au hasard ! Peut-être a-t-on décidé de te couper les ailes en supprimant tes proches collaborateurs. Ce crime a déjà des effets déplorables ; la peur s'insinue sur le chantier et l'on évoque une malédiction. Ton intervention s'impose.

Imhotep réunit les artisans et leurs familles à l'entrée de la ville de pyramide et utilisa les mots justes pour les réconforter. Renforcée, la protection magique du site les tenait à l'écart des forces maléfiques. D'ailleurs, le contremaître avait trouvé la mort à l'extérieur, et ce drame crapuleux ne concernait pas la bonne marche des travaux. Indemnisée, la famille du disparu serait à l'abri du besoin. Le discours porta, les esprits se calmèrent.

Lors de sa promenade en compagnie de Vent du Nord, à la lisière des terres cultivées, l'architecte se remémora les éléments du dossier. Le responsable des transports était le ministre Akhétâ ; le propriétaire de la barge, Baten, en tant que directeur du Trésor ; la cargaison provenait de la Maison de la Reine, placée sous l'autorité de la princesse Redjit ; et le chambellan Ânkhy avait fourni l'équipage, originaire du Delta.

Bredouilles, les policiers craignaient d'avoir été abusés. Leur principal témoin, un paysan auteur du récit détaillé, n'avait-il pas disparu ?

L'âne se régalait d'herbes folles. Soudain, ses oreilles se dressèrent et son museau huma l'air ambiant, comme s'il détectait une odeur anormale. De son sabot gauche, il gratta le sol.

Un nuage noir cacha le soleil couchant, et le paysage, d'ordinaire si apaisant, devint inquiétant. Une flamme rouge lécha le sommet des palmiers entourant un point d'eau et brûla le tronc d'un arbre.

Imhotep suivit Vent du Nord qui, refusant d'emprunter le sentier habituel, traversa les cultures afin d'éviter à la fois la palmeraie et le désert. Il fallut grimper une pente assez raide pour regagner le chantier et se sentir de nouveau à l'abri.

Le Maître d'Œuvre caressa son âne.

— Merci de ton aide, tu nous as épargné de tomber dans un piège. L'Ombre rouge… Elle ne cessera plus de nous attaquer.

Les grands yeux de Vent du Nord exprimèrent détermination et confiance.

— Sois tranquille, je ne baisserai pas les bras.

74.

En se rendant chez le chef d'équipe Bougon, Teigneux savourait sa première victoire. Avec l'aide de complices déterminés et bien payés, il s'était emparé de la barge et avait détourné la cargaison de céréales au profit des subordonnés de Bougon, ravis de ce supplément de salaire. Disposant d'une petite troupe désireuse de s'enrichir sans craindre de commettre de mauvais coups, Teigneux commençait à tisser sa toile. Peu à peu, Saqqara deviendrait son domaine. Imhotep prendrait trop tard conscience du danger et verrait l'aire sacrée s'écrouler sous ses pieds.

Ce fut un Bougon hostile qui ouvrit sa porte.

— Entre vite, exigea-t-il, avant de refermer sèchement. Allons au fond de la pièce et parlons à voix basse.

— Que crains-tu ?

— Tu n'avais pas évoqué un meurtre, seulement un vol.

Teigneux s'assit.

— Je t'ai expliqué qu'il y avait un personnage très important au-dessus de moi. En décidant de supprimer un artisan qu'Imhotep tenait en grande estime, il nous a rendu un fier service. Notre cité entière est ébranlée, les travaux retardés.

— Je veux connaître le nom de ce personnage !

— Je l'ignore.

— De quoi a-t-il l'air ?

La crainte déforma le nouveau visage de Teigneux.

— C'est une ombre rouge, nourrie d'un feu destructeur, capable de tout brûler ! Lorsqu'elle t'a choisi, tu ne peux plus lui échapper.

— Tu… tu plaisantes ?

— Tu as vu le cadavre du contremaître. C'est l'œuvre de l'Ombre rouge.

— J'ai eu tort de t'écouter et de te fournir une bande de gredins, estima Bougon. Notre collaboration est terminée. Sors d'ici et ne reviens jamais.

Teigneux considéra son interlocuteur d'un œil glacial.

— Tu ne comprends pas la situation, imbécile ! À présent, ton patron, c'est moi. Et tu m'obéiras aveuglément.

Bougon leva le poing.

— Espèce de malade, je…

La pointe du couteau de Teigneux piqua la bedaine du chef d'équipe.

— Toi aussi, tu es entré au service de l'Ombre rouge.

La lame rougeoya et devint brûlante. D'un geste vif, Teigneux la plaqua sur la peau du ventre de Bougon qui poussa un cri de douleur et se réfugia dans un angle de la pièce.

— Elle m'avait promis de me fournir un argument convaincant. Si ça ne te suffit pas, elle incendiera ta maison puis s'attaquera à ta famille.

— Je te promets d'obéir !

Teigneux adressa un demi-sourire à son esclave.

— Te voilà enfin raisonnable. Notre mission est simple : pourrir le chantier et nous débarrasser d'Imhotep. Nous exécuterons à la lettre les ordres de l'Ombre rouge et nous prendrons les initiatives nécessaires. Désormais, je serai ton adjoint, et nous formerons une équipe entièrement hostile au Maître d'Œuvre. Lui éliminé, on te nommera architecte et tu jouiras de ta nouvelle aisance. Fais soigner ta plaie, j'ai besoin d'un Bougon en bonne santé.

Au moment de sortir, Teigneux se retourna.

— Ne songe ni à me trahir ni à me dénoncer. On m'arrêterait, mais l'Ombre rouge s'occuperait de toi. Demain, nous préparerons notre prochaine intervention.

*

* *

— Bonne nouvelle, annonça un tailleur de pierre à Teigneux : demain, jour de congé supplémentaire !

— En quel honneur ?

— Je n'en sais rien, et peu importe. C'est toujours bon à prendre.

Le pseudo-Bouty tenta de se renseigner auprès de plusieurs chefs d'équipe. Aucun ne connaissait les raisons de cet événement exceptionnel. Le site serait complètement bouclé, nul artisan n'aurait le droit d'y pénétrer.

Certains s'inquiétaient : un incident grave entraînait-il l'arrêt des travaux ? Le plan d'Imhotep était-il remis en question ? Perplexe, Teigneux n'osait croire à une telle bonne fortune. Il passerait cette étrange journée au sein d'une maison de bière des faubourgs de Memphis en jouissant des faveurs d'une de ses pensionnaires nubiennes et en ruminant sa haine croissante contre le Maître d'Œuvre.

*

* *

L'immense mur d'enceinte délimitant et protégeant le territoire sacré[1] de Djéser était presque terminé. Développé sur plus de mille cinq cents mètres et atteignant une hauteur de dix mètres, il était rythmé, tous les quatre mètres environ, par des bastions en saillie et comprenait quatorze portes de pierre hermétiquement closes. Ces fortifications empêchaient les forces de destruction de porter atteinte au domaine royal.

Un seul accès, à l'angle sud-est, dont la porte monumentale resterait à jamais ouverte, car seul le *ka* de Pharaon, l'aspect impérissable de sa fonction, pouvait la franchir. Cette enceinte symbolisait l'année rituelle[2] et la permanence du cycle de la lumière céleste, incarnée dans la personne symbolique du monarque.

Celui qui franchit la porte unique, ce matin-là, n'était pas un individu mais le roi, le maître de la créa-

1. Approximativement 544 x 277 m, à savoir un double carré, ou « carré long » qui, en géométrie sacrée, forme le « rectangle de la genèse » où apparaissent les formes primordiales de la vie.

2. D'après J. Rousseau, « Les calendriers de Djéser », *Discussions en égyptologie*, 11, 1988, pp. 73-86. L'auteur estime, avec raison, que les anciens Égyptiens connaissaient la durée exacte du cycle solaire, l'année de 365 jours et la correction dite bissextile.

tion des rites, venu pour donner au chantier de Saqqara une nouvelle impulsion, en la seule présence de son Maître d'Œuvre.

Cheminant en tête, le chien Geb passa entre les deux premières colonnes achevées. Son attitude paisible prouvait qu'aucun profane ne souillait les lieux.

Se tenant au centre d'une vaste esplanade, Imhotep s'inclina à la vue de son souverain. Il devenait indispensable de fixer le *ka*, de l'implanter au cœur de sa future demeure d'éternité afin qu'il se nourrisse du travail des humains et leur restitue une énergie pure. Aussi l'architecte avait-il installé une table d'offrandes en beau calcaire brillant.

Une exigence déterminait l'avenir des Deux Terres : capter le mystère du divin et prolonger son processus créateur. Tel était le rôle de Saqqara, dont les pierres inaltérables formeraient l'écrin du *ka* royal. Sa puissance rendrait l'au-delà présent sur terre et permettrait à tout un peuple de rester relié à l'invisible.

— Puisse le roi faire en sorte que Dieu soit satisfait, déclara Djéser.

Imhotep remit au monarque un vase contenant de l'eau fraîche. Il en versa aux quatre points cardinaux, puis brisa quatre petits vases rouges. Ainsi fracassait-il les ennemis visibles et cachés, ainsi renforçait-il la protection magique du site.

Le chien noir parut brusquement inquiet. Il tourna autour de la table d'offrandes, fixa quelques instants l'orient, et se coucha à nouveau près de son maître.

— Que tombent du ciel pain, bière, bœufs, volailles et toutes choses bonnes et pures pour le *ka* de Djéser, juste de voix, pria Imhotep. Puisse le ciel faire pleuvoir de l'encens frais[1] !

Geb leva sa truffe vers un étrange nuage d'où jaillit une pluie parfumée qui ne toucha que l'aire sacrée. Lui succéda un soleil d'une puissance remarquable, salué par d'innombrables chants d'oiseaux.

— Le ciel accepte notre offrande, constata le roi. La lumière divine se lève, elle sera présente ici pour l'éternité. À toi, Maître d'Œuvre, de rendre les pierres parlantes. Qu'elles transmettent la vie.

1. Cette prière fut prononcée, au Nouvel Empire, par le scribe Iahmès lorsqu'il se rendit à Saqqara.

75.

— Le roi en personne est venu accomplir un rite secret, révéla Bougon à Teigneux. Imhotep a convoqué les chefs d'équipe, et j'ai appris, comme mes collègues, que les dieux eux-mêmes avaient consacré le site. Un nuage d'encens a parfumé l'aire sacrée, le *ka* de Pharaon y réside.

— Balivernes ! Le Maître d'Œuvre vous raconte des fables afin de dissiper les craintes.

— Nous nous attaquons à un trop gros morceau. Réflexion faite, je n'ai plus envie de devenir architecte.

Teigneux brandit son couteau.

— Souhaites-tu voir cette lame rougeoyer de nouveau ? Elle pourrait se poser sur tes yeux !

— Ça va, ça va, ne t'énerve pas !

— As-tu recruté des hommes sûrs ?

— Ce n'est pas si simple, mais je progresse. La réussite d'Imhotep provoque des jalousies, et certains envieux lui reprochent de ne pas accorder des promotions assez rapides. En excitant leurs rancœurs et en leur promettant mon appui inconditionnel, je les rallierai à notre cause.

— Excellent, cher confrère ! Tu commences à comprendre. Le Maître d'Œuvre croit que l'appui du roi et la protection magique du chantier sont suffisants… Grave erreur ! As-tu choisi notre prochaine cible ?

Le chef d'équipe parut embarrassé.

— Ce pauvre type aura de sérieux ennuis !

— Peu importe, trancha Teigneux.

— On devrait peut-être éviter de le…

— Ne te préoccupe pas de son sort. Il n'est qu'un pion sans importance.

*

* *

Le ministre Akhétâ, bras droit d'Imhotep, avait une journée chargée. Il assistait au vidage d'un grenier réservé à la ville de pyramide et surveillait la livraison de blé, d'orge et d'épeautre. Grâce aux crues parfaites, les dernières récoltes avaient été excellentes, et l'abondance régnait. Le renouvellement des silos, aux parois de briques enduites d'argile, s'achevait à travers l'ensemble des provinces, et ce long travail lui avait valu les félicitations du monarque.

Les scribes des greniers redoutaient la sévérité d'Akhétâ, et nul ne s'amusait à traîner les pieds. Les paresseux avaient été envoyés aux champs et ne retrouveraient pas les plaisirs de la capitale.

Le ministre héla le responsable de la livraison.

— Tout est en ordre ?

— J'ai vérifié les chargements, seigneur, et les ânes sont prêts.

Après avoir donné le signal du départ, Akhétâ se rendit à l'atelier royal de Memphis où avaient été rassemblés quantité d'outils neufs promis aux équipes d'Imhotep. De leur qualité dépendait l'excellence de l'œuvre.

Le ministre examina les maillets en acacia, taillés d'un seul tenant, à la tête tantôt cylindrique, tantôt ovoïde ; les marteaux en pierre dure ; les pics et les percuteurs en dolérite, utilisés pour le dégrossissage des blocs ; les boules de granit et de basalte indispensables à la finition ; les ciseaux à lame de cuivre d'épaisseur variable.

Satisfait, Akhétâ se dirigeait vers un autre lot d'outils lorsque son regard fut attiré par des échelles posées contre un mur. De tailles diverses, elles pouvaient atteindre une belle hauteur. Intrigué, il les observa de près.

Impossible, il se trompait !

Pourtant, un nouvel examen confirma sa première impression. Il ordonna à l'un de ses adjoints de se rendre au chantier et de prier le Maître d'Œuvre de venir sur-le-champ.

*

* *

— J'ai fabriqué moi-même des échelles, précisa Akhétâ, et je me suis toujours soucié de leur solidité. Quand on monte à la lucarne d'un grenier et qu'on redescend en portant un sac de céréales, il faut être sûr de ses appuis. Regardez attentivement, chancelier : plusieurs barreaux ont été sciés, puis réajustés. Ils ne supporteront pas le poids d'un ouvrier, et les accidents risquent d'être mortels.

— Tu n'envisages pas une simple erreur technique, avança Imhotep.

— Certainement pas ! Il s'agit d'une malveillance.

— As-tu vérifié l'état des outils que le chantier devait recevoir aujourd'hui ?

— J'ai commencé, mais deux paires d'yeux vaudront mieux qu'une.

Imhotep se chargea des équerres à chapeau et à onglet dont l'angle n'était jamais droit ; des niveaux munis d'un fil à plomb ; des fils à plomb au peson de pierre ; des scies à lame dentée sur un seul bord, servant à découper des roches tendres et à parfaire des joints.

— Matériel impeccable, jugea-t-il.

— On ne s'en est donc pris qu'aux échelles, conclut Akhétâ. À l'avenir, j'exigerai des contrôles approfondis avant toute livraison.

La vigilance du ministre avait permis d'éviter des drames affreux et une déstabilisation du chantier. Imhotep l'en remercia et, songeur, regagna Saqqara où soufflait un vent froid. La semaine s'annonçait glaciale, et le Maître d'Œuvre aurait à vérifier la quantité de bois de chauffage.

Devant son bureau, agitation et exclamations. Entourée de scribes protestant de leur bonne foi, la princesse Redjit, au bord de la crise de nerfs.

— Imhotep, enfin ! J'exige de voir le stock de tuniques épaisses fournies hier par la Maison de la Reine. Vos subordonnés s'y opposent et ne reçoivent d'ordres que de vous !

— C'est la loi du chantier, princesse. Un souci ?

— Je dois vous parler en particulier.

L'architecte et la jeune femme s'isolèrent, à l'abri de la bise.

— Je suis victime d'une malversation, révéla-t-elle, fort contrariée. L'un de mes ateliers a reçu du lin récolté à une mauvaise période et dont le rouissage a été insuffisant. C'est avec ce mauvais matériau qu'ont été fabriquées vos tuniques d'hiver. Je m'en suis aperçue ce matin et j'ai accouru afin d'évaluer moi-même ce lot et de savoir s'il est utilisable.

— Je vous ouvre l'entrepôt.

Au fur et à mesure de ses investigations, Redjit blêmit.

— Certaines pièces sont trouées, d'autres ne tiendront pas deux jours, et aucune ne protégera du froid. C'est ignoble, Imhotep, ignoble ! On a gâché mon travail ! Si je n'avais pas été attentive, la réputation de la Maison de la Reine aurait été souillée. Les responsabilités seront établies et les coupables châtiés. Vos artisans ne souffriront pas de cet événement déplorable ; dès ce soir, vous recevrez des tuniques d'une qualité irréprochable.

— Soyez-en remerciée, princesse.

Imhotep regarda Redjit s'éloigner en toute hâte. Comment douter de son efficacité ?

Vu le mauvais temps, le Maître d'Œuvre augmenta la durée des pauses et donna congé à ses équipes au milieu de l'après-midi.

*
* *

Outils et tuniques avaient été livrés. Une ultime vérification ne décela rien d'anormal. Un pâle soleil d'hiver était déjà haut dans le ciel quand le scribe chargé de recueillir les plaintes poussa la porte du bureau d'Imhotep.

— Abondante récolte, déclara-t-il d'un ton las. Je vous ai réservé les cas urgents.

— Je t'écoute, dit le Maître d'Œuvre en s'asseyant sur un siège bas à pattes de taureau.

— Un tailleur de pierre accuse son chef d'équipe d'avoir manqué de respect à son épouse. Si vous n'intervenez pas, il portera l'affaire devant les tribunaux.

— Je m'en occupe.

— Un manœuvre s'est blessé au pied à cause des ordres contradictoires d'un contremaître. Il exige des excuses et des indemnités.

— Je résoudrai le problème.

— Un maçon se plaint d'être négligé par le service de santé. Il attend des remèdes depuis deux jours et se déclare inapte au travail.

— Je préviens le médecin-chef Néféret.

— Un contremaître n'aime pas le logement qui lui a été attribué : pièces trop étroites, cuisine exiguë, chambres en nombre insuffisant. Il réclame une maison plus spacieuse.

— Je consulterai l'intendant de la ville de pyramide, et nous tâcherons de lui donner satisfaction.

— Le reste, c'est de l'habituel : je me débrouillerai. Sinon, je vous transmets les dossiers.

— Bien entendu, approuva le Maître d'Œuvre.

Ressentant une certaine lassitude, il se cala le dos au fond de son siège et ferma les yeux quelques instants. Il tentait de diriger au mieux un immense chantier, d'édifier la demeure d'éternité du *ka* et de bâtir sur terre un ciel de pierres vivantes mais, chaque jour, les mesquineries humaines et les égoïsmes se dressaient en travers de sa route. Combien d'artisans percevaient vraiment le sens et l'importance de leur travail ? Les ritualistes comprenaient-ils les paroles qu'ils prononçaient ?

Habiter un magnifique domaine, y vivre en paix avec Néféret à l'ombre des palmes, oublier les soucis et les devoirs d'un architecte confronté à un projet surhumain… Étant donné le nombre des difficultés à traiter, Imhotep n'avait pas le temps de rêver.

76.

Baten, le ministre des Finances, tenait à surveiller en personne le transfert d'une importante cargaison de cuivre sortie du Trésor et destinée au chantier de Saqqara. Le précieux métal servait à fabriquer les lames de ciseaux des tailleurs de pierre, plus ou moins dures selon le travail à effectuer. Vu la quantité accordée au Maître d'Œuvre, il s'agissait d'une fortune et Baten veillait à l'utilisation rigoureuse des biens d'État.

L'un des scribes vérificateurs s'approcha de son patron.

— Ça ne va pas.

— Explique-toi ! le somma Baten, brusquement inquiet.

— Le poids de sortie ne correspond pas au poids d'entrée du cuivre dans notre entrepôt.

— Hypothèse ou certitude ?

— Certitude. Nous sommes trois à constater la même anomalie.

— Et vous concluez…

— À un vol, seigneur.

— C'est insensé !

— Hélas ! aucun doute.

Pour ce type de délit, les juges pouvaient réclamer la peine de mort, et il revenait au pharaon de la décréter. Le voleur avait pris des risques considérables.

— Nous devons identifier rapidement le coupable, exigea Baten, ébranlé. Et c'est quelqu'un appartenant à mon personnel…

— Pas forcément, objecta le vérificateur. Des personnes extérieures à notre administration se sont occupées de ce stock de cuivre. Comme les diverses interventions ont été notées, une étude approfondie des archives nous fournira peut-être une piste.

Le ministre et ses principaux collaborateurs se mirent aussitôt au travail, et un scribe âgé ne tarda pas à remarquer une irrégularité. À trois reprises, le gardien avait omis de noter le nom de l'individu admis à franchir le seuil de l'entrepôt.

On retrouva vite le fonctionnaire. Au terme d'un bref interrogatoire, il reconnut sa négligence. De plus, son visiteur lui avait offert, chaque fois, une jarre de bière forte, et le gardien avait tendance à s'endormir après avoir bu. Bref, le voleur avait agi en toute tranquillité !

— Décris-moi cet homme, exigea Baten.

— J'ignore son nom, seigneur, mais je sais qui il est : l'un des contremaîtres du chantier de Saqqara.

*

* *

— Les faits sont graves, dit Baten à Imhotep. La description qu'a fournie le gardien vous permet-elle de l'identifier ?

Consterné, le Maître d'Œuvre n'avait pas le droit de protéger l'accusé.

— C'est bien un contremaître, un veuf qui réside à proximité de l'entrée de la ville de pyramide.

— Chancelier, une arrestation immédiate s'impose ! Je ne nie pas la responsabilité de mon service, et je vous remets ma démission.

— Je la refuse, Baten. C'est grâce à ta vigilance que le vol de cuivre a été constaté.

Le ministre s'inclina.

— Votre confiance m'honore, mais je n'ai jamais subi une telle honte ! L'ensemble de mon système de sécurité est à revoir.

— Allons interpeller le suspect. Espérons qu'il parviendra à se disculper.

La ruelle était calme. Un vent froid continuait à souffler, les mères gardaient leurs enfants à l'intérieur.

Accompagné de Baten et de policiers, Imhotep frappa à la porte du contremaître.

Pas de réponse.

Deux gaillards armés de bâtons forcèrent l'entrée. Provenant de la chambre, des râles.

Le contremaître était allongé sur son lit, presque inconscient.

— Peux-tu parler ? demanda Imhotep.

Les yeux du malade étaient brûlants de fièvre. De ses lèvres écarlates ne sortit qu'un bredouillement de syllabes.

— Alertez le médecin-chef Néféret, ordonna Imhotep.

L'épouse du Maître d'Œuvre interrompit une consultation et accourut.

— Une maladie que je connais et que je ne guérirai pas, diagnostiqua-t-elle. Le souffle morbide est entré par l'œil gauche, et il est trop tard pour le faire ressortir par le nombril. Le cœur s'est tellement échauffé en tentant de l'expulser à travers les conduits qu'il a dépassé la limite de l'épuisement. Les canaux majeurs sont submergés, et nul remède ne sera efficace, car ce malheureux est victime d'un poison dévastateur.

— Tu veux dire… qu'il a été assassiné ? interrogea Imhotep.

— À moins qu'il ne se soit suicidé.

— Il craignait sans doute une arrestation, avança Baten.

— Probable, reconnut Imhotep.

Néféret ne s'était pas trompée. Le contremaître mourut une heure plus tard, emportant la vérité.

*

* *

Le chambellan Ânkhy se rendit à la cuisine du palais afin d'examiner les plats prévus pour le banquet du soir que présiderait le couple royal. Il réunissait les chefs de province, fiers d'annoncer au souverain les excellents résultats de leur gestion. Si l'Égypte connaissait une prospérité remarquable, elle la devait à un pharaon exceptionnel au cœur large et solide, aux ordres efficaces et à la parole tranchante. Muraille protégeant son peuple, il était aimé des humbles comme des grands, et la justice fleurissait.

Ânkhy prépara lui-même une salade inédite, composée de fèves, de lentilles, de pois chiches, de haricots, d'ail et d'oignons. Une huile de sésame ajoutait une dernière note à ce mélange de saveurs qui réclamait un savant dosage des ingrédients. Le chambellan accompagnait le plat d'un pain de jujube, riche en sucre et d'un goût incomparable.

Restait l'essentiel : le choix des vins. Les échansons se contentaient de les servir, Ânkhy était seul à fixer la liste des grands crus offerts aux convives. Provenant des oasis du désert de l'Ouest et du Delta, ils couronnaient un banquet digne de ce nom. En raison d'un menu comportant du bœuf braisé et de l'agneau rôti, le chambellan avait élu des rouges corsés, longs en bouche, révélant des arômes surprenants gorgée après gorgée. Les chefs de province ne cesseraient pas de chanter les louanges du roi.

*

*   *

Quand Djéser et Paisible apparurent, les convives se levèrent et s'inclinèrent respectueusement. La noblesse du couple royal éteignait les incertitudes des sceptiques et fascinait l'assistance entière. À la sévérité du monarque s'alliait la sérénité souriante de son épouse, qui ne se confondait pas avec la faiblesse ; l'autorité de la reine n'était pas moins agissante que celle du monarque, et les flatteurs à la vue basse avaient regretté leur manque de perspicacité.

Le train arrière sur les pieds de son maître et le museau sur ceux de sa maîtresse, le chien Geb sommeillait. À la cuisine, il avait dégusté un ragoût de mouton aux petits légumes et le digérait en écoutant les discours officiels.

Les chefs de province rivalisèrent d'éloquence, désireux de s'attirer la sympathie du couple régnant et de prouver leurs compétences. Les moins brillants savaient que les bilans remis au chancelier Imhotep parleraient en leur faveur.

— Tu sembles soucieux, murmura Paisible à l'oreille de Djéser.

— Depuis plusieurs mois, je n'ai aucune information concernant les tribus libyennes. Leur apathie m'inquiète.

— La police du désert les empêche d'attaquer les caravanes, rappela la reine, et ton renom les contraint à se tenir tranquilles. Nous n'avons plus rien à craindre de ces lâches.

— Les dieux t'entendent, Paisible.

Un échanson remplit les coupes. À l'instant où le monarque portait les lèvres à la sienne, Geb sortit de sa torpeur, fit un bond digne d'un félin et heurta le bras de son maître qui lâcha le récipient. D'un beau rouge sombre, le liquide se répandit sur un bouquet placé devant le couple royal.

Le chien se planta face à son maître, et ses grands yeux marron exprimèrent sa conviction d'avoir bien agi.

À la stupéfaction générale, les lotus et les roses trémières se fanèrent, comme brûlés par un acide.

— Qui a choisi ce vin ? demanda la reine, bouleversée.

— Le chambellan Ânkhy, Majesté, répondit l'échanson.

77.

Assigné à résidence, Ânkhy tournait en rond, attendant l'arrivée d'Imhotep, officiellement chargé de l'enquête. Incapable de manger et de boire, le chambellan et ritualiste en chef avait les nerfs à vif.

Enfin la porte s'ouvrit et le chancelier apparut.

— Je suis innocent, je le jure par le nom du roi !

— Tu connais l'importance d'un serment. En cas de mensonge, ton âme sera détruite.

— Je n'ai pas tenté d'empoisonner le pharaon et je peux le prouver.

— Je t'écoute, Ânkhy.

— Tout le monde sait que je suis le seul à choisir les vins servis à la table royale, et l'on m'a tendu un piège !

— Comment étayer cette supposition ?

Tendu à l'extrême, Ânkhy bafouillait.

— Élire les meilleurs crus en fonction des plats est un art difficile, chancelier. Il réclame de l'expérience et de la précision. Ne me fiant pas à ma mémoire, j'ai pris l'habitude de numéroter les jarres servies au cours du repas. Pour ce banquet, il y en avait huit de taille moyenne. Je suis certain que celle contenant le vin empoisonné ne porte pas ma marque et ne provient même pas de la cave du palais. La consultation du registre officiel le démontrera. Vérifiez vite, je vous en supplie !

*
* *

Ânkhy arpenta la pièce jusqu'au retour d'Imhotep. Il se rongeait les ongles et suait à grosses gouttes malgré la fraîcheur de la nuit.

La porte s'ouvrit à nouveau.

— Suis-je innocenté ?

— Tes déclarations étaient exactes. Le cuisinier et le supérieur des échansons ont bien constaté la présence de huit jarres, et je les ai retrouvées, numérotées de ta main. De fait, la jarre empoisonnée provenait de l'extérieur. Et l'homme qui a rempli la coupe du roi demeure introuvable. Tu es libre, Ânkhy.

— Avez-vous plaidé ma cause auprès de Djéser ?

— Tu peux reparaître devant lui et tu es confirmé dans tes fonctions.

Le chambellan faillit s'évanouir. Reprenant ses esprits, il but au goulot une belle quantité d'un rouge puissant.

— Ma gratitude vous est acquise, chancelier. Sans votre intervention, j'étais brisé.

— La vérité ne finit-elle pas toujours par apparaître ? Tire les leçons de cet événement, Ânkhy, et protège davantage la personne royale.

Le visage du chambellan se durcit.

— À partir de cet instant, les mesures nécessaires seront prises. Et Sa Majesté sera en parfaite sécurité.

*
* *

Geb avait été officiellement honoré pour avoir sauvé la vie du pharaon, et les scribes ne manqueraient pas de commémorer son exploit. Nommé officier de la garde royale, il bénéficierait d'une tombe et du titre de vénérable lorsqu'il rejoindrait ses frères, les dieux.

Un chien… Non, ce n'était pas qu'un chien ! constatait l'Ombre rouge, vérifiant ainsi l'ampleur de la protection magique déployée autour de Djéser. En dépit de ses efforts, Imhotep ne parviendrait pas à remonter la piste menant à l'échanson vénal dont personne ne retrouverait le corps, découpé en morceaux et jeté aux crocodiles. Et dire que l'imbécile ignorait qu'il servait du vin empoisonné !

Inutile de réitérer ce genre de manœuvres, vouées à l'échec. Le palais était une sorte de forteresse où le roi serait à l'abri. Le chantier de Saqqara, en revanche, semblait plus prometteur. Certes, les actions du monarque et les interventions quotidiennes des ritualistes l'entouraient d'un faisceau de forces protectrices, mais l'Ombre rouge avait réussi à introduire ses créatures au cœur de la place, et la haine de Teigneux envers le Maître d'Œuvre lui procurait un avantage majeur.

*
* *

Claire et froide, la nuit des fondations marquait une étape décisive dans le développement du Grand Œuvre. Imhotep guida le couple royal et les principaux dignitaires jusqu'au puits de construction de la pyramide, profond de vingt-huit mètres. Rejoignant la descenderie et les appartements souterrains, il permettait la circulation des blocs et fournissait l'aération nécessaire.

La veille avaient été dressées quarante stèles au nom de la famille royale. Hautes de deux mètres sur une base d'un mètre, ces bornes fixaient à jamais le domaine d'éternité de Djéser. La solennité du moment et la largeur du puits[1] impressionnèrent l'Ombre rouge. Il donnait accès à l'océan d'énergie, au *ka* des profondeurs de la Terre, garant de la stabilité de la future pyramide.

L'architecte avait réalisé un véritable tour de force, et l'Ombre rouge se plut à rêver qu'un tel génie fût un jour à son service.

Utilisant un appareil de visée, le Grand Voyant observa le cosmos et les milliers d'étoiles composant l'âme de la déesse Ciel, redonnant naissance au soleil chaque matin. Il repéra la Grande Ourse, l'axe autour duquel tournaient les corps lumineux et le centre de la communauté des ressuscités.

L'heure était venue de tendre le cordeau et de célébrer la fondation de la pyramide dont les côtés[2] seraient orientés par rapport aux points cardinaux, conformément aux enseignements des sages d'Héliopolis.

Le roi incarnait Thot, la connaissance, et la reine Séchat, la déesse des bâtisseurs. Face à face, ils plantèrent les piquets et tendirent le cordeau, lien entre ciel

1. 7 m par 7 de section.
2. Chaque côté est long de 62 m.

et terre, instrument de mesure permettant à l'architecte de concrétiser sa vision.

Les oreilles dressées, l'œil vif, les narines en alerte, le chien Geb remplissait sa fonction de gardien du rite. Il regarda le pharaon s'emparer d'une houe, symbole de l'amour créateur, et creuser la tranchée où circulerait l'énergie primordiale, source de la puissance inaltérable de l'édifice. Le monarque y versa du sable, les milliers de grains engendrant les milliers d'années de la pyramide.

Imhotep remit à Djéser un bol en pierre, orné d'une représentation de Ptah[1], le patron des artisans. Debout, enveloppé d'un suaire blanc, mais vivant, le dieu tenait les sceptres « épanouissement », « vie » et « stabilité ».

Le roi éleva l'offrande.

— Ton cœur a tout conçu, toi, le Créateur dont la langue rend concret l'invisible. Par toi naquirent les puissances vitales. Ainsi furent engendrés les sources d'énergie et les éléments constitutifs des êtres. Ton Verbe a produit les œuvres des artisans, l'action des mains et la marche des jambes. Et tu ne cesses de façonner la signification de toute chose, tu fais naître les divinités, leurs sanctuaires, les provinces et les villes. Puisse ton esprit pénétrer dans le corps de pierre de la pyramide. Que le plan du Maître d'Œuvre soit dévoilé.

Imhotep déroula un papyrus d'une exceptionnelle qualité. À la lueur de la pleine lune, le couple royal découvrit la vision de l'architecte, une pyramide à six

1. Objet retrouvé sur le site de Tarkhan (60 km au sud du Caire).

degrés qui atteindrait une hauteur d'environ soixante mètres[1] et dominait le site de Saqqara.

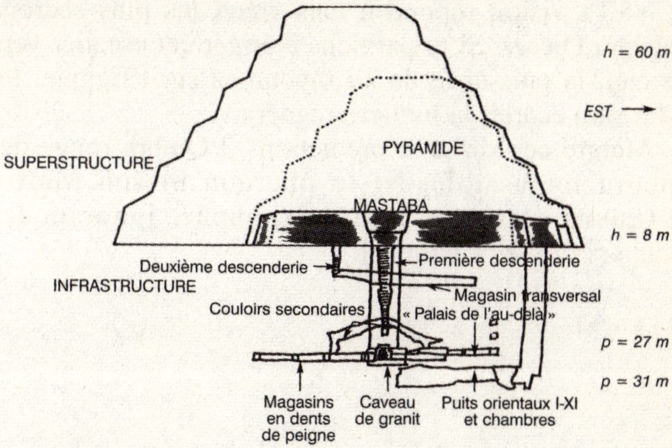

À cet instant, le roi pouvait déchirer le plan et ordonner à son Maître d'Œuvre de revenir à un monument aux dimensions acceptables, conformes à la coutume. La proposition d'Imhotep dépassait les bornes de l'imaginable et ne paraissait pas réalisable.

Le silence prolongé du monarque donna de l'espoir à l'Ombre rouge. Ce qu'il contemplait ne semblait guère le satisfaire, et il ne pardonnerait pas à son architecte de l'avoir déçu. Imhotep n'avait-il pas commis un faux pas fatal ?

---

1. Sur une base de 121 x 109 m. Les recherches récentes, notamment celles de R. Stadelmann, démontrent que la pyramide a été conçue telle quelle dès l'origine et réalisée d'une seule traite, et non selon des plans successifs.

Les participants à cette extraordinaire cérémonie retenaient leur souffle en attendant le jugement du pharaon.

— Ta vision répond à mes vœux les plus secrets, déclara Djéser. Si tu parviens à ériger cet escalier vers le ciel, la puissance du *ka* rayonnera sur l'Égypte. Le Mal sera écarté, la lumière régnera.

Malgré ces sinistres prédictions, l'Ombre rouge demeura impassible. Ni le pharaon ni son Maître d'Œuvre n'avaient encore triomphé, ignorant les dangers qui les guettaient.

78.

Le Libyen Tanou avait tout essayé, et il commençait à désespérer. Impossible de corrompre la garde rapprochée du Vieux et d'éliminer le chef de clan qui lui barrait la route du pouvoir. Ce vieillard méfiant et populaire savait s'entourer et avait survécu à maintes tentatives d'assassinat en supprimant ses rivaux. Son fils et successeur désigné, un idiot, lui obéissait au doigt et à l'œil. En cas de bévue, son père n'hésiterait pas à le supprimer. Doté d'une santé insolente, le tyran continuait à recruter les meilleurs guerriers, et les alliés de Tanou, même bien payés, n'oseraient pas se dresser contre lui.

S'il échouait, l'esclave de l'Ombre rouge vivrait beaucoup moins longtemps que le Vieux. La patience du monstre ne serait pas éternelle, et Tanou n'avait aucun résultat probant à lui présenter. Inefficace, sa coalition risquait d'éclater.

En désespoir de cause, il avait demandé à ses fidèles de recueillir un maximum de renseignements sur les proches du Vieux. Ce n'étaient que des hommes, ils avaient forcément des points faibles. Hélas ! ces interminables démarches ne lui procuraient pas de levier d'action, et Tanou se réfugiait dans l'alcool. Ses cauchemars étaient peuplés de feux dévorants et ses mornes journées le rongeaient.

Baveux, lui, se distrayait en commettant de petits larcins et en violant les imprudentes qui s'écartaient des campements de nomades.

Il réveilla un Tanou comateux et amaigri.

— Patron, on a peut-être quelque chose !

— Cesse de rêver, imbécile, et laisse-moi dormir.

— D'après mon informateur, c'est du sérieux.

Tanou se redressa lentement.

— Donne-moi à boire.

Une coupe d'alcool de dattes le ragaillardit.

— Le Vieux adore l'agneau rôti, révéla Baveux, et il ne se fie qu'à un seul fournisseur. Le bonhomme est autorisé à franchir les barrages et à présenter sa viande qu'il rôtit lui-même en présence de son client. Il doit la goûter, puis le Vieux dévore tranquillement.

— Et ça nous mène où ?

— L'éleveur a un vice : le jeu. Gains et pertes s'équilibrent, mais il ne renonce jamais à une partie. Si on parvenait à le contrôler, on obtiendrait des informations de première main concernant la sécurité du Vieux.

Tanou se gratta les cheveux.

— On le trouve comment, ton éleveur ?

Un sourire gourmand déforma les lèvres de Baveux.

— Sous une tente, à cent pas d'ici. Une dizaine d'amateurs se livrent une compétition acharnée à la toupie.

— Je ne suis pas spécialiste, déplora Tanou.

— Ça peut s'arranger, patron, affirma Baveux en lui présentant de petits disques en schiste savamment trafiqués.

*
* *

L'éleveur était en veine. Ses choix se révélaient profitables, ses gains s'accumulaient. Un à un, ses adversaires, incapables de surenchérir, quittaient la tente. Quand Tanou et Baveux y pénétrèrent, le vendeur d'agneau terrassait le dernier imprudent qui avait osé l'affronter.

— Une autre partie ? proposa Tanou.

— Je te préviens, l'ami, c'est mon jour de chance !

— Je prends le risque.

— À ta guise, assieds-toi.

Le Libyen examina la toupie.

— Elle est abîmée, jugea-t-il. J'en possède une neuve.

Méfiant, l'éleveur examina l'objet.

— Superbe, reconnut-il. Tu l'as fabriquée ?

— Je l'ai achetée à un nomade. Si tu es vainqueur, je te l'offre en prime.

— Marché conclu ! Pour moi, le signe de la gazelle. Et toi ?

— Celui du lévrier. Une jarre de lait en jeu.

Les disques étaient ornés de figures d'oiseaux, de chiens et d'animaux du désert. Le Libyen les fit tourner, et les regards des deux joueurs se figèrent. Le mouvement se ralentit, la toupie cessa de vibrer.

Sur le disque supérieur, face au sud, une gazelle.

— Gagné ! s'exclama l'éleveur.

— On n'en reste pas là, décida Tanou. Un âne en jeu ?

Son adversaire hésita.

— Entendu. Je garde le signe de la gazelle.

— Je choisis la figure du lion.

De nouveau, le sort sourit à l'éleveur.

— Désolé, l'ami. Je t'avais prévenu : c'est mon jour de chance. On s'arrête ?

Tanou sortit de la poche de sa tunique un petit lingot d'or. Son adversaire écarquilla les yeux.

— Je peux… je peux toucher ?

Les mains tremblantes, il caressa le précieux métal.

— Tu… le mets en jeu ?

— Et toi, que proposes-tu ?

— La totalité de mes bêtes.

— Ce n'est pas suffisant.

— J'y ajoute mon domaine.

Le Libyen réfléchit.

— C'est un peu juste, mais j'accepte.

L'éleveur estima nécessaire de modifier son option. La gazelle n'apparaîtrait pas une troisième fois de suite.

— Je mise sur le signe du canard, décida-t-il.

— Et moi, sur celui de la hyène, indiqua Tanou.

La toupie se mit à tourner, les joueurs ne la quittèrent pas des yeux. Lorsque la rotation s'éteignit, le cœur de l'éleveur battit la chamade.

Le canard… le canard triomphait ! Le disque faillit s'arrêter, il hésita, prolongea un instant sa course.

La hyène fixa le perdant.

— Ce n'est… ce n'est qu'un amusement, marmonna-t-il. Tu ne songes pas sérieusement à me dépouiller de mes biens ?

— J'ai gagné et j'exige mon dû, dit calmement Tanou.

— Tu me ruines, tu…

— Personne ne t'a obligé à jouer.

— Je te restitue ta jarre de lait et ton âne, et nous sommes quittes ! Maintenant, je pars.

La poigne de Baveux maintint l'éleveur accroupi, et la taille de son couteau le convainquit de rester.

— Il existe peut-être une solution, avança Tanou.

— Un dédommagement progressif ?

– - En te montrant coopératif, tu garderas tes bêtes et tes terres.

L'éleveur reprit espoir.

— Qu'attends-tu de moi ?

— Tu fournis de l'agneau au Vieux, tu cuisines en sa présence et tu goûtes les plats.

— Exact, mais…

— Je veux connaître le nombre de gardes, leur emplacement et le fonctionnement du dispositif de sécurité.

— Je n'ai pas le droit, je…

— Le Vieux ne saura pas que tu m'as parlé, et, toi, tu ne perdras rien. À quoi te servirait-il de le protéger ? Tu trouveras d'autres clients. Si tu refuses ma proposition, tu te condamnes à la misère. Et ce n'est pas le Vieux qui t'en sortira.

L'argumentation de Tanou ébranla l'éleveur. Après tout, il n'était qu'un fournisseur et n'éprouvait pas d'affection particulière pour un tyran cruel et cynique.

Aussi accepta-t-il de parler d'abondance. Son sens de l'observation et sa mémoire procurèrent à Tanou des informations inespérées. Cette fois, le Vieux était à portée de main.

— Merci, l'ami. Je n'en espérais pas tant.

L'éleveur se sentit soulagé.

— Alors, nous sommes quittes ?

— Presque.

— Que souhaites-tu encore ?

— Juste un détail. Baveux, égorge cet idiot.

79.

Sur le chantier de Saqqara, l'activité était incessante. Plusieurs équipes travaillaient en même temps ; Imhotep allait de l'une à l'autre, veillant à la finition de l'enceinte, à l'édification de la colonnade d'accès, à la construction des monuments destinés à la régénération du *ka* royal, au creusement des appartements souterrains et au façonnage du premier degré de la pyramide, élément essentiel de l'immense complexe architectural.

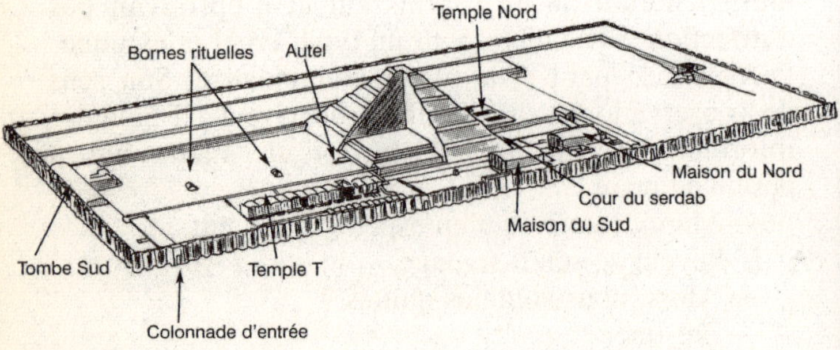

Depuis le rituel de fondation célébré par le couple royal, le site avait changé d'âme. Une impulsion nouvelle avait été donnée à la communauté des artisans qui, en dépit de l'énormité du projet, accordait une totale confiance au Maître d'Œuvre.

Afin d'assurer la nécessaire stabilité du premier échelon géant[1], support de l'ensemble, Imhotep veillait au parfait ajustement des blocs internes, de tailles variées et aux découpes irrégulières. Donnant de la souplesse à ce corps de pierre, des couches d'argile séparaient certaines assises. Une courte rampe permettait l'acheminement des matériaux, tandis que des spécialistes polissaient au sol les blocs de revêtement en beau calcaire brillant. L'architecte et les chefs d'équipe contrôlaient les marques indiquant leur position précise.

De la règle graduée du Maître d'Œuvre naissaient toutes les mesures et tous les tracés que concrétisaient les équerres, les niveaux et les fils à plomb. Grâce au jeu de trois bâtonnets en bois de longueur égale[2] reliés par une ficelle nouée à leur extrémité supérieure, on ajustait rigoureusement les pierres.

Des nuits entières, Imhotep avait réfléchi à un problème majeur, jamais rencontré : l'accumulation de blocs sur un grand nombre d'assises risquait de provoquer un décalage de hauteurs[3], des fissures, des tassements catastrophiques et d'autres accidents. Ne pouvant s'inspirer d'exemples antérieurs, le Grand

1. 120 coudées de côté (62,90 m), 16 coudées de haut (8,32 m).

2. De 8 à 20 cm.

3. Les indications techniques proviennent des recherches de J. Kérisel, J. Rousseau, M. Baud et J.-C. Goyon (*La Construction pharaonique*, Paris, 2004).

Voyant avait fait appel aux divinités, à la science de Thot et de Séchat, les priant de lui offrir des solutions.

D'abord, tailler les bosses, supprimer les aspérités et combler les vides éventuels avec du sable, du mortier et des déchets de pierre, de manière à obtenir des lits irréguliers ; ensuite, assembler des groupes de blocs à la fois homogènes et souples, s'appuyant les uns sur les autres et absorbant les inévitables déformations ; enfin, incliner fortement les lits pour déjeter l'effet de masse vers l'intérieur de l'édifice.

L'ensemble de ces innovations et de ces audaces était un plein succès. Les artisans s'étonnaient eux-mêmes de l'œuvre gigantesque s'édifiant devant leurs yeux et, chaque jour, assistaient à un surprenant spectacle. Devenu le frère de la pierre, Imhotep déchiffrait l'âme des blocs en les touchant. Il les sélectionnait en fonction de leur destination, et l'on s'empressait de suivre ses directives.

Ouvrier zélé, n'hésitant pas à offrir de l'eau à l'architecte, Teigneux constatait l'ampleur de son génie. La réussite d'Imhotep nourrissait sa haine, et il se réjouissait de l'instant où sa gloire serait réduite à néant. Lors de la pause du déjeuner, il remontait le moral de Bougon, mastiquant sa galette de pain frais fourrée aux lentilles et buvant tristement de la bière douce.

— Rien n'est perdu, camarade.

— Imhotep est l'égal d'un dieu ! Ce qu'il nous permet d'accomplir éblouit les sceptiques.

— Cesse de délirer ! Cet illuminé nous conduit à l'abîme, et sa pyramide ne tardera pas à s'écrouler, provoquant des centaines de morts. Voulant satisfaire les rêves fous de Djéser, Imhotep invente des techniques démentes, vouées à l'échec. Bientôt, il exigera l'impossible, et nous jouirons d'un beau désastre. En attendant, nous allons l'entraver en le privant d'un bon nombre de bâtisseurs.

*
* *

— Viens vite à l'entrepôt principal, demanda Futé à Imhotep qui s'apprêtait à gagner le chantier. Tu as eu du nez en m'ordonnant d'examiner les livraisons !

Les deux hommes parcoururent à grandes enjambées le chemin menant aux réserves de nourriture et de produits divers, indispensables aux habitants de la ville de pyramide.

— Regarde ces pains de sel, recommanda Futé.

Né de la sueur de Seth, dieu de l'Orage, le gros sel gris des oasis était, d'ordinaire, purifié avec soin et utilisable en cuisine.

— Il a été gâté, observa Imhotep.

Futé ouvrit un pot d'argile contenant de la viande de canard séchée.

— Cette conserve a été mal préparée, la consommer serait dangereux. La totalité des pots est sans doute à jeter. Et il y a plus grave encore.

Futé ouvrit une superbe jarre munie d'une étiquette carrée indiquant « Onguent, première qualité », un produit fort prisé servant à soigner et à embellir. Il en étendit une minuscule quantité sur le dos de sa main gauche. Presque aussitôt apparut une rougeur.

— La brûlure est intense, précisa-t-il. Ce faux onguent aurait causé des ravages.

— Les responsables de ces livraisons ?

— Le Trésor, donc le ministre Baten ; la Maison de la Reine, donc la princesse Redjit.

*
* *

Sous la direction de Néféret, des employés du service de santé et les maîtresses de maison procédèrent à l'assainissement hebdomadaire de la totalité des maisons de la ville de pyramide. On aspergea les murs d'une solution de natron et l'on procéda à des fumigations éliminant les insectes et les éléments nocifs, visibles et invisibles. Les habitants appliquaient de strictes mesures d'hygiène, à commencer par de fréquents lavages des mains. Du point de vue du médecin-chef, on évitait ainsi quantité de maladies.

D'agréables odeurs flottaient dans l'air quand Redjit et Baten se présentèrent à la porte de l'entrepôt.

Le regard du Maître d'Œuvre les transperça.

— Pourquoi cette convocation d'urgence ? s'étonna le ministre des Finances.

— N'auriez-vous aucun doute ?

— Je partage la stupéfaction de Baten, affirma la princesse, pincée.

— Entrez, je vous prie, et veuillez confirmer la provenance des pains de sel, des conserves et des jarres d'onguents.

Le regard de Redjit se posa sur les étiquettes.

— Ce sont des faux ! s'indigna-t-elle. Celles de la Maison de la Reine ont une forme différente et portent une marque distinctive correspondant à l'atelier chargé de la fabrication du produit.

— La Maison du Roi n'a expédié ni conserves ni pains de sel ces derniers jours, précisa Baten. Il suffira d'examiner les papyrus comptables pour en avoir confirmation.

— Sauf ton respect, décida Imhotep, je vérifierai moi-même.

Vexé, le ministre était contraint de s'incliner.

— Je désire voir l'ensemble des étiquettes qu'utilise la Maison de la Reine, ajouta le chancelier.

— À votre gré, répondit Redjit, mais que se passe-t-il au juste ?

— On a livré des produits dangereux afin de porter une grave atteinte à la santé des artisans et de leurs familles. Sans la vigilance de mes contrôleurs, de nombreuses personnes seraient tombées malades, et le chantier aurait été désorganisé.

*

* *

Les conclusions de l'enquête d'Imhotep innocentaient le ministre Baten et la princesse Redjit. Les étiquettes étaient bien des faux, et les marchandises frelatées ne provenaient pas du Trésor. Quant aux livreurs, ils n'appartenaient pas au personnel de l'État. Désormais, des vérifications seraient effectuées à l'entrée du chantier, sous protection policière.

— Tu sembles inquiet, observa Néféret.

— Cette tentative de destruction implique une puissante organisation, estima le Maître d'Œuvre. Nous sommes en face d'une opposition résolue et disposant de moyens importants. Et il y a pis !

— À quoi songes-tu ?

— À un complot de l'intérieur. Ce sont peut-être des artisans ou des employés du chantier qui ont fabriqué de fausses étiquettes. En ce cas, l'avenir s'annonce sombre. Ils ne cesseront de s'attaquer à l'Œuvre et tenteront de me condamner à l'échec.

Néféret avait rarement vu son époux en proie à un tel pessimisme.

— Je ne minimise pas l'épreuve, dit-elle en se blottissant dans ses bras, mais je te sais capable de la surmonter. Et je serai toujours à tes côtés.

80.

En franchissant la frontière de l'Égypte pour aller à la ferme abandonnée où il rencontrerait l'Ombre rouge, Tanou souriait. Grâce aux renseignements fournis par l'imbécile d'éleveur, l'attaque du campement du Vieux avait été une partie de plaisir. Connaissant la position et le nombre des gardes, Baveux et son équipe s'en étaient débarrassés en les poignardant. À chaque nouvelle lune, le Vieux accueillait une jeunette sous sa tente et s'adonnait à ses perversions. Le dernier garde éliminé, Tanou et Baveux avaient soulevé un pan de toile et découvert un spectacle peu ragoûtant.

Quel moment fabuleux ! Prise de guerre, la fillette revenait à Baveux qui s'en était occupé sur-le-champ. Face à Tanou, le vieillard affolé, l'implorant de lui accorder la vie sauve. Le Libyen lui avait tranché le sexe, le laissant hurler en se vidant de son sang.

Le fils du tyran était mort avant de comprendre les événements. Restait à convaincre les guerriers du Vieux de servir leur nouveau maître. Un argument les avait vite séduits : l'augmentation de la solde.

Un vent violent secouait les mauvaises herbes. Tanou traversa un terrain vague et pénétra dans la masure.

Au fond de la pièce enténébrée, une lueur rouge.

— Je suis porteur d'excellentes nouvelles, clama le Libyen. Regardez ça !

Il ouvrit un sac et en extirpa la tête du Vieux.

— J'ai réussi, seigneur ! Me voici maître de la totalité des clans. Aucun n'a osé s'opposer à moi.

— Félicitations, mon ami, dit la voix déformée de l'Ombre rouge. Encore faut-il former une véritable armée.

— En moins d'un an, ce sera chose faite. Je dois supprimer trois ou quatre grandes gueules, asseoir mon autorité, imposer la discipline et préparer mes troupes à envahir l'Égypte.

— Ce plan me paraît excellent.

Tanou parut gêné.

— Excellent, mais coûteux.

— Ne disposes-tu pas d'une belle quantité d'or ?

— Insuffisante, seigneur !

— N'as-tu pas dérobé les biens du Vieux ?

— Le vaincu perd tout, c'est la coutume.

— Songerais-tu à me voler, mon ami ?

— Certainement pas, seigneur ! Lever une armée exige un sérieux investissement, convenez-en. J'ai besoin de m'assurer de la fidélité de mes officiers, et ce sont des mercenaires. Une bonne paye les rendra invincibles, et l'armement sera à la hauteur de la tâche prévue.

— Tu auras le nécessaire, promit l'Ombre rouge. Élimine les lâches et les brebis galeuses, forme des guerriers impitoyables. Nous attaquerons par surprise, mais Djéser se défendra jusqu'au bout et la conquête de l'Égypte ne sera pas une partie de plaisir. Premier objectif : la ville sacrée d'Héliopolis, la cité du soleil. Elle est mal défendue et ne résistera pas longtemps à un assaut d'envergure. Ses temples détruits, le moral des soldats de Pharaon sera au plus bas.

Tanou se voyait déjà entrer à Memphis en triomphateur. Fortune et gloire n'étaient pas des utopies, les lendemains s'annonçaient radieux. Être l'esclave de l'Ombre rouge ne présentait pas que des inconvénients.

*

* *

Buvant de la bière à petites gorgées, Bougon demeurait prostré sur la récente banquette en pierre de sa salle d'hôte.

— On n'arrive à rien, constata-t-il ; nous risquons d'être arrêtés et condamnés. Moi, j'ai une famille à nourrir.

— Cesse de gémir, ordonna Teigneux. La chance ne servira pas éternellement Imhotep.

— Il est le fils de Ptah, les dieux le protègent et…

— Trêve d'idioties ! Ce n'est qu'un homme, comme toi et moi. Et quand je parle de chance, je me trompe. En réalité, ce maudit architecte a le sens de l'organisation et sait prendre ses précautions. Si les jarres contenant des produits avariés n'ont pas été distribuées, c'est en raison d'un dispositif de surveillance dont je viens d'identifier le responsable.

Bougon tendit l'oreille.

— Un policier ?

— Justement pas. L'un des assistants d'Imhotep traîne partout, observe, écoute et repère les anomalies. C'est lui qui a examiné le contenu de la dernière livraison et alerté le Maître d'Œuvre. Cet espion, je l'ai reconnu : il s'appelle Futé et voue une admiration sans bornes à Imhotep. Ce rat a volé la place de patron qui m'était due, à l'atelier des foreurs de vases. Aujourd'hui, il sert d'yeux et d'oreilles à l'architecte. En l'éliminant, nous aurons le champ libre.

— Comment t'y prendras-tu ?

— Futé a une faiblesse : les femmes. Mettons-en une dans son lit, elle lui communiquera une information susceptible de l'intéresser. Et nous piégerons l'espion.

— Tu ne comptes pas le…

Le regard de Teigneux devint menaçant.

— Je prends les décisions indispensables.

*

* *

Le vent de sable se leva avec une rapidité et une violence inouïes. Depuis le début des travaux, Imhotep n'avait pas subi un tel cataclysme. Il rassembla tant bien que mal ses chefs d'équipe et leur donna l'ordre de mettre immédiatement les artisans à l'abri. On n'y voyait plus à dix pas.

Redoutant des accidents, le Maître d'Œuvre parcourut le chantier et ramena les égarés. Des rafales faillirent les renverser, et l'on tenta de se calfeutrer sans parvenir à empêcher le sable de pénétrer dans les maisons et les ateliers. Il recouvrit les étagères du bureau d'Imhotep, les sièges et les nattes. Vent du

Nord, réfugié auprès de son maître, secouait souvent ses oreilles.

La tempête dura la nuit entière et ne s'éteignit qu'à la troisième heure du jour. L'âne et l'architecte partirent aussitôt à la recherche d'éventuels blessés, assistés d'une vingtaine de courageux.

Des jambes cassées, des contusions multiples, des hommes en état de choc, des bronches irritées, mais pas de mort. Le chantier avait souffert, les dégâts n'étaient pas irréparables. Imhotep répartit le travail de manière à ne pas surcharger les équipes et à traiter les urgences.

À cause de la soudaineté du phénomène, personne n'avait eu le temps de se protéger. Et le Maître d'Œuvre se trouva confronté à un sérieux problème : les irritations oculaires. À moitié aveugles, les yeux en feu, de nombreux artisans étaient incapables d'accomplir leurs tâches.

L'arrivée de Néféret lui redonna espoir.

— Des maladies que je connais et que je vaincrai, affirma le médecin-chef, à condition de disposer d'une quantité suffisante de collyre.

Le remède se composait d'extraits d'ocre rouge, de malachite, de galène, de bois pourri et de caroube, ces substances étant finement broyées et dissoutes dans de l'eau pure[1]. Alertée, la princesse Redjit se chargea elle-même de contacter le Trésor et reçut l'aide du ministre Baten. Ensemble, ils réunirent les ingrédients, tandis que le chambellan Ânkhy fournissait les plumes servant à instiller le collyre. Akhétâ surveilla la livraison,

1. *Papyrus Ebers*, 348.

Futé effectua une seconde vérification et Néféret fut son propre cobaye avant de soigner les malades.

Le remède chassa brûlures, infections et douleurs. Un seul artisan, un nommé Bouty, se montra récalcitrant. Sur l'insistance du médecin-chef, qu'il regardait d'une drôle de façon, il finit par accepter le traitement et s'en trouva bien. Les mâchoires serrées, il quitta le dispensaire sans remercier, comme s'il s'enfuyait d'un endroit hostile.

Étonnée, Néféret relata l'incident à Imhotep.

— Cet homme est étrange, estima-t-elle. À mon avis, il a beaucoup à cacher. M'approcher fut, pour lui, une épreuve difficile. Et j'ai presque ressenti de la haine.

— Bouty est un excellent contremaître, efficace et ponctuel, indiqua le Maître d'Œuvre. Son chef d'équipe, pourtant exigeant, se félicite de son travail. Bouty étant un célibataire plutôt renfermé, tu as dû l'impressionner. Être soigné par le médecin-chef du palais en personne, quel honneur !

— Cet individu me paraît trouble, insista Néféret. Méfie-t'en.

Imhotep enlaça son épouse.

— Ton intervention a été décisive. Grâce à toi, le chantier ne connaîtra pas d'interruption.

Non loin du bureau de l'architecte, Teigneux contenait sa rage en entendant des groupes d'artisans vanter les mérites de l'architecte et de Néféret, si belle et si compétente.

Privé d'elle, Imhotep serait-il capable de continuer son œuvre ?

81.

La nouvelle maîtresse de Futé était une jeune boulangère récemment engagée. Non content de savourer ses pâtisseries, il lui avait proposé de se baigner au canal voisin. La chaleur revenue, n'était-ce pas une agréable distraction ? En laissant le soleil sécher leurs corps nus, ils n'avaient pas résisté à un attrait réciproque. Puisque la délicieuse brunette considérait l'amour comme un jeu, Futé ne s'était opposé à aucune de ses initiatives.

À l'ombre d'un palmier, ils prenaient enfin un peu de repos.

— Tu es un personnage important, paraît-il.

— N'exagérons rien. À l'exemple de ses autres assistants, je me contente de servir au mieux le Maître d'Œuvre.

— Il y a des ouvriers qui le détestent.

Futé caressa les seins de sa maîtresse.

— Tu me surprends… Imhotep ne prête-t-il pas attention à chacun ?

— Il est trop sévère et n'autorise pas le moindre trafic. Tromper sa vigilance n'est pas facile.

— D'après toi, certains y songeraient-ils ?

— Je l'ignore, je…

La main experte de Futé raviva le désir de la brunette.

— Tu as éveillé ma curiosité, avoua-t-il. Me faire languir serait cruel.

Il s'allongea sur elle.

— J'ai surpris une conversation entre deux dockers. Il était question d'un déchargement de pierres à une heure de marche du débarcadère, vers le nord, en fin de journée.

« Détournement de matériaux, pensa Futé ; ça peut rapporter gros. »

— Ils ne t'ont pas remarquée, j'espère ?

— Ne voulant surtout pas en entendre davantage et me mêler d'histoires sordides, je me suis éclipsée. Dis-moi… tu as toujours autant de vigueur ?

— Cela dépend de ma partenaire.

— Alors… tu m'aimes ?

— N'en es-tu pas convaincue ?

Dérangées par les soupirs d'aise de la demoiselle, des aigrettes s'envolèrent.

*

* *

Futé n'avait pas le temps de retourner au chantier pour prévenir Imhotep. Progressant d'un pas rapide, il longea le Nil en empruntant les sentiers tracés sur les buttes qui dominaient le fleuve. À l'approche d'une zone particulièrement marécageuse, où s'épanouissaient des fourrés de papyrus, Futé aperçut une barge chargée de blocs.

Elle venait de s'immobiliser, des marins mettaient en place une large passerelle. Et le déchargement débuta. Vu la taille modeste des pierres, deux hommes parvenaient à en transporter une.

Accroupi, à l'abri de leurs regards, Futé reconnut les livreurs de produits avariés ! Ainsi, la boulangère n'avait pas menti. Il existait bien une bande organisée se livrant à des trafics et décidée à perturber le chantier.

La nuit ne tarderait pas à tomber. Malgré la pénombre, Futé eut une mauvaise surprise. Le chef des voleurs, le trapu dirigeant la manœuvre, n'était autre que Bougon, l'un des chefs d'équipe d'Imhotep !

Atterré, le jeune homme n'avait plus qu'à regagner Saqqara en courant afin de prévenir le Maître d'Œuvre.

Un violent coup de poignard dans le dos l'empêcha de se relever, et deux poignes le plaquèrent au sol.

— Tu es trop curieux, dit la voix haineuse de Teigneux. Moi, je déteste les espions d'Imhotep.

— Ne commets pas l'irréparable. Tôt ou tard, il découvrira ce vol.

— Quel vol ? Ces blocs arrivent à bon port.

— Mais pourquoi… ?

— Tu ne comprends pas vite, mon gars. Ce piège n'avait qu'un but : se débarrasser de toi, les yeux et les oreilles de ce maudit Maître d'Œuvre !

Grièvement blessé, Futé était incapable de se débattre.

— Cette voix… Je te connais !

— Et qui suis-je donc ?

— Teigneux, mon collègue de l'atelier des foreurs de vases.

L'agresseur relâcha sa pression et, d'un geste violent, contraignit sa victime à se retourner, lui arrachant un cri de douleur. Aussitôt, il lui piqua la gorge de la pointe de son poignard.

— Regarde-moi, l'espion ! Ai-je la tête de ce type-là ?

— Non, tu sembles différent… mais c'est bien toi, j'en suis certain ! Tu as changé de visage, pas de voix.

Teigneux observa un long silence.

— Tu es dangereux, Futé, très dangereux… Comment as-tu osé prendre la direction d'un atelier qui m'appartenait ? Tu aurais dû te retirer et reconnaître mes mérites.

— Imhotep m'avait confié cette fonction.

— Imhotep, toujours Imhotep ! Ce soir, il n'est pas là pour te secourir.

— Pourquoi le hais-tu ?

— Il a brisé ma carrière.

— C'est faux, et tu le sais ! Il t'a même soigné. Si tu avais été un homme droit, tu serais devenu chef d'équipe.

— Tais-toi ! Moi, je suis un homme droit, pas Imhotep. Sa vanité le conduit à construire une folie, promise au néant.

— Tu n'empêcheras pas la naissance de la pyramide, Teigneux, et sa lumière te détruira. Reconnais tes erreurs et cesse de faire le mal.

— Le mal, c'est Imhotep !

— Un être peut-il changer à ce point ? Tu étais un bon artisan, respectueux du métier et de la hiérarchie.

— Elle n'a jamais reconnu ma valeur.

Futé comprit qu'il s'était trompé. En réalité, Teigneux n'avait pas changé et ne changerait pas. Depuis sa naissance, l'ambition et l'avidité le rongeaient.

— Quitte l'Égypte, recommanda-t-il au tortionnaire, et réfugie-toi chez les coureurs des sables. Tu les aideras à détrousser les voyageurs imprudents.

Teigneux eut un sourire cruel.

— J'ai un meilleur projet : empêcher Imhotep d'aboutir et le détruire. Toi, tu formais un obstacle à mon succès.

D'un geste sec, il trancha la gorge de Futé.

— Crève, sale espion !

Teigneux cracha sur le supplicié et s'éloigna.

Incapable de se relever et sentant sa vie s'enfuir, Futé, presque paralysé, tenta de tracer des hiéroglyphes dans la terre meuble. Non, Imhotep n'échouerait pas et sa pyramide toucherait le ciel.

*

* *

D'ordinaire, au début de la troisième heure de la nuit, Futé passait le seuil du bureau d'Imhotep et dressait un rapport oral de ses observations. Pas une seule fois l'ami du Maître d'Œuvre n'avait manqué à ce devoir. Imhotep se rassura en songeant à une nouvelle conquête fort exigeante.

La matinée suivante s'écoula sans que Futé réapparût. Inquiet, l'architecte arpenta le chantier. Personne n'avait aperçu son assistant, absent de son domicile. On inspecta en vain les environs du chantier.

Un bruissement d'ailes alerta Imhotep. Au-dessus de lui, un ibis traçait de grands cercles. Soudain, il s'élança en direction du nord, longeant le Nil. En compagnie d'une dizaine d'artisans armés de gourdins, le chancelier suivit l'oiseau.

À intervalles réguliers, l'ibis revint en arrière et s'assura que la petite troupe le suivait. À hauteur d'une zone marécageuse, il monta vers le sommet du ciel et disparut.

Imhotep et ses compagnons explorèrent les lieux.

L'un d'eux l'alerta. Figé, les bras ballants, il fixait le cadavre d'un homme égorgé, au pied d'un monticule planté d'herbes folles.

En reconnaissant Futé, Imhotep pleura. Il perdait son ami, un être auquel il avait accordé sa confiance et qui ne l'avait jamais trahie.

Futé s'était probablement lancé à la poursuite d'un suspect, ne prenant pas conscience du danger. Ainsi, il existait un monstre capable de répandre la mort pour nuire au chantier et contraindre Imhotep à renoncer.

Ce serait souiller la mémoire de Futé. En son honneur, afin de prouver que son sacrifice n'avait pas été inutile, le Maître d'Œuvre affronterait l'adversité.

— Nous allons transporter le corps à Saqqara, décida-t-il, et je demanderai au pharaon qu'une demeure d'éternité, surmontée d'une chapelle, soit accordée à ce fidèle serviteur du royaume.

Au moment où les artisans soulevèrent la dépouille de son ami, Imhotep s'aperçut qu'il avait tracé dans la terre le hiéroglyphe de la jambe, à savoir la lettre B. L'amorce d'un deuxième signe était malheureusement illisible.

Le nom de son assassin… Oui, Futé avait tenté de transmettre un ultime message, remplissant sa fonction jusqu'à son dernier souffle.

82.

Teigneux savourait son succès. Après l'élimination du meilleur contremaître d'Imhotep, celle de son ami Futé lui portait un coup sévère. Privé de cet espion efficace et dévoué, le Maître d'Œuvre était sourd et aveugle. Incapable de déjouer les manœuvres de ses ennemis, il irait d'échec en échec et finirait par perdre la confiance du roi. Inachevée, la pyramide à degrés serait abandonnée et transformée en carrière de pierres.

— Viens vite voir ! lui lança Bougon. C'est… c'est incroyable !

Les deux hommes rejoignirent leurs collègues qui assistaient, éberlués, à la livraison de milliers de vases, de coupes, de bols, d'assiettes et de plateaux en pierre. Albâtre, brèche rouge, diorite, porphyre, dolérite, granit, marbre, serpentine, schistes bleutés, verts et noirs, cristal de roche… Répondant aux exigences d'Imhotep, les ateliers avaient utilisé un maximum de variétés provenant des diverses carrières du pays. Il s'agissait d'autant de chefs-d'œuvre, d'une incomparable beauté.

Le Maître d'Œuvre demanda des volontaires pour transporter plus de quarante mille pièces de cette extraordinaire vaisselle de pierre dans les galeries souterraines de la pyramide. On murmurait que le pharaon en personne ne manquerait pas de les contempler.

— Laissons faire les autres, recommanda Bougon.

— Au contraire, objecta Teigneux, c'est peut-être une occasion inespérée. Nous allons préparer une jolie surprise à Sa Majesté.

— Tu… tu deviens fou !

— Reste ici, minable. Je n'ai pas besoin de toi.

— Je ne veux rien savoir de tes projets !

— Contente-toi de te taire. Sinon…

Le chef d'équipe regagna son domicile, Teigneux se présenta comme volontaire. Dissimuler une petite scie serait un jeu d'enfant.

*

* *

La venue de Djéser s'accompagnait d'un jour de congé, mais la totalité des artisans tint à organiser une fête en l'honneur du monarque. Coiffé d'un bandeau d'or, vêtu d'une tunique austère, il portait aux poignets deux larges bracelets. À son cou, une amulette protectrice. Quand il apparut, chacun s'inclina. À l'exception de la Grande Épouse royale et du chancelier Imhotep, qui pouvait supporter le regard acéré de Pharaon ?

Le Maître d'Œuvre offrit au roi une admirable coupe en diorite.

— Majesté, elle contient le premier vin issu de votre vignoble nommé « Horus, étoile présidant au ciel » et planté la première année de votre règne.

Djéser contempla la pyramide en cours d'édification et lui présenta le nectar.

— Que le sang d'Osiris ressuscité coule dans tes veines et que tes pierres vivantes soient l'incarnation de son éternité.

Le souverain célébrait le travail des artisans en leur accordant un banquet arrosé des meilleurs crus. En compagnie de son architecte, il se dirigea vers le puits de sept mètres de côté et emprunta l'escalier descendant à une profondeur de vingt-huit mètres.

Pour Imhotep, le moment était venu de révéler au souverain l'architecture de son palais de l'autre monde.

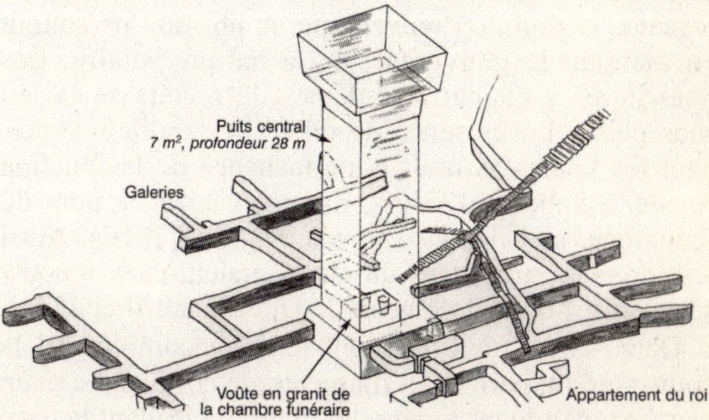

Au fond du puits, un caveau formé de grandes dalles[1] de granit d'Assouan. Elles constituaient l'enveloppe protectrice de la salle de résurrection où serait déposé le

1. Ces dalles mesurent 3 m sur 1,60 m.

sarcophage du roi. Un bouchon[1] de granit en fermerait l'accès.

Ce reposoir n'était pas un cul-de-sac, mais un point crucial donnant accès aux pièces composant le palais de l'au-delà et aux galeries souterraines. Recueilli, Djéser découvrit la résidence de son *ka*, inaccessible à la mort. Ses chapelles contiendraient des statues vivantes, célébrant sa fête de résurrection. Des portes apparemment closes s'ouvrirent sur les contrées paradisiaques, lieux de régénération de l'âme.

À la lueur de la torche d'Imhotep, les trente-six mille plaquettes de faïence bleue, fabriquées en utilisant les turquoises extraites des mines du Sinaï, brillèrent d'une lueur apaisante. Leur couleur était celle du champ des roseaux, région de l'univers que le pharaon parcourait en maniant le gouvernail de la barque solaire. Les nourritures y étaient abondantes, la récolte se faisait sans peine. La présence de piliers « stabilité » soutenant les voûtes assurait la permanence de la fonction royale. Symboles d'Osiris, ils protégeaient le nom du monarque, associés aux nœuds magiques d'Isis. Ainsi les forces destructrices du chaos étaient-elles repoussées, ainsi l'ordre lumineux de Djéser était-il établi.

Deux stèles représentaient le roi accomplissant la course qui lui permettait d'arpenter le cosmos. Sa main gauche tenait le testament des dieux lui léguant la terre d'Égypte ; la droite, le sceptre aux trois bandes de peau évoquant la triple naissance, céleste, terrestre et souterraine. Une troisième stèle montrait Djéser, coiffé de la

1. Ce monolithe, de forme cylindrique, avait un mètre de diamètre et pesait 3,5 t.

couronne blanche, marchant en direction du temple d'Horus à Edfou. À jamais jeune et en pleine force, Pharaon ignorait la décrépitude.

Imhotep songea à Futé dont il venait de célébrer les funérailles en tant que serviteur de son *ka.* Le roi lui avait accordé un caveau et une chapelle à proximité de la dernière demeure des parents du chancelier. Les artisans étaient associés à l'être de Pharaon, et son peuple participerait de son immortalité.

Djéser se recueillit longuement dans son palais de l'au-delà. Imhotep comptait lui faire découvrir ensuite sa seconde demeure d'éternité, celle du *ka* royal, creusée sous le massif de l'enceinte sud[1], à deux cents mètres des appartements souterrains de la pyramide. Ce caveau-là demeurerait vide, dédié à l'invisible.

Auparavant, le Maître d'Œuvre montra au monarque le réseau de galeries souterraines[2], taillées au cœur de la roche, à trente-trois mètres de profondeur. Cinq d'entre elles accueilleraient les momies des membres de la famille royale, les autres abriteraient les quarante mille pièces de vaisselle de pierre, empilées du sol au

---

1. Le caveau du « tombeau sud » est en granit, comme celui de la pyramide, mais un peu moins grand (1,60 m de côté) et de forme carrée. Habité par la seule présence du *ka*, puissance immatérielle, il n'abritait donc pas de sarcophage. Il communiquait avec des chapelles ornées de faïences bleues, et le Maître d'Œuvre fit dresser dans ce second palais de l'au-delà trois stèles représentant Djéser qui se rend au temple et accomplit la course rituelle. Le tombeau sud est orienté vers le « Bel Occident », l'un des paradis des justes, celui de la pyramide vers le nord, séjour des étoiles impérissables.

2. Il est à noter que plusieurs des galeries occidentales sont encore inexplorées !

plafond sur une hauteur d'un mètre cinquante. Certaines comportaient les noms des rois de la première et de la deuxième dynastie. Célébrant un éternel et fabuleux banquet, aux nourritures inépuisables, Djéser rendait ainsi hommage à ses prédécesseurs, conviés aux festivités.

C'est en sortant d'une des galeries que le souverain et son architecte entendirent un sinistre craquement.

Sciés par Teigneux, des étais ne tarderaient pas à s'effondrer, et les deux hommes seraient ensevelis sous un amas de bois et de pierraille.

Connaissant chaque pouce du chantier, Imhotep repéra vite les poutres en train de céder. S'emparant d'un madrier posé contre un mur, il parvint à retarder le désastre.

— Sortez d'ici, Majesté ! Je ne tiendrai pas longtemps.

— Je n'abandonnerai pas mon Maître d'Œuvre.

— Si je ne maintiens pas ce madrier en place, la galerie s'effondrera !

— Joignons nos forces, Grand Voyant, et consolidons-le. Ensuite, tu nous guideras.

En magnétisant leur ultime soutien, le roi et l'architecte décuplèrent sa capacité de résistance et trouvèrent le meilleur angle de portée pour supporter le poids de la voûte.

Au moment de lâcher le madrier, ils étaient étrangement calmes. Malgré la pénombre et la poussière, Imhotep emprunta le bon chemin.

Et ce fut le retour à la lumière du jour.

83.

Les membres du grand conseil et les dignitaires de la cour étaient en état de choc. D'abord, on avait cru à une rumeur insensée, une plaisanterie de mauvais goût. Puis il avait fallu se rendre à l'évidence : chancelier, Maître d'Œuvre et Grand Voyant, Imhotep avait bel et bien été élevé à une nouvelle dignité, tout à fait inédite : celle de Frère du pharaon[1] ! Certes, le miracle de Saqqara plaidait en faveur de cet architecte de génie qui contribuait à la réalisation du rêve de Djéser, faire de sa dynastie la fondatrice d'un nouvel État. Mais bénéficier d'un tel statut, être intimement lié à la fonction suprême, appartenir au cercle si étroit de la famille royale, quel privilège extraordinaire !

Au cours d'un banquet organisé par le chambellan Ânkhy, ses collègues ne dissimulèrent pas leurs sentiments. Le ministre des Finances, Baten, ne comprenait pas la nécessité de cette nomination insolite ; Akhétâ,

1. D'après le socle de la statue qui se trouvait dans la chapelle d'entrée du domaine de Djéser.

ministre de l'Agriculture, responsable des ateliers et bras droit de l'architecte, redoutait un accès de vanité de la part de son supérieur ; la princesse Redjit voyait Imhotep s'éloigner du commun des mortels, au risque de bâtir un monument promis à l'effondrement ; et Ânkhy s'étonnait de la passivité de Paisible, la Grande Épouse royale, qui aurait dû s'opposer à la volonté de Djéser.

À quoi bon ces récriminations ? La décision du roi était sans appel, et il valait mieux se préoccuper des dernières exigences du Maître d'Œuvre. Le troisième degré de la pyramide serait bientôt achevé, on terminait les appartements souterrains, les monuments prévus à l'intérieur de l'enceinte s'érigeaient. De la livraison des matériaux à l'exécution des sculptures, l'ensemble des travaux devait être parfaitement coordonné, et chacun des membres du grand conseil connaissait l'étendue précise de ses responsabilités. Imhotep, le Frère du roi, n'autoriserait pas la moindre dérobade.

*

* *

L'Ombre rouge ne pavoisait pas, mais la situation n'était pas désespérée. L'excellente initiative de Teigneux avait failli produire un résultat inattendu, et seule la chance avait permis au roi et à l'architecte de sortir indemnes des souterrains. Ce n'était que partie remise.

Loin d'être anecdotique, la disparition de Futé privait Imhotep d'un allié indispensable. Désormais, le Maître d'Œuvre serait seul et ne disposerait plus d'informations essentielles. Nul ne l'avertirait de la prochaine épreuve qui lui briserait les reins.

Devant la déchéance de son Frère, Djéser serait déconsidéré et sa pyramide réduite à un tas de pierres inutiles.

*

* *

Vidant coupe de bière sur coupe de bière, Bougon sanglotait.

— On n'y arrivera pas, Imhotep est un magicien ! Laissons tomber et vivons tranquilles.

Teigneux le gifla.

— Pauvre imbécile, tu n'as rien compris ! Nous sommes au service du futur maître de l'Égypte et il est impossible de renoncer.

Bougon leva un visage angoissé.

— Comment le roi et son Frère ont-ils réussi à sortir des souterrains ? Le Grand Voyant perce les ténèbres, personne ne peut l'atteindre ! Ne t'aveugle pas, reviens à la réalité. Nous ne sommes pas de taille à lutter contre Imhotep.

Teigneux retint les coups qu'il comptait porter au froussard. Vu son comportement, le chef d'équipe était à deux doigts de le trahir.

— Tu as raison, Bougon. Nous prenions le mauvais chemin. Après son dernier miracle, Imhotep apparaît comme une sorte de dieu. Sa pyramide, je m'en moque. Ce qui m'intéresse, c'est un bon salaire et une maison confortable.

Un large sourire illumina le visage de Bougon.

— Quel soulagement, mon ami ! Enfin, le retour à la tranquillité. Célébrons-le en vidant une jarre de bière forte.

Détendu, le chef d'équipe sombra dans l'ivresse. Teigneux, lui, songeait à sa nouvelle stratégie.

*
* *

Grâce aux calculs précis d'Imhotep et à son parfait maniement de la règle et du cordeau, l'édification du quatrième degré de la pyramide se présentait au mieux. À la suite de plusieurs années d'expérience, les artisans avaient apprivoisé la pierre et savaient mettre en place des blocs de plus en plus gros. Les manœuvres, cependant, exigeaient un maximum de précautions, et l'architecte pouvait se vanter de n'avoir connu aucun accident mortel.

Bougon et son équipe consolidaient la rampe servant à la circulation des matériaux et vérifiaient la qualité des pierres.

Le Maître d'Œuvre étudiait son plan lorsqu'un de ses assistants poussa un cri d'effroi.

— Il est tombé... Un homme est tombé du quatrième gradin !

On accourut.

Le malheureux n'avait pas survécu à sa chute. Désarticulé, il gisait dans une mare de sang.

— C'est le chef d'équipe Bougon, constata un contremaître.

Malaise ou imprudence ? Nul témoin n'avait aperçu Teigneux pousser violemment sa victime, trop proche de la rampe extérieure.

L'épouse du défunt fournit l'explication : son mari était parti travailler en état d'ivresse. Elle avait tenté en vain de le dissuader. Depuis quelque temps, il se montrait nerveux et brutal, comme s'il se reprochait une faute inavouable.

Une hypothèse traversa l'esprit d'Imhotep : les dieux n'avaient-ils pas châtié l'assassin de son ami Futé, le lâche dont le nom débutait par un B ?

*

* *

Néféret venait de prescrire des produits contraceptifs[1] à une femme de trente ans refusant une nouvelle grossesse. Le médecin-chef se souvenait du conseil des sages : « Ne récrimine pas contre qui n'a pas d'enfants, ne critique pas le fait de ne pas en avoir et ne te vante pas sur le fait d'en avoir. Il existe beaucoup de pères malheureux, de même que beaucoup de mères qui ont donné naissance, alors que la femme sans enfants est plus sereine qu'elles[2]. »

Sereine, l'épouse d'Imhotep devait le demeurer afin de soigner et de réconforter les malades. Les années

---

1. R.-A. Jean et A.-M. Loyrette, *Encyclopédie de l'univers végétal*, II, Montpellier, 2001, pp. 537 *sq.* : « On peut s'étonner de trouver, dans cette civilisation où la vie et la religion étaient cimentées par un lien qui pouvait paraître indestructible, qu'il existait des moyens de contraception et d'avortement, mais les textes que nous avons cités attestent de leur utilisation. Cela pourrait s'expliquer par l'importance qui était accordée à la femme. La position de la femme dans l'Égypte antique, sa situation juridique incontestable, son accession à la culture, aux métiers de sage-femme voire de médecin et bien entendu à la prêtrise, concouraient à faire d'elle une véritable aspirante à la fécondité maîtrisée. »

2. Il s'agit d'une des maximes du sage Ptah-Hotep qui vécut sous la sixième dynastie, mais dont la formulation reflète la pensée de tout l'Ancien Empire.

passant, le médecin-chef du palais acceptait de ne pas devenir mère et de se consacrer à sa vocation, tout en secondant le Maître d'Œuvre, chargé de créer le domaine d'éternité de Djéser. La pyramide à degrés ne serait-elle pas leur descendance ?

Une journée harassante se terminait, mais Néféret était heureuse de s'occuper d'un patient exceptionnel : Geb, le chien du roi. La contemplant avec confiance, il se laissa examiner.

— Rien de grave, conclut-elle. Davantage de viande cuite et un remède pour diminuer le taux d'urée, et tu préserveras ta vitalité. À mon avis, tu battras des records de longévité.

Un bruit insolite alerta Néféret, les oreilles de Geb se dressèrent.

— Reste ici, ordonna-t-elle. Je reviens.

Le médecin-chef ayant donné congé à ses domestiques en raison d'une fête de la déesse Hathor, sa grande villa de Memphis était vide. Qui aurait osé y pénétrer ?

*
* *

Douze jarres d'huile, douze de vin, trente de bière de qualité supérieure, trois pots de miel, quatre d'onguents… Cette petite fortune valait mieux qu'un salaire d'ouvrier à Saqqara ! Membre de l'équipe du défunt Bougon, Nez-cassé, lutteur de première force, avait accepté la mission confiée par Bouty, le bras droit de son patron : tuer une femme sans défense. Pas de quoi se vanter, certes, mais une tâche facile en échange d'une rémunération inespérée. D'après les informations de son commanditaire, la victime serait seule.

Pour se donner du courage, Nez-cassé avait abusé de l'alcool de dattes. Le pas incertain, il s'était introduit dans la villa en forçant un volet et avait renversé une table basse. Inquiet, figé, il attendit.

À l'étage, une lumière.

Quelqu'un descendait.

Une femme d'une grande beauté, sa proie. De ses mains calleuses, il l'étranglerait. Puisque la chance le servait, autant l'exploiter !

À l'instant où Néféret atteignait le centre de la salle d'hôte, Nez-cassé se jeta sur elle. Ses poignets allaient serrer son cou quand une masse noire le percuta et lui mordit le mollet droit à pleines dents.

Hurlant de douleur, Nez-cassé tenta de fracasser la tête du chien.

— Lâche-le, Geb !

Libéré, le criminel s'enfuit en claudiquant.

Néféret s'assura que son sauveur était indemne.

— Geb, tu es le meilleur des amis ! s'exclama-t-elle en le serrant contre son cœur qui battait la chamade.

84.

La chaleur devenait accablante. Ressemblant à un paysan, le Libyen Tanou s'assura que les environs étaient déserts avant de pénétrer dans la ferme abandonnée.

Brisant la pénombre, une lueur rouge.

— Me voici, seigneur !

— On t'a suivi, Tanou.

— Impossible, j'ai pris mes précautions !

— Tu as manqué de prudence, mais j'ai résolu ce petit problème. Un braconnier trop curieux, habile à se dissimuler. Il ne nous ennuiera plus.

Le Libyen bomba le torse.

— Maintenant, mon armée est prête.

— Je sais, Tanou.

La voix déformée continuait à glacer le sang du Libyen.

— Ah !... Vous avez observé l'entraînement de mes troupes ?

— Je te suis pas à pas, mon ami. Tu as fait du bon travail.

— J'ai éliminé les lâches et les vieux, et je dispose de vrais guerriers pressés d'en découdre. Ils espèrent un butin fabuleux.

— Ils ne seront pas déçus. L'heure est venue de prouver ta valeur.

Tanou ressentit un frisson d'excitation.

— Me donnez-vous l'ordre… d'attaquer ?

— Suis le plan prévu, et pas de prisonniers.

— En ce qui concerne les femmes…

— Elles t'appartiennent.

Le Libyen imaginait déjà les cris de victoire de sa horde dévastatrice.

*
* *

Témoignant d'une maîtrise de soi peu commune, Néféret ne s'était pas effondrée et avait relaté en détail à Imhotep les circonstances de l'attentat dont elle avait failli être victime, en insistant sur l'intervention décisive de Geb. Malheureusement, elle ne pouvait donner une description précise de son agresseur.

Le Grand Voyant toucha la table renversée, parcourut plusieurs fois la pièce et observa un long silence.

— L'assassin était un envoyé de l'Ombre rouge, affirma-t-il. Elle veut nous détruire. En te supprimant, elle m'aurait ôté toute force.

L'architecte et son épouse s'enlacèrent.

— Désormais, tu bénéficieras en permanence d'une protection rapprochée, décréta Imhotep.

— L'Ombre rouge… Et s'il s'agissait d'une association de criminels décidée à prendre le pouvoir ?

— Je n'écarte pas cette hypothèse. Pardonne-moi d'insister : que pourrais-tu dire à propos des mains de l'étrangleur ?

— Épaisses, puissantes, calleuses. Penserais-tu à…

— À un artisan du chantier. Et nous avons un témoin capable de l'identifier : Geb. Je vais demander au roi l'autorisation de l'emmener à Saqqara et de lui confier l'enquête.

— Surtout, ne lui fais courir aucun risque !

— Rassure-toi, Néféret, ton sauveur sera bien encadré.

*

* *

Vingt policiers armés de bâtons et de poignards accompagnaient Geb, considéré comme un héros. Sa réputation avait franchi les portes de la cour, et les conteurs commençaient à façonner sa légende.

Le chien, lui, avait écouté Imhotep avec attention, et compris l'importance de sa mission. Le goût du mollet de l'assassin restait gravé en sa mémoire, et, en franchissant le seuil du chantier, il montra les crocs.

Ainsi, l'agresseur appartenait à l'un des corps de métier.

Geb s'élança en direction de la ville de pyramide, Imhotep et les policiers le suivirent. Déterminé, le chien emprunta d'abord la rue principale, puis une ruelle au nord de la petite cité. Il s'arrêta devant une porte close, se dressa et aboya.

Les voisins apparurent. Réveillé en sursaut, un moustachu protesta.

— Que se passe-t-il ? Je suis souffrant et j'ai besoin de dormir !

— Qui habite ici ? demanda Imhotep.

— Un tailleur de pierre.

— Son nom ?

— Nez-cassé.

— Se trouve-t-il chez lui ?

— Je n'en sais rien, moi ! Ce ne sont pas mes affaires.

Un policier frappa des coups violents à la porte. Pas de réponse.

— Enfoncez-la, ordonna Imhotep.

À peine l'accès dégagé, Geb s'engouffra dans la maison et s'empara d'un chiffon maculé de sang qu'il présenta au chancelier.

— Félicitations, lui dit-il en le caressant. Notre homme a soigné sa blessure ici.

Les policiers entreprirent une fouille approfondie, sans récolter d'indice intéressant. Calmé, Geb accompagna le Maître d'Œuvre jusqu'à son bureau où quantité de scribes examinaient des listes concernant le personnel et les matériaux.

— Donnez-moi les noms des absents, demanda Imhotep.

Cinq malades et deux ouvriers contraints de se rendre à Memphis pour raisons familiales. Le huitième absent, Nez-cassé, n'avait fourni ni excuse ni explication.

— L'un de vous l'a-t-il vu ?

Tous les scribes hochèrent négativement la tête.

— À quelle équipe appartient-il ?

— À celle de Bougon, répondit l'un des secrétaires du Maître d'Œuvre. Nez-cassé est tailleur de pierre, ils travaillent ensemble depuis longtemps.

— A-t-il une famille ?

— Il faudrait consulter son dossier. Je suis surchargé et…

— Tâche prioritaire.

Au regard d'Imhotep, le secrétaire sentit qu'il était préférable de ne pas tergiverser. Pendant ses recherches, le

Maître d'Œuvre fit apporter à Geb un plat de viande accompagné de légumes en sauce et un bol d'eau fraîche.

À l'évidence, Bougon et Nez-cassé étaient des créatures de l'Ombre rouge, chargées de désorganiser le chantier et d'éliminer les proches d'Imhotep. Le premier était mort de manière accidentelle, le second avait pris la fuite. Hélas ! le Mal pouvait s'enorgueillir de la disparition de Futé, et ne renoncerait pas à semer le désordre et le malheur.

Le secrétaire apporta un papyrus.

— Je me félicite de l'excellent classement de nos archives, se réjouit-il. Voici le parcours professionnel de ce Nez-cassé.

Digérant son délicieux repas, Geb se coucha aux pieds du Maître d'Œuvre et s'assoupit.

La rédaction du dossier méritait des éloges. Il apprit à Imhotep que l'artisan, âgé de trente-quatre ans, originaire d'un village du Delta, aîné d'une famille de cinq enfants, n'était pas devenu paysan comme son père mais avait choisi d'exercer le dur métier de blanchisseur au service d'un notable.

Le futur chambellan du palais, Ânkhy.

Las de cette activité ingrate, Nez-cassé, après son premier divorce, avait livré des marchandises au Trésor.

Le Trésor, déjà sous la responsabilité de Baten.

Second divorce et nouvel emploi : entretien des greniers, le domaine d'Akhétâ.

Et dernier épisode connu : la réfection des bâtiments de la Maison de la Reine que dirigeait la princesse Redjit.

Son formateur était le défunt Bougon, garant des qualités techniques de Nez-cassé.

Songeur, Imhotep prit soin de ne pas troubler le sommeil de Geb, le héros qui avait sauvé son épouse.

85.

La pureté de l'air était irréelle. Un ibis blanc traversa le ciel du petit matin au moment où le pharaon, à la tête d'une équipe d'artisans, parvint à l'unique entrée de l'enceinte de Saqqara.

Imhotep s'inclina.

— La colonnade est achevée, Majesté.

— Pas tout à fait, objecta le monarque. Il lui manquait une statue.

Les sculpteurs de l'atelier royal de Memphis dévoilèrent une effigie d'Imhotep. Gravés sur le socle, les titres retraçant la carrière du Maître d'Œuvre[1].

— Majesté…

— Tu n'es plus mon serviteur, Imhotep, mais mon Frère. Et ce territoire sacré est ton œuvre.

Le pharaon et l'architecte se donnèrent l'accolade. Émus aux larmes, ils songèrent au miracle que les dieux leur avaient permis d'accomplir.

---

1. De cette statue qui est soit celle du roi soit celle d'Imhotep, il ne reste que les pieds et le socle aux si précieuses inscriptions. On peut voir ce vestige au petit musée de Saqqara.

Côte à côte, ils franchirent le seuil.

Six mètres de haut, un seul de large : l'accès à l'immense domaine d'éternité de Djéser était d'une surprenante étroitesse. Le gardait une porte de pierre à jamais ouverte. Couvert d'un plafond soutenu par vingt colonnes de calcaire peintes en rouge, un long chemin de cinquante-quatre mètres menait à la grande cour précédant la pyramide. Des fentes taillées en oblique laissaient pénétrer les rayons de lumière donnant la vie aux statues et aux tables d'offrandes disposées dans de petites chapelles, entre les colonnes. Là se rassemblaient les puissances assurant la cohérence du royaume.

Djéser progressa lentement jusqu'à la salle à huit colonnes, au plafond plus bas que celui de l'allée. Elle évoquait les quatre couples primordiaux, formés de serpents et de grenouilles. Premières créatures à sortir de l'océan d'énergie, à l'aube des temps, elles avaient créé le monde et continuaient à lui insuffler le mystère du premier instant.

En cet endroit paisible et protecteur, baigné d'une douce clarté, on éprouvait un sentiment de sécurité. Il fallait néanmoins sortir du couloir et affronter, à l'angle sud-ouest de la grande cour, un mur surmonté d'une frise de cobras dressés. Protecteurs de Pharaon, crachant le feu contre les ennemis, ils protégeaient la résidence de son *ka*.

Des bruits de voix troublèrent la sérénité des lieux. À l'entrée, les gardes s'opposaient à un personnage vociférant.

— Je m'en occupe, décida Imhotep.

Le service d'ordre n'osait pas maîtriser le chambellan du palais, Ânkhy, en proie à une vive agitation.

— Je dois voir le roi immédiatement, déclara-t-il au Maître d'Œuvre. Très grave et très urgent.

Consulté, Djéser autorisa Ânkhy à le rejoindre au pied du mur aux cobras. Le jovial chef des ritualistes tremblait.

Le regard irrité du pharaon aggrava sa confusion.

— Majesté, c'est… c'est affreux ! Jamais je ne l'aurais cru.

— Que se passe-t-il ?

Le chambellan avala sa salive.

— Les Libyens… les libyens ont envahi le Delta.

*
* *

En présence du couple royal et des membres du grand conseil, un officier de liaison fit un rapport détaillé des événements. Une armée libyenne bien organisée, et non une horde de pillards, avait anéanti un poste frontière et brûlé plusieurs villages, violant les femmes et massacrant les habitants. Une division égyptienne tentait de retarder sa progression mais ne résisterait pas longtemps. Dépourvue de défenses, la ville sainte d'Héliopolis serait bientôt menacée. Ensuite viendrait le tour de Memphis où d'inquiétantes rumeurs commençaient à circuler.

— Ne dispersons pas nos forces, préconisa Baten, le ministre des Finances, et garantissons la sécurité de la capitale.

— Abandonner Héliopolis ? s'insurgea Ânkhy. Les dieux ne nous le pardonneraient pas !

— Il faut contre-attaquer, estima la princesse Redjit. Si nous demeurons passifs, la vague nous emportera.

— Recrutons les artisans et les paysans, proposa Akhétâ, le ministre de l'Agriculture. Ils sauront se battre pour sauver les Deux Terres.

— Décrétons la mobilisation générale, approuva Baten. J'agirai efficacement et au plus vite.

— Le temps nous est compté, déplora Imhotep. Et s'il s'agit d'une véritable armée, nos troupes seront-elles assez nombreuses ?

Le mutisme du roi fournit la réponse.

Soudain, les membres du grand conseil prirent conscience que l'Égypte de Djéser vivait sans doute ses dernières heures. L'inébranlable monarque vacillait, le Grand Voyant était désarmé devant la force brutale.

L'Ombre rouge savourait son triomphe. Elle imaginait déjà Héliopolis rasée et Memphis la superbe cédant à la panique. Affolée, la population tenterait de s'enfuir en maudissant l'imprévoyance de Djéser. Et la muraille blanche s'écroulerait sur les vaincus.

— Nous résisterons jusqu'au bout, décréta la reine Paisible, et les femmes participeront à la lutte. Mieux vaut mourir en combattant que de tomber entre les mains de ces barbares. Le roi partira sauver Héliopolis, j'organiserai la défense de Memphis. Nous n'avons pas un instant à perdre.

La détermination de la Grande Épouse royale aurait redonné espoir à un agonisant, et les membres du gouvernement voulurent croire au miracle.

— Nous possédons une arme inconnue des Libyens, rappela Imhotep.

Des regards étonnés se tournèrent vers le Frère du roi.

— Lorsque Horus a vaincu Seth, précisa le grand prêtre d'Héliopolis, il a utilisé un harpon. Nous l'avons recueilli, et je connais son emplacement. Aucun humain ne saurait le manier. Seul Pharaon en sera capable.

— Le harpon d'Horus ! s'exclama Ânkhy. Ne vous y aventurez pas, Majesté, il vous brûlerait les mains ! Privée de son chef, notre armée s'effondrerait.

— Conduis-moi, Imhotep, exigea Djéser.

*
* *

Longeant la bordure ouest de l'ensemble monumental de Djéser, un profond fossé. L'architecte avait aménagé des terrasses formant d'énormes marches menant au domaine d'éternité du pharaon qu'aurait dû dominer la pyramide à degrés si la guerre n'avait pas interrompu le Grand Œuvre.

Un ibis survola Djéser et Imhotep, progressant en direction d'une crypte dont l'entrée avait été dissimulée. Le Maître d'Œuvre la dégagea, et les deux hommes pénétrèrent dans un long couloir de vingt-deux mètres aboutissant à une chambre rectangulaire.

Là avaient été déposées les parties arrière d'animaux voués à Seth, porc, antilopes, fauves et silure. Rendus inoffensifs, ils ne propageaient plus de forces destructrices.

Un étui cylindrique contenait un gigantesque harpon en cèdre, brun foncé, long de deux mètres soixante et muni d'un crochet de quinze centimètres. Son décor, en bas-relief, représentait deux serpents dressés en posture d'attaque[1].

Fasciné, Djéser revivait le combat décisif d'Horus réussissant à harponner Seth, maître des perturbations cosmiques, afin de soumettre sa puissance à l'harmonie de Maât. Les serpents… Ils étaient semblables aux cobras qu'il avait si longuement contemplés, à Saqqara.

Le harpon était celui d'un dieu ; nul humain, en effet, ne pouvait le manier. Ce dieu-là, Horus, n'était-il pas le protecteur de Pharaon ?

Le poids, la taille du harpon… Un géant n'aurait pas réussi à le soulever.

— Notre dernière chance, estima Imhotep.

— Je ne redoute pas la mort, confessa Djéser. Mais n'est-il pas préférable que je combatte à la tête de mes troupes ?

— Nos soldats ne suffiront pas à repousser l'ennemi. Ou bien Horus confortera votre bras, ou bien notre pays disparaîtra.

La main du roi s'approcha du harpon divin. Un feu invisible commença à le brûler.

---

1. Pour la découverte et l'étude de cet extraordinaire objet, voir K. Myšliwiec, in *Mélanges Varga*, Budapest, 2001, pp. 395-410.

86.

Le Libyen Tanou exultait. Comment supposer que la conquête de l'Égypte fût à ce point aisée ? Certes, le premier affrontement avait été rude. Refusant de se rendre, les soldats du poste frontière avaient cru à une provocation des coureurs des sables, faciles à disperser.

À la vue d'une masse de guerriers harangués par un Baveux surexcité, le commandant de la garnison s'était obstiné. Au terme d'un corps à corps furieux, les Libyens avaient remporté leur première victoire et célébré leur chef.

Tanou songeait avec délectation à la frayeur des villageois voyant déferler une horde de guerriers brandissant des lances et des poignards. Égorgeant et piétinant les quelques inconscients qui essayaient de protéger leur famille, les conquérants s'en étaient donné à cœur joie. Malgré hurlements et lamentations, pas une femelle ne leur avait échappé. Le viol assouvi, les cadavres des femmes et des fillettes s'étaient entassés à côté de ceux des mâles. Consigne respectée : pas de prisonniers.

Des champs, des palmeraies, des troupeaux, des basses-cours remplies de volailles, des celliers contenant des jarres de bière et de vin… Le vrai pays de cocagne tant espéré ! Vérifiant la véracité des promesses de Tanou, les chefs de clan se félicitaient de l'avoir suivi et, à chaque étape de leur progression, s'empiffraient et s'enivraient. Leurs débauches ralentissaient la marche en avant, mais impossible de refréner leurs instincts.

À deux reprises, des escouades égyptiennes avaient lancé une attaque surprise. Trop peu nombreux, les soldats de Pharaon s'étaient brisé les reins. Le prévoyant général Tanou disposait des sentinelles autour de son camp, et des archers, dissimulés à bonne distance, réagissaient au moindre danger.

Le regard vague, Baveux tapa sur l'épaule de Tanou.

— Encore deux ou trois villages à raser, et on sera en vue d'Héliopolis ! Superbe, non ?

— Trêve de familiarités. Cesse de boire et va dormir.

Vexé, Baveux s'écarta.

— Pour qui te prends-tu, toi ?

— Pour le général de l'armée libyenne prête à s'emparer de l'Égypte entière.

Baveux parvint à se tenir très droit.

— L'Égypte entière… Ça me plaît. Du vin et des filles pendant des siècles ! Et on m'obéira au doigt et à l'œil. Moi, le nouveau seigneur !

— Auparavant, il faudra vaincre l'armée de Djéser.

Baveux parut dégrisé.

— Elle n'existe pas, cette armée. Sinon, elle nous aurait déjà affrontés. Les habitants de Memphis se terrent à l'abri de leurs murs, Djéser est désemparé. Lorsque nous aurons brûlé les temples d'Héliopolis et massacré les ritualistes, la panique s'emparera des

Deux Terres et nous ne rencontrerons qu'une opposition dérisoire.

Tanou hocha la tête.

— Je partage ton opinion. Va quand même dormir.

*

* *

Héliopolis... Héliopolis désarmée, dépourvue de fortifications, à la portée de l'armée libyenne et de son chef ! Les temples d'Atoum le Créateur et de Râ, la lumière divine, regorgeaient de richesses et symbolisaient le lien des dieux avec l'Égypte. En le rompant et en détruisant ces prestigieux sanctuaires, Tanou, obscur bandit élevé au rang de général, ruinerait la réputation de Djéser, incapable de protéger son peuple. Désespérés, les soldats déserteraient en masse, et la prise de Memphis ne serait qu'un jeu de gamin cruel.

Oubliant les moments angoissants, Tanou ne regrettait plus d'être devenu le serviteur de l'Ombre rouge. Grâce à elle, il obtenait la gloire, la puissance et la richesse. Il imposerait aux Deux Terres un strict régime militaire, se proclamerait commandant en chef à vie et humilierait les dignitaires vaincus en les employant comme domestiques. Quant aux belles dames de la cour, elles finiraient dans un bordel à mercenaires.

Hirsute, la lèvre grasse, Baveux se tenait un pas derrière Tanou. Somnolent, il commençait à rêver de belles prêtresses le suppliant de les épargner. Il adorait écouter les prières de ses futures victimes tentant d'éveiller un peu de compassion chez leur bourreau. Son attitude bienveillante leur donnait un léger espoir, juste avant qu'il ne les torturât. Les femmes avaient droit à un traitement spécial et ne récoltaient la mort qu'au terme d'humiliations et d'atroces souffrances. Des prêtresses d'Héliopolis... Quel cadeau somptueux !

Pas un soldat égyptien en vue. Une conclusion s'imposait : abandonnant la ville sainte, Djéser avait regroupé ses forces à Memphis afin de défendre la capitale. Erreur fatale : quand les Memphites verraient les têtes tranchées des ritualistes d'Héliopolis plantées au bout des piques libyennes, ce serait la débandade.

— Là-bas, un bonhomme ! s'exclama Baveux. Il vient vers nous... Je demande à un archer de l'abattre ?

— Il veut probablement parlementer. Écoutons ce qu'il a à dire, on devrait s'amuser.

Le crâne rasé, vêtu d'une robe de lin immaculée, chaussé de sandales coûteuses, l'Égyptien marchait d'un pas tranquille. À son cou, une amulette représentant l'œil complet d'Horus.

Les soldats libyens formèrent une haie menaçante. Indifférent, le ritualiste continua de progresser et s'immobilisa à deux mètres de Tanou.

— Suis-je bien en présence du chef de cette armée ? demanda-t-il d'une voix grave et posée.

— Le général Tanou t'écoute. Et toi, qui es-tu ?

— Imhotep, grand prêtre d'Héliopolis.

Les fantassins libyens s'écartèrent. Le visiteur semblait désarmé, mais l'on se méfiait de sa magie.

— Que désires-tu, grand prêtre ?

— Héliopolis n'est pas un objectif militaire, j'ai ordonné au service d'ordre de quitter la cité. Tu n'y trouveras que des sanctuaires et des ritualistes. C'est pourquoi je te prie d'épargner cette ville sainte.

Incrédule, Tanou regarda Baveux. Les deux Libyens éclatèrent de rire.

— Entendrais-tu me dicter ma conduite, Imhotep ?

— Aimes-tu la vie, général ? En ce cas, il serait préférable de retourner chez toi et de renoncer à la conquête de l'Égypte.

Interloqué, Tanou ressentit un malaise alors qu'il tentait de soutenir le regard du Grand Voyant. Il aurait dû lui trancher la gorge, une peur viscérale l'en empêchait.

— Je vais raser ta maudite cité et massacrer ses habitants ! Retourne les prévenir, grand prêtre. Mes hommes prendront tout leur temps, et je m'occuperai personnellement de toi.

— Je t'ai offert une dernière chance, général. À présent, il est trop tard.

Tournant le dos aux Libyens, Imhotep reprit le chemin d'Héliopolis.

Baveux s'empara d'une lance, Tanou lui bloqua le bras.

— Tu n'as pas entendu ce que j'ai dit ? Ce grand prêtre mettra des heures à mourir !

Un soldat leva les yeux au ciel, puis un deuxième, puis l'armée entière. En plein jour, la lune avait pris d'énormes proportions, dépassant sa taille habituelle. Certains se voilèrent les yeux, d'autres lâchèrent leurs armes et s'enfuirent en courant, à la recherche d'un abri.

— Reprenez vos postes, bande de lâches ! hurla Tanou.

Demeurant prudemment derrière son chef, Baveux crut être victime d'une hallucination.

À bonne distance, un colosse coiffé de la couronne rouge de Basse-Égypte brandissait un harpon monstrueux.

— Impossible, murmura Tanou. Aucun humain ne peut manier une telle arme.

— C'est… c'est le pharaon !

Les pas de Djéser résonnaient, faisant trembler la terre. « Quand la lune croîtra au-delà de ses limites, avait prédit le Grand Voyant, les ennemis se disperseront, terrorisés[1]. » La lune, « le Combattant », avait mis sa force au service de Pharaon.

Tétanisés, les deux Libyens virent Djéser s'immobiliser. Le harpon se souleva.

— Il nous vise ! constata Baveux, épouvanté.

— Nous sommes trop loin. Nos lances, à nous, vont le transpercer !

Tanou n'eut pas le temps de concrétiser ses intentions.

Traversant l'espace à la vitesse d'un chacal lancé à pleine allure, le harpon d'Horus transperça le général libyen et son complice.

1. Texte authentique sur la défaite des Libyens.

87.

L'Ombre rouge assista au retour triomphal de Djéser et d'Imhotep. Tanou avait été tué, les Libyens s'étaient enfuis en abandonnant leur butin, et pas un chef de clan ne les convaincrait d'attaquer de nouveau le royaume de Pharaon. Le peuple de Memphis acclama le roi, plusieurs jours de fête furent célébrés pour saluer sa victoire, et même le chantier de Saqqara connut une longue interruption. L'Égypte était consciente d'avoir échappé au pire, et la joie collective effaçait les angoisses.

Un échec si cuisant aurait dû convaincre l'Ombre rouge de renoncer à terrasser Djéser et de se contenter de sa position éminente. Mais jouir de son existence privilégiée ne lui suffisait pas. Le scorpion pouvait-il renoncer à piquer, le serpent à mordre ? L'Ombre rouge ne ressemblait pas aux nantis gavés de vin et de friandises, endormis à l'ombre de leurs pergolas. Détruire, obtenir le pouvoir, anéantir Maât et promouvoir le règne du Mal, nourri de violence et d'injustice, en piétinant les contestataires : ce feu-là brûlait en elle et ne s'éteindrait jamais.

Comment reprendre l'avantage ? D'abord, analyser la situation. Pourquoi Tanou, si proche du succès, avait-il échoué ? Un seul responsable, Imhotep. C'était lui qui avait indiqué à Djéser l'emplacement du harpon d'Horus en donnant au roi les moyens magiques de le manier, lui encore qui avait envoûté Tanou au seuil d'Héliopolis. Privé du Grand Voyant, le monarque aurait été désemparé.

Saqqara était presque achevé.

Presque.

Des éléments essentiels manquaient à l'immense domaine d'éternité pour le rendre efficace. La menace libyenne écartée, que redoutait le pharaon ? Adulé, il ne lui restait qu'à parfaire son Grand Œuvre en utilisant le génie de son Frère, Imhotep.

Si l'architecte disparaissait, personne ne serait capable de le remplacer. Le prestige de Djéser se verrait diminué, et Saqqara apparaîtrait comme un lieu maudit.

*

*   *

Imhotep et Néféret s'enlacèrent.

— As-tu vraiment affronté le chef des barbares ? lui demanda-t-elle.

— Je devais le neutraliser. Il ne s'est pas méfié de mon amulette qui l'a figé sur place. À la vue du roi, le Libyen fut incapable de s'enfuir. Sans leur chef, les envahisseurs se sont dispersés. Et j'avais choisi le moment où le dieu Lune, le Combattant, serait au maximum de son influence.

— Tu as pris des risques insensés !

— Non, puisque les Deux Terres sont sauvées. Et le roi m'avait confié son amulette protectrice, l'œil d'Horus.

Le couple se rendit au banquet d'État organisé par le chambellan Ânkhy qui courait de la cuisine à la salle de réception, soucieux du moindre détail. Éblouissante, la princesse Redjit éclipsait les autres femmes, pourtant vêtues de longues robes à bretelles à la coupe idéale, coiffées de perruques courtes parfaitement ajustées et parées de bijoux provenant de l'atelier du meilleur orfèvre de Memphis.

Soulagée, la capitale laissait éclater sa joie. Dans chaque rue, sur chaque place, on jouait de la musique, on dansait, on écoutait les conteurs narrer les exploits du roi et l'on buvait de la bière de fête qu'offrait le palais.

— Quelle magnifique soirée, chancelier, dit une Redjit souriante à Imhotep. Bientôt, nous célébrerons un nouveau triomphe, l'achèvement de Saqqara. Et votre renom traversera les dynasties.

— L'important, princesse, est d'offrir au *ka* royal un domaine digne de lui. Ma propre gloire me soucie peu.

— Émouvante modestie, Maître d'Œuvre. Votre épouse est superbe.

Redjit s'éloigna et prit place à la table des hauts dignitaires où figuraient déjà Baten, le ministre des Finances, sa famille et les filles de Djéser. Il expliquait ses futures réformes, en se félicitant des richesses accumulées au sein des Maisons de l'Or et de l'Argent. Volubile, il appréciait un vin blanc fruité, long en bouche, chef-d'œuvre des vignerons du roi.

L'arrivée de Redjit capta les regards, et la princesse n'omit pas de détailler la gestion de la Maison de la Reine, volant ainsi la vedette à son collègue.

Imhotep nota une étrange absence.

— Je ne vois pas Akhétâ.

— Moi non plus, confirma Néféret.

— Surprenant, il est toujours ponctuel. En cas de difficulté, il m'aurait prévenu.

Lorsque le couple royal apparaîtrait, l'accès à la salle du banquet serait interdit. Et le chambellan Ânkhy se préparait à l'accueillir.

Le ministre de l'Agriculture, bras droit d'Imhotep à Saqqara, avait-il disparu ? Ne pas venir à ce banquet lui vaudrait l'exclusion du grand conseil. Et s'il s'était enfui, s'il avait partie liée avec les ennemis du royaume ?

Un curieux cortège se présenta à l'orée du chemin fleuri menant au lieu des réjouissances. Deux robustes serviteurs aidaient Akhétâ à se déplacer, la douleur creusait son visage.

— Un lumbago foudroyant, révéla-t-il. Je ne parviens pas à mettre un pied devant l'autre. Impossible de m'asseoir dignement pendant des heures.

— Soyons optimistes, recommanda Imhotep. Le médecin-chef Néféret va te donner un remède efficace, et moi, je te magnétise.

La chaleur émanant de la main d'Imhotep ne tarda pas à calmer la souffrance.

Un signe du chambellan annonça la venue imminente des souverains. Akhétâ réussit à s'asseoir à droite du Maître d'Œuvre qui continua de le soulager. En toute hâte, l'auxiliaire mandatée par Néféret apporta des pilules analgésiques fabriquées le matin même. Lors des réunions officielles, le médecin-chef du palais installait à proximité un poste de secours muni de remèdes d'urgence. De la simple indigestion au malaise cardiaque, mille incidents pouvaient survenir.

Des parfums suaves accompagnèrent l'entrée du pharaon et de la Grande Épouse royale. L'amulette du roi, en forme d'œil complet, semblait scruter les âmes ; et les bracelets d'or de la reine brillaient d'un éclat particulier, illuminant l'assistance.

Les convives se levèrent et s'inclinèrent. Akhétâ craignit de ne pas avoir la force de se rasseoir, mais les talents du magnétiseur se révélèrent efficaces, et le remède ne tarderait pas à agir.

Le couple royal célébra longuement les ancêtres en leur faisant offrande du *ka* des nourritures, leur énergie immatérielle. Le pharaon les purifia par l'eau, la souveraine par le feu.

Puis le grand prêtre d'Héliopolis, Imhotep, récita la formule de transformation en lumière qui ouvrait les routes de l'invisible conduisant au banquet céleste. Alors apparut Geb, le chien noir, incarnation d'Anubis, le guide des âmes. Il s'installa à l'orient de la table, sur un coussin confortable, et son regard pétillant décréta le début des festivités.

Bien entendu, son compère Vent du Nord n'avait pas été oublié, et de la luzerne goûteuse avait été ajoutée à son repas ordinaire.

— Je craignais le pire, avoua Akhétâ. Sommes-nous certains que les Libyens ont été dispersés ?

— Les chefs de clan se sont entre-tués, s'accusant mutuellement d'avoir cédé aux exigences d'un meneur devenu fou. La police du désert a arrêté plusieurs fuyards, l'armée libyenne n'existe plus.

— Pour le moment… Et le harpon d'Horus ?

— Le roi l'a replacé dans sa chapelle souterraine.

— Au moins, affirma Akhétâ, le chantier n'a pas pris trop de retard. Dès demain, les fêtards se remettront au travail, et je vérifierai moi-même les causes d'absence. Les conséquences de l'ivresse ne seront pas des excuses valables. Et j'irai voir chez eux les fabulateurs !

— Oublierais-tu ton tour de reins ?

Akhétâ but une gorgée de vin rouge.

— Je vais finir par croire à tes dons, Imhotep.

Baten et la princesse Redjit rivalisèrent de brillantes saillies, prouvant leurs compétences techniques et justifiant leurs hautes responsabilités. Le chien Geb fit honneur à l'agneau rôti, aux côtes de bœuf et aux pâtisseries. Rassuré à la vue d'un banquet se déroulant sans anicroche et donnant pleine satisfaction aux convives, le chambellan Ânkhy s'accorda enfin le droit de goûter aux plats et aux vins.

Conformément à leur fonction, le roi et la reine ne s'autorisèrent aucune familiarité. Après avoir manié le harpon d'Horus, Djéser s'était encore éloigné du monde des hommes. Le pharaon avait absorbé l'individu et ne lui accordait plus qu'un mince espace. Il en allait ainsi pour Paisible ; néanmoins, Imhotep la trouva contrariée, presque inquiète, comme si les récents événements ne la réjouissaient pas.

Fatigué à force de communiquer son énergie à Akhétâ, l'architecte manquait probablement de perspicacité.

Le banquet dura jusqu'au milieu de la nuit, et nul Libyen ne hanta les rêves des convives.

88.

Le ritualiste descendit lentement l'escalier de quatre-vingt-dix marches conduisant au Nil. Accablée d'une chaleur écrasante, Éléphantine attendait avec impatience le premier signe de la montée des eaux. Les six dernières crues avaient été insuffisantes et, sans la prévoyance de Djéser, la famine aurait menacé les Deux Terres.

Les greniers s'étaient vidés, les réserves de nourriture s'épuisaient. Cette fois, Hâpy, la puissance divine fécondatrice, devrait se montrer favorable et permettre au fleuve d'inonder les terres cultivables en déposant son limon, cette terre noire assurant la prospérité du royaume.

Le sol se craquelait, animaux et humains recherchaient l'ombre. La canicule entravait les déplacements, le moindre effort devenait pénible. Dépourvues de fraîcheur, les nuits ne procuraient qu'un maigre repos. Dès l'aube, la violence du soleil agressait les organismes fatigués.

Enfin, le retour de Sothis, absente depuis soixante-dix jours ! Sortant de son deuil, l'astre d'Isis allait verser les pleurs ultimes qui provoqueraient la montée des eaux.

Le préposé au nilomètre d'Éléphantine était chargé de vérifier le phénomène et de formuler une prévision en fonction des données accumulées par ses prédécesseurs. Impatient d'annoncer d'excellentes nouvelles, il se méfiait néanmoins des marches glissantes et d'éventuels serpents aimant prendre le frais.

Au fur et à mesure de sa progression, l'inquiétude augmentait. Même les mauvaises années, l'eau atteignait un niveau supérieur à celui qu'il observait. Encore quelques marches, et le ritualiste devrait envisager un désastre. Hésitant, il ralentit l'allure.

Impossible... Les dieux avaient supprimé la crue ! Hâpy refusait de bondir, le Nil demeurait inerte, les eaux ne montaient pas. Affolé, le spécialiste grimpa l'escalier quatre à quatre et courut au temple.

*

* *

Baten, le ministre des Finances, était inquiet. Certes, l'immense chantier de Saqqara arrivait à son terme, et la dynastie de Djéser ouvrait un monde nouveau. Mais il était harcelé de demandes émanant des gouverneurs de province qui réclamaient l'ouverture des greniers royaux contenant les ultimes réserves de nourriture.

Aussi Baten avait-il convoqué son collègue Akhétâ afin de faire le point et de prendre les décisions nécessaires.

Le rugueux ministre de l'Agriculture ressemblait chaque jour davantage au défunt chancelier Hézyrê. Il refusa de s'asseoir et dédaigna la bière fraîche.

— Très mauvaise récolte, annonça-t-il. La crue s'annonce presque inexistante.

Baten pâlit.
— As-tu averti Imhotep ?
— J'attends une dernière confirmation avant de l'alerter.
— Il faut ouvrir les greniers, Akhétâ, et nourrir la population.
— Inutile.
— Comment, inutile ? Les chefs de province exigent notre aide.
— Nos réserves sont épuisées, les greniers sont vides.
— Tu... tu plaisantes ?
— En ai-je l'air ?
— Serions-nous condamnés... à la famine ?
— Hâpy en a décidé ainsi. Notre gestion a été rigoureuse, et nous avons tenu bon face à six années de crues insuffisantes. La septième nous sera fatale.
— Sa Majesté connaît-elle la gravité de la situation ?
— Je vais la lui apprendre.
Accablé, Baten parut soudain vieilli.
— À l'heure de l'achèvement de Saqqara, le destin ne saurait nous être à ce point hostile ! Et si la Maison de la Reine avait accumulé d'importantes quantités de céréales ? Nous sauverions au moins Memphis.

Peut-être la princesse Redjit empêcherait-elle une catastrophe.

*
* *

La mort avait oublié le chien Geb. Quotidiennement magnétisé par Imhotep, bénéficiant des soins attentifs du médecin-chef Néféret, nourri au mieux, il passait le plus clair de son temps dans sa chambre et s'octroyait, de temps à autre, un bref bain de soleil. Assistant aux audiences de son maître, il émettait des grognements lorsqu'un interlocuteur du pharaon proférait un mensonge. Tenant compte de l'avis de son chien, Djéser ne tardait pas à obtenir la vérité.

Malgré la chaleur déjà accablante au petit matin, le vieux Geb avait décidé d'accompagner le roi et le Maître d'Œuvre à Saqqara. Vent du Nord, encore robuste, portait sur son dos son fidèle ami, installé dans un confortable couffin.

Après avoir assisté à la mise en place d'une statue représentant le pharaon écrasant sous ses pieds ses ennemis réduits à l'impuissance, Djéser et Imhotep pénétrèrent dans la grande cour. Geb sauta du dos de l'âne et accomplit le parcours rituel de la fête de la régénération du pharaon. Il tourna autour des deux bornes en forme de demi-cercle symbolisant les deux moitiés de l'univers que le roi assemblait en portant la couronne rouge et la couronne blanche. Puis le chien s'assit face à la pyramide, achevée la veille.

Émergeant de l'océan d'énergie primordial, la colline de pierre symbolisait l'apparition de la vie. Dépassant le mur d'enceinte, le sommet de la pyramide à degrés était visible de loin. Rayon de lumière pétrifié, elle servait de socle au soleil naissant et permettrait au *ka* royal de monter au ciel et d'en redescendre.

Imhotep avait réussi un prodige : incarner l'aube de la Création sans la figer. Les pierres vivantes de la pyramide célébreraient éternellement les rites qu'aucune faiblesse humaine ne déformerait. Non soumis aux fluctuations du temps, le domaine de Djéser manifestait l'union de Pharaon avec ses frères, les dieux. Désormais, Saqqara serait le centre vital de la civilisation égyptienne, la porte ouvrant sur l'invisible et sa voie d'accès au monde des humains.

Vision de l'au-delà, Saqqara y transposait l'Égypte entière. Le tombeau du nord était celui du roi de Basse-Égypte, celui du sud abritait le *ka* du roi de Haute-Égypte. La cour sud, destinée aux cérémonies de la fête de régénération, accueillait les chapelles de toutes les divinités sacralisant le pays entier. La cour nord évoquait le champ des offrandes et les territoires luxuriants des bienheureux. Et la pyramide elle-même, contrée de lumière céleste présente sur terre, donnait sa pleine efficacité à cette œuvre inaltérable.

Imhotep avait réalisé le rêve de Djéser au-delà de ses espérances. En créant cet univers, le Grand Voyant s'était immiscé au cœur de la pensée divine, parvenant à retracer le premier acte de l'architecte du cosmos.

Comment le roi pouvait-il témoigner son admiration à ce Maître d'Œuvre exceptionnel qui avait offert sa vie et son génie à ce domaine d'éternité ? Serviteur d'une fidélité absolue, il s'était attaché à façonner cet ensemble de monuments pour les inscrire au cœur de l'œil du soleil. Saqqara devenait un regard, capable de féconder les futures dynasties.

Imhotep sentit que le pharaon vivait le rituel du *ka*. Son esprit parcourait chaque arpent de son territoire, franchissait le seuil de chaque chapelle, animait les Maisons du Sud et du Nord, gravissait les échelons de la pyramide.

L'architecte, l'âne et le chien gardèrent le silence jusqu'au terme de la méditation du monarque. Imhotep accompagna son souverain au long de son parcours spirituel, et la communion entre les deux hommes était si profonde qu'un seul regard leur permit de se comprendre.

— La bouche, les yeux et les oreilles des statues divines seront bientôt ouverts dans la Demeure de l'Or, annonça le Maître d'Œuvre. Alors, les puissances créatrices habiteront leurs corps de pierre et vous les convierez à l'inauguration de votre sanctuaire.

L'irruption d'Ânkhy troubla la paix de ces instants miraculeux.

— Majesté, la crue n'aura pas lieu ! Le spécialiste d'Éléphantine est formel. Et nos réserves de nourriture s'épuisent. Tous les greniers sont vides ! La Maison de la Reine nous épargnera la famine quelques semaines, mais les Deux Terres n'échapperont pas au malheur.

— Pourquoi n'ai-je pas été averti plus tôt ? interrogea Imhotep.

— Akhétâ attendait la montée des eaux... Une bonne crue aurait résolu les difficultés ! Qu'allons-nous faire ? La population risque de se révolter, le royaume de s'écrouler !

— Retourne au palais, ordonna Djéser, et prépare un banquet en l'honneur de Hâpy, le génie du Nil.

Vaguement rassuré, le ritualiste en chef s'exécuta.

— Il ne s'agit pas d'un phénomène naturel, estima le Grand Voyant. Nous avons mécontenté Khnoum, le dieu bélier, maître de la crue.

— Quelle faute avons-nous commise ?

— Pour le savoir, rendons-nous à Éléphantine.

89.

Au moment où elle préparait l'élimination d'Imhotep, l'Ombre rouge apprit que le Maître d'Œuvre et le roi partaient pour Éléphantine avec l'espoir de provoquer la renaissance de la crue. Si le pharaon échouait, la famine serait inévitable. Le prestige de Djéser serait anéanti, la colère des Égyptiens éclaterait, un nouveau maître s'imposerait.

La position de l'Ombre rouge, à condition de manœuvrer habilement, lui permettrait de s'emparer du pouvoir. Sans doute faudrait-il éliminer des concurrents dangereux et convaincre des hésitants ; dès l'annonce de la déroute du roi, à l'évidence maudit par les dieux, l'Ombre rouge frapperait.

Ainsi, de manière inattendue, le destin lui souriait ! Grâce à la sécheresse et à son feu destructeur, elle atteindrait son but au terme de longs méandres. Nul besoin de guerroyer, la nature lui procurait une arme décisive.

*

* *

Ignorant la fatigue, la princesse Redjit ressentait, cette fois, une certaine lassitude. Ne dormant presque plus, elle veillait en personne à l'acheminement des denrées entreposées dans les greniers et les bâtiments appartenant à la Maison de la Reine. Cette procédure d'urgence nécessitait une abondante paperasserie, et la princesse contraignait les scribes à un rythme d'enfer.

De son côté, Baten ne chômait pas. Le ministre des Finances vérifiait la totalité des stocks dont il était responsable et tentait de maintenir le haut niveau de vie de la population. Akhétâ faisait le tour des exploitations agricoles afin d'inventorier les produits consommables et d'apprécier la quantité de conserves disponible.

Les efforts conjugués des trois hauts dignitaires, aidés du chambellan Ânkhy chargé de rassembler les informations et de les transmettre à la reine Paisible, permettraient à l'Égypte de résister à plusieurs semaines de canicule et à l'adversité. Ensuite, la lutte serait inégale et le chaos s'installerait.

En l'absence du pharaon, il revenait à la Grande Épouse royale de prendre les décisions. Paisible réunissait chaque jour les membres du grand conseil et, en fonction de la situation, dictait ses directives. À l'évidence, elle possédait la stature d'un chef d'État. Réconfortante, elle préservait l'espoir et empêchait la panique de s'emparer des cœurs. Couché à ses pieds, le vieux chien Geb assistait aux audiences.

Le chambellan Ânkhy se rongeait les sangs. Avant tout, préserver le bien-être du palais, centre névralgique du pouvoir. Ensuite, coordonner les efforts des serviteurs du royaume. Enfin, manifester un optimisme sans faille.

Pourtant, qu'attendre du voyage de Djéser ?

*
* *

Vingt-huit années de règne pesaient lourd sur les épaules du pharaon. Alors que son Grand Œuvre était presque achevé, l'artère vitale du pays, le Nil, lui portait un coup fatal. Une crue insuffisante ruinerait les Deux Terres et condamnerait au néant la troisième dynastie et le territoire sacré de Saqqara. Au lieu d'emmener au ciel l'âme du roi et tout son peuple, la pyramide à degrés rappellerait la famine et la mort.

Attentif à la santé de Vent du Nord qui appréciait le voyage en bateau, Imhotep demeurait d'un calme inébranlable, comme si rien de grave ne pouvait perturber la destinée des Deux Terres. En contemplant les berges assoiffées et les villages inquiets, le roi et l'architecte avaient évoqué l'enseignement d'Héliopolis et la création harmonieuse qu'engendrait chaque jour la lumière du premier matin. Selon le Grand Voyant, le monarque n'avait commis aucun acte susceptible de provoquer la colère des dieux et de rompre l'équilibre des cycles naturels. Puisque Hâpy refusait de bondir, l'explication se trouvait à Éléphantine.

L'équipage du navire royal se montra d'une efficacité remarquable. Maniant tantôt la voile, tantôt les rames, il s'accommoda d'un fleuve bas pour accomplir le parcours en un temps record. Harassés, les marins accostèrent l'île d'Éléphantine, au pied de la forteresse chargée de protéger la frontière méridionale du pays.

Les jambes repliées, la tête basse, les soldats ressemblaient à des vieillards usés. Étonné, le commandant de la garnison sortit de sa torpeur et vint au-devant des arrivants. La coiffe, les bracelets, la prestance… Le pharaon !

— Majesté, je suis heureux de vous accueillir, mais je n'ai que de mauvaises nouvelles à vous apprendre. Nos réserves d'eau sont épuisées. De nombreux malades vont mourir.

— J'espère éviter ce désastre.

— Même les magiciens de la Maison de Vie sont incapables de repousser le malheur !

— Je m'y rends immédiatement, décida Imhotep. Elle seule détient la solution.

*

* *

Désespérés, les ritualistes de la vénérable institution saluèrent la venue du grand prêtre d'Héliopolis. Lui, peut-être, résoudrait l'énigme.

— Nous avons prononcé cent fois les formules destinées à faire gonfler le flot, assura le Supérieur de la Maison de Vie. Et les eaux sont restées inertes.

— Avez-vous fouillé les archives ?

— Nous les relisons et les relisons encore ! Aucun indice.

— Je passerai la nuit au temple de Khnoum en espérant qu'il acceptera de me parler.

Le sanctuaire du dieu potier à tête de bélier était un édifice imposant, aux murs épais. Imhotep s'installa dans une chapelle faiblement éclairée qui servait de chambre de guérison à des patients souffrant de maladies graves.

Le Grand Voyant s'allongea sur une natte et ferma les yeux. Écartant les pensées négatives, abolissant le flux des images mentales, il sortit de son corps et tenta de communiquer avec la source du Nil.

Un brouillard épais lui barra le chemin. Persévérant, Imhotep parvint à le percer. Face à lui, un homme immense à tête de bélier. Et la voix de Khnoum résonna : « Je suis ton créateur, mes bras t'entourent afin de te rendre cohérent. Je suis l'énergie vivifiante qui se crée elle-même en existant à l'origine des temps. Je détiens Hâpy, le génie bondissant de la crue, et je façonne les êtres en guidant chacun à son heure. Fais le nécessaire pour que mon culte soit parfaitement assuré ; alors l'inondation se produira, les greniers se rempliront, les terres resplendiront et les cœurs seront en joie. Trouve le serpent, et je lèverai ma sandale[1]. »

Le Grand Voyant s'éveilla. Douze heures s'étaient écoulées, le soleil inondait l'île d'Éléphantine. D'un bon pas, Imhotep se rendit à la Maison de Vie.

— Khnoum vous a-t-il parlé ? lui demanda le Supérieur, anxieux.

— Montrez-moi les documents concernant le serpent du Nil.

Les ritualistes déroulèrent en hâte une dizaine de papyrus qu'Imhotep consulta aussitôt. Et la réponse apparut : le reptile résidait au sein de la caverne de vie.

Effrayé, le Supérieur recula.

— Personne n'en a jamais franchi le seuil !

— Indiquez-moi son emplacement, exigea Imhotep.

— N'y allez pas, je vous en prie. Vous n'en ressortiriez pas indemne.

— Dépêchons-nous.

---

1. Voir P. Barguet, *La Stèle de la famine à Séhel*, Le Caire, 1943.

Un cortège s'ébranla en direction de la caverne d'où, en temps ordinaire, jaillissait la crue. Un chemin escarpé y conduisait.

— Avez-vous célébré le rituel des offrandes en l'honneur de Khnoum ? interrogea le Grand Voyant.

Les ritualistes parurent gênés.

— Prononcer les formules nous paraissait suffisant, marmonna le Supérieur. La célébration de ce rituel ne revient-elle pas au pharaon ?

L'heure n'était pas aux discussions oiseuses, Imhotep aborda le sentier. En dépit de l'air brûlant, ses pierres demeuraient humides et glissantes. Progressant lentement, il parvint à une anfractuosité laissant juste un passage vers l'intérieur d'une vaste grotte éclairée d'une lumière verte.

Le mur du fond s'anima, un gigantesque serpent se déploya et emplit peu à peu le sol de la grotte. Imhotep lui présenta un vase provenant du palais souterrain de Saqqara et destiné à contenir l'eau fraîche de la crue.

Le reptile s'immobilisa un long moment, puis reprit sa reptation sans menacer son hôte.

Imhotep se retira avant que le protecteur de la vie n'emplisse son domaine. Aux prêtres étonnés de le voir réapparaître, il ordonna d'apporter de l'or, de l'ivoire, de l'ébène, des turquoises, des couronnes de fleurs, de la viande, des fruits, du pain, du vin, du lait et un papyrus chantant l'hymne au Nil.

Djéser accomplit lui-même la grande offrande au fleuve.

Apaisé et satisfait, le dieu Khnoum leva sa sandale. De la caverne jaillit un flot impétueux, montant à l'assaut des rives. En quelques heures, il prit une ampleur remarquable, digne des meilleures crues.

90.

L'Ombre rouge avait assisté au retour triomphal de Djéser et d'Imhotep, associé à celui de la crue. Chacun savait que le Grand Voyant avait convaincu le dieu Khnoum de redonner la prospérité à l'Égypte et que le pharaon, en célébrant le rituel de la grande offrande, avait libéré le flot fécondateur.

Les pouvoirs surnaturels du roi et de son architecte faisaient d'eux des êtres de légende. Des dizaines de conteurs vantaient leurs mérites et embellissaient leurs exploits. Quant aux sculpteurs, ils avaient repris leur travail afin d'offrir à Saqqara le nombre de statues prévu par le Maître d'Œuvre.

Premier à féliciter le monarque, le vieux chien Geb lui avait longtemps léché les joues. Paisible, la Grande Épouse royale, s'était avancée vers Djéser. Pendant son absence, le gouvernement de la capitale avait été assuré de manière remarquable, et les dignitaires ne tarissaient pas d'éloges à propos de la reine. Inébranlable, ne cédant jamais au pessimisme, Paisible s'était élevée à la hauteur de sa fonction.

Averti de l'arrivée du souverain, Ânkhy avait organisé un banquet digne de l'événement. À présent, une crue parfaite atteignait Memphis et la population, rassurée, laissait éclater sa joie.

*
* *

Imhotep s'allongea.

— Tu es épuisé, constata son épouse.

— Fatigue passagère. Dès demain, je retourne à Saqqara. Loin de ce domaine d'éternité, je suis inquiet. Tout doit être prêt pour la première fête de régénération du roi.

— Il m'a paru vieilli, presque brisé.

— Nous avons redouté le pire, Néféret. Si le serpent du Nil m'avait étouffé, la sécheresse aurait détruit le pays. Vingt-huit années de règne réduites à néant, Saqqara rendu inutile… Le roi n'a rien laissé paraître de son inquiétude, mais cette épreuve l'a sévèrement touché. Et le Mal n'a pas fini de rôder.

Néféret posa sur le front de son mari un linge parfumé à l'essence de lotus.

— Que redoutes-tu encore ?

— L'Ombre rouge… Elle n'a pas disparu. Et je ne parviens pas à distinguer son visage, tant est grande sa capacité de dissimulation. Elle n'a pas renoncé à nous nuire, et je redoute sa prochaine attaque.

Néféret n'était pas habituée à voir son mari si inquiet.

— Tu as surmonté toutes les épreuves, rappela-t-elle.

— La dernière ne sera-t-elle pas fatale ?

*
* *

Au terme d'une semaine d'insomnie, Baten sentit enfin le sommeil le gagner. Pour lutter contre la fatigue, il avait trop mangé et trop bu, et il se sentait lourd, incapable d'efforts supplémentaires. L'heureux retour de Djéser lui avait imposé un surcroît de travail, dépassant les possibilités d'un ministre ordinaire. Mais ce pharaon n'incitait-il pas ses serviteurs à accomplir des prodiges ? Avec l'appui de son collègue Akhétâ, vexé de n'avoir pas accumulé des réserves suffisantes en prévision d'une catastrophe, le ministre des Finances confortait la solidité des Maisons de l'Or et de l'Argent. En distribuant ses ressources, il avait évité un désastre. Il lui paraissait urgent de les reconstituer et de présenter à son souverain un bilan positif. Et chacun de ses scribes devait être concerné par cet objectif.

Ayant à peine le temps d'embrasser sa femme, Baten passait l'essentiel de ses jours et de ses nuits à son bureau ; Akhétâ, lui, réorganisait les principales exploitations agricoles, et la princesse Redjit ne s'accordait plus la moindre journée de repos. Quant au chambellan Ânkhy, il veillait à l'exacte célébration des rituels quotidiens et au parfait fonctionnement de la cour royale.

L'épouse de Baten le réveilla.

— L'un de tes adjoints te réclame.

Le ministre se frotta les sourcils et, d'un pas pesant, gagna sa salle de réception pour écouter les doléances de son subordonné. Le temple de Ptah réclamait d'urgence des huiles de première qualité, et l'autorisation écrite du directeur du Trésor était indispensable. D'une main irritée, Baten la rédigea.

— La princesse Redjit conteste notre dernier inventaire de tissus, ajouta le scribe.

— J'examinerai le problème demain.

— La reine reçoit actuellement la princesse. À mon avis, votre intervention serait indispensable.

Surmontant sa lassitude, Baten se rendit au palais. Il y retrouva Akhétâ, porteur d'un épais rapport concernant la construction de nouveaux greniers.

— L'arbitrage du chancelier Imhotep s'annonce nécessaire, estima le ministre de l'Agriculture.

— Il ne s'occupe que de Saqqara, se plaignit Ânkhy en conduisant les deux dignitaires à la salle d'audience.

*

* *

La journée s'achevait, la pyramide à degrés se nimbait des rayons du couchant. L'immense entreprise de Saqqara se terminait, les équipes d'artisans avaient quitté le chantier pour se consacrer à d'autres tâches. Imhotep avait accordé des primes à l'ensemble des artisans en les félicitant d'avoir mené l'œuvre jusqu'à son terme. Désormais, ils savaient manier la pierre ; et chaque pharaon, en fonction du génie de son règne, dresserait un nouveau monument vers le ciel.

En compagnie des initiés de la confrérie de l'Ibis, Imhotep animerait magiquement les statues divines créées dans la Demeure de l'Or. Installées à Saqqara, elles rendraient le domaine de Djéser pleinement efficace.

Contemplant le territoire sacré, fruit de tant d'années de labeur, le Grand Voyant se remémora les étapes de la construction et les mille et une difficultés qu'il avait fallu surmonter. Des moments de découragement, certes, mais jamais de renonciation. Pourtant, que d'erreurs, d'insuffisances, de discussions oiseuses, de médiocrité humaine, voire de trahisons ! Mais le Maître d'Œuvre avait suivi le chemin de Maât, se refusant à dévier de la route qui conduisait au sommet de la pyramide. Et il se souvenait du sacrifice de son ami Futé, fidèle sur terre et au-delà de la mort. Ne doutant pas du succès, il s'était engagé de tout son être sans se préoccuper d'un bénéfice personnel. Une âme de cette qualité-là était rarissime, Imhotep avait eu la chance de la rencontrer.

Un vent frais se leva. Univers symbolique à elle seule, la pyramide à degrés orientait le destin de l'Égypte en lui imprimant le sceau de la fonction pharaonique, liée à l'éternité. Quelque indignité que commettent les humains, le géant de pierre continuerait à transmettre son message.

Au moment où Imhotep atteignit le centre de la grande cour, un homme jeune, au faciès épais, apparut du côté nord. Raide et nerveux, il avança en direction d'Imhotep et s'immobilisa à deux mètres de lui.

— Tu aurais dû partir avec tes camarades, observa l'architecte.

— Mon patron m'a ordonné de vous réclamer un juste salaire.

— T'estimerais-tu mal payé ?

— J'exige une maison, des champs et des domestiques.

— Tu es tailleur de pierre, n'est-ce pas ?

— Exact.

— Deviens contremaître, et tu obtiendras les richesses conformes à ton statut.

— Je suis pressé. Ou vous m'accordez ces privilèges, ou je vous tue.

Du côté sud, un deuxième artisan. Comme son collègue, Nez-cassé tenait un percuteur en pierre dure. Des coups violemment portés perceraient les chairs.

— Toi aussi, tu réclames ce qui ne t'est pas dû ?

Nez-cassé eut un rictus dédaigneux.

— Ce n'est plus vous le patron. Maintenant, vous êtes à notre merci.

— Où se trouve ton chef ?

— Ici, à l'occident, répondit une voix qu'Imhotep avait déjà entendue.

Muni d'un lourd maillet, un solide gaillard au torse large et aux sourcils broussailleux barrait toute retraite.

— Tu t'appelles Bouty ?

— En effet.

— Que désires-tu ?

— Ta fortune et tes secrets de Maître d'Œuvre. En échange, tu auras la vie sauve.

— Me prendrais-tu pour un naïf ?

— Crois à ma parole, c'est ta seule chance.

Cette voix… elle remontait à de lointaines années. Et ces mains, avec des pouces carrés, mal dégrossis !

— Ton nom n'est pas Bouty, mais Teigneux.

Un long silence suivit l'affirmation d'Imhotep.

— Ainsi, tu m'as reconnu… Ça ne changera rien !

— Tu as supprimé Futé et ton chef d'équipe, n'est-ce pas ?

La question amusa Teigneux.

— J'écarte les obstacles de mon chemin. Et tu es le principal.

— L'Ombre rouge ne t'épargnera pas.

L'artisan brandit son maillet.

— Parle, et vite ! Sinon…

— Pauvre Teigneux ! Souviens-toi des bonnes années passées à l'atelier des foreurs de vases et oublie ta folie.

— Tu penses que je te dois tout, même la guérison de mon épaule ? Tes bienfaits, je m'en moque ! Aujourd'hui, je suis le maître. À genoux, et obéis.

— Puisque le Mal est en toi, nulle parole ne te modifiera. Tu es condamné, Teigneux.

L'ex-subordonné d'Imhotep éclata de rire.

— Mes compagnons vont te percer la poitrine et les reins. Moi, je t'achèverai. Lentement, très lentement. À cause de ta mort infamante, Saqqara sera maudit et ton triomphe se transformera en désastre.

Au signal de Teigneux, les deux autres attaquèrent.

Imhotep se tourna vers Nez-cassé. Des paumes de ses mains jaillirent des ondes en forme de lignes brisées qui stoppèrent l'agresseur dans son élan. Foudroyé, il s'effondra sur le dos. Son acolyte ne fit qu'une enjambée : sortant du sol, un cobra le mordit au pied. Hurlant de frayeur, il lâcha son outil, courut à perdre haleine et tomba la tête en avant, raide mort.

Tétanisé, Teigneux osait à peine regarder Imhotep.

— Des tours de magicien… Moi, je ne te crains pas !

L'assassin brandit de nouveau son maillet. Voyant sa victime immobile, il crut pouvoir l'abattre aisément.

Mais un rayon d'or, émanant du sommet de la pyramide à degrés, le toucha à la nuque. Le crâne transpercé, Teigneux se souvint de la prédiction de Futé : « La lumière de la pyramide te détruira. »

91.

Les dépouilles des trois agresseurs d'Imhotep avaient été enterrées à la sauvette dans le désert, loin de Saqqara. Leur nom serait à jamais oublié, et les éléments de leur être, dispersés par la mort, ne se reconstitueraient pas. Un monstre à tête d'hippopotame et à corps de lion dévorerait leur cœur et se gaverait de ces proies succulentes. Selon le témoignage d'un récolteur de dattes, un rayon de lumière avait jailli du dernier degré de la pyramide et inondé le domaine de Djéser. Et la légende d'Imhotep continuait à s'embellir ; le Grand Voyant ne parvenait-il pas à vaincre les forces du Mal en toutes circonstances ?

Se promenant aux côtés de la reine, la princesse Redjit lui faisait admirer de nouveaux jardins. Le lac de plaisance était une belle réussite, des dizaines d'oiseaux s'y prélassaient.

— Tu sembles préoccupée, Redjit. Rencontrerais-tu des difficultés ?

— Au contraire, Majesté. Le chancelier Imhotep approuve mes projets et me donne les moyens de les réaliser. Votre Maison sera agrandie, et j'y consacrerai le reste de mon existence.

— N'avais-tu pas d'autres ambitions ?

— Naguère, peut-être, mais j'ai appris à me satisfaire de ma fonction.

— En oubliant de te marier ?

— Une vie familiale aurait été incompatible avec ma mission, et je n'ai rencontré aucun homme assez intéressant pour m'en détourner. Croyez-moi, Majesté, je n'en éprouve pas le moindre regret. Ma tâche est exaltante, je m'estime chanceuse et pleinement satisfaite. N'est-ce pas la définition du bonheur ?

*
* *

Baten compta et recompta. Non, le ministre des Finances ne se trompait pas. En dépit des récentes difficultés, le Trésor avait accumulé une masse de richesses remarquable. Le règne de Djéser était marqué au sceau de la prospérité. Encore fallait-il une attention permanente afin de ne pas dilapider les acquis. Quelques mois de laisser-aller, et cette superbe réussite se déliterait. Aussi Baten demeurait-il d'une rudesse redoutée ; travailleur infatigable, il exigeait beaucoup de ses collaborateurs et ne supportait pas les paresseux.

La visite de son collègue Akhétâ le réjouit. Leur collaboration se révélait fructueuse, les deux hauts dignitaires exerçaient la même rigueur.

— Comment se comportent les chefs de province ?

— De façon exemplaire, je dois l'admettre. Le prestige d'Imhotep est tel qu'ils suivent ses directives à la lettre. Mais notre bien-aimé chancelier vieillit, et ses forces ne sont pas inépuisables.

— Songerais-tu à lui succéder, Akhétâ ?

— Je n'en ai jamais eu l'intention ! En devenant son bras droit, sur le chantier de Saqqara, j'ai compris qu'il n'était pas tout à fait de ce monde. Moi, je suis un serviteur de l'État ; lui, le Frère du pharaon. Le Grand Voyant… Il mérite son titre. J'entends souvent parler de tes compétences, Baten ; tes partisans sont nombreux, le poste de chancelier te conviendrait à merveille.

— Les dieux m'en préservent ! Mes devoirs sont écrasants, j'ai à peine le temps de m'occuper de ma famille et je ne prends que de maigres loisirs. La sagesse ne consiste-t-elle pas à connaître ses limites ? Si le roi nommait un nouveau ministre des Finances, je n'en serais pas déçu.

— Je partage ton opinion, affirma le ministre de l'Agriculture. Moi aussi, j'espère un poste moins accablant.

— En attendant, retournons à nos dossiers.

*

* *

En dépit d'une fatigue visible, Djéser avait accompli le rituel du matin. Pas un objet ne manquait et, grâce au dévouement sans faille d'Ânkhy, les cérémonies se déroulaient à la perfection. Trop âgé, le chien Geb ne se réveillait plus à l'aube. Il attendait le retour de son maître pour s'étirer.

— Vous avez une journée chargée, Majesté, annonça le chambellan. Réception d'un chef de province, entretien avec le chancelier, visite à l'atelier royal des sculpteurs, déjeuner au…

— Que la reine et Imhotep me remplacent.

— Majesté… désirez-vous consulter le médecin-chef Néféret ?

— Excellente idée. Dis-moi, Ânkhy… es-tu satisfait de ta carrière ?

— Comment ne le serais-je pas ?

— Imhotep remplit un grand nombre de fonctions, je pourrais t'attribuer l'une d'elles.

— Surtout, Majesté, n'en faites rien ! Personne ne possède les capacités du Grand Voyant. Mes tâches de ritualiste en chef et de chambellan du palais me comblent de joie, et je vous sais gré de m'avoir accordé cet honneur. Je ne réclame qu'un privilège : continuer à vous servir.

*

* *

Néféret était décomposée, le léger maquillage ne suffisait pas à masquer son émotion. Imhotep la serra dans ses bras.

— Acceptes-tu de te confier ?

— Si tu n'étais que mon mari, je me tairais. Mais tu es aussi le chancelier et le Frère du roi.

En prononçant ces derniers mots, la voix du médecin-chef avait tremblé.

— Djéser… Djéser serait-il souffrant ?

Le silence de Néféret fut éloquent.

— Notre souverain est indestructible, affirma Imhotep. Tu le guériras.

— Une maladie que je connais, murmura l'épouse du chancelier, et que je ne sais pas soigner. L'organisme du roi est usé, le mal progresse rapidement.

Je parviendrai seulement à lui épargner d'atroces douleurs.

— Tu ne veux pas dire…

— Il te faut accepter l'inéluctable.

Imhotep se dirigea vers le rebord de la terrasse de sa somptueuse villa et contempla le soleil couchant.

— Aucun doute, Néféret ?

— Aucun.

Djéser ne pouvait pas disparaître, si peu de temps avant sa première fête de régénération à Saqqara !

Néféret rejoignit son époux.

Cette épreuve-là, comment la surmonter ?

*

* *

Une à une, les sculpteurs installaient à Saqqara les statues[1] conçues et créées dans la Demeure de l'Or. Elles affirmaient la présence du *ka* royal, et Imhotep avait fait immortaliser la famille régnante, Djéser trônant en compagnie de la reine et de leurs deux filles. Très bientôt, le vaste domaine accueillerait les dieux venus bâtir l'éternité de Pharaon.

La tête couverte de la coiffe traditionnelle, vêtu d'une tunique, des bracelets aux poignets, Djéser avait un visage émacié. Luttant contre l'épuisement, il voulait revoir la Maison du Nord et la Maison du Sud avec son Maître d'Œuvre. Trois colonnes en forme de papyrus, d'une suprême élégance, ornaient la façade de la première ; désaxée, son entrée s'ouvrait sur un cou-

1. Au moins une soixantaine.

loir en chicane menant à une chapelle. Quatre colonnes cannelées animaient la seconde, haute d'une douzaine de mètres. Là encore, une entrée désaxée, et un petit sanctuaire cruciforme.

À eux seuls, ces deux édifices symbolisaient l'union des Deux Terres si différentes, les deux polarités indissociables, sublimées dans la personne royale.

— Saqqara n'est pas destiné aux humains, rappela le pharaon. Peu importe mon absence physique. C'est au *ka* d'habiter le domaine que tu as créé, mon Frère, et de lui transmettre l'énergie de l'au-delà. Grâce à ton génie et à ta vision, mon espérance est devenue réalité. En ouvrant la pierre, en lui donnant vie, tu as tracé un chemin de lumière.

Imhotep eut conscience d'entendre les dernières paroles de Djéser.

Le roi et l'architecte traversèrent lentement la grande cour et empruntèrent la colonnade conduisant à l'unique entrée.

Une chaise à porteurs attendait le monarque. Avant de s'y installer, il adressa un ultime regard à Imhotep.

92.

Poussant un triple soupir, le vieux chien Geb avait posé sa tête sur l'épaule du pharaon défunt et s'était éteint quelques instants après Djéser. Conformément à la volonté du roi, Geb serait momifié et rituellement inhumé dans un sarcophage en sycomore. Équipé d'encens, d'huiles sacrées et d'étoffes, il porterait le titre suprême d'« Être de lumière » et demeurerait à jamais aux côtés de son maître.

D'une impressionnante dignité, ne laissant rien paraître de son chagrin, la reine, assistée du ritualiste en chef Ânkhy, s'apprêtait à célébrer les funérailles de Djéser au terme desquelles serait désigné son successeur. Chacun était conscient que ces vingt-neuf années de règne seraient inoubliables et avaient engendré une civilisation d'une grandeur et d'une puissance incomparables. Demeurer sur la voie droite ne serait pas une tâche facile.

Investie du pouvoir suprême pendant les soixante-dix jours de deuil, la Grande Épouse royale ne tarderait pas à nommer un nouveau chancelier et un nouveau gouvernement. Et son avis concernant le choix du futur monarque serait déterminant.

*

* *

L'Ombre rouge était abasourdie.

Tant d'années d'efforts, des échecs cuisants, des prises de risque la mettant en péril, un Maître d'Œuvre indestructible et, soudain, le triomphe ! Une victoire inespérée due à la mort naturelle de Djéser qui rendait inutile l'achèvement de Saqqara.

Étant donné les circonstances, l'Ombre rouge allait s'emparer de l'Égypte en toute quiétude. Personne ne s'opposerait à elle, car nul ne doutait de ses aptitudes à gouverner. L'ensemble des dignitaires lui accordait sa confiance, la population se sentirait rassurée.

L'Ombre rouge éliminerait d'éventuels adversaires et s'empresserait de détruire Saqqara pierre par pierre. Elle effacerait le souvenir de Djéser, puis imposerait la dictature du Mal. D'abord, régler le cas Imhotep. À présent, le Grand Voyant était à sa merci. Le supprimer brutalement ? Trop facile. Il fallait l'anéantir à petit feu, lui montrer son échec et le condamner au désespoir. Son épouse Néféret exilée, Imhotep verrait s'écrouler le monde qu'il avait construit.

Et le coup fatal procurerait à l'Ombre rouge un plaisir indescriptible.

*

* *

La momification de Djéser débutait. Imhotep se rendit à la Maison de la Reine où Paisible l'avait convoqué. La salle d'audience de Pharaon resterait fermée jusqu'au couronnement du nouveau maître des Deux Terres.

— Chancelier, j'ai une question essentielle à vous poser : Saqqara doit-il être animé par un rituel de régénération ou le site servira-t-il seulement de tombeau à la famille royale ?

— Il est son domaine d'éternité, Majesté, mais également le lieu de révélation du *ka*. La célébration du rituel me paraît indispensable, bien qu'elle présente un danger majeur.

— Lequel ?

— L'intervention de l'Ombre rouge.

— L'Ombre rouge… N'a-t-elle pas disparu ?

— Je crains que non, Majesté.

— En ce cas, qui l'affrontera ?

— J'ai tenté de servir au mieux Pharaon, et ce risque ne m'empêchera pas de continuer. Si vous y consentez, Majesté, je dirigerai le rituel.

— Au péril de ton existence…

— Saqqara est le chef-d'œuvre de Djéser. J'ai confiance en la puissance de sa pyramide.

La reine parut hésiter.

— Puissent les dieux te protéger, Imhotep.

*

* *

Le palais était en deuil. Les hommes ne se rasaient plus, les femmes restaient silencieuses. Ânkhy avait cessé d'organiser des banquets et se contentait de gérer les affaires courantes. Incapable de boire une coupe de vin, il ne cherchait pas à consoler les dignitaires effondrés. Djéser était irremplaçable, et nul n'imaginait son successeur, même si des noms, y compris celui d'Ânkhy, commençaient à circuler.

Au temple, la reine assurait le service divin, réduit au minimum. Le ritualiste en chef veillait à la qualité de l'encens et de l'huile d'éclairage, sans oublier la purification des objets utilisés, vases, encensoirs et coupelles contenant de la nourriture.

La princesse Redjit fournissait les étoffes, Baten préparait le mobilier funéraire destiné au pharaon. Akhétâ contactait les chefs de province afin de les rassurer. En cette période d'incertitude, il apparaissait comme un dirigeant digne de confiance et d'une compétence à toute épreuve.

Le dos voûté, Ânkhy s'assit au bord du bassin aux lotus, proche du palais royal.

— T'accorderais-tu enfin un moment de repos ? demanda une voix fatiguée.

— Princesse Redjit... Serait-ce également votre cas ?

— Je suis inquiète à propos de Saqqara. Le domaine de Djéser sera-t-il abandonné ?

— La reine a confié à Imhotep le soin d'organiser un rituel en l'honneur du *ka* royal.

— Serais-tu désavoué ?

— Le chancelier est aussi le Grand Voyant. Qui oserait s'opposer à lui ?

— À mon avis, Ânkhy, tu ferais un excellent monarque.

— Je n'en ai ni l'ambition ni le courage ! Ma tâche est terminée, princesse, et j'aspire à la retraite. M'occuper de ma vigne, quel avenir radieux ! Le ministre Baten, le meilleur de nos gestionnaires, confortera l'œuvre de Djéser. Grâce à ses efforts constants, les

Maisons de l'Or et de l'Argent se sont enrichies de façon incroyable. Il ne possède pas la prestance du pharaon défunt, mais saura préserver l'équilibre des Deux Terres.

Redjit eut une moue dédaigneuse.

— Le parfait notable, bon père de famille, le nez sur ses chiffres et la vue basse… Tu te trompes de candidat, Ânkhy. Notre rigoureux ministre de l'Agriculture, Akhétâ, a l'oreille des provinces et sait effacer les dissensions.

— Trop rigide, pas assez diplomate ! N'est pas pharaon qui veut. Demain, il faudra composer avec les membres influents de la cour.

— N'oublions-nous pas le successeur idéal ? Paisible, la Grande Épouse royale, possède toutes les qualités nécessaires pour régner.

— En effet, Redjit. Cependant tu négliges un fait majeur : la reine est brisée et n'aspire qu'à la solitude.

— Nous verrons bien, à la fin de la période de deuil ! Le chagrin s'estompe vite, et l'ambition ne tarde pas à renaître.

— Il existe une autre femme, à la fois crainte et admirée.

La princesse se détourna.

— Cette plaisanterie ne m'amuse pas, Ânkhy.

— Les années passent, ton charme demeure intact et tes soupirants aussi nombreux.

— À bientôt, chambellan. Le devoir m'appelle.

*

* *

Néféret et Imhotep offrirent des lotus au *ka* de Futé et à celui des parents du Maître d'Œuvre. De la chapelle de leurs tombes, ils apercevaient le sommet de la pyramide à degrés, dominant le domaine de Djéser.

L'heure du combat décisif approchait. Le lendemain, à l'aube, Imhotep éveillerait les statues des divinités, conviées à célébrer la fête de régénération du roi.

— Et l'Ombre rouge tentera de t'en empêcher, murmura Néféret.

— Je suis l'ultime obstacle à son triomphe. Si le *ka* prend possession de Saqqara, le Mal tombera sur le nez et la règle de vie nommera un nouveau pharaon, capable de poursuivre l'œuvre de Djéser.

— Ta victoire n'est pas acquise.

— J'en suis conscient, Néféret, mais nous n'avons pas le choix.

L'épouse du Grand Voyant n'avait rien à objecter. Elle aussi savait que l'Ombre rouge continuait à rôder, espérant tirer profit de la mort physique de Djéser. Seule la puissance de Saqqara, mise en acte par Imhotep, parviendrait peut-être à la terrasser.

Moins vaillant et inconsolable en raison de la disparition de Geb, Vent du Nord se frotta contre son maître, comme s'il désirait lui transmettre ses ultimes forces.

93.

Imhotep franchit le seuil de l'entrée éternellement ouverte du domaine de Djéser. Il emprunta l'allée couverte et traversa la grande cour en direction de la partie du territoire sacré réservée à la fête de régénération du roi. Le soleil se leva avec une intensité particulière, dispensant une brusque chaleur.

Deux rangées de chapelles se faisaient face. Après avoir emprunté un court passage en chicane, on grimpait un escalier menant à chaque sanctuaire abritant la statue de la divinité chargée de protéger l'une des provinces d'Égypte et de la relier à son modèle céleste. Ainsi, l'Égypte entière s'assemblait afin de nourrir le *ka* du pharaon et de lui donner sa pleine puissance.

Imhotep anima une à une les effigies. À chaque marche, il redoutait l'intervention de l'Ombre rouge. Mais sa progression se déroula sans incident, jusqu'au moment où il atteignit l'extrémité sud de cette cour en longueur.

Là avait été érigée une estrade sur laquelle se trouvaient deux trônes dos à dos, à l'intérieur d'un pavillon aux colonnettes élancées. On y accédait par deux escaliers, le premier réservé au roi de Haute-Égypte portant la couronne blanche, le second au roi de Basse-Égypte coiffé de la couronne rouge. Dédoublé, le monarque devenait Un en assemblant ces deux couronnes.

Au pied de l'estrade, une ombre rouge.

Tant que le *ka* n'aurait pas réuni le Sud et le Nord, Saqqara ne pourrait assurer l'éternité de Djéser.

Imhotep s'avança.

Ébloui, il ne parvenait pas à distinguer la forme humaine cachée au sein du feu destructeur.

— Tu vas disparaître, Imhotep, et Saqqara avec toi ! Ton œuvre s'effondrera, et tout souvenir du pharaon sera effacé.

Enfin, le visage de l'Ombre rouge se précisa.

Baten, le ministre des Finances, le responsable des Maisons de l'Or et de l'Argent.

— Renonce à ta folie, exigea le Grand Voyant. Ici, tes pouvoirs sont inefficaces.

— Erreur fatale ! Tu n'as cessé de te tromper, Imhotep, et ta plus grave faute fut de me considérer comme un parfait serviteur du roi. En réalité, je n'ai servi que moi-même ! Il me fallait un pays riche et puissant, afin d'obtenir une arme invincible, capable d'établir le règne du Mal. Je ne suis pas un simple comptable, mais le visage de toutes les forces de destruction.

La tête de Baten se transforma. De ronde et lunaire, elle devint carrée. D'épais sourcils lui poussèrent, ses jambes s'épaissirent. L'Ombre rouge était un mélange de Teigneux, l'artisan félon, et du ministre qui avait trahi son souverain.

Le feu commençait à brûler l'estrade, Imhotep était incapable de franchir la nuée incandescente.

— Tu m'as vaincu, avoua-t-il. Djéser, lui, est hors d'atteinte.

Un grondement furieux troubla l'air lumineux du matin. Frôlant la lisière mortelle, Imhotep s'élança en direction de la face nord de la pyramide. Il franchit le seuil d'une courette et s'immobilisa devant une chapelle close en calcaire, ressemblant à un bloc incliné posé contre le premier degré de la pyramide.

L'Ombre rouge envahit les lieux.

— Ton dernier refuge, Maître d'Œuvre ! Tu as échappé à mes hommes de main et tu t'es cru sauvé... Tu subiras le même sort que la mère de Djéser et ton ami Futé ! Je te réserve un traitement particulier, la pire des souffrances.

— En trahissant ta fonction, tu as oublié la puissance du *ka* royal. Aujourd'hui, il t'infligera ton châtiment.

Imhotep s'écarta, laissant face à face Djéser et l'Ombre rouge.

Pharaon, présent dans sa chapelle sous la forme d'une statue[1]. La tête couverte d'une grande perruque, vêtu du long manteau blanc de la fête de régénération, le bras droit rabattu sur la poitrine, la main gauche posée à plat sur la cuisse, le visage austère du roi contemplait le monde extérieur grâce à deux trous percés à hauteur de son regard.

L'Ombre rouge tenta d'anéantir le sanctuaire, mais des rayons lumineux, à la blancheur aveuglante, jaillirent des yeux grands ouverts de Djéser.

Une gerbe de flammes s'accompagna d'un cri de douleur d'une effroyable intensité. Un épais brouillard ocre enveloppa la chapelle, un vent violent se leva et le

1. L'original se trouve au musée du Caire. Cette petite chapelle (le *serdab*) contient actuellement une copie.

dissipa. Les flammèches s'éteignirent, un cadavre torturé acheva de se calciner.

Le faucon d'Horus se posa sur la chapelle du *ka* et son regard se planta dans celui d'Imhotep. Les dieux prenaient à jamais possession de Saqqara pour régénérer l'âme royale.

*
* *

À la veille des funérailles de Djéser, l'Égypte entière attendait que la reine soumît au grand conseil le nom de son successeur. Quand elle convoqua Imhotep au palais, nul ne douta plus de son choix.

Depuis presque soixante-dix jours, la salle d'audience de Pharaon était en sommeil. La période de deuil s'achevait, le pays avait besoin d'être gouverné.

Le chagrin avait creusé les traits de Paisible. Se gardant d'occuper le trône des vivants, elle s'avança vers Imhotep.

— Tu nous as sauvés de l'Ombre rouge. Donc…

— Pardon de vous interrompre, Majesté, c'est Djéser qui l'a anéantie. J'étais incapable d'y parvenir, et mon rôle n'a consisté qu'à provoquer une confrontation décisive.

— En risquant ta vie !

— Quelle importance, au regard de l'enjeu ? Djéser m'a élevé au rang de Maître d'Œuvre, je ne suis pas destiné à régner. Je tiens à demeurer son serviteur et son Frère.

— Je redoutais cette prise de position, mais je la respecterai. La princesse Redjit continuera à diriger la Maison de la Reine, Akhétâ à gérer notre agriculture et nos greniers, Ânkhy à organiser les cérémonies et le quotidien du palais. Et toi, Imhotep, tu bâtiras la pyramide du prochain pharaon[1]. Ton nom traversera les dynasties et tu seras considéré comme le créateur de tous les édifices sacrés d'Égypte. Tu en as conçu les plans, Grand Voyant, et les initiés à l'art royal le concrétiseront au fil des temps.

*

* *

Nommé à la tête de la confrérie de l'Ibis, Imhotep, malgré les difficultés physiques liées au grand âge, continuait à surveiller le chantier de la nouvelle pyramide. Bientôt, on saurait poser d'énormes blocs. Le granit et le calcaire traduiraient la pensée créatrice des dieux, le *ka* royal transmettrait son énergie à travers ces pierres parlantes.

Vieille dame au charme intact, Néféret ne se déplaçait qu'en de rares occasions, assistée d'un jeune Vent du Nord qui portait ses sacoches de médecin. Son élève, une jeune femme aux dons exceptionnels, soignait à présent la famille royale.

Alors qu'elle songeait à la reine Paisible, laquelle avait rejoint Djéser au paradis des « justes de voix », Néféret reçut la visite d'un paysan à l'air contrit.

— Pardon de vous importuner… On m'a dit que vous donniez des conseils gratuits.

— De quoi souffres-tu ?

— Moi, je vais bien… C'est mon fils.

— Décris-moi ses maux.

1. Sekhem-khet.

— Des maux… ce n'est pas exactement ça. En réalité, ses dons m'inquiètent. Quand il pose la main sur une blessure, ça chauffe et ça guérit. Et puis il taille des pierres avec des outils qu'il a fabriqués lui-même et veut apprendre à lire ! Qu'est-ce que je peux faire d'un garçon comme ça ?

— Amène-le-moi. Quel est son nom ?

— Sa mère l'a appelé Imhotep.

*

* *

Le disciple du Maître d'Œuvre progressait à grands pas. Sous la gouverne des chefs d'atelier et des contremaîtres, il ne tarderait pas à maîtriser les multiples aspects du métier. Vu son sérieux et son intelligence, l'adolescent était promis à la carrière d'architecte, et le Grand Voyant savait qu'il terminerait la nouvelle pyramide.

Ce matin-là, Imhotep se rendit à Saqqara. Il pénétra dans la grande cour, baignée d'un doux soleil d'automne, et il vit.

Il vit Djéser accéder au ciel en grimpant les immenses marches de sa pyramide, ouvrir les portes des paradis peuplés de canaux et d'étendues verdoyantes, banqueter en compagnie des divinités. Saqqara était l'au-delà présent en ce monde.

Le cœur en paix, Imhotep comprit que cette journée serait sa dernière sur la terre aimée des dieux et se réjouit de retrouver son roi.